…borg (…–1945)

Reinhild (1904–1983)

Arnulf (1908–198…)

(…1912)

…Kaschek
ꝏ
…lerich
(…–1954)

Anna Benda ꝏ Arno Preinfalk
(1888–1908) (1867–1945)

ꝏ Luise (Lily)
(1878–1926)

Irina v. Kaschek
ꝏ
Friedrich
(1880–1956)

Cyrill

Wanka (1)
ꝏ
Emma

Dr. Rübsamen
ꝏ
Rosine

Wanka (2)
ꝏ
Franziska

v. Schimkowitz
ꝏ
Sibylle

…agel
ꝏ
…lanin

Gertrud Fussenegger

Bourdanins Kinder

Gertrud Fussenegger

Bourdanins Kinder

Roman

Langen Müller

Bitte besuchen Sie uns im Internet unter
http://www.langen-mueller-verlag.de

Sonderproduktion 1. Auflage 2006

Umschlaggestaltung: Wolfgang Heinzel
Umschlagbild: Archiv für Kunst und Geschichte, Berlin
Gestaltung des Stammbaums auf Vor- und Nachsatz: Ricarda Dietz
Herstellung und Satz: Dr. Helmut Neuberger
& Karl Schaumann GmbH, Heimstetten
Gesetzt aus: 12/15 Punkt Adobe-Garamond
Druck und Binden: Ueberreuter Buchproduktion, Korneuburg
Printed in Austria
ISBN 3-7844-6006-2

Inhalt

Nichts wird bewahrt
außer durch Verwandlung

Der Familienausflug

Der Morgen graute, und allmählich begann das Licht die Dächer zu versilbern.
Aber das Licht war nicht ungetrübt. Die Sonne ging hier über der Stadt wie hinter einer berußten Scheibe auf. Das kam von dem Qualm, der über dem Pilsner Becken hing, von dem Qualm der Schlote, auch der Gruben und Essen des Reviers von Nürschan. Es war August, heißes, wolkenloses Wetter, und selbst unter der Qualmglocke schien der Morgen taufrisch und blau aufzugehen: Der Sonnenschein, der durch Jalousien und Vorhänge rieselte, verhieß einen herrlichen Tag.
Im Hause Bourdanin erwachte man heute früher als an anderen Sommersonntagen, früher als sonst wurde es im zweiten Stockwerk lebendig. Die Knaben sprangen aus den Betten, lugten nach dem Wetter und rüttelten an der Tür der Mädchen: »Steht auf! Heraus! Heraus! Heute gehen wir auf die Radina!«
Die Mädchen hüpften, noch in den Nachtjacken, auf den Balkon: »Auf die Radina! Auf die Radina!«
Die Radina war eine Ruine drei oder vier Wegstunden vor der Stadt: Als stumpfer Steinturm überragte sie einen bewaldeten Hügel. Jedes Jahr einmal an einem bestimmten Tag wanderte die Familie aus Pilsen nach Pilsenetz und von dort zu der Radina hinauf. Das war nun schon ein geheiligter Brauch. Seit Wochen redeten die Kinder von diesem Ausflug. Vor drei Tagen hatte die Mutter mit den Vorbereitungen begonnen. Jetzt rumorte es auch schon in der Küche. Das Mädchen Kathi hatte

den Kaffee aufgesetzt, und auf dem großen Küchentisch aus spänigem Fichtenholz stapelte sich der Proviant in großen Paketen.
Zwei Tornister lagen bereit: die, vollgepackt, sollten die Söhne tragen. Der Transport der anderen Dinge: Mäntel, Schirme, Jacken und Hüte, würde den Töchtern zufallen, ihnen und der Mutter. Für Fritzchen, den Jüngsten, mußte ein Wägelchen mitgefahren werden, Fritzchen war zart und nach seiner letzten Krankheit noch schonungsbedürftig. Der Vater hatte seine Utensilien, Landkarte, Kompaß und Fernglas, griffbereit auf dem Schreibtisch aufgebaut. Im Vorzimmer stand die Compagnie Schuhe, solider, fest verschnürbarer Wanderstiefel, und des Vaters eisenbeschlagener Stock lehnte im Eck daneben. Alles war bedacht, alles vorbereitet, alles zehnmal abgesprochen. Trotzdem kam die Familie nicht vor zehn aus dem Hause, trotzdem herrschten Verwirrung, Unruhe, Lärm und Hast bis zuletzt. Der Vater schalt und wetterte, die Mutter mußte trösten, helfen und schlichten. Am Schluß waren alle verstört und beinah gerädert, bis sie endlich auf die Straße gelangten. Und schon an der nächsten Ecke stellte es sich heraus, daß doch noch etwas liegen geblieben, doch noch etwas vergessen worden war. »Dein Hut, Margaretchen, wo ist dein Hut? Du kannst ohne nicht gehen, du bekommst einen Sonnenstich. Roderich läuft dir um den Hut! Nein, nicht du, Fritzchen, was fällt dir ein? Auch nicht du, Luise! Roderich – oder Kläre.« Kläre läuft schon. »Hallo, hallo, Kläre, warte noch, du weißt nicht, wo er liegt, der Hut. Hetz dich nicht ab, Kind! Und nimm vielleicht doch noch eine Zitrone mit! Und Kathi soll nicht vergessen, am Abend frisches Wasser vom Brunnen zu bringen. Vater kann das schale Wasser nicht leiden. – Und der Vogel, o Gott, der Vogel muß noch gefüttert werden, den Vogel hab ich zum Schluß doch noch vergessen.«

Die Familie sammelt sich an der Ecke in dem Schattenfleck, den eine magere sommerdürre Platane auf das Pflaster zeichnet; sie wartet auf Kläre. Kläre kommt mit Margaretchens Hut und einer Zitrone. Das Mädchen wird Wasser holen und den Vogel füttern. »Gut, danke. Du bist ein Engel.« – Die Familie setzt sich in Bewegung und wandert über die Radbusa-Brücke, durch die Vorstadt in Richtung Pilsenetz.

Die Straße führt schnurgerade hügelauf, hügelab, immer auf die Radina zu. Die Hügel sind flach, mit großen Feldvierecken bedeckt, staubig. Das Korn ist schon geerntet und in den Scheunen. Die Kartoffel steht noch mit fettem grünen Kraut, doch hier, in der Nähe der Straße, ist auch ihr Grün mit Staub dick bepudert, staubgrau ist der Rain, staubgrau die krüppeligen schwarzberindeten Zwetschgenbäume, die bedauernswert und überanstrengt aussehen. Ihre Früchte sind noch unreif, kaum eine zeigt schon eine Spur Blau, sie hängen dicht in dem armseligen Laub. Es wäre lächerlich, von dem bißchen Schatten Schutz vor der brütenden Hitze zu hoffen, und doch geht man unwillkürlich im Zickzack von einem Schattenfleck zum anderen. Es sind zwei Stunden bis Pilsenetz und noch eine bis an den Waldrand – warum ist es heute wieder so spät geworden? Warum zog man nicht früher los, als der Morgen noch wonnig kühl war, ja warum? Jetzt schlägt es elf. Um elf, hatte man sich vorgenommen, wollte man schon am Ziel sein.

Diese jährlichen Ausflüge – sie haben, bedenkt man es genau, der Familie nie viel Vergnügen, geschweige denn Erholung eingetragen. Denn – abgesehen von dem langen heißen Weg – immer passierte irgendein Malheur auf diesen Ausflügen: Im letzten Jahr brach sich Roderich das Bein, vor zwei Jahren verlor Luise den neuen Regenschirm der Mutter und vor drei Jahren – was war doch vor drei Jahren? Frau Marie entsinnt sich nicht mehr genau, sie faltet die Brauen, preßt die Lippen zusammen. Mit einem ängstlichen Blick späht sie nach dem Vater, dem Gatten. Wenn nur heute alles gut geht! Sie führt das Wäglein, es rattert vor ihr her, sie schiebt an, wenn die Straße bergauf geht, sie bremst, wenn der Weg abwärts läuft. Der Gatte schreitet voran, ihm folgen Balthasar und Roderich, beide schwer bepackt, an ihre Fersen geheftet, Fritzchen. Luise und Kläre zuckeln rechts und links von der Mutter dahin, und fünfzig Schritt hinterher pendelt Margarete.

Margarete und Balthasar sind Zwillinge aus des Vaters erster Ehe mit seiner Base, auch sie hieß Marie; sie starb gleich nach der Geburt der beiden, ein glückloser Mensch. Lieber Gott, könnten die beiden das Glück finden, das ihre Mutter nicht gefunden hat! Margarete gleicht ihr, leider. Aber der Junge, Balthasar, ist anders, anders auch als der Vater. Auf ihm liegt etwas wie ein Licht. Lieber Junge, möge es nicht trügen, dieses Licht! – Und da sind die Meinen: Kläre, die Älteste, gutes, patschierliches Kind; dann Roderich, der schöne kluge Roderich, ein Bub wie gemalt, aber mit dem Vater geht es nicht, da geschehen schlimme Dinge, böse Dinge, die mir das Herz zerreißen, ich will nicht daran denken. Und hier: Luise, mein kleiner Liebling; Luise, mein Sonnenschein. Und endlich Fritzchen. »Komm her, Fritzl, kleiner, komm her. Du solltest nicht mehr laufen, du solltest fahren.«

Aber Fritzchen will nicht gefahren werden, er will zeigen, daß auch er tapfer ausschreiten kann. Wenn schon die beiden Brüder die schweren Tornister schleppen müssen, so will er doch wenigstens laufen dürfen. Er schwingt seine dünnen Beinchen, die in schwarzen Wollstrümpfen stecken. »Schau her, Mutter, wie ich noch springen kann!«

So geht es hügelauf, hügelab. Jetzt hören auch die Zwetschgenbäume auf und man wandert in der baren Glut, die Sonne hat den Scheitelpunkt erreicht. Bei einer Kapelle rastet man. Man blickt nach der Stadt zurück: Von ihr ist nicht viel zu sehen, eine bräunliche, violett getönte Wolke verbirgt sie, es ist, als braute ein Gewitter über Pilsen. Ganz undeutlich, blaß schiefrig-glimmend zeigt sich der hohe Zuckerhut der Dekanatskirche, vom bürgerlichen Bräuhaus sieht man nur einen Kamin. Aber die Papierfabrik, die neugegründete, vorn am Bahndamm ist ganz klar erkennbar, an ihr sind, so erfuhr man neulich, die Schwägerinnen und Schwäger beteiligt, Rittmeister Bourdanins geschäftstüchtigere Schwestern und ihre Männer; sie scheffeln Dividenden. Rittmeister Bourdanin hat keine Dividenden zu scheffeln, er hat auch keinen Geschäftssinn, o nein, dafür sechs Kinder und eine kleine Pension und, was das Bräuhaus abwirft, ist's nicht viel mehr als eine Bagatelle. Das will bestanden sein, Marie!

Dazu ist Balthasar Bourdanin ein heikler und stolzer Mann, der auf nichts bedacht ist als auf seine Ehre und Reputation. Marie, Marie, wie wirst du das alles schaffen?

Ihr Schläfenhaar ist schon ergraut. Sie, Marie, war einmal sehr krank, ein gutes Jahr ist's her, und ein Wunder, sagte man ihr damals, daß sie es überstanden hatte und genesen war. Ein Wunder, ach ja, vielleicht. Es hatte wohl geschehen *müssen*, dieses Wunder, der Kinder, *nur* der Kinder wegen. Was fingen sie wohl ohne Mutter an?

Endlich hat die Familie den Waldrand erreicht. Eine wonnig dunkle Schattenhöhle tut sich zwischen den Fichten auf. Der Weg holpert über Wurzel und Steine, Moospolster schwellen und der Harz tropft golden an den Schäften herab. Da taucht auch die Burg schon auf, der graue stumpfe Turm mit leeren Lucken und Scharten und der gewaltigen Bresche, die eine seiner Mauern von oben bis unten gespalten hat. Hier hauste einmal ein Raubritter, ein böser grausamer Kerl mit riesigen abstehenden Ohren. Wie Fliegenwedel standen sie ihm vom Kopfe ab. Er hatte es schlimm getrieben mit Brandschatzung und Mordbrennerei und hatte mit der Zeit eine ganze Kiste voll Gold und Edelsteine zusammengeraubt und diese Kiste in seinem tiefsten Keller verborgen. Auf ihr saß er dann, der Mann mit den Fliegenwedelohren, und wollte sich nicht mehr von ihr rühren, bis ihn eines Tages die gerechte Strafe erreichte. Seine Burg wurde geschleift, seine Mordgesellen erschlagen und er selbst mußte sterben, immer noch auf seiner Kiste sitzend, ein schwarzer Höllenhund. Jetzt ist nichts mehr von seinen Schätzen zu sehen und das Kellergewölbe nicht mehr als ein tiefes, mit Geröll verschüttetes Loch, junger Aufschlag wuchert aus den Trümmern hervor.

Die Bourdaninkinder hatten das letzte Stück des Weges im Laufschritt zurückgelegt. Nun standen sie da und spähten aus erhitzten, aber glücklichen Gesichtern in die tiefe, unheimliche, von Geheimnissen umwobene Grube hinab.

Doch nun trat der Vater unter sie, ihm stand der Sinn nicht nach Kellertiefen und Kellergeheimnissen. »Komm!« sagte er, indem er mit der Krücke seines eisenbeschlagenen Stockes die Schulter seines Ältesten, Balthasar, berührte. »Komm!« Und bevor sie gerastet oder sich auch nur ein wenig verschnauft hatten, begann der Vater in das Innere des Turmes einzudringen.

Das geschah alle Jahre, und alle Jahre folgte ihnen die Mutter mit sorgenvollen Blicken: Denn die Stufen, die in den geborstenen Burgfried emporleiteten, waren bröcklig, und an schiefen Kragsteinen hing eine hölzerne Treppe mit vielen schmalen geländerlosen Stufen. Es war ein Grausen, anzusehen, wie der Mann mit dem Knaben emporstieg, immer höher und höher, die Mutter stand drunten unter dem bemoosten Tor und kämpfte mit sich: Nicht weiter! zu rufen. Nicht weiter, ich bitte euch! Doch sie wußte, ihr Ruf würde nichts nützen, sondern, im Gegenteil, den Mann aufstacheln, erst recht weiter zu steigen und womöglich

den Fuß auf die Mauerzinne zu setzen, und dahinter ging es in die mörderische Tiefe hinab.
So bezwang sich die Frau und blieb still, ja, sie bezwang sich sogar so weit, sich abzuwenden und, mit vor Erregung stechendem Herzen, zu den anderen zurückzukehren, zu Kläre, die unterdessen begonnen hatte, Mäntel und Tücher ins Gras zu breiten: »Hier können wir dann sitzen, nicht wahr, Mutter? Hier ist's gemütlich.«
Gemütlich, ja! Frau Marie stöhnt leise in sich hinein. Luise hat schon angefangen, den einen der Provianttornister aufzunesteln. Fritzchen und Roderich haben sich ins Gebüsch verloren. Und Margarete – wo ist Margarete? Ach, sie wird sich indessen auch ein Plätzchen gefunden haben.
Inzwischen sind Vater und Sohn im Turm hinaufgeklettert, so weit sie konnten. Da liegt es unter ihnen, das sommerliche böhmische Land, grün, golden und blau, weiß gesprenkelt von Dörfern und blau durchspiegelt von Flüssen, Teichen, Tümpeln, blau auch, wo es ins Ferne schweift: da ist der Bogen des Böhmerwaldes, zart und in leisen Wellenlinien schlagend – der Kreuzberg vor Klattau, ganz fern Osser, Arber und Seewand. »Siehst du sie, Bub? Zu meiner Zeit sind wir in einem Tag bis Schüttenhofen geritten und am nächsten bis Petschau, heute fährt man mit der Eisenbahn, die Welt taugt nicht mehr viel. – Und dort hinter Dobřan hatten wir Manöver anno 52, die Leute machten dreißig Meilen mit schwerem Gepäck, ehe sie ins Gefecht kamen. Jetzt ist man der Meinung, so etwas könne man nicht mehr zumuten. Aber Napoleon ließ seine Zweihunderttausend von Stuttgart nach Ulm in einem durchmarschieren, achtundvierzig Stunden haben seine Garden gemacht, ohne Rast, weißt du, was das heißt? Mit einer solchen Armee konnte er dann freilich auch bis Moskau kommen; eine Armee, die das nicht mehr zustande bringt, ist dem Teufel zu schlecht. Man

muß die Leute abhärten, dazu ist vor allem nötig, daß auch die Offiziere abgehärtet sind, merk dir das! Schon Marlborough sagte –«

»Schau, Vater! Roderich und Fritz!«

»Was? Wo?«

»Sie stehen unten und winken – sie wollen zu uns herauf. Dürfen sie nicht?«

Zum Teufel mit ihnen. »Nein.«

»Darf ich sie nicht holen, Vater?«

»Nein, damit basta.«

Balthasar verstummt. Der Vater ist verärgert. Der Junge ist fünfzehn, er könnte doch ein Gefühl dafür haben, daß sein Vater ihm etwas zu sagen hat. Aber immer hat er nur Kindereien im Kopf, zieht zu den jüngeren Geschwistern hin, diesem Krapschzeug! Hat er denn keine Ahnung davon, daß der Vater doch nur seinetwegen auf diesen Turm gestiegen, seinetwegen hierher gewandert ist, um hier oben mit ihm zu sprechen; ja, daß dieser ganze Ausflug doch nur des Buben wegen veranstaltet wurde, Hitze, Mühe, Ärger und Kosten in Kauf genommen ... Und nun? ›Roderich und Fritz‹, das ist alles. Mehr weiß der Bursche nicht.

»Du hast etwas über Marlborough sagen wollen, Vater?!«

»Ach, schon gut.«

»Marlborough hat doch mit Prinz Eugen zusammen gekämpft?«

»Was du gescheit bist!«

»In Bayern – oder –? Du hast mir neulich erzählt –«

»Gar nichts hab ich. Mach, daß du runter kommst jetzt. Wie lange lungerst du eigentlich hier noch herum?«

Der junge Balthasar zögert, dann trapst er betrübt die Stiege hinab. Er weiß, jetzt hat er den Tag verdorben. Der Vater ist empfindlich, ach, warum ist er nur so empfindlich? Einen Augenblick überkommt den Knaben das Gefühl bitteren Grames. Er denkt: Hier einen Schritt daneben und in die Tiefe, was läge daran? Er schaut zum Vater zurück. Der steht noch dort, wo er ihn verlassen hat, unbeweglich, abgewandt, im dunklen schwarzgrauen Rock vor der grauen Mauer. Doch unten im Gebüsch raschelt's: Kläre winkt herauf. Luisens hellblaues Kleidchen blitzt durch die Büsche. Schon hat die Mutter ein weißes Tischtuch ins Gras gebreitet, Tellerchen verteilt, Brot aufgeschnitten. Aus einem Nest frischer grüner Blätter leuchtet das rosenfarbene Fleisch der zerlegten Melone. Jedes Jahr wird eine Melone auf der Radina gegessen, eine große Zuckermelone aus Ungarn oder Dalmatien, der Vater sucht sie selbst am Marktstand aus. Dann wird sie in einem Sack hierhergebuckelt und geschleppt, eine bittere Last. Nun aber liegt sie aufgeschnitten im Grünen, gleich einer fremden tropischen Blüte, überfließend von Saft und Süßigkeit. Plötzlich spürt der Junge, daß ihn dürstet, es wäre wonnig, ein Stück Frucht zu ergreifen, die Zähne ins Fleisch zu graben, zu schlürfen, zu schlucken.

Doch er darf nicht, noch nicht, das weiß Balthasar. Keines der Kinder darf einen Bissen nehmen, ehe nicht alle versammelt sind, ehe der Vater nicht zugegriffen und verteilt hat. Alles andere gilt als Pöbelwirtschaft, Pöbelwirtschaft lautet im Hause Bourdanin das schlimmste Schimpfwort.

Dagegen hilft nur Drill; Gehorsam, Pünktlichkeit, Selbstzucht: von diesen Vokabeln widerklingt die Luft in ihrem Haus. Die Familie ist nicht von daheim fortgegangen, um ihnen zu entkommen. Sie haben, wohlgemerkt, für alle zu gelten. Aber sie haben nicht über alle dieselbe Macht.

Endlich ist es soweit. Das Picknick ist im Grünen fertig aufgebaut, die Kinder kauern rundum im Gras, der Vater kommt über den Steg, der statt der zerfallenen Zugbrücke die Raubritterburg mit der Umwelt verbindet. »Ist alles fertig, Marie?« »Alles.« Sie reicht ihm das aufgefaltete Mundtuch, er läßt sich auf einem

Baumstumpf nieder und greift nach dem Messer. »Aber – wo ist Margarete?«
Die Kinder ducken sich. Marie beugt sich über den offenen Vorratskorb.
»Zum Teufel, wo ist Margarete?«
Ja, wo ist sie? Niemand weiß es. Des Vaters hephästisch dunkler Blick schweift von Gesicht zu Gesicht. Alles schweigt, stiert schuldbewußt zu Boden. Endlich lispelt Kläre. »Ich –«
»Was, zum Donnerwetter, du?«
»Ich habe sie zuletzt gesehen.«
»Wo war das, in drei Teufels Namen?«
»Dort!«
»Was heißt das: dort?«
»Im Wald. Ehe wir ankamen. Es war –«
»Es war unten bei der Weggabelung«, ergreift nun die Mutter das Wort. »Margarete ist zurückgeblieben. Kläre hat sie gerufen. Da hat Margarete gesagt, sie wolle nur einen kleinen Umweg –«
»Kleiner Umweg, zum Sakrament! Seit« – die Taschenuhr blitzt auf – »seit einer Stunde sind wir jetzt hier, und kein Mensch – kein Mensch findet es der Mühe wert, das Weibsbild zu suchen. Es ist unerhört.«
»Doch, Vater, wir haben –«
»Ihr habt, ihr habt – habt ihr sie gefunden? Nein. Aber zum Fraß findet ihr euch zusammen. Marsch, marsch!«
Roderich und Balthasar stieben davon. Sofort hört man ihre hellen Stimmen aus dem Wald: »Margarete, Margarete!«
Kläre und Luise haben einander unwillkürlich an den Händen gefaßt.
»Was steht ihr noch herum und haltet Maulaffen feil, indes eure Schwester – ? Und du, Marie, was starrst du mich denn so an, weißt du nicht, was geschehen kann?«

»Geht, Kinder, ihr kriegt später zu essen«, flüstert die Mutter mit erstickter Stimme, »sucht auch ihr.«
»Was geschehen kann, wenn sie so allein herumstreunt im Wald, mir scheint, daran denkst du nicht. Wäre sie dein Kind –«
»Bourdanin!«
» – dein Kind, du hättest ein Gefühl dafür. So lassest du sie einfach laufen, pflichtvergessen.«
»Aber –«
»Schweig«, schreit der Mann außer sich. »Wenn ihr etwas zustößt, ich erschieße sie, ich erschieße sie vor deinen Augen. Ich dulde keine Entehrte in meinem Haus.«
»Es ist genug«, ruft Marie. Sie richtet sich auf. »Wie redest du von deinem Kind? So etwas denkt man nicht einmal. Margret hat sich im Wald verlaufen, und du sprichst sogleich, als ob – Eine Sünde ist das!«
»Eine Sünde! Ich kenne die Welt«, schreit der Mann dagegen. »Ich weiß, was in den Menschen lauert: die Bestie. Lehr du mich die Bestie kennen! Steh doch nicht herum, geh auch und suche!«
»Ja, ja«, Marie ergreift Fritzchens Hand, der kleine Junge klammert sich zitternd an den Rock der Mutter. »Komm, wir laufen schon. Heb nur die Füßchen über die Steine!«
Indessen schritt die so schmerzlich Vermißte wohlgemut ein sanftes Wiesentälchen entlang. Es schien ihr eben erst eine kleine Weile vergangen, seit sie sich von den Ihren getrennt hatte, seit sie in den Seitenweg eingebogen war, der ihr grüner, sanfter, lieblicher als jeder andere erschien. Immer erschien ihr ein Seitenweg lieblicher als der allgemeine, den alle anderen trabten. Da leuchtete ihr das Gras saftiger, der Schatten wonniger, die Blumen bunter. Auch heute gefiel es ihr, ja sie pries sich glücklich, nach dem langen, öden, staubigen Straßenweg diese unvergleichliche Abzweigung gefunden zu haben. Mit Laubbäumen bestandene Hänge zogen sich zu einem Einschnitt zusammen,

ein Bach sprang über Steine und Stufen, ein Weglein lief munter – wie spielend – neben ihm her.
Margarete stapfte durch den freundlichen Sonnenschein. Ihr war wohl und frei zumute. Sie hatte sich die Bluse aufgehakt, um Hals und Nacken, ja auch den Schulteransatz in Luft und Licht zu baden. Sie hatte den leichten Leinenhut abgenommen, den ihr die Mutter eigenhändig aufgedrungen, um ihren Kopf vor der schlimmsten Glut zu schützen. O ihr, Margarete, war keine Sonnenglut so schnell zuviel. Wenn die Hitze briet und brutzelte, fühlte sie ihre Poren aufgehen. Oh, Luft, Wind, Wärme, Waldeshauch! Sie hätte sie mit allen Sinnen trinken und sich damit vollsaugen mögen. Sie breitete die Arme aus und schöpfte tief Atem, in die letzte Kammer der Lunge sollte der flüssige Balsam strömen. Sie stieß leise Laute der Glückseligkeit aus, drehte sich um sich selbst, schlug mit den Armen wie mit Windmühlenflügeln.
Nach einer Weile fiel es ihr ein, den Rosenkranz aus der Tiefe ihrer Rocktasche herauszuziehen und einen dankbaren Kuß auf das Bild des Gekreuzigten zu drücken.
Da lag eine Brücke über dem Bach, ein schmaler hölzerner Steg. Margarete ließ sich auf ihm nieder. Das Wasser schäumte, es warf silbern gekräuselte Wellen. Margarete schnürte ihre Schuhe auf, zog die Strümpfe aus und ließ die weißen Beine in die Strömung baumeln. Es lockte sie, auch die Arme einzutauchen, so warf sie die Bluse ab. Schon wollte sie auch einen ihrer Hemdträger lüften, da erschrak sie: Ein großer Fisch war pfeilschnell unter ihr weggeschossen, ein Schattenblitz auf goldenem Grund. Doch irgend etwas hatte sie erinnert: Der Vater! dachte sie.
Zugleich ergriff sie ein Gefühl für die verstrichene Zeit, ein Gefühl der Einsamkeit, der Ohnmacht und Ausgesetztheit. Hastig zwängte sie sich in ihre Kleider zurück und stieß die nassen Füße in die Röhren der Schuhe. Strümpfe, Hut und Rosenkranz in der

Hand, floh sie von der Brücke den Bach hinauf. Sie begann zu laufen.

Aber das Tal wurde enger und enger, felsige Brüche traten herzu. Dichter wuchernder Wuchs verschlang den Pfad. Margarete wußte nicht mehr, woher sie gekommen war. Schwer schlug ihr das lange Lüsterkleid um die Knie, in Büschen und Dornen verhedderte sich ihr Schritt. Sie stürzte, riß sich die Hände auf, sie begann zu zittern und stöhnte laut.

Der Vater! dachte sie. Seine schwarze Gestalt schien hinter jedem Stamm zu drohen, sein finsteres Auge aus jedem Astloch zu blicken. Der Vater! hämmerte ihr Herz, keuchte ihr Atem. Auf allen vieren klomm sie den Berg hinan. Oben fiel sie in die Knie und hob die Hände flehend zum Himmel.

»Margret! Margret!« Unendlich fern irrlichterte ein Ruf aus dem Tannenwald. Das war der Mutter Stimme, erkannte Margarete. Die Mutter rief sie, die Stiefmutter rief aus der Wildnis.

»Ja, ja«, schrie sie zurück. Ihr Ton überschlug sich. »Hier bin ich – hier bin ich.«

Aber es dauerte noch lange, bis sie endlich auf die Geschwister traf. Kläre stürzte ihr weinend in die Arme. Eine kleine Weile später tauchte Roderich auf, dann Luise und die Mutter. Zuletzt trat der Vater aus dem Dickicht hervor.

Indessen saß das kleine Fritzchen allein an dem verlassenen Picknickplatz der Familie. Die Muter hatte ihn zurückgeschickt, es war nicht möglich gewesen, mit dem ermüdeten Kind weiterzukommen. »Geh, Fritzchen, paß auf unsere Sachen auf. Eins muß ja doch zurückbleiben. Geh, mein Bübchen, geh!«

Der Knabe gehorchte. Er fürchtete sich auch nicht, vielmehr er gab es sich nicht zu, daß er sich fürchtete. Immerhin hatte hier einst ein Raubritter gehaust und sein Geist … gleichviel. Fritzchen hob energisch das Kinn. Er sollte den Picknickplatz behüten und er würde es auch tun! Hier wollte er sitzen und warten.

Er war hungrig und durstig, das machte nichts aus. Im warmen Licht spielten Zitronenfalter ihr stummes Spiel. Fritzchen gähnte. Er war sehr schläfrig. Für ein paar Sekunden sanken ihm die Augen.
Als er aufwachte, war er nicht mehr allein. Die offenstehenden Speisen hatten ungeladene Gäste angelockt. Um den Braten surrten Fliegen, und über der Melone schwärmten die Bienen. Sogar Ameisen wanderten über das weiße Tuch und versuchten ebenfalls etwas von der Tafel zu ergattern. Fritzchen sprang auf, die Fliegen zu verjagen war leicht, bei den Bienen war es schon gefährlicher, sie ließen ein zorniges Summen hören und schwirrten gegen den Störenfried. Unterdessen brummten die Fliegen wieder heran, Fritzchen wedelte mit dem Mundtuch, bis ihm einfiel, das sei Vaters Mundtuch, und er sich nach einem anderen Gegenstand umsah. Die Ameisen waren schwer zu entmutigen, denn, fegte man ihrer ein Dutzend vom Tuch, waren zwei andere Dutzend wieder da, und auch sie waren wehrhaft und ließen einen brennenden Saft aus ihren braunroten Leibern. Einige von ihnen erklommen sogar Fritzchens Beine und suchten sich in seine Hosen einzuschleichen. Schon war der Knabe nahe daran, nach der Mutter zu rufen, da sah er, o herzerstarrender Schreck, ein fremdes Ungeheuer aus den Büschen brechen.
Es war schwärzlich-zottig, gelblich geflammt, gehörnt, aus gelben Augen funkelnd und, o Entsetzen, andere Ungeheuer der gleichen Art drangen hinter dem ersten aus der Laubwand hervor, stießen ein höhnisch meckerndes »Mäh« aus und trabten auf den Picknickplatz zu. Fritzchen stieß einen gellenden Schrei aus. Er blickte sich nach einer Waffe um und versuchte die Feinde zurückzuschlagen.
Doch die Entsetzlichen schienen unempfindlich, schon betraten die schwarzen Hufe das weiße Tuch, und die mit widrigen Bärten behangenen Mäuler stießen auf die Mahlzeit nieder. O Gott,

was wollten sie, die frechen Räuber, schon war die Ordnung der Teller zerstört, das Linnen scheußlich befleckt, sogar Vaters Mundtuch in den Schmutz getreten. Semmel, Brote und Kuchen wurden ergriffen, von knabbernden Zähnen erfaßt und in Windeseile in geifernde Mäuler gemahlen. Fritzchen drosch auf die Ziegen los, aber nun kam gar, in eine Wolke schlechten Geruches gehüllt, ein Bock, ja, ein Bock war's. Fritzchen entsann sich, das Abbild des Untiers in einem Buch gesehen zu haben, furchtbar groß und barbarisch zottig, trabte er heran, stieß seine Ziegen beiseite und fraß schamlos die teure Melone.
Schweigend legte die Familie Bourdanin den Weg nach Hause zurück. Der Himmel hatte sich verdüstert, über dem Land hing schwer und bleigrau ein schwefelgelber Streifen im Westen. Da und dort zuckten fahle Blitze. Wie flüsternde Schauerschatten regten sich die Bäume rechts und links der Straße.
Hungrig und halb verdurstet marschierte die kleine Gesellschaft dahin. Hinten im Wald lag die zerstörte Mahlzeit, die ungenießbar gewordenen Reste der teuren Speisen. Man hatte das befleckte Tischtuch darunter hervorgezogen und in einen der Körbe geworfen. Man hatte die Messer und Teller zusammengesammelt, sofern diese nicht von den teuflischen Ziegenhufen zertreten worden waren. Zu Fritzchen sprach der Vater kein Wort. Die Mutter hatte das in Schluchzen aufgelöste Kind kaum zu beruhigen vermocht. Jetzt lag es im Wäglein, schluchzend noch im Traum.
An der Spitze der Karawane trabte die Sünderin, Margarete, barhäuptig, zerzaust, von der Sonne verbrannt, mit schmerzenden Füßen, an denen die Blutblasen in den Schuhen scheuerten. Sie hatte Strümpfe und Hut, Zopfband, Nadeln und Rosenkranz, alles im Walde verloren.
Zwei Schritte hinter ihr kam der Vater. Hinter ihm schob Frau Marie das Wäglein. Mit hängenden Köpfen folgten Luise und

Kläre, Roderich und der junge Balthasar beschlossen den Zug.
Die Eltern schwiegen, die Kinder wagten lange kein Wort. Sie blickten auf Margarete, auf ihren dunklen eiligen Rücken, sie dachten der Worte, welche der Vater gesprochen hatte, als Margarete verloren gegangen war, dunkler unbegreiflich drohender Worte. Sie wußten nicht, was er gemeint hatte. Was war der Schwester geschehen? Was hätte ihr geschehen können im finsteren Wald?
»Aber gelt, er wird sie nicht erschießen?« wimmerte Luise an Kläres Ohr.
»Still!« raunte die Mutter über die Schulter zurück. Aber auf einmal ließ sie das Wäglein fahren, lief nach hinten, kniete nieder. Der Länge nach lag das kleine Mädchen Luise im Straßenstaub, ohnmächtig.
Auch der Vater blieb stehen. Die Brüder traten hinzu. Fritzchen wurde aus dem Wäglein gehoben, Luise hineingebettet. Vom nächsten Haus holte man Wasser, man labte das Kind und hielt Rast.
Balthasar führte jetzt den jüngsten Bruder an der Hand und lud ihn, als der Kleine nicht mehr konnte, auf seine eigenen Schultern. Tapfer lächelte er der Mutter unter seiner Bürde zu. Der Schein eines Lächelns gespensterte auch über Mariens Gesicht. Sie glaubte sich über diesen Tag um Jahre gealtert.

Der Sohn

So war das also bei diesen Bourdanins: Was in anderen Familien nichts weiter als eine kleine Verdrießlichkeit gewesen wäre: der verpatzte Ausflug mit der im Wald verlorengegangenen Tochter, was man anderswo später vielleicht sogar belacht hätte: die von den Ziegen verdorbene Picknicktafel – das wuchs sich bei den Bourdaninschen zu einem bedrohlichen Ereignis aus, zu einem Angsterlebnis, zu einer Verstörung. Das kam vom Vater, soviel war allen klar.

Rittmeister Bourdanin, der als Sohn eines reichen Mannes, als einziger Bruder vier älterer Schwestern und hübscher Kavalier in seiner Jugend lustig gelebt hatte, er war nun ein Haustyrann geworden, das Kreuz seiner Frau, der Schrecken seiner Kinder; er, der eine Zeitlang quasi aristokratische Lebensformen ausprobiert, seine Gagen wie ein Trinkgeld verschenkt und es – nach seinem Abschied aus der Armee – verschmäht hatte, sich um einen bürgerlichen Beruf zu bemühen (»Ich werde doch nicht einem armen Teufel das Brot wegschnappen ...«), er war in die Lage eines Menschen geraten, der sich vor lauter Selbstgefühl übernommen und sich ein Gewicht nach dem anderen an den Hals gebunden hat. Jetzt – mit fünfzig – hatte er sechs Kinder und wenig Geld und fühlte sich dabei verpflichtet, immer noch so zu tun, als wäre er der Beneidenswert-Wohlhabende von einst. Er konnte es sich nicht versagen, zu Weihnachten und Geburtstagen bei den Verwandten mit einem Geschenk zu erscheinen.

Ihm widerstand es, einen billigen Einspänner zu besteigen, wenn daneben eine schöne, aber teure Droschke zu mieten stand. Es war ihm unmöglich, sich dann vom Kutscher die Nickel herausgeben zu lassen, und wenn ihm eine Liste vorgelegt wurde, auf die für einen wohltätigen Zweck zu spenden war, so brachte er es nicht über sich, weniger zu geben als irgendwer anderer, nein, er mußte noch den höchsten Betrag übertrumpfen – und setzte dann (der Hochmut hat viele Grade) in die Rubrik der Wohltäter statt seines Namens: *Spender unbekannt.*
Umso bitterer mußte dann im Hause, an seiner eigenen Person und an der Familie geknausert werden.
So war Rittmeister Balthasar Bourdanin ein Mensch ohne rechte Lebensfreude, ein Mann ohne Ziel und Zukunft.
Doch was heißt da: *ohne Zukunft* für einen, der ein Halbdutzend Kinder hat? Ob er will oder nicht, täglich sitzt diese Zukunft an seinem Tisch und fordert: Sechs Mäuler müssen gestopft werden. Sechs Stimmen plappern ihm in die Ohren, und von sechs Köpfen ist zu vermuten, daß sich in ihnen vorwitzige, leichtfertige, ja verderbliche Gedanken regen. Der Vater fühlt sich für alle verantwortlich – und für alles, was aus ihnen werden wird. In ihm rumort die nie eingestandene Furcht, daß eins von ihnen – oder gar mehrere – daneben geraten könnten. Es bringt ihn auf, auch nur zu denken, daß dann der gute Name der Familie in Gefahr und er selbst in die Lage käme, sich für eins der Seinen schämen zu müssen. Diese Vorstellung haßte er wie den Tod.
Drei Söhne. Drei Töchter. Nur einem Einzigen von den Sechsen billigt der Vater etwas wie volles Vertrauen zu. Es ist der Älteste, Erstgeborene, Gewollte, Ersehnte, Balthasar, nach ihm selbst benamst – und somit auch nach dem Großvater, dem ersten Balthasar. An seinem Bettchen hat der Vater gebangt, wenn der Kleine fieberte. Mit diesem Kind auf dem Arm ist er in der Wohnung

von Fenster zu Fenster gewandert und hat ihm Bäume, Pferde und Hunde gezeigt. Vor ihm hat er seine goldene Uhr geschwenkt, für ihn hat er die Zeiger gedreht und ihn auf das Ticken horchen lassen. Ihm hat er die ersten Himbeeren im Garten gepflückt, vor ihm Bücher aufgeschlagen, Bilder erklärt und mit Freuden festgestellt, daß der Kleine verstand und auch verstehen *wollte*.

»Sag's noch einmal, Papa, sag's noch einmal!«

Der Rittmeister war keiner, der viel auf Familiengerede und -gegakel gab. Doch es tat ihm wohl, wenn er immer wieder zu hören bekam: *Ein besonderes Kind!* Seine Schwestern, sein Schwiegervater, Schwager und Schwägerin, alle waren derselben Meinung: Ein besonderes Kind. – Und so war es wohl auch. Sogar auf der Straße, wenn der Knabe im Rudel seiner Geschwister lief, auf welchem der Kinder blieben die Blicke der Passanten hängen? – und welchem lächelten sie zu?

Dabei war der Kleine nicht einmal ausnehmend hübsch. Das mußte sogar der Vater zugeben. Aber in seinen großen dunklen Augen war etwas wie ein goldenes Licht, wenn sie sieghaft oder schelmisch blitzten, voll Lebenskraft und -zuversicht.

Sie konnten freilich auch ganz anders blicken, getrübt, verfinstert, wie aus tiefer Nacht. Dem Vater gefiel das nicht. »Was hat der Bub?« Was kam ihm bei, plötzlich von Vaters Knie zu rutschen, wegzustreben in einen Winkel, gar unter den Tisch, wo er dann steif und stumm wie ein Stück Holz lag und nicht mehr hervorkam, es sei denn, Marie streckte ihm ihre Hand entgegen. Von ihr ließ er sich locken. Warum nur von ihr?

Eins jedenfalls stand fest: Der kleine Balthasar war klug, weit klüger als alle seine Geschwister, weit klüger sogar als die Masse der Altersgenossen, das zeigte sich, als er zur Schule ging. Er brachte Einser heim, nur Einser von oben bis unten im Zeugnis, der Lehrer sagte: »Der Knabe spielt sich nur.«

Deutsch und Tschechisch hatte er nebeneinander erlernt, das war hierzulande nichts Auffallendes, wo beide Sprachen neben- und ineinander klangen. Doch zu seines Vaters Entzücken hatte er auch ein paar Brocken Ungarisch aufgeschnappt: das Idiom der Ritter und Reiter, wie der Vater sagte; er hatte seine Dienstzeit in diesem Land verbracht und hielt es für das schönste, beste und nobelste der ganzen Monarchie.

So stand es gut zwischen ihm und dem Erstgeborenen, gut bis dann eines Tages, unnötigerweise und nur, weil es sich der Direktor der Schule in den Kopf gesetzt hatte, diese Versetzung kam; diese Versetzung hatte niemand erwartet und niemand gewünscht; sogar der Vater war von ihr höchlichst überrascht – und auch erfreut, ja, das mußte er sich eingestehen: ungeheuer erfreut. Er war in die Schule gebeten worden. Dort eröffnete man ihm, man habe sich entschlossen, dem Knaben den Besuch der dritten Klasse zu erlassen und ihn geradewegs von der zweiten in die vierte zu befördert. »Wieso das?« staunte der Vater.

Nun, weil der Knabe so begabt sei, begabt, lerneifrig, einfach erstaunlich; er beschäme die Gleichaltrigen, er könne das Jahr überspringen, mühelos.

Rittmeister Bourdanin fiel es schwer, seine Genugtuung zu verbergen und statt dessen eine zweiflerische Miene aufzusetzen und mit leisem Kopfschütteln zu fragen, ob denn ein solches Verfahren gesetzlich erlaubt und vorgesehen sei.

Vorgesehen vielleicht nicht, antwortete der Schulmann, aber unerlaubt? Nein! Keinesfalls unerlaubt, denn soeben sei ein Erlaß von der allerhöchsten Schulbehörde in Wien eingetroffen, daß es den Wünschen Seiner Kaiserlichen Majestät entspreche, wenn sich Pädagogen darum verdient machten, hervorragende Begabungen zu fördern. – »Soso? Ja dann – dann allerdings ...«

Als Bourdanin an diesem Vormittag nach Hause zurückkehrte, war er bester Laune. Seine Stimme dröhnte: »Marie!« Und als die

Gerufene nicht sogleich herbeistürzte: »Marie! Marie! – Ab morgen geht mein Balthasar in die vierte Klasse. Jaja, da staunst du! Ein Jahr geschenkt, einfach geschenkt.«
»Geschenkt? Wieso?«
Der Gatte erklärte. Hatte er einen Freudenausbruch erwartet? Nein, einen Freudenausbruch nicht. Solche Erwartungen hatten ihm zehn Ehejahre mit Marie schon ausgetrieben. Sie widersprach selten. Aber er fühlte ihren Widerstand. Immer, wann und warum er sich freute: immer fand die ein Haar in der Suppe. Sie brauchte kein Wort zu sagen, er las es aus ihren Mienen. Auch heute wieder. Er sah, wie sich ihre Brauen gegeneinander schoben, sich ihr Blick verschleierte.
»Wenn es dem Kind nur nicht zuviel wird.«
»Zuviel? Wieso zuviel?«
»Bedenke: Ein ganzes Jahr ...«
»Ach, lächerlich!« Und dann, plötzlich erbittert über ihren Zweifel: »Meine Kinder sind nicht so beschränkt wie deine.«

Es stellte sich leider bald heraus, daß die Stiefmutter nicht ganz unrecht gehabt hatte.
Wenige Tage nach dem Übertritt des jungen Balthasar in die neue Klasse kam er blaß und verstört nach Hause. Marie zog ihn durch die Tür. »Was ist, Kind, was ist dir?«
»Mutter, ich versteh nicht, was sie dort reden. Der Lehrer fragt mich, ich weiß keine Antwort, und dann lachen alle.«
»Ach, nein –«
»Ich komm mir so dumm vor, Mutter. Ich begreife nichts. Warum muß das sein?«
»Du wirst schon begreifen, Balthi, bestimmt.«

Aber das übersprungene Jahr ließ sich so leicht nicht einholen. Die erste Rechenarbeit wurde mit Genügend benotet; die erste

Schönschreibübung mit Mangelhaft; sogar die Aufzählung deutscher Fürwörter: Unvollständig.
Und dann, wie wenn die Natur des Buben einen dicken Punkt setzen wollte, erkrankte er an Masern. Hoch fiebernd und rot gesprenkelt bis über die Ohren, lag er in seinem Bett. Doktor Rübsamen wurde herbeigerufen. »Ein schwerer Fall und höchst bedenklich! Vor November darf er nicht mehr zur Schule.«
Widerwillig setzte sich der Vater an seinen Schreibtisch und verfaßte die fällige Entschuldigung.
Umgehend kam die Antwort des Direktors: Da der unerwartete Zustand dieser Krankheit eingetreten sei, werde es ratsam sein, den Schüler in die ihm zukommende dritte Klasse rückzuversetzen.
»Da haben wir's!« Der Rittmeister warf den zerknüllten Zettel über den Tisch. »Diese verdammten Steißtrommler!« Marie nahm den Wisch, glättete und las ihn. Daß sie aufatmete, konnte sie nicht ganz verbergen.

Zum ersten Mal fühlte sich der Rittmeister durch seinen Sohn enttäuscht. Er fühlte sich gedemütigt. Etwas Mißliches nistete seitdem zwischen beiden. Weil der Knabe der außerordentlichen Aufgabe nicht gewachsen gewesen war, schien nun der Vater zu fürchten, er könnte auch an der normalen Aufgabe scheitern. Was vorher nie geschehen war: Er begann sich um Balthasars Leistungen zu kümmern; er kontrollierte seine Hefte, er prüfte ihn ab.
Schon seit Jahren pflegte Bourdanin nach dem Abendessen aus dem Haus zu gehen. In einer nur zwei Ecken entfernten Gaststätte, dem »Deutschen Haus«, gab es einige Stammtische: An dem einen sammelten sich die Staats- und Magistratsbeamten, an einem zweiten die deutschen und deutsch-jüdischen Geschäftsleute; der dritte war pensionierten Militärs vorbehalten:

hier trank Rittmeister Bourdanin jeden Abend sein Glas helles Bier. Danach spielte man eine Partie Tarock. Man besprach politische Neuigkeiten und ärgerte sich über Preußen, Italien und die Sozialdemokraten.

Aufbruch zwischen elf und zwölf.

Eines Tages fiel dem Rittmeister auf dem Heimweg ein, daß Balthasar heute auffallend lange gebraucht hatte, um die Regeln der Zahlenteilbarkeit zu begreifen. Da schoß ihm der Gedanke hoch, er könnte den Jungen wecken, um sich zu vergewissern, daß das Zäh-Erlernte auch wirklich im Gedächtnis saß. Gedacht, getan: Kaum angekommen, rüttelte er den Jungen aus dem Bett, hieß ihn in Hosen und Pantoffeln schlüpfen und nebenan unter die noch brennende Petroleumlampe kommen. Er selbst hatte sich nicht Zeit genommen, Hut und Mantel abzulegen, so saß er fremd und dunkel am Tisch, hatte das Buch in der Hand und den Blick fordernd auf des Kindes Gesicht geheftet, das – nicht wissend, was das sollte – schlaftrunken ins Licht blinzelte: »Was ist denn, Papa, was ist?«

»Die Regel. Die Regel von heute nachmittag. Vorwärts! Nimm dich zusammen!«

Einen Augenblick empfand der Vater selbst das Unangemessene seines Verfahrens. Aber dann dachte er daran, daß, als er beim Militär gedient hatte, weder Tag noch Nacht gegolten hatten. Dienst war Dienst zu jeder Tageszeit und Stunde, bei jedem Wetter, an jedem Ort. Und wie erst war das in Klöstern, bei geistlichen Mönchsgemeinden? Da hieß es täglich zu Mitternacht auf von der Pritsche zu Lesungen, Gebeten, Gesängen in eiskalten Kirchen, in eiserner Zucht. Da gab's kein Gegähn und Gegrunze, da wurde geübt, was Disziplin hieß, und ohne solche Übung gab's keine Ordnung.

Wer hatte ihm erzählt, gerade in solchen Stunden nächtlicher Arbeit werde der Charakter gestählt? Sonst gäbe es doch nur

Schlendrian und faule Mittelmäßigkeit. Und nichts haßte der Rittmeister mehr als Mittelmäßigkeit.
Marie kam herein; sie hatte zwei Zimmer weiter noch rasch eine kleine Flickarbeit erledigt, sie hielt Strumpf und Stopfholz in ihren Händen. Zuerst verstand sie nicht, was da vorging. War der Junge von selbst erwacht und hatte den heimkehrenden Vater um Hilfe gebeten? Sie hörte eine Weile zu, nickte dann den beiden eine Gute Nacht und zog sich zurück.
Doch als sich anderntags dasselbe wiederholte, wußte sie Bescheid: Das würde von nun an Nacht für Nacht so sein, und wenn sie dagegen sprach, es würde nichts nützen. In ihrer Ratlosigkeit holte sie ihren Flickkorb in das Zimmer, wo die Lektion stattfand, unter dieselbe Petroleumlampe, die auf die ausgebreiteten Hefte und Bücher und in das blasse, verwirrt-schläfrig blinzelnde Knabengesicht schien. Seine stockenden Antworten zeitigten nur um so harschere Fragen, und nur manchmal gelang es Marie, ihm lautlos – über Stopfholz und Faden – das rettende Wort zuzuhauchen.

Balthasar

Balthasar zum ersten

Gehen wir dran, Freunde, gehen wir dran! Was soll weiterer Aufschub? Da liegt es ja doch, was nun hervor will, hervor muß im unumkehrbaren Ablauf der Zeit – und woran wir nicht vorüberkönnen zu jüngeren und immer jüngeren Vergangenheiten. Es muß einmal aufgehoben sein, das Ding, der Stein, der Klotz, der uns bange macht.
Nur Mut! Es ist am Ende gar nicht so schwer, daran zu rücken, nicht schwerer vielleicht als eine Grabplatte zu bewegen, die über ein junges Leben gewälzt wurde und unter der eine große Hoffnung ihr Ende fand. Aber hat es überhaupt noch Sinn, von Hoffnung und jungem Leben zu reden, da doch alles schon so lange, so endlos lange her ist? Auf Gräbern leben wir, über Gräber wandern wir, jedes Krümchen Erde unter unseren Sohlen ist Verwestes.
So heben wir den Hammer zum ersten ... !

Im Hause Bourdanin war es längst beschlossene Sache, daß die Söhne – und natürlich vor allem der Erste und Älteste – in die Fußstapfen des Vaters zu treten und dessen einstigen Beruf, den eines Offiziers in der Kaiserlichen Armee, zu ergreifen hätten. Da dies schon immer festgestanden hatte, konnte sich niemand etwas anderes vorstellen, nicht einmal Marie.
Da sich der dritte Balthasar seinem fünfzehnten Geburtstag

näherte, war auch schon die Kadettenschule bestimmt, in die der Knabe eintreten sollte, die von Preßburg. Sie galt für eine vorzügliche Anstalt, und Oberst R., ihr Kommandant, sollte sich schon als junger Mann im Stab Radetzkys hervorgetan haben und von dem greisen Feldmarschall zu außerordentlicher Beförderung empfohlen worden sein.
Das hatte der Rittmeister beim Studium alter Schematismen herausgefunden, aus einem dieser alljährlich erscheinenden Büchlein, in denen die Armee Nachrichten über sich selbst herausgab. Auch seine Stammtischkameraden, der alte General Kummer und der einbeinige Major Faust, hatten ihm den guten Ruf der Anstalt nebst den vorzüglichen Eigenschaften ihres Kommandierenden bestätigt. Im übrigen waren die Herren alle derselben Meinung, nämlich daß von allen pädagogischen Institutionen allein die militärischen eine vernünftige Erziehung der Jugend gewährleisteten, während in allen anderen Schulen, Instituten und Akademien nur Egoismus, Verzärtelung und Aufsässigkeit gezüchtet würden.

An einem Wintersonntag war es dann so weit: Auf dem Familientisch schlug der Rittmeister seinen großen Atlas auf, dazu einen illustrierten Prachtband: »Die Städte der Österreichisch-Ungarischen Monarchie«. Da war auch Preßburg abgebildet, vorne der Donaustrom und im Hintergrund die auf einem Hügel gelegene Zitadelle. »Da schaut her!« sagte der Vater. »In dieser Stadt wird euer Bruder vom nächsten Herbst an vier Jahre bis zu seiner Musterung verbringen.«

Sechs Kinderköpfe beugen sich über das Bild.
»Au fein!« ruft Luise. »Wir haben doch von Onkel Rübsamen ›Die Reise nach Konstantinopel‹ bekommen. Da ist Preßburg mit darauf.«

»Die Reise nach Konstantinopel« ist ein geographisches Würfelspiel. Auf einem zusammenlegbaren Pappkarton ist der ganze Lauf der Donau abgebildet von seinem Ursprung bis ans Schwarze Meer. Neben der blauen Schlängellinie des Flusses läuft ein Band mit Nummern. Jeder Spieler hat einen Würfel und ein farbiges Hütchen, mit dem er, je nach geworfener Augenzahl, vorwärtsrücken darf. Manche der Nummern sind rot umrandet; hier hat man es mit einer besonderen Bestimmung der Spielregeln zu tun, sie kann Vorteil oder Nachteil bedeuten, etwa: Rücke zehn Schritte vor! oder: Setze dreimal aus!

Die Kinder haben das Spiel geholt, sie sind Feuer und Flamme: alle sechs wollen mittun. Die Rollen sind verteilt: Luise darf die Spielregeln vorlesen, Margarete die Hütchen schieben. Der Vater hat seine Bücher weggetragen, im Lehnstuhl am Fenster zündet er sich seine Virginia an.

Die Kinder würfeln. Sie haben sich schon aus dem Schwarzwald an Ulm und Passau vorbei nach Linz und Melk durchgewürfelt. Balthasar liegt weit voraus, ihm war das Spielglück hold, er hat schon zweimal eine Glückszahl getroffen. Nun trifft er auf die Stadt Preßburg.

»Die ist gerändert«, ruft Margarete, »lies vor, Luise, was dasteht!«

Luise liest: »Der Passagier stirbt und wird begraben. Er scheidet aus dem Spiel aus.«

Das kleine Mädchen hat mit derselben hell schmetternden Stimme gelesen wie bei den anderen Regeln zuvor; erst beim letzten Wort zuckt sie zusammen, schlägt sich mit der Hand gegen den Mund, blickt Balthasar an und erblaßt. Dann schaut sie noch einmal in das Regelbüchlein und ruft: »Nein!«

Im nächsten Augenblick ist Getümmel, Verwirrung, Geschrei. Margarete hat Luise die Regeln entrissen, sie hat, da sie das Vorgelesene bestätigt findet, Würfel, Becher, Hütchen und Tafel

vom Tisch gefegt, ist aufgesprungen und laut aufheulend hinausgelaufen.
Auch die anderen Kinder sind verstört. Fritzchen schreit gellend: »Das sag ich der Mutter.« Kläre: »Das gilt doch nicht.« Der Vater, nichtsahnend, worum es geht, donnert »Ruhe!« aus seinem Lehnstuhl. Balthasar, den das Orakel angeht, ist als einziger sitzen geblieben, er lächelt stumm vor sich hin.

Die Mutter erfuhr von dem Vorfall erst Tage später. Sie setzte ein strenges Gesicht auf und sagte: »Das ist ein dummes Spiel, das solche Regeln hat.« Aber dann ging sie doch zu dem jungen Balthasar hinein, er lag zu Bett, er war krank.
Er war jetzt öfters krank, und was ihn quälte, war ein geheimnisvolles Leiden. Es war eine Art Migräne, die mit einem Schwindelgefühl einsetzte, sich zu Schmerzen hinter Stirn und Schläfen steigerte, zu einer Verdunklung des Gesichtssinnes führte und manchmal sogar eine kurze Ohnmacht hervorrief. Balthasar war blaß und hatte blaue Ringe unter den Augen, sonst war ihm nichts Krankhaftes anzumerken. Zuerst hielt der Vater seine Zustände für Einbildungen; wenn der Junge vom Lehrer nach Hause geschickt wurde, schickte er ihn in die Schule zurück (»Benimm dich nicht wie ein Frauenzimmer!«), bis man ihm eines Tages den Knaben in tiefer Ohnmacht brachte; seither durfte Balthasar zu Hause bleiben, wenn sich die Zustände meldeten, er saß im abgedunkelten Zimmer in einem Lehnstuhl oder lag auf seinem Bett. Er aß nichts.
Leise stahl sich die Mutter zu ihm. Er streckte ihr die Hand entgegen. »Ja, setz dich zu mir. Wenn du da bist, wird mir wohler.« Sie nahm seinen Kopf auf ihren Schoß, ließ ihre Fingerspitzen sanft über seinen Schläfen kreisen. Er tastete nach ihren Wangen und zupfte an den Bändern ihrer Bluse. »Hab keine Sorge«, sagte er leise. »Es wird schon wieder gut.«

»Das glaube ich auch.« Marie seufzte. »Onkel Rübsamen sagt, du bist nur zu schnell gewachsen in letzter Zeit. Und – es ist auch wahr, du bist jetzt schon fast so groß wie ich.«
Beide lachen ein wenig vor sich hin.
Und dann: »Weißt du, daß du schön bist, Mutter, Liebste? – Mutter-Liebste, so möcht ich dich immer nennen.«
»Ach nein.« Marie macht Miene, den Kopf des Jungen von ihrem Schoß zu schieben. Dabei hebt sie die Augen. Über seinem Bett hängt das Bild seiner Mutter, der ersten Marie.
»Schau nicht dorthin«, sagt er und schiebt sich weg von ihrem Knie. »Sie sieht aus, als habe sie immer Angst gehabt. Ich möchte sie am liebsten gar nicht ansehen. – Wenn ich bei dir bin, habe ich niemals Angst.«
»Aber Balthasar, du wirst doch nicht ... wegen des dummen Spiels?«
»Nein, nein. Sie haben es dir also gesagt? *Deshalb* fürchte ich mich doch nicht, Mutter, wie kannst du so etwas glauben?«

Dieses Gespräch erfolgte ein Jahr, bevor Balthasar nach Preßburg sollte. In diesem Herbst wechselte ein Anfall mit dem anderen. Der Junge ging jetzt in die letzte Klasse seiner Schule und, da er oft fehlte, blieb er zurück. Der Vater verharrte bei seiner Gewohnheit, ihn, wenn er nachts nach Hause kam, zu wecken und abzuprüfen, bis Marie den Doktor zu Hilfe rief. Der verbot die unzeitige Studierstunde. Brummend gab sich der Rittmeister drein. Dann fing er von neuem an. Auch Roderich, der jetzt ins zehnte Jahr ging, wurde geweckt. Auch er mußte an den Tisch und seine Lektionen heruntersagen. Er fand sich rascher zurecht als der ältere Bruder, als sei sein Schlaf weniger tief und leichter abzuschütteln, ja, als machte es ihm sogar irgendwie Spaß, sich sogleich wach und vif zu zeigen. Der Vater triumphierte: Da

könne man sehen, daß seine Methode doch die richtige sei. Marie schwieg und litt.
Eines Samstags nacht bat sie den Mann, die Kinder ruhen zu lassen: »Wenigstens heute!« bat sie. »Balthasar war heute wieder so still und hat fast nichts gegessen. Laß ihn doch schlafen! Morgen ist Sonntag, da hast du Zeit, da kannst du den ganzen Tag mit ihm arbeiten.«
»Du tust, als hätte ich Schuld an seiner Krankheit«, erwiderte der Mann.
Die Frau preßte die Lippen zusammen.
»Ich will keine Schlafmütze in ihm und kein Nerverl«, fuhr der Rittmeister verärgert fort. »Er soll ein tüchtiger Mensch werden, einer, der auch mal die Zähne zusammenbeißen kann ...«
»Ach, Bourdanin«, jetzt wurde auch die Frau laut. »Du willst ihn nur nach deinem Bilde machen.«
»Jawohl, das will ich«, bestätigte der Mann, »jeder will das mit seinen Kindern, dazu hat man sie schließlich in die Welt gesetzt.«
Er drehte sich um und ging. Klirrend fiel die Tür ins Schloß.
»Oh, Mann«, flüsterte die Frau. »Und an Gottes Willen denkst du nicht.«

In jenem Herbst sagte Balthasar einmal: »Ich wünsche mir nichts, als daß ich zu Weihnachten gesund bin.«
Und er war gesund. Und alle anderen waren's mit ihm. Es war für die Bourdanin-Kinder die letzte selige Kinderweihnacht.
Manchmal schwebt in der Luft ein zitterndes Glück. Manchmal ist jede Schneeflocke ein Stern, und das Sterngefunkel am Himmel das Oszillieren einer in Myriaden Lichtherzen pochenden unendlichen Liebesmacht. Alles strahlte in freudiger Bewegung. Singend und trällernd liefen die Kleinen herum, freudig gehorsam jedem Wink der Eltern. Eifrig zeigte sich das Dienstmädchen, zu kleinen Späßen aufgelegt. Sogar der Vater war guter

Laune, umgänglich wie selten. Durch Mariens Hände liefen alle die zahlreichen Arbeiten und Vorbereitungen, die nun einmal zum Weihnachtsfest gehören, sie liefen ohne jeden Zwischenfall und ohne Schwierigkeit.

Obwohl auch diesmal die Bescherung im Haus Bourdanin keineswegs üppig ausfiel, schien doch an allen Geschenken ein kleines besonderes Irgendwas zu haften, so daß sie sowohl dem Geber als auch dem Beschenkten glücklich gewählt und außerordentlich passend vorkamen. Der Vater ließ es sich heuer nicht nehmen, den Gabentisch selbst aufzubauen; jedes Kind erhielt ein Kleidungsstück, ein paar Hefte, Buntstifte, ein Buch, die Mädchen Garn und Stramin zum Sticken, die Buben Schlittschuhe. Marie erhielt von ihrem Gatten eine schöne Brosche aus Frau Josephines, ihrer Schwiegermutter, Hinterlassenschaft.

Zum Abendessen erschien ein Gast, Fritzchens Taufpate.

Der Pate war ein alter Stelzfußinvalide, der – allein und ledig – in einem kleinen Vorstadthäuschen ziemlich kümmerlich von seiner Rente lebte. Dem Rittmeister war eines Tages erzählt worden, wie der Mann im italienischen Feldzug sein Bein und damit seine Gesundheit und Kraft eingebüßt hatte und wie er dann, bei seiner Rückkehr, durch einen unverschuldeten Formfehler, um den größten Teil seiner Pension geprellt worden war. Seither kümmerte sich Bourdanin um den Armen und hatte bei Fritzchens Geburt beschlossen, ihn sozusagen in die Familie aufzunehmen, indem er ihm die Patenschaft für den Neuankömmling antrug. Natürlich ersetzte er ihm die Ausgabe für die Patentaler drei- und vierfach und ließ ihm auch sonst manches Gute zukommen.

So war er auch heute wieder einmal geladen.

Nachdem er sich wie alle anderen am Karpfen und an der Schlagrahmtorte gütlich getan und ein erstes Gläschen Portwein ge-

schlürft hatte, nickte er, von den ungewohnten Genüssen überwältigt, unter dem Christbaum ein.
Der Rittmeister hatte Marie erlaubt, die beiden Ältesten zur Mette mitzunehmen.
Marie stellte den Männern den Kaffee bereit, brachte die jüngeren Kinder zu Bett und half dann dem Mädchen beim Aufräumen der Küche. Als sie ins Speisezimmer zurückkam, war es hier fast ganz dunkel. Nur von den Straßenlampen kam ein wenig Licht herein, es glitzerte in den vergoldeten Tannenzapfen des Christbaumes, der ganze Raum duftete nach Harz, Wachs und Süßigkeiten. Auf dem Sofa lag Margarete, in Kleidern eingeschlafen. Marie öffnete den Glasschrank und schichtete das gute Geschirr ein, das zur feierlichen Weihnachtsmahlzeit herausgenommen worden war, vorsichtig tastend, um keinen Lärm zu machen. Dann erst sah sie, daß Balthasar auf der Klavierbank saß und zu ihr herüberblickte.
»Mutter«, rief er, »komm, setz dich zu mir!«
»Gleich«, sagte Marie, und nach einer Weile kam sie und ließ sich neben ihm nieder.
»Bist du fertig?«
»Ja, jetzt bin ich fertig.«
Sie blickten durch das Fenster. Es war eine linde Nacht, die Scheiben waren klar, auch die äußere, nur in den Ecken hatten sich ein paar zarte Eisblumen hineingesponnen. Dann und wann wehte eine Flocke an das Glas, es war jedesmal, als hätte ein Finger daran gerührt. Der Knabe lehnte den Kopf an die Schulter der Frau. »Mutter«, sagte er, er atmete tief. Nach einer Weile wiederholte er das Wort. »Es war heute so schön.«
Marie drückte seine Hand.
»Ich glaube, so etwas Schönes kommt nie mehr wieder.«
»Doch, doch«, sagte sie, »bestimmt kommt etwas wieder, was genauso schön ist – und noch viel schöner.«

Der Knabe schwieg eine Weile. »Ist es schwer«, fragte er dann, »ist es sehr schwer, ein Kind zu bekommen?«
»Warum willst du das wissen?« fragte sie dagegen.
»Weil du meine Mutter warst«, antwortete er darauf.
»Nein, das war ich nicht, obwohl du weißt, wie gern ich es gewesen wäre. – Es war zwei Tage, ehe du zur Welt kamst, Balthi, da kam deine Mutter zu mir hinüber in die kleine Wohnung im Kameralamt. Ich war noch fast ein Kind, aber sie ist bei mir gesessen und hat darüber gesprochen, daß es jetzt bald mit ihr so weit sei. Ja, und dann sagte sie mir, ich solle zu ihr kommen, wenn das Kind geboren und alt genug sei, daß es spazieren gefahren werden kann, und sie würde es mir dabei anvertrauen. Sie war sehr lieb zu mir, sehr gut. Daran habe ich immer denken müssen in den Jahren, als ich dann dir und deiner Schwester an Mutterstelle war, und ich dachte immer, sie schaut vom Himmel herunter und freut sich an euch.«
»Und sie müßte dir danken«, rief der Junge, »denn du bist die Beste gewesen.«
Nach einer Weile mahnte Marie zum Aufbruch. »Es ist Zeit zur Mette. Wollen wir nicht das Margaretchen wecken?«
Balthasar zögerte. »Laß sie schlafen, gehen wir allein!«
»Aber wir haben es ihr versprochen und, wenn sie aufwacht, ist sie unglücklich.«
»Also gut.«
»Margaretchen, Margaretchen, komm, wach auf.«
Als sie zurückgekehrt waren aus der tiefverschneiten glockendröhnenden Stadt und ehe sie die letzten Lichter löschten, küßte Balthasar der Stiefmutter, sie umhalsend, leidenschaftlich die Hand. »Ich dank dir auch schön, Mutter.«
»Ist schon gut, mein Junge.«
»Ich wär halt lieber mit dir allein gegangen.«
»Ich weiß. Aber es war doch gut, daß wir das Margaretchen nicht

im Stich gelassen haben, nicht wahr. Wir dürfen nie jemanden im Stich lassen.« – »Nein, Mutter, nie.« – »Gute Nacht, Balthi.« »Gute Nacht.«

Balthasar zum zweiten

Ich war nie dort, in der Stadt an der Donau, ich habe sie nie gesehen mit ihrer Zitadelle oben und den Hügeln dahinter; ich habe sie nie betreten, die Flure, die Treppen und Dachböden, in denen sich das abgespielt hat, was jetzt erzählt werden soll. Und warum hätte ich sie auch betreten sollen? Und wie? Lange war uns das Land verboten, es war uns ein Jenseits geworden, wie Atlantis, der versunkene Erdteil, oder Vineta, die zum Meeresgrund gewanderte Stadt. Was konnten wir noch hinüberschicken über die Grenzen als unsere Gedanken, die alles vorwegnahmen, alles schon wußten und vorausvollzogen hatten: kein Besuch und keine Nachforschung hätten daran rütteln können.

Es war diese Geschichte, über die es keine Berichte gab, nur halbe Sätze, matte Seufzer, ein altes Photo, oval, im schwarzen Rahmen – und dann vielleicht noch eine Silbermedaille mit der Inschrift: Meinem geliebten Sohn …

Das alles hat sich in mich eingestanzt.

Es gibt doch ein Spiel mit flachen Kieselsteinen: Wer sie flach über eine Wasserfläche schleudert, sieht den Kiesel springen, drei-, vier-, fünfmal sogar, eh er versinkt, ehe die Flut ihn verschluckt. Doch wo die Würfe auftrafen, die Wasserhaut ritzten, hat sich ein Wirbel gebildet, unsichtbar dem, der geworfen hat, trotzdem nie ganz zu löschen, fortreichend von der Wasserhaut bis auf den Grund, mitwandernd in der Strömung, bis sie irgendwo, fern, an einem nicht mehr deutbaren Ort zur Ruhe findet.

Es konnte nicht anders sein: Rittmeister Bourdanin brachte seinen Ältesten selbst nach Preßburg.
Preßburg, ehemalige Krönungsstadt der ungarischen Könige, nahe Wien – und damit Vor- und Bollwerk der Reichshauptstadt; deshalb eine starke Garnison. Schon am Bahnhof wimmelte es von Uniformen. Der Rittmeister machte Balthasar auf die der Honveds aufmerksam. Auch Kadetten waren auszumachen, in grauen schmucklosen Uniformen mit schmalen gelben Bändchen am Kragen, Zeichen höherer Jahrgänge und, je nach Zahl der Bändchen, auch der Benotung. Die Neuankömmlinge steckten noch in Zivil.
Unverzüglich schlugen Vater und Sohn den Weg zur Anstalt ein. Schon vor dem Tor herrschte einiges Gedränge; hier sammelten sich die Neulinge mit ihren Anverwandten, denn viele Knaben waren nicht nur mit ihren Vätern, sondern mit beiden Elternteilen gekommen. Bei manchen wackelten sogar kleine Geschwister mit. Der Rittmeister warf ironische Blicke auf einige Mütter, die ihre verlegenen Sprößlinge an beiden Händen hielten und auf sie einflüsterten.
Balthasar stand stumm daneben und ließ seine Blicke stockwerkauf, stockwerkab über das hohe gelblich-graue Gebäude wandern. Der Vater wies ihn auf die majestätischen Staatsembleme hin, die Giebel und Tore schmückten. Vor den schwarzgelb gestreiften Schilderhäuschen standen Wachen mit aufgepflanzten Gewehren.
Einem der Posten zuckte es beim Anblick des Rittmeisters in den Gliedern, vor dem fremden Zivilisten zu präsentieren. Hatte ihn Bourdanins straffer Gang oder der befehlshaberische Blick beirrt? Im letzten Nu hielt er vor der vorschriftswidrigen Ehrenbezeugung zurück. Der Rittmeister verbarg ein schnelles Lächeln, indem er in die Spitzen seines Schnurrbarts biß.
In der Eingangshalle herrschte ein noch dichteres Gedränge als

vor dem Tor. Der Zulauf von Kadetten und Eltern schien kein Ende zu nehmen, und bald ließ sich auch eine rauhe Stimme aus dem Hintergrund hören: Man werde sich zu gedulden und darauf einzurichten haben, daß sich die Aufnahme der neuen Frequentanten in den Nachmittag hinziehen werde.
Im Rittmeister stieg Ärger auf. Freilich hätte er es aus seiner eigenen Dienstzeit nicht anders erwarten sollen: Alles, was sich in der Armee begab, hatte nach außen den Anstrich höchster Dringlichkeit. Nach innen unterlag es einem anderen Zeitgesetz, dem fortwährender Stockungen, Verzögerungen, dem eines maßlosen Zeitverbrauchs. Jede höhere Charge glaubte es sich schuldig zu sein, die untergebenen Chargen warten zu lassen, um diese dann erst recht zu hetzen und anzutreiben. Jeder vollzogene Schritt mußte vor dem nächsten nach oben gemeldet und von oben bestätigt, geprüft und abgesegnet werden. So schob eins das andere von jetzt auf dann, von heute auf morgen, ein fatalistischer Gehorsam fand sich damit ab, daß sinnlose Eile mit ebensolcher Zeitverschwendung abwechselte. Man hielt jede im militärischen Umkreis vorkommende Unbequemlichkeit in der Größe und Wichtigkeit der Armee begründet und entschuldigt.

So war es dem Rittmeister in seiner Ungeduld plötzlich peinlich, daß Balthasar neben ihm nur herumstand, blaß und schlaksig, und von einem Fuß auf den anderen trat. Er hätte den Sohn viel lieber bereits eingekleidet, in Reih und Glied gestellt, bei »Habacht« und »Kehrtum« gesehen. So war der Vater schließlich erleichtert, als ein untersetzter rotgesichtiger Korporal erschien, die Neu-Kadetten aufrief und sie eilig und ohne Umstände in einen Flur hinein- und wegtrieb. An einen ausführlicheren Abschied war unter diesen Umständen nicht zu denken. Allmählich wurden auch die *Herren Eltern* gebeten, der Reihe nach in eine

Kanzlei zu treten und unter Vorlage der Dokumente die Anmeldung zu vollziehen.
Als sich der Rittmeister dort anschickte, die vorgeschriebenen Dokumente auszubreiten, hörte er sich zu seinem Erstaunen beim Namen gerufen. Oberst R., der Kommandant des Hauses, trat mit ausgestreckter Hand auf ihn zu. Mit Vergnügen, sagte er, habe er festgestellt, daß ein junger Bourdanin aus Pilsen unter den Zöglingen sei; er begrüße den Vater, den kennenzulernen er zwar noch nie Gelegenheit gefunden, von dem er aber von etlichen Kameraden schon viel Hübsches vernommen habe, so aus dem italienischen Feldzug, aber auch aus Ungarn, dem Regiment soundso.
Und gleich waren die Herren in ein lebhaftes Gespräch verwickelt. Sie verließen die häßliche Kanzlei und begaben sich in das freundlichere Empfangszimmer des Kommandanten, wählten dort eine Zigarre und stießen mit einem Gläschen Cognac an. So verging eine angenehme Stunde. Als der Rittmeister, sich verabschiedend, in die Kanzlei zurückkehren und dort die Vorlage seiner Dokumente fortsetzen wollte, wehrte der Oberst ab: Es sei nicht nötig, einen Sohn aus der Familie Bourdanin auszuweisen, wo doch alles sonnenklar und in bester Ordnung sei.
Der Rittmeister bedankte sich, indem er – so gut es ihm sein zivilistisches Schuhwerk erlaubte – die Hacken zusammennahm. Inzwischen waren einige Offiziere eingetreten, in denen ihm der Oberst einige künftige Lehrer seines Sohnes vorstellte. Rittmeister Bourdanin, viel zu erregt, um den Einzelnen ins Auge zu fassen, fühlte sich plötzlich in all dieser Männer Schuld und in einer Aufwallung wandte er sich an sie: Ihm sei – höchst erstaunlicher und unverdienter Weise – soeben gedankt worden, daß er seinen Ältesten an diese Anstalt gebracht habe. Indessen habe er sich für die Ehre zu bedanken, seinen Sohn unter der Obhut und Disziplin lassen zu dürfen, die Seiner Majestät Armee gewährleiste.

Nun freilich fühle er sich verpflichtet, darauf hinzuweisen, daß der junge Bursche nicht immer den Ansprüchen entsprochen habe, von denen er, der Vater, glaube, daß sie an einen künftigen Angehörigen des Offizierskorps zu stellen seien. Daran sei möglicherweise eine zu milde Mutter, eine zu verwöhnende Familienatmosphäre schuld. –

Jedenfalls – und nun ließ Bourdanin seinen hephästischen Blick über die Runde schweifen – bitte er die Herren, sofern sie Lehrer und Ausbilder seines Sohnes sein würden, ein scharfes Auge auf denselben zu haben und ihm nichts nachzusehen. Er, der Vater, werde ihnen Strenge und Unnachsichtigkeit nur zu danken wissen.

Damit schloß er seine Hacken nochmals zusammen, verbeugte sich und verließ den Raum.

Er sah nicht mehr, wie die Zurückbleibenden erstaunte und lächelnde Blicke wechselten. Einige zuckten die Achseln. Oberst R. zündete sich eine neue Zigarre an. Das Gespräch wandte sich anderen Themen zu.

Der Rittmeister nahm am nächsten Morgen noch an der feierlichen Feldmesse teil, die auf dem weiten Platz vor der Kadettenschule stattfand. Die ganze Garnison von Preßburg schien dazu angetreten. Eine bunte Menge Zivilisten drängte sich ringsum vor den Häuserfronten. Der Rittmeister steckte in ihr und mußte sich strecken, um etwas von den aufgereihten Fahnen, von den Zelebranten und Kommandanten wahrzunehmen. Endlich glaubte er auch Balthasars Kopf in einer der Formationen zu erkennen. »Gott mit dir, Bub«, murmelte er, »mach mir bloß keine Schande.«

Die Salutschüsse waren abgebrannt, das Kaiserlied intoniert, der letzte Segen gespendet. Die Formationen marschierten ab, zuletzt die Zöglinge der Kadettenschule. Der erste Jahrgang war daran auszumachen, daß er noch durcheinandertrippelte und keine Linie hielt. Aber aus hellen Knabenkehlen schallte es:

»Ich hab' mich ergeben
mit Herz und mit Hand,
dir, Land voll Lieb' und Leben,
Österreich, mein Vaterland.«

In Bourdanins Brust quoll, übermächtig, etwas wie Glück und Rührung. In seinen Augen brannten Tränen. Er wischte rasch darüber, ihm war, als könne er beruhigt nach Hause fahren.

Kadett Balthasar Bourdanin verbrachte die ersten Wochen in Preßburg nicht nur voll Heimweh, sondern auch in der täglich erneuerten qualvollen Furcht vor dem ersten bedrohlichen Anfall seines alten Leidens. Jeden Morgen, ehe die Reveille ertönte, lag er schon wach auf seinem Bett und horchte in sich hinein, ob sich das Ohrensausen oder das Geflimmer vor den Augen einstellten, mit denen sich die Krankheit anzukündigen pflegte. Bleich und schwitzend wankte er dann als erster in den Waschraum; unter dem eiskalten Wasserstrahl ergab sich dann die ängstlich-beseligende Gewißheit: Dieser Tag würde noch gut vorübergehen.
So verfloß der Rest des Septembers, so verfloß der Oktober. An jedem Morgen war es weniger hell vor den hohen öden Fensterscheiben, jeden Morgen flatterten dichtere Schwärme vergilbter Blätter aus den Baumkronen. Balthasar hatte solche Zeichen des alternden Jahres nie sehr beachtet. In diesem Herbst machten sie ihn trübselig betroffen, als signalisierten sie ihm eine persönliche Botschaft.
Ebenso trübselig betroffen war er durch die kahle Unwirtlichkeit seiner Umgebung, durch die Kasernenhäßlichkeit, die hier in

fast allen Räumen herrschte: Mauern und Böden zerschrammt, plump und schwärzlich wie geteert Spinde, Betten und Tische. Über Treppen und Flure wand sich ein Gestrüpp von Rohren für Gas und Wasserleitungen, erst kürzlich eingeführt, doch noch nicht in Gebrauch genommen. Nicht einmal der Speisesaal konnte Balthasar aufheitern, obwohl er doch mit seiner stuckierten Decke und den gemalten Wappen aller österreichischen Länder und Kronen ganz ansehnlich aussah.
In der Mitte des Hofes stand – in Bronze gegossen – die hübsche Figur der Kaiserin. Balthasar beachtete sie nicht. Dafür stand er unter den Arkaden oft vor einer großen Tafel, auf der die Namen aller Preßburger Kadetten und Offiziere aufgeführt waren, die in den vergangenen Kriegen für Gott, Kaiser und Vaterland gefallen waren.
Balthasar hörte die Kommandostimmen hallen, die Schritte im Gleichtakt über das Pflaster donnern, und alles kam ihm fremd, feindlich und von gähnender Sinnlosigkeit vor.

Er dachte an daheim, an die warmen, mit hellpolierten Möbeln und allerlei Zierkram ausstaffierten Zimmer. – Ach, wie er das alles doch früher gehaßt hatte, die Enge und Betulichkeit voll Kissen und Decken, den gipsernen Zigeuner mit der Fiedel, den Wilhelm Tell aus Messing, die Stand- und Wanduhren mit ihren Pendeln und Spielwerken, all die Dinge, die der Vater ererbt oder zusammengetragen hatte, wozu? – Um, so hatte Balthasar manchmal gedacht, ihn und seine Geschwister zu quälen mit Verboten und Warnungen: »Achtung – und Hände weg. Rührt mir nichts an! Ihr könntet was ruinieren.« – Jetzt sehnte sich Balthasar nach dieser Enge, Wärme und Häuslichkeit, nach dem Gipszigeuner, Tell und nach den zirpenden Uhren.
Allwöchentlich erhielt Balthasar einen Brief von Zuhause. Der Vater schrieb pünktlich jeden Donnerstag, so daß Balthasar beim

sonntäglichen Postempfang nie leer ausging. Seinem Brief war meist auch ein Zettel der Mutter beigelegt.
Was der Vater schrieb, bestand – wie nicht anders zu erwarten – zumeist aus Ermahnungen und allgemeinen vaterländischen Sentenzen. Sogar Balthasars ungeübtem Blick fiel auf, daß es in seiner Sprache von Abstracta wimmelte. Ganz anders in den Briefen der Mutter. Da hieß es etwa:
»Mein liebster Balthi, ich schreibe Dir heute nur wenig, weil Luischen schon wieder krank ist, Scharlach hat sie, das Hascherl. Morgen schick ich Dir neue Unterhosen, sie sind grade fertig geworden; vielleicht sind sie noch etwas zu groß, aber sicher wächst Du hinein, ich hoffe es. Zu den Unterhosen leg ich Dir eine Büchse Lebkuchen, auch ein Stück Butter, sie dürfte sich halten, es ist ja schon so kühl. Wenn sie aber schon ranzig schmecken sollte, gib sie in Eurer Küche ab, man soll nichts verkommen lassen, das weißt Du. Der Fritzl fragt immer nach Dir, er spielt den ganzen Tag Kadett und Exerzieren, wie er sich's halt denkt, der kleine Bub, oder er liest Messen für Dich. – Das macht er immer in der Küche, bindet sich eine weiße Küchenschürze um und tut ganz andächtig mit seinem Messe-Spielzeug. Von Luischen verlangt er, sie soll ihm ministrieren, aber sie macht meist nur Schabernack, du kennst sie ja. Jetzt glüht sie vor Fieber, das arme Kind, ach ja.
Kläre strickt Dir Socken und Margret schreibt, sie betet fleißig, daß Du ein gutes Zeugnis bekommst. Bleib aber vor allem gesund, Du mein lieber Bub, laß Dir den Lebkuchen schmecken, es küßt Dich von ganzem Herzen, von ganzer Seele, Deine Mutter.«
Balthasar hat den Brief der Mutter schon dreimal gelesen, er wird ihn später ein viertes Mal lesen, jetzt aber ist Mathematikstunde; er schiebt den Brief in die Hemdentasche, er will sich sammeln, da erreicht ihn schon von der Tafel die Stimme des Lehrers:

»Bourdanin, fahren Sie fort: X ist wieviel?«
Balthasar springt auf. »X ist –«, er weiß es nicht.
»X ist gleich null«, flüstert ihm der Banknachbar zu.
»X ist gleich null«, murmelt Balthasar verwirrt.
»Ist null«, bestätigt der Lehrer und unterstreicht das Resultat, »ich wundere mich, Kadett Bourdanin, daß Sie das wußten. Sie sitzen die ganze Zeit da, als schliefen Sie.«
Errötend setzt sich Balthasar nieder. Sein Auge sucht den Einsager mit einem Dankesblick.
»Komm in der Pause auf den Lokus! Ich hab was für dich …«
Balthasar beugt sich etwas beklommen über sein Heft. Was kann der andere für ihn haben? Er hat mit dem Kameraden noch kaum ein Wort gewechselt. Aber der andere zwinkert ihm vertraulich zu. »Auf den Lokus, bestimmt!«
Nach dem Läuten findet sich Balthasar auf dem bezeichneten Ort ein. Eilfertig schießt jener auf ihn zu. »Da bist du, endlich! Ich warte schon. Schau, was ich für dich gemacht hab, einen Schwindlak für die Schularbeit, fein, wie? Alle Regeln sind drauf, eigens für dich. Leg ihn nur ins Logarithmenbüchl, er hat dieselbe Größe, dasselbe Papier, das merkt keiner …«
Balthasar nimmt den Zettel und dankt. Obwohl ihm nach Dank gar nicht zumute ist. Es ist ihm zuwider, solche unerlaubten Spicker zu verwenden. Er wird den Zettel einstecken und später wegwerfen.
»Dank dir schön, Krabotschnigg.«
»Aber bittschön, Bourdanin. Und beim Reiten schau, daß du auf die Jungfrau kommst.«
»Auf die –?«
»Ja freilich. Die ist ein so altes Luder, die kennt sich aus, macht alles von selbst, auf der brauchst du gar nichts können.«
»Wirklich?«
»Und paß auf, beim Essen! Halt dich an den Langen, Dün-

nen! – Der kleine Dicke nämlich, der fischt immer nur die kleinsten Bröckl Fleisch aus der Gulaschsoße, die großen läßt er unten, der Hund, die frißt er selbst!«
»Woher weißt du denn das alles?«
Es schellt zur neuen Stunde.
Krabotschnigg saust voran. »Jetzt haben wir den Makkaroni. Ich sag dir, Bourdanin, der ist ein halber Preuß. Wirst sehen, der streicht in Geschichte den Friedrich heraus gegen die Thresl, er macht's ganz sacht, weil er sich nicht getraut, aber einmal bricht's ihm den Hals, dafür steh ich dir gut.«

So begann die Freundschaft zwischen Balthasar Bourdanin und dem Kadetten Alfons Krabotschnigg.
Der war ein kleines flinkes mausgraues Bürschlein, Sohn eines Kärntner Winkeladvokaten, das dreizehnte von fünfzehn Kindern. Alles an ihm schien schadhaft und irgendwie angekränkelt, das dünne Haar, die splittrigen Nägel, das Gebiß aus spitzen, weit auseinander stehenden Zähnen; seine Kleidung war schäbig und abgewetzt, selbst die neue Kadettenuniform nahm an ihm etwas Zerknittert-Herabgekommenes an. Der Reisekorb, in dem er seine Habseligkeiten mitgebracht hatte, war ein Methusalem seiner Gattung, sein Taschenmesser war schartig, sein Federstiel abgeblättert und zerkaut.
Alfons oder Fonserl, wie er von hänselnden Kameraden gerufen wurde, war, wohl weil er aus ärmlichen, beinahe elenden Verhältnissen stammte, ein gewitzter und zielstrebiger Knabe, immer bereit, vorzupreschen und dann, wenn es gefährlich wurde, einen Zickzackkurs einzuschlagen wie ein verfolgter Hase. Er kannte jedermann, wußte alles, er brauchte in einer Gesellschaft nur fünf Minuten zuzuhören, um erraten zu haben, wer da das Sagen hatte und wem die Rolle des bedauernswerten Teschek zufiel.

Er hatte sich gleich nach der Ankunft in der Kadettenschule an etliche Jahrgangskameraden herangemacht und ihnen allerlei Dienste anzutragen versucht, war aber, vielleicht wegen seines unvorteilhaften Aussehens, vielleicht auch nur seiner Zudringlichkeit wegen, von einem nach dem anderen abgefertigt worden. So war er nahe daran, zum allgemeinen Gespött zu werden, als er sich jetzt Balthasar Bourdanin näherte.

Dieser hatte von alledem nichts oder so gut wie nichts bemerkt. In seine Gedanken, Träume, Sehnsüchte eingesponnen, hatte er wenig Lust, auf Anspielungen zu achten, Sticheleien zu verfolgen, kleine Kabalen wahrzunehmen. Er ergriff keine Partei, nahm mit allem vorlieb, ja, es mochte scheinen, daß er seine ganze Umwelt in trauervollem Hochmut verachtete.

Als ihm Krabotschnigg die Algebralösung zuflüsterte, war es Balthasar, als wäre ihm seit seinem Eintritt in die Anstalt das erste Mal etwas Freundliches begegnet. Er brauchte den Schwindelzettel nicht, den ihm jener aufgedrängt hatte, aber er fühlte sich zu Dank dafür verpflichtet und von da ab in Krabotschniggs Schuld.

Dieser folgte ihm von nun an auf den Fersen.

Durch Tausch erreichte es der Kärntner, daß er neben Balthasars Bett seinen Schlafplatz erhielt. Bei Spielen und Spaziergängen war er immer neben ihm.

In der Kadettenschule wurde es nicht gerne gesehen, wenn sich zwei oder drei Zöglinge enger aneinanderschlossen. Man fürchtete, daß in solchen kleinen Gruppen Streiche ausgeheckt, vielleicht sogar allerlei Widerspenstigkeiten geplant würden. Man wollte alles Gärende unterdrücken; so versuchte man die Freunde zu trennen. Manchmal gelang das ohne weiteres. Aber manchmal erreichte man damit nur das Gegenteil: Die Burschen schlossen sich noch enger aneinander. Sie suchten in dem weitläufigen Gebäude der Kadettenschule die entlegensten Winkel auf, im Kellergeschoß und auf dem Dachboden, steckten einander Zettel zu, erfanden Geheimschriften, mit denen sie sich verständigen konnten. Oft erschöpften sich ihre Botschaften in nichts anderem, als neue Gelegenheiten für neue Heimlichkeiten auszumachen, einander vor eingebildeten oder wirklichen Feinden zu warnen und sich ihrer gegenseitigen Treue zu versichern.

In der Beziehung Balthasars und seines neuen Freundes spielte bald ein anderes Thema eine Rolle. Das Thema war der Major, den Krabotschnigg bei seinem ersten Gespräch mit Balthasar »Makkaroni« genannt hatte. So nannte er ihn jetzt nicht mehr. Balthasar hatte ihm einen neuen, schöneren Namen gefunden: *Ottavio*. Von Ottavio zu reden, war sein Verlangen, seine Freude.

Ottavio unterrichtete die Fächer, für die sich Balthasar begabt fühlte, Sprachen und Historie. Er unterrichtete gut, phantasievoll und zeitweise sogar selbst begeistert. Manche seiner Schüler fürchteten ihn, er galt für anspruchsvoll und streng. Balthasar fürchtete ihn nicht. Er freute sich auf jede seiner Stunden und war glücklich, wenn seine Leistungen anerkannt wurden. Sie wurden anerkannt.

Mit Krabotschnigg besprach er sich über den geliebten Lehrer, und der Freund tat ihm den Gefallen und ging auf das Thema ein; er rühmte Ottavio und bestärkte Balthasar in seinem Glauben, daß Ottavio der klügste, beste Lehrer, ein wahrer Edelmann und künftig zu hohen Aufgaben erkoren sei.

Ein Schüler wie Balthasar wird seinen Lehrern immer auffallen und des öfteren zu ihrem Gesprächsstoff werden. So fiel sein Name auch an der langen Tafel, an der sich die Herren der Kadettenschule in den Unterrichtspausen zu einem kleinen Imbiß oder einer Zigarette zu versammeln pflegten. Hier wurde auch die neue Freundschaft zwischen dem jungen Bourdanin und

Krabotschnigg erwähnt, und dabei der Vorsatz geäußert, damit müsse Schluß gemacht werden.
Jawoll, Schluß gemacht, nickten die meisten: Der Krabotschnigg sei ohnehin keinen Pfifferling wert, und es sei höchste Zeit, dem mausgrauen Kerl auf die Zehen zu treten. – Also gut, befand man die Tafel entlang, man werde die Burschen trennen.
Da meldete sich der Major zu Wort. Wie immer, wenn er in einem größeren Kreis sprechen wollte, tat er das etwas affektiert umständlich und mit der Betonung dessen, der sich unter den Anwesenden für den Gebildetsten und deshalb auch für den Höflichsten hält. So begann er: »Sehr wohl, meine Herren Kameraden, ich begreife eure Gründe und billige die Bedenken, ich billige sie, was die Freundschaftsbünde der Kadetten im allgemeinen betrifft: sie sind zu überwachen; wenn sie überhand nehmen, zu unterbinden. Auch die Beziehung der Vorerwähnten ist, selbstverständlich, im Auge zu behalten. Dennoch möchte ich raten, das Besondere des Falles in Erwägung zu ziehen.«
Mit Genugtuung stellte der Sprecher fest, daß ihm die meisten interessiert zuhörten. – Wie die Herren Kameraden ja wüßten, fuhr er mit erhöhter Stimme fort, unterrichte er den Ersten Jahrgang in vier Fächern: Geschichte, Erdkunde, Deutsch und Ungarisch.
In allen vier Fächern habe sich der junge Bourdanin bei ihm ausgezeichnet. Er weise erstaunliche Kenntnisse auf sowohl in der antiken als auch in der neueren Historie und dazu eine für sein Alter außerordentliche Sprachbeherrschung. Denn als er, der Major, neulich die Übersetzung eines ungarischen Gedichts als Hausaufgabe gestellt habe, sei der junge Bourdanin am anderen Tag mit einer in deutsche Verse gesetzten Fassung herausgerückt, die der ungarischen an poetischem Wert nahezu gleichgekommen sei. So stecke ja wohl in dem Knaben eine nicht geringe Begabung.

Freilich habe er als Lehrer und Begleiter des Ersten Jahrgangs des öfteren bemerken müssen, daß der junge Bourdanin in eine Art Geistesabwesenheit verfalle, die dazu führe, daß er von dem und jenem seiner Kameraden leicht übervorteilt würde. Nun aber, seit sich ihm der wieselflinke Schlaumeier Krabotschnigg angeschlossen habe, sei eine Änderung eingetreten oder es sei, um es vorsichtig auszudrücken, eine gewisse Änderung zu erwarten. Der junge Bourdanin habe es nötig, zu einer wacheren Apperzeption gleichsam erweckt zu werden. Also möchte man, so sein, des Majors, bescheidener Rat, in diesem Fall mit der Freundschaft einige Nachsicht zu üben und geduldig abzuwarten, was aus dem ungleichen Bund noch entstünde. –

Damit lehnte sich der Major in seinen Sessel zurück, klappte sein vergoldetes Zigarettenetui auf und ließ ein Zündhölzchen aufflammen.

Die meisten der Anwesenden saßen schweigend und nachdenklich da, sie schienen durch diese Ausführungen beeindruckt; andere aber blickten erwartungsvoll nach dem anderen Ende des Tisches, an dem ein großer dicker rotgesichtiger Mann Platz genommen hatte, Hauptmann Pachernegg, der Turn- und Reitlehrer der Kadettenschule und des Majors erbitterter Feind seit vielen Jahren.

Während der ganzen Rede des Majors hatte er auf seinem Sessel hin und hergewetzt, höhnisch gefeixt und halblaute Ausrufe hören lassen. Jetzt schnellte er auf, wiegte sich auf seinen kurzen Reiterbeinen und bellte fürs erste ein kurzes Gelächter in die Runde; dann fing er an:

Der Herr Major habe, wie das ja seine Gewohnheit sei, sehr schön und sehr gebildet gesprochen. Finesse und Bildung in Ehren – Pachernegg grinste bei diesen Worten – aber wohin, möchte er, Pachernegg, fragen, käme man wohl, wenn für jeden Lausejungen Extrawürste gebraten würden? Rangen seien Rangen, und zwei, die zusammenhielten, immer lästiger als einer für sich. Er für seine Person habe weder an Bourdanin noch an Krabotschnigg etwas Besonderes entdecken können. Der eine sei ein steifleinerner Sack, vorab im Reitunterricht, und der andere eine Kellerratte, und er, Pachernegg, sei ein bedauernswerter Mensch, der aus beiden passable Fechter und Reiter machen solle. Er habe keine Zeit, sich mit der Erforschung von Charakteren abzugeben und keine Lust dazu, denn das alles sei ja doch nur ein von der neuesten Mode erfundener Mumpitz.

An der einen Längsseite des Tisches ertönte beifälliges Gelächter. Der Major war errötet, seine Schläfenadern schwollen an. Die eben erst angezündete Zigarette zerknickte zwischen seinen Fingern. Verächtlich lächelnd drechselte er seine Entgegnung hervor: Er wisse sehr wohl und vergesse es keinen Augenblick, daß Turn- und Reitunterricht in einer Anstalt wie dieser Fächer seien von höchster Importanz. Dennoch dürfe vielleicht angenommen werden, daß auch die geistige Ausbildung der künftigen Offiziere nicht eben gänzlich bedeutungslos sei. Doch was könne von der Ausbildung der Kadetten erwartet werden, wenn sich schon ihre Lehrer damit brüsteten, jede höhere Bildung zu mißachten? Alle Welt sei sich darin einig, daß das Ansehen eines Staates im Ansehen seiner Armee bestünde, doch wenn das Ansehen einer Armee darin gipfelte, daß sich die Gesäße ihrer Herren Offiziere stramm im Sattel hielten, dann werde es um den Ruf dieser Armee bald traurig bestellt sein. Die Welt habe sich verändert – und rufe nach Kopfarbeit. Schon Clausewitz habe gesagt –

»Aha, da haben wir's!« Hauptmann Pacherneggs Gesicht war doppelt so rot geworden, wie es schon gewesen war. »Da haben wir's!« brüllte er. »Ein Preuße! Ein Preuße soll uns belehren, was wir Österreicher zu tun und zu lassen haben. Von einem Preußen sollen wir lernen, wohin die Marschrichtung geht. Der Herr

Major beliebt uns zu warnen, um den Ruf unserer Armee könnte es traurig bestellt sein. Der Major beliebt überhaupt zu reden wie ein Professor – nein, noch schlimmer, wie einer dieser liberalen Zeitungsschmierer in Wien. Doch – gottlob – noch ist es nicht so weit, noch hat man Mittel und Wege, diese Herren zur Raison zu bringen. Noch weiß man in der Armee: Beim Denken und Sinnieren fängt das Unglück an. Da nistet schon die Insubordination. Wenn sich jeder im Staat auf seine Kopfarbeit berufen wollte, wäre es schon morgen aus mit Ordnung und Gehorsam und mit der ganzen Monarchie.«
Es war still geworden in dem von blauem Tabakrauch erfüllten Raum. Gespannt wechselten die Blicke der Offiziere zwischen den Streitenden hin und her. Es war nicht das erste Mal, daß sie Zeugen solcher Wortgefechte geworden waren. Kaum einmal saßen die beiden an einem Tisch, ohne daß sich mindestens eine Stichelei zwischen ihnen entspann. Scheinbar bewegten sich ihre Querelen um Allgemeines. Aber in Wirklichkeit hatten die zwei Männer nichts anderes im Sinn, als einander bloßzustellen, einander zu schädigen, womöglich zu vernichten.
Die Schulglocke läutete das Ende der Pause. Pachernegg, immer besorgt, seinen Eifer zu zeigen, stürzte als erster hinaus. Auch die anderen nahmen ihre Mützen, salutierten und gingen. Der Major hatte eine Freistunde und blieb allein. Er saß erregt und erschöpft und rieb sich die Lider. Ach, dieser Streit! Wie hatte er nur begonnen? Böse Worte waren gefallen. Die Anspielung des Hauptmanns auf die liberalen Zeitungsschmierer in Wien enthielt eine gefährliche Drohung. Der Major wußte das, und er wußte auch, daß er sie herausgefordert hatte. Er hielt sich für einen im allgemeinen friedfertigen Menschen, aber die Gegenwart Pacherneggs reizte ihn auf, er wußte eigentlich nicht warum. Daß Pachernegg ein grober Klotz war, daran allein konnte es nicht liegen. Grobe Klötze gab es im Ärar in Massen.

Man konnte ihnen ausweichen. Man konnte sie ignorieren. Man konnte sich manchmal auch einen Spaß aus ihnen machen. Aus Pachernegg konnte man sich keinen Spaß machen.
»Ich jedenfalls nicht«, murmelte der Major vor sich hin und ballte die Fäuste.
Er war alt genug, um seine eigenen Fehler zu kennen: Immer ließ er sich hinreißen, einen um Grade anderen Standpunkt zu verfechten, als den soeben anerkannten allgemeinen. Alle Lehrer und Ausbilder waren der Meinung gewesen, daß die lästige Freundschaft der beiden Zöglinge unterbunden werden sollte. Im Grunde war auch er dieser Meinung gewesen. Dann hatte er sich zum Fürsprecher einer Ausnahme gemacht. Warum eigentlich? Ihm waren die beiden Knaben gleichgültig, und wenn er den einen Buben – wie hieß er doch gleich? ach ja, den Bourdanin – gelobt hatte, so hatte er dabei nichts im Sinn gehabt, als einen kleinen Sermon zu halten, um zu zeigen, daß er feiner, tiefer, klüger dachte. »Perlen vor die Säue geschüttet«, sagte er laut zu sich selbst, zuckte die Achseln und zog einen Stapel Hefte heran, die er sich zum Korrigieren mitgebracht hatte. Als er das erste vom Stoß nahm und den Namen las, lachte er auf:
»Balthasar Bourdanin, Erster Jahrgang.«
Zur selben Stunde hat Hauptmann Pachernegg »Leibesübungen« beim Ersten Kurs. Noch immer geladen und voll Zorn über des Majors offene Mißachtung stürzt er in den Turnsaal. Die Kadetten sind angetreten. Pacherneggs Augen suchen nach Balthasar.
»Da ist er ja, der Poet! – Wie – oder nicht? Sind Sie etwa nicht Poet, Bourdanin? Ich hörte Sie soeben als solchen gerühmt. Na, kommen Sie mal an die Kletterstange, da werden wir ja gleich sehen, wie hoch Sie es bringen. Hopp, hopp. – Etwas schneller, etwas schneller. Hat man schon einen solchen Lahmarsch gesehen?«

Die Kadetten beginnen zu lachen. Balthasar quält sich bis an die Decke hoch. »Und runter!« kommandiert es von unten. – »Und jetzt ans Reck!«
So geht es die Stunde lang. Die Kadetten lachen nicht mehr, wenn Balthasar – von Pachernegg von Gerät zu Gerät gejagt –, immer öfter bei Auf- und Abschwung, Strecke und Sprung versagt. Sie ahnen, daß hier etwas anderes vor sich geht als eine normale Prüfung; auch Balthasar weiß es, und er beginnt zu fürchten – und zu hassen.

Heimischer Zwischenakt

Indessen geht das Leben im Haus der Atlanten weiter wie bisher, das heißt, ganz dasselbe wie bisher ist es doch nicht. Auch Margret fehlt, auch Margret ist vom Vater in ein Institut gebracht worden. Dort soll sie einen Beruf erlernen, und der einzige Frauenberuf, der als nicht anrüchig gilt, ist der einer Lehrerin. Auch in diesen Belangen ist Rittmeister Bourdanin ein eigenwillig denkender Mensch. Obwohl er von seinen Töchtern als weiblichen Wesen nichts Besonderes hält (»Lange Haare – kurzer Verstand«), so will er doch nicht, daß sie ihre Tage später damit verbringen, auf einen Freier zu warten und dann, dumm und unbedarft, in eine beliebige Ehe zu stolpern.
Hier in Pilsen gibt es keine einschlägige Schule für Mädchen. Aber in Eger genießt ein Frauenorden einen guten Ruf. Er bildet deutsche Bürgerstöchter aus, und das von den Eltern zu entrichtende Pensionsgeld soll mäßig sein. So wird Margret angemeldet. Die Rückantwort enthält einen hypothetischen Satz (»Wenn die Kandidatin entspricht ...«) und eine lange Reihe Forderungen, was in das Institut mitzubringen sei: Bett- und Leibwäsche, soundsoviel Stück, alles monogrammiert; zwei Röcke, dunkelblau,

zwei Jacken, dunkelblau, zwei Mäntel, dunkelblau, zwei Blusen weiß und dunkelblau. Überhaupt habe jedes Kleidungsstück »strengem weiblichen Anstand« zu entsprechen.

Die Liste setzte vor allem Marie in Bewegung. Nicht etwa, daß nicht schon bisher jedes Kleidungsstück der Stieftochter »strengem weiblichen Anstand« entsprochen hätte, doch das viele Dunkelblau mußte doch erst beschafft werden. Also läuft Marie und kauft, schneidet zu, näht, säumt, monogrammiert. Wenn sie Margret auffordert, sich an der Arbeit zu beteiligen, seufzt diese schwer und meint nur: »Geh, Mutter, du machst doch alles viel besser allein.«

Endlich ist alles fertig und in einen großen Strohkoffer verpackt. Marie hat es sich nicht verkneifen können, an Jacken und Jäckchen kleine Messingknöpfe anzubringen und die Blusen mit schmalen Spitzenkräglein zu zieren, zur Aufhellung, wie sie hofft – und trotzdem noch »strengem weiblichen Anstand« entsprechend.

Als der Rittmeister aus Eger zurückkehrte, empfing sie ihn mit der Frage: »Nun, wie war es dort?«

Der Rittmeister zuckte die Achseln. »Weiberwirtschaft. – Was kann's dort auch andres sein als Weiberwirtschaft?« Dann fügte er hinzu:

»Hab dort gleich die anderen, Kläre und Luise, mitangemeldet; in zwei und vier Jahren ist's ja mit ihnen auch so weit, so war's in einem Aufwaschen getan.«

Ach so, dachte Marie. Auch Kläre und Luise, auch sie dunkelblau, dunkelblau. Aber es wird für sie überall besser sein als zu Hause.

Jetzt, da die Ältesten aus dem Haus waren, konzentrierten sich Bourdanins pädagogische Maßnahmen auf die vier übriggebliebenen Jüngeren, insbesondere auf Mariens ersten Sohn Roderich. Von allem Anfang an hatte der Vater eben dieses Kind mit einer Art schwelenden Mißtrauens betrachtet: »In ihm steckt nichts Gutes.« Wieso, um Himmels willen, nichts Gutes? – Roderich war ein hübsches, aufgewecktes Kind, bald auf den Beinen, lustig und anschmiegsam. Ja, es stimmte schon: Keins der Kinder hatte das Tischtuch samt Tassen und Tellern so flink vom Tisch gezogen und war dann jubelnd in den Scherben herumgesprungen. Keins hatte es gewagt, Vaters kostbares Schreibzeug so gründlich durcheinander zu bringen. Keins hatte sich so oft Brandblasen an der heißen Herdplatte geholt, hatte sich so oft den Kopf blutig gestoßen und die Finger eingeklemmt. Meist setzte es dann von seiten des Vaters Donnergepolter, Püffe – und nicht selten Prügel.

Ach ja, der kleine Roderich. Er bezog Prügel, nur zu oft, nur zu oft.

Dabei schrie er nicht, wie andere Kinder schreien, er jammerte nie, hielt sich nur stumm und blaß das Gesäß und versteckte sich in einem Winkel. Dafür bekam er oft Streit mit anderen Buben, auch mit älteren, die kräftiger waren als er. Von den Dienstmädchen ließ er sich gerne streicheln und rubbeln. Mit fünf griff er ihnen an den Busen, mit sieben erklärte er einer kraushaarigen Maid vom Lande, er werde sie einmal heiraten. Woher er nur diese Gedanken hat? – fragte sich die Mutter, und dann fiel ihr Roderichs Amme ein, die junge feurige Batschka Bastriza, die damals, in Roderichs erstem Lebensjahr, das ganze Haus Bourdanin samt Schwägerin in Aufregung und Verwirrung gestürzt hatte; Streit war ausgebrochen zwischen den Männern, und der Rittmeister hatte sich darüber nie mehr ganz versöhnen lassen. Das waren jetzt schon alte Geschichten, uralte sogar, sollte so etwas wieder auftauchen? Marie schüttelte den Kopf und schob die trübe Ahnung von sich.

Auch in der Schule fiel der kleine Roderich manchmal unliebsam auf. Erst lobten ihn die Lehrer über den grünen Klee seiner raschen Auffassungsgabe, seiner Höflichkeit wegen. Dann kamen Klagen:
Er habe dem Franziskanerpater, der die Klasse in Religion unterrichte, heimlich und tückischerweise eine rosa Masche an den vom Zingulum herabhängenden Rosenkranz geheftet und den alten würdigen Herrn damit dem Spott der Gassenjungen als »Mascherlpater« ausgesetzt.
Marie fing die Klage ab. Sie nahm den Sohn ins Gebet.
»Höre mal, du«, sagte sie ernst und dringend, »mit heiligen Dingen darf man doch keine Späße treiben.« – »Womit darf man denn dann Späße treiben?« antwortete er. Die Mutter verstummte erschrocken.

Weitere Beschwerden trafen ein: Schüler Bourdanin spitze unentwegt seine Bleistifte, auch während des Unterrichts, lege sie dann in schönster Ordnung vor sich hin, um die ohnehin nadelscharf gespitzten fünf Minuten später von neuem zu spitzen; die ganze Klasse lauere schon auf den Vorgang und breche jeweils in Gelächter aus, was den Unterricht störe und doch nicht anders gedeutet werden könnte, als daß Schüler Bourdanin die Unterrichtsperson aus Langeweile oder Bosheit zum Besten halten wolle.
Marie beschwor den Knaben, den Jux zu lassen.
Doch zwei Tage später ein neues Billet: Man habe sich entschlossen, ihm Bleistifte und Federmesser zu konfiszieren. Diesmal gelangte die Nachricht an den Vater.
Doch zuvor hatte sich Roderich schon in der Kanzlei des Direktors gemeldet und sich darüber beklagt, daß man ihm die nötigsten Lernbehelfe entzogen habe. Zu aller Verwunderung ergriff der Vater in diesem Fall des Sohnes Partei.

Damit schien dieser sein Ziel erreicht zu haben. Er ließ Stifte und Federmesser ruhen und sah sich nach neuen Unterhaltungen um.
Zu diesen gehörte – freilich zu seinem eigenen Schaden –, daß er seine Mitschüler durch allerlei Hänseleien gegen sich aufreizte. So kam es in den Pausen oder am Schulweg immer wieder zu Raufereien, in deren Verlauf Roderich blaue Flecke und eine blutige Nase abbekam. In jämmerlichem Zustand kam er nach Hause. Mal fehlte ein Knopf an seinem Rock, mal war die Mütze verloren. Die Mutter verbarg die Schäden so gut es ging. Der Vater schimpfte und drohte mit dem Stock.
Schwerste Strafen waren Roderich angekündigt, nachdem dieser einen neuen Freund gefunden hatte; dieser Otto Strele, ein großer schwergewichtiger Kerl, der – unzureichender Leistungen wegen – die dritte Volksschulklasse zum zweitenmal durchlief, war dem Rittmeister ein Dorn im Auge: Konnte der Sohn keine bessere Gesellschaft finden? Er wußte nicht, daß Roderich gute Gründe hatte, sich an den Dicken zu halten, denn immer, wenn er in eine Prügelei mit anderen Buben geriet, erschien der Otto und trommelte mit schweren Fäusten in die Schar seiner Gegner. Die nahmen dann schnell Reißaus. Triumphierend lachte Roderich hinter ihnen her und erlaubte Otto, hinter ihm herzutrotten.

Es war in jenem Frühwinter, als Balthasar und Margret im Haus der Atlanten fehlten: Ungewohnt bald fiel scharfer Frost ein und ließ den nahen Fluß, die träg fließende Radbusa, vereisen. Aber das Eis war noch dünn, zur Mitte hin offen. Da lief noch schwärzlich regsam das Gerinne.
Der Rittmeister hatte das auf seinem Vormittagsspaziergang über die Brücke bemerkt. Beim Mittagessen ließ er sich in strengem Ton vernehmen: Keines der Kinder sollte es sich einfallen lassen,

den vereisten Fluß zu betreten. Dabei klopfte er mit dem Gabelstiel kräftig auf den Tisch und rollte seine schwarzen Augen. Marie schaute schnell in ihren Teller. Für sie, die sich ängstigte, einem See oder sonst einem größeren Gewässer nahe zu kommen, war es undenkbar, daß sich eins der Ihren auf das brüchige Eis wagen könnte. Wozu also das Getöse? dachte sie. Die Kinder sind ohnehin in der Schule, und wenn der Abend kommt, getraut sich sicher keins zum Fluß hinunter.

Seit einiger Zeit litt der Rittmeister an einem schmerzenden und geschwollenen Fußgelenk. Darum nützte er die stille Nachmittagsstunde dazu, das Bein zu baden und von Marie massieren zu lassen. Sie hatte eine gute Hand für derlei Dinge. Behaglich zurückgelehnt, genoß er das sanfte Streicheln und Kneten und den würzigen Duft der Arnikasalbe, mit der Marie den Knöchel behandelte. In solchen Augenblicken war das Ehepaar freundlich-friedsam beisammen und fühlte, jedes für sich, mit einer Art zarter Verwunderung die ungestörte Zweisamkeit als Wohltat und einen Hauch von Glück.
Da schellt es an der Wohnungstür.
Marie fährt zusammen; sie weiß sofort, wer da geschellt hat: Roderich. Es ist erst drei, zu früh, ja viel zu früh für eine ordnungsgemäße Heimkehr von der Schule.
Zum Glück hat der Mann die Glocke überhört.
Marie ist schon draußen. »Was ist los?«
Der ganze Junge ist triefend naß, und nicht nur naß, sondern von Eis überkrustet: Mütze, Haare, Überrock; aus den Schuhen tropft Wasser.
»O Gott.«
»Ich hab die Uhr, Mutter, die Uhr hab ich.«
Welche Uhr? Ach ja: Roderich hat zum letzten Geburtstag vom Vater eine Uhr erhalten und mit dem Hinweis geschenkt

bekommen: »Daß du sie mir ja nicht verlierst!« – Nun hat er die Uhr. Aber was, um Himmels willen, ist eigentlich geschehen?

»Komm, komm herein. Was hast du gemacht? Schnell, schnell! Aber leise! Wenn der Vater es merkt ... Geh in die Speisekammer! Ich hol dir Kleider. Dort zieh dich aus! Junge, Junge, du bringst mich um.«

Marie hat Roderich in seinem eisig triefenden Anzug in die kalte Speisekammer gestopft, sie rennt um trockenes Zeug, da schallt die Stimme des Mannes aus dem Alkoven: »Marie! Marie!«

»Ja, was soll's sein?«

»Sei so gut und bringe mir frische Socken.«

Marie läuft.

»Und sei so gut: die anderen Hausschuhe.«

»Jaja, sofort.«

»Und, bitte, jetzt den Tee!«

»Ja, auch den.«

Die Mutter hetzt in die Speisekammer. »Bub, du klapperst ja mit den Zähnen. – Hier ein Hemd, eine Jacke, Hosen. Ich konnte nicht früher. Ich konnte nicht.« Und dann, ihn umarmend: »Roderich, was hast du nur wieder angestellt?«

Roderich liebt weder Religion noch Gesang, und weil beide Unterrichtsfächer auf diesen Nachmittag fielen, so ist er diesmal nicht zur Schule gegangen. Statt dessen zur Radbusa, Otto Strele mit ihm. Das Eis an den Flußrändern war gut und fest. Sie schliffen darauf, es ging vorzüglich. Aber dann ... »Ich hab's ihm ja gesagt: ›Gib obacht! Nicht zu weit! Mich trägt's, aber du bist zu schwer.‹ Und dann war er drin. Wenn dort nicht irgendwo eine Stange gelegen wäre, Mutter – ich glaub, er wär' ersoffen.«

»Wer denn, um Himmels willen?«

»Na, der Otto.«

»Was? Wie? Der dicke Strele? Schon wieder!? Du weißt doch, der Vater hat es dir verboten, mit *dem* … ›Ein Tunichtgut‹, sagt er. Und warum auf's Eis? Du kannst den Tod davon haben.«
Marie hat den Jungen in trockene Kleider gesteckt. Sie wärmt seinen Rücken mit heißen Stürzeln. Sie kocht ihm Lindenblütentee und süßt ihn mit Honig. Sie tut alles, was sie sich nur ausdenken kann, um den Sohn vor einer Krankheit zu bewahren. Dabei lauscht sie immerfort in die Zimmerflucht, ob wohl der Gatte nicht komme, er könnte sich über Roderichs frühzeitige Heimkehr wundern, könnte fragen, bemerken, mutmaßen, erraten. Nein, gottlob! Die Zeit verrinnt. Er mag, durch Fußbad, Massage und Teegenuß in beruhigte Stimmung versetzt, über Lektüre oder sonst einer stillen Betätigung in Träumereien versunken oder gar für ein kleines Nickerchen eingeschlummert sein. Marie hofft es, Marie sendet Stoßgebete zum Himmel. Der Himmel scheint sie zu erhören.
Aber das Schicksal ist unerbittlich.

Am anderen Vormittag – Roderich sitzt längst in der Schule – läßt sich der Fabrikant Bonifaz Strele bei Bourdanins melden. Mißtrauisch betrachtet der Rittmeister die goldgeränderte Visitenkarte. Strele – was will der hier? Nicht sogleich fällt es dem Rittmeister ein, der Mann könnte etwas mit dem Buben zu tun haben, der mit Roderich in einer Klasse sitzt und als der schlechteste Schüler gilt. Die Bezeichnung »Fabrikant« allein erregt in ihm Widerstand; er kann Fabrikanten nicht leiden. Er hält sie alle mehr oder minder für Schwindler, Blutsauger dazu und für Verächter der Monarchie.
Er möchte den ungebetenen Gast am liebsten abweisen, aber das Dienstmädchen hat den Prächtig-Pelzberockten schon eingelassen. Dieser verbeugt sich tief. »Nun, was gibt's?«
»Ich habe die Ehre, Herr Rittmeister, ich bitte um Verzeihung.

Ich wollte mich nur nach dem Befinden erkundigen. Der arme Junge! Aber so tapfer, so tapfer! Bewundernswert.«
»Ich weiß nicht, wovon Sie reden.«
»Ich möchte mich nur bedanken, Herr Rittmeister, von Herzen bedanken. Und meine Frau dankt auch. Nicht auszudenken, wenn der Otto … Sie hätte es nicht überlebt. Er ist unser Einziger.«
»Erklären Sie mir nur …«
»Unser Einziger, ja, das müssen Sie wissen. Wofür arbeitet unsereiner, wenn nicht für's Kind, für den Erben, nicht wahr? – War das gestern ein Schrecken! Wir haben gleich unsern Hausarzt gerufen, damit nicht vielleicht eine Lungenentzündung … Jetzt liegt er im Bett, der Otto. Eine gründliche Schwitzkur, das kann nicht schaden …«
»Ich begreife nicht.«
»Ein Wunder, Herr Rittmeister, ein Wunder, daß die beiden mit dem Leben davongekommen sind. Der Roderich hat sich ja als Freund erwiesen für meinen Buben, als wahrer Freund. Denn ohne ihn wäre mein Otto nicht mehr.«
»So?« sagte der Rittmeister, das Blut war ihm langsam zu Kopf gestiegen. »Ich habe meinem Sohn den Umgang mit Ihrem Sohn verboten, Herr Strele, die Gründe stehen hier nicht zur Debatte. Aber ich merke, er hat sich meinen Verboten widersetzt – ich möchte ja nun endlich erfahren, was geschehen ist.«
»Wa – was geschehen – ist?« stammelte der Fabrikant. »Ja, hat Ihnen denn der Roderich nichts gesagt?«
»Kein Wort«, rief der Rittmeister zornig. »Kein Wort.«
»Daß er den Otto aus der Radbusa gezogen hat –«

Eine Stunde später kehrt Roderich aus der Schule heim. Er ist noch blaß, hat Ringe unter den Augen, die Mutter erwartet ihn auf der Treppe.

»Kind, du mußt zum Vater hinein.«
»Wieso?«
»Der Vater weiß alles.«
»So?«
»Und er ist sehr böse.«
»Hm.«
»Weil es der Strele war.«
»Hm, ja.«
»Bist du nicht krank? Roderich, du schaust so elend aus.«
»Nein, mir fehlt nichts.«
»Friert dich nicht?«
«Nein.«
»Tut dir nichts weh?«
»Hör schon auf, Mutter, hör schon auf.«
Sie nimmt ihn für einen Augenblick in ihre Arme und preßt den schmalen Bubenkörper an sich. »Ach, ach, ach – aber jetzt mußt doch zum Vater hinein.«

In der Küche sitzen Luise und Fritzchen verstört beisammen. Die Mutter gibt ihnen heute hier das Essen auf einem kleinen Katzentisch, denn drinnen im Zimmer geht das Strafgericht vor sich. Mit bebenden Händen rührt sie den Kleinen die Suppe. Die Kinder kauern und lauschen. »Du, Mutter!« Luise flüstert es.
»Ja?«
»Was hat der Roderich eigentlich Böses getan?«
Die Mutter findet so schnell keine Antwort.
»War es denn schlecht, daß er den Strele aus dem Wasser gezogen hat?«
»Nein, das war nicht schlecht; schlecht war, daß sie nicht in die Schule gegangen sind und statt dessen auf das Eis, und daß es der Strele war, mit dem er gegangen ist. Das war ihm verboten, Luise, verstehst du das?«

Aus dem Zimmer erschallt die donnerndste Donnerwetterstimme. »Ich verlange Gehorsam«, schallt es, »Gehorsam, Gehorsam!«
Jedes Wort wird von einem dumpfen Schlag begleitet, als würde ein schwerer Gegenstand gegen den Boden gerammt. »Gehorsam! Gehorsam.«
Luise und Fritzchen hocken beinander wie Kinder, die sich vor einem Gewitter fürchten. In ihren Augen spiegelt sich das Grauen wie ein endloser greller vernichtender Blitzschlag. Frau Marie hätte am liebsten vor Pein geschrien, hätte den Kindern am liebsten mit beiden Händen die Gesichter verdeckt.
»Hast du's gehört?« flüstert Fritzchen heiser. »Gehorsam hat er gesagt. Gehorsam.« Er hebt den Finger und zeigt zum Himmel wie ein Gläubiger, der seines Gottes Stimme hört.
In Luise geht etwas anderes vor. Ihr Gesicht wird rot, als hätte sie etwas verschluckt, was ihr jetzt in der Kehle steckt. Ihre Züge verzerren sich, aus ihren Augen quellen Tränen. Mit einem Male springt sie auf, daß die Suppe über den Tellerrand spritzt, rennt zur Tür, rennt hinaus.
»Luise, Luise, was tust du?«
Aber schon hört man: Sie hat den Weg in Vaters Zimmer genommen. Man hört seine Stimme, dann die ihre; die ihre schreiend, in höchstem Diskant: »Tu dem Roderich nichts! Tu dem Roderich nichts!«

Dann erfolgt ein langes lautes flehendes Weinen, Stammeln, Schluchzen. Endlich kehrt das kleine Mädchen in die Küche zurück, zerrauft, in Tränen aufgelöst, unsäglich verrotzt und glückselig:
»Nein, Mutter, der Roderich bekommt keinen Stock. Er muß jetzt schreiben, aus Smiles Buch muß er ein ganzes Kapitel abschreiben, siebzehn Seiten, aber er bekommt keinen Stock.«

In der Nacht erwacht Frau Marie in seltsamer Unruhe. Sie setzt sich auf, der Mond scheint in das Fenster, er steht tief über dem Dach des Nachbarhauses, beinahe voll, nur die rechte Wange zeigt einen Schattenstrich.

Der Frau ist, als müßte sie aufstehen, als müßte sie nach den Kindern sehen. Um keinen Lärm zu machen, schleicht sie barfuß hinüber und sieht sogleich im schrägen weißen Licht: Fritzchens Bett ist leer. Das Kind kniet daneben auf dem Boden, im dünnen Hemd, hat die ausgebreiteten Arme auf einen Stuhl gelegt. Es schläft.

»Aber Fritzl!« ruft die Mutter leise.

Das Kind taumelt empor.

Da tritt die Mutter auf ein hartes kantiges Ding; zwei Holzscheitchen sind es, auf denen das Kind gekniet hat.

»Um Gottes willen, was ist denn das?«

Schlaftrunken läßt sich der Knabe in sein Bett heben. Im Mondlicht sieht die Mutter die tiefen Kerben, die sich in seine Schienbeine gedrückt haben. Unbegreiflich, wie er so hatte schlafen können! Wie lange hatte er denn in dieser Marterstellung ausgehalten? Die Uhr schlägt zwei.

»Aber Kind, Kind, warum hast du das getan?«

Fritzchen verbirgt sein Gesicht an der Mutter Brust. Nach einer Weile spürt sie, wie seine Tränen ihr Hemd durchnässen. »Das mußt du mir aber jetzt sagen! Liebling, warum?«

»Wegen Roderich.« Die Antwort war kaum zu hören.

»Wegen Roderich?«

Der Knabe nickt. Er zittert wie Laub. »Er hat doch sollen – der Vater hat doch – aber Luise hat gebeten – und dann –. Da hab ich gedacht, daß ich für Roderich auf den Hölzerln knien könnte.«

«Ach Gott.«

»Ja!« Er umklammert die Mutter, nickt leidenschaftlich an ihrem Hals: »Denn der Vater sagt: Gehorsam! Gehorsam!«

Die Mutter sitzt erstarrt.
Nach einer Weile merkt sie, wie das Kind, allmählich ruhiger geworden, schwerer in ihren Armen liegt. Sie wagt den kleinen schwächlichen Körper auf das Bett gleiten zu lassen, zieht ihm die Decke bis zum Hals, breitet noch eine Decke darüber. Dann geht sie. Doch zuvor bückt sie sich nach den Scheitchen und verbirgt sie unter ihrer Nachtjacke.
In der Küche zündet sie eine Kerze an. Sie betrachtet die Scheitchen und fährt mit dem Finger über die Kanten. Dann reißt sie den Herd auf und schleudert sie, erschauernd, in die noch glosende Glut.

Balthasar zum dritten

Eines Tages, als sie eben von einer Übung einrückten, näherte sich ihm der Mausgraue mit verschwörerischer Miene. – Die beiden hätten im Augenblick unbehindert miteinander sprechen können, aber Krabotschnigg drückte Balthasar nur einen in Spiegelschrift gekritzelten Zettel in die Hand: »Komm um sieben zum Schwarzen Kreuz. Ich habe dir etwas Fürchterliches mitzuteilen.«
Das Wort *Fürchterliches* war dreimal unterstrichen.
Das Schwarze Kreuz hieß ein Winkel im obersten Dachbodengeschoß der Anstalt, wo irgendwer, vielleicht vor Jahren, mit Teer ein Kreuz an die Wand gesudelt hatte. Diesen Ort suchten die Zöglinge nur heimlich auf, wenn sie sich zu irgendwelchen verschwörerischen Absprachen treffen wollten. Er war der entlegenste und galt als der verrufenste Platz im ganzen Gebäude. Als Beleuchtung diente eine kleine Grubenlampe; sie wurde, trotz schwerster Verbote, auf dem Dachboden Licht zu schlagen, immer wieder angesteckt.

Als Balthasar nach dem Abendessen hinaufschlich, hockte Krabotschnigg schon da. »Schwöre mir, daß du schweigst!« So begann er seine Mitteilung.
»Jaja, ich schwöre. Ist etwas mit Ottavio?«
»Schwöre mir dreimal: beim Leben deiner Stiefmutter, beim Leben deiner Geschwister. Beim Leben ...«
»Ich schwöre dreimal.«
»Ottavio und Pachernegg sind Todfeinde.«
»Ach – wirklich?«
»Und ich weiß jetzt auch, warum. Sie haben ein Duell miteinander gehabt, ein Duell auf Pistolen, es ist schon lange her. Wegen einer Frau.«
»Einer Frau?«
»Sie war mit Ottavio verlobt. Eine Adelige. Eine Gräfin. Aber ihre Eltern wollten nicht, daß sie den Ottavio nimmt, er war ihnen zu arm.«
»Ja, und –?«
»Der Pachernegg hat sie gesehen und sich in sie verknallt; und hat sie an sich gelockt und sie verführt.«
»Ach.«
»Dann haben sie sich geschossen, der Ottavio ist verwundet worden, er wär fast gestorben. Der Pachernegg hat Festung bekommen, aber was hat ihm das schon ausgemacht, die Gräfin hat er doch schon gehabt.«
»Nicht möglich.«
»Warum denn nicht? Sie war halt ein Luder. Die Weiber sind schlecht, sie kennen keine Treue, sie wollen keine Treue. Sie wollen einen, der sie nimmt und dann wegwirft; aber das verstehst du noch nicht, du hast noch keine Erfahrung.«
Balthasar stand stumm.
»Seither hassen sie sich«, fuhr Krabotschnigg fort. »Der Pachernegg lacht den Ottavio aus, weil er sich hat betrügen lassen. Aber

Ottavio wird sich das nicht ewig gefallen lassen. Eines Tages werden sie sich wieder duellieren – und wie das dann ausfällt, weiß der Himmel.«

Balthasars Atem stockte.

Er hatte nie lügen gelernt. Daheim hatte es für das größte Vergehen gegolten, die Unwahrheit zu sprechen oder auch nur eine Aufschneiderei von sich zu geben. In diesem Punkt waren Vater und Mutter gleich streng. So lagen Krabotschniggs Phantastereien ganz außerhalb seiner Vorstellungswelt. Er glaubte, Wort für Wort, was ihm der Freund erzählte. Statt diesen zu fragen, woher er seine Nachrichten nähme, fühlte er sich nur in seinem eigenen Gefühl bestätigt: Ja, Ottavio und Pachernegg waren Feinde, Todfeinde sogar. Sie konnten auch gar nichts anderes sein: der kluge feine Major, der grobe lümmelhafte Hauptmann, der Eine, Geliebte; der andere, Gehaßte: Welten lagen zwischen ihnen, Abgründe. Ich hab's gewußt, dachte Balthasar in sich hinein, ich hab's gewußt, alles in ihm dröhnte dieses eine: Ich hab's ja schon längst gewußt.

Schlaflos lag er die halbe Nacht auf seinem Feldbett. Was hatte Krabotschnigg über diese Feindschaft gesagt? Wegen einer Frau? Balthasar konnte sich diese Frau gar nicht vorstellen. Er wollte sie sich nicht vorstellen: Eine, die von Ottavio zu Pachernegg überlief, die konnte es doch gar nicht geben!

Drei Tage später hielt er schon wieder einen von Krabotschniggs zusammengekniffenen Zettel in der Hand. »Sie werden sich wieder duellieren. Die Sekundanten sind schon bestimmt. Pachernegg hat seine Pistole mit einem Dumdumgeschoß geladen.«

Balthasar stürzte auf Krabotschnigg zu. »Was ist das, ein Dumdumgeschoß?«

»Das weißt du nicht? Die Engländer haben's erfunden, damit sie dort in Indien schnell reinen Tisch machen können. Da feilt eins am Geschoßmantel herum, und das Ding explodiert im Körper, wenn es getroffen hat. Da kommt dann keiner davon.«

»So was ist doch verboten, oder?«

»Freilich verboten. Aber wer fragt danach, wenn's mal gewirkt hat?«

Balthasar steht wie gelähmt. Ihm stockt der Herzschlag. Ihm zittern die Knie. Man spricht ihn an, er antwortet nicht. »Bist du krank – oder verrückt?« Zusammenschauernd blickt er um sich. Noch einmal zu Krabotschnigg: »Weißt du es sicher?«

»Freilich.«

»Ganz sicher, Alfons?«

»Ganz sicher. Ich hab sie heute aneinander vorübergehen gesehen: ohne Gruß, ganz steinern, jeder hat in eine andere Richtung geschaut.«

»Nein! nein!«

»Was heißt hier: Nein? Hab ich's gesehen oder du?«

Sofort stand es für Balthasar fest, daß er den Major retten müßte. Wie aber, wie? – Das wußte er nicht. Er wollte Pachernegg anfallen, niederschlagen, erwürgen. Er wollte sich Ottavio zu Füßen werfen und ihn anflehen, den Zweikampf nicht auszutragen. Er wollte dem Kommandanten Meldung erstatten. Er wollte ausbrechen, nach Wien fahren, in die Hofburg und nach Schönbrunn, wollte den Kaiser zu Hilfe rufen; der Kaiser konnte das Duell verbieten, ihm mußten alle gehorchen …

Ein Schwarm von Wahnsinnsgedanken wankte durch Balthasars Kopf. In der verzweifelten Gewißheit des zu Tode Geängstigten hielt er auch schon das Allerschlimmste für sicher. So nahm er an, daß das Duell bereits am nächsten Morgen stattfinden sollte. Er erdachte sich einen Vorwand und klopfte bei Ottavio an.

Wie oft hatte er diese Stube schon betreten! Heute fand er sie, so kam ihm vor, in ungewohnter Unordnung. Der Tisch war mit allerlei Papieren bedeckt. Im Aschenbecher verschmauchte eine Zigarette. Ottavio stand an seinem Schreibpult und schrieb – was konnte er schreiben als Abschiedsbriefe? Er, der sonst so freundlich gewesen war, schenkte Balthasar heute kaum Beachtung. Zerstreut gab er Antwort auf die mühsam herausgestotterten Vorwands-Fragen. Dann wandte er sich wieder seinen Papieren zu. Balthasar sah sich entlassen.
Es ist also wahr, sagte er sich. Morgen ist der Tag. Morgen werden sie sich schießen. Ehe die Sonne aufgeht, ist er nicht mehr. Ich will aber nicht leben, wenn er nicht lebt. Wenn er nicht mehr lebt, ist für mich alles zu Ende. Die mörderischen Kugeln werden ihn zerreißen – und ich werde nichts getan haben, um das zu verhindern. Ich werde nichts getan haben für den besten Menschen, der je auf Erden gelebt hat.
Balthasar lief in den Park hinaus. Es war auch hier Winter geworden. Schnee lag, mit moderndem Laub vermischt, in nassen Ballen auf dem bleichen Rasen.
Balthasar schlang die Arme um den triefenden Stamm einer Buche: innen stieg schon der Saft des sich erneuernden Lebens; er aber sah nur, daß ihr Laub braun verdorrt raschelnd zu Boden fiel.
Endlich wußte er, was er tun sollte: Die Waffe wollte er dem Feind entwenden; mit ihr wollte er zum Kommandanten gehen und die verbotenerweise manipulierten Geschosse aus dem Magazin schütten. Dann war es zu Ende mit Pachernegg, das Kriegsgericht war ihm sicher. Balthasar sah seinen Quälgeist schon verurteilt, aller Rangabzeichen beraubt, mit herabgerissenem Kragen, blutunterlaufenen Augen ins Gefängnis geschickt. »Mörder!« gellte eine Stimme hinter ihm her, »Mörder«!

Balthasar lacht auf und schlägt sich mit der Faust vor die Brust. Der Haß, der in ihm gegen den Mann gewachsen war, steht in hellen Flammen.
Am Abend faßt er Krabotschnigg am Hemd.
»Hör mich an, du sollst es wissen: Heute nacht um elf, da geh ich hin.«
»Zu Ottavio?«
»Zu Pachernegg. Der ist im Kasino. Jeden Abend ist er dort und kommt vor zwölf nicht zurück. Der Schlüssel steckt, und sein Bursch, ich weiß es, schläft nicht dort. Ich hol die Pistole.«
»Du bist verrückt!«
»Vielleicht. Was geht's mich an? – Und du stehst mir Posten.«
»Ich? Posten?«
»Du willst nicht?«
»Bourdanin, wenn sie dich erwischen …«
»Das ist mir gleich.«
»Du fliegst hinaus.«
»Was kümmert's mich?«
»Bourdanin, dein Vater prügelt dich tot.«
»Danach frag ich nicht.«
»Wer weiß, ob sie sich überhaupt schießen?«
»O pfui! Das sagst du aus Feigheit.«
»Was du willst, ist Wahnsinn.«
»Es ist nur Pflicht.«
»Dein Vater –«
»Hör mir mit meinem Vater auf! Ich kenne nur einen Mann, den ich mir zum Vater wünsche …«
»Achtung. Man kommt.«
»Also: Um elf.«
»Meinetwegen: Um elf.« – Und für sich murmelt der Mausgraue: »Könnt mir so einfallen!«

Fünf vor elf raschelt das Laken in des jungen Bourdanin Bett. Die Decke wird zurückgeschoben, zwei nackte Füße treten auf den Boden. Lautlos tasten sie sich über das kalte Linol. Ein raunender Mund beugt sich zu Krabotschniggs Ohr.
»Hopp hopp, es ist Zeit.«
Krabotschnigg hebt den Schädel vom Kissen.
»Vorwärts! Heraus!«
Krabotschnigg kriecht von der Matratze. – Es ist ihm gelungen, Balthasar zu überzeugen, daß es am besten sei, er, Krabotschnigg, werde am ersten Gitter Wache halten. – Damit war für ihn nicht viel gewagt; dort lagen die Aborte, die Waschräume, da war im Fall einer Entdeckung eine Ausrede gleich bei der Hand. – Balthasar hatte die fadenscheinigen Gründe des Freundes endlich gelten lassen. Der Kärntner war überzeugt, der Freund habe den Verstand verloren.
Bloßfüßig schlichen sie aus dem Schlafsaal. Im Flur schlüpften sie in die Hosen. Am ersten Gitter reichten sie einander die Hände. »Also mach's gut. Hals- und Beinbruch – und sei gescheit!«
Vor Balthasar lagen die langen, gewinkelten Flure von Trakt zu Trakt. Sie waren kaum erhellt, nur an zwei Stellen brannten trübe Petroleumfunzeln. Da waren auch die beiden schmiedeeisernen Gitter, das erste war, wie die Burschen wußten, fast immer unverschlossen. Das zweite war zwar versperrt, aber das oben lanzenförmig gespitzte Gestänge reichte nicht bis zur Decke. Leise drückte Balthasar das erste Pförtchen auf. Dann rannte er los.
Hinter ihm drehte Krabotschnik die erste Lampe aus.
Ehe Balthasar an das nächste Gitter kam, löschte er die zweite. Im Finstern schwang er sich hinauf, schwang sich durch den schmalen Schlitz unter der Wölbung, sprang jenseits ab. Spielend gelang ihm das, mühelos. In ihm stieß ein wilder Lacher: Heute, Pachernegg, bin ich *kein* Sack.

Nun galt es, die rechte Tür zu finden; die fünfte mußte es sein, die zum Quartier des Verhaßten führte. Balthasar strich die Wand entlang, sorgsam zählend. Da war sie. Er griff die Klinke, drückte sie nieder. Die Tür schwang auf. Erschauernd trat er in den fremden Raum.

Im ersten Augenblick war ihm, als hörte er jemanden atmen. Doch es war nur das Rasen des eigenen Herzschlags, das ihn täuschte. Jetzt galt es das Kühnste: Licht zu schlagen. Irgendwie. Wie von Geisterhänden geleitet, fand er eine Schachtel Zünder. Zischend fuhr die erste Flamme aus dem Phosphorkopf. Sie blendete nur; erst die zweite und dritte ließ etwas erkennen: das zerrüttete Bett, davor die Reitstiefel, kreuz und quer durcheinander geworfen. Auf dem Tisch eine halbgeleerte Flasche, Uniformstücke da und dort: Unordnung überall. Aber wo war die Waffe? Balthasar stürzte auf den offenen Schrank zu, streckte die Arme in die Liegefächer, wühlte hier, wühlte dort: Nichts. Er riß die Lade des Nachttischs auf: Nichts. Er riß die Schiebefächer der Kommode auf: Nichts. In einem Koffer lag schmutzige Wäsche. Von einem Bord kippten Bücher. Auch hinter ihnen: Nichts. Balthasar suchte immer verzweifelter. Anfangs hatte ihm jedes Geräusch wie Donnergepolter in den Ohren gedröhnt, jetzt gab er nicht mehr acht, Zündholz nach Zündholz flammte zwischen seinen Fingern auf, die verflackernden warf er zu Boden. Schließlich, das letzte Hölzchen ließ ihn innehalten: Über dem Waschtisch hing, mit einem Reißnagel an den Spiegelrahmen gespießt, das Bild einer Frau. Hätte Balthasar es genauer ansehen können, er hätte erkennen müssen, es war nichts als ein Buntdruck, aus einer Zeitschrift geschnitten; aber das Flackerlicht zeigte ihm nur eine weibliche Gestalt, die mit entblößtem Busen in roten Kissen lehnte, schwelgerisch ausgestreckt. Das, so durchzuckte es Balthasar, war gewiß die falsche Gräfin, die Treulose, derentwillen sich die Männer geschossen hatten. Von Wut übermannt,

streckte er die Hand gegen das Bild, riß es herunter und knüllte es zusammen.
Diese Tat, so sinnlos sie war, erleichterte ihn. Vor Frost und Aufregung zitternd, trat er den Rückzug an. Unbehelligt erreichte er das zweite, bei den Waschräumen gelegene offene Gitter.

Da aber kam ein Brüllen aus der Finsternis. Die Stimme schallte von weit hinten aus dem Flur. Balthasar erriet, wer da schrie: der Unteroffizier, der die Tagescharge hatte. »Halt, halt! Wer da? Wer da?«
Balthasar schnellte gegen den Schlafsaal, fuhr in sein Bett, riß sich die Decke bis unter's Kinn, unter ihr streifte er die Hose ab, dann lag er unbeweglich, mit geschlossenen Augen.
Das heisere Gebell kam herein. Es verdoppelte sich: Der Unteroffizier von der Tagescharge hatte einen zweiten Mann herbeigeholt. Mit ihren Blendlaternen leuchteten sie den Schlafsaal ab, schimpfend, fluchend, wer war durch die äußeren Flure gerannt? Wer hatte dort das Licht gelöscht? Keiner der Kadetten rührte sich. Krabotschnigg lag schon längst wieder in seinem Nest.
Zum Glück stand Balthasars Bett im Schatten eines Mauervorsprungs. So sah niemand, daß sein Gesicht von Schweiß bedeckt war.
Am anderen Morgen: Tumult. Tumult im ganzen Haus. Pachernegg war erst gegen sechs in sein Quartier zurückgekommen. Er hatte sofort bemerkt, was geschehen war: daß man die Schränke durchwühlt, daß man einen Teil seiner Möbel verrückt hatte. Sofort schrie er, daß er bestohlen worden sei. Die verstreuten Zündhölzer waren ein weiteres Corpus delicti. Alle Wachhabenden versammelten sich in seinem Zimmer. Der Unteroffizier, der die Tagescharge gehabt hatte, konnte nur bestätigen: Er habe eine verdächtige Gestalt im Flur gesehen, sie sei, darauf könne er schwören, in Richtung des ersten Schlafsaals verschwunden;

also mußte sich der Täter unter den Kadetten des ersten Jahrgangs befinden. Die dreißig Knaben wurden zum Rapport befohlen.

Zuvor war Balthasar mit Krabotschnigg zusammengetroffen. Dieser war bleich wie Mehl, seine Augen blinkerten wie in Todesangst.

»Du Narr, das hast du jetzt von deiner Pistole.«

»Ich hab sie ja gar nicht, Alfons. Ich hab nur das Bild.«

»Welches Bild?«

Balthasar zog den zerknüllten Druck aus seiner Hosentasche. Schon hatte ihn Krabotschnigg entrissen. »Und wehe«, zischte er, »wehe, wenn dir auch nur ein Sterbenswörtchen entschlüpft.« Seine Faust schlug in Balthasars Gesicht, dann rannte er davon. Balthasar stand und blickte dem anderen nach. Mit zitternder Hand tastete er nach seiner schmerzenden Lippe: Krabotschnigg hatte ihn auf den Mund geschlagen.

Nun also standen sie vor dem Oberst, dreißig Kadetten in drei Zehnerreihen. Hinter dem Oberst hatten sich die anderen Lehrer versammelt, Pachernegg vorne dran, der nach wie vor tobte; sein dunkelrotes Gesicht zeigte die dumpfe und rachsüchtige Wut eines gereizten Stieres, der seine Hörner zum Angriff senkt. Zum erstenmal sah Balthasar, daß sich im Nacken des Feindes das kurz geschorene Rothaar zu winzigen Locken krauste. Sein Kragen stand – gegen alle Vorschriften – bis unter den Hemdstreifen offen, als wollte er schon damit andeuten, daß er sich bei dem anhängigen Verfahren an keinerlei Form zu halten gedächte.

Ottavio fehlte – als Einziger fehlte er. Es hieß, er habe ein Telegramm erhalten, das ihn zu einem Begräbnis rief.

Der Oberst begann sein Verhör. Er ließ die Subalternen ihre Beobachtungen wiederholen, er bat Pachernegg die seinen vorzubringen. Pachernegg sprach wieder von Diebstahl. Der Oberst wehrte ab: Noch sei gar nicht klar, ob und was gestohlen worden sei. Dann baute er sich vor den Kadetten auf.

»Wir wissen, was geschehen ist. Der Vorfall ist unerhört, angetan, die Ehre der ganzen Anstalt in Verruf zu bringen. Für Einbrecher gibt es Zuchthäuser, keine Kadettenschulen.«

Hier wippte er auf seinen Zehenspitzen. Der Oberst, ein schon älterer Mann, war von kleiner Gestalt, gedrungen, aber immer noch straff und behende. Vor seinen Augen funkelten, seinen Blick verbergend, goldgefaßte Zwickergläser. Mit diesen schien er allen bis ins Innerste leuchten zu wollen, und an diesem Morgen schauderte jeder unter den gläsernen Blitzen. Er hielt jetzt die kurzen Arme am Rücken verschränkt und die Beine gegrätscht, so stand er vor den dreißig Kadetten, schweigend.

Dieses Schweigen wirkte peinigender als das lauteste Geschrei. Es dauerte eine lange Weile. Alle standen starr, die Hände an der Hosennaht und hielten den Atem an.

Nun handle es sich darum, begann der Oberst von neuem, den Schuldigen zu finden. Der Schuldige habe sich, sofern er noch einen Funken Anstand im Leibe habe, von selbst zu melden … Er, der Kommandant, erwarte diese Meldung. »Also?«

Er legte den Kopf in den Nacken. Die Funkelblitze seiner Gläser irrten über die Köpfe der Kadetten hinweg, als wollte er damit seiner Frage: »Also …?« noch einmal Ausdruck und Gewicht verleihen.

Doch es blieb still.

Der Oberst begann noch einmal, diesmal mit leiser Stimme: Wenn sich der Schuldige nicht melde, werde der ganze Jahrgang die Schande zu tragen haben. Er fordere keinen Kadetten auf, einen anderen anzugeben, er tue das nie und grundsätzlich nicht. Aber die Schande des Jahrgangs werde erst getilgt sein, wenn sich der Einbrecher und Übeltäter – mitsamt seinen allfälligen Komplizen – selbst gestellt habe. Er setze nun dem Betreffenden – oder den Betreffenden – eine Frist von drei Minuten. Drei Minuten seien eine lange Zeit, eine sehr lange Zeit für das Gewissen eines künftigen Offiziers –. Dabei zog er seine Uhr und klappte den Deckel auf: Jetzt sei es neun Uhr drei. Er warte bis neun Uhr sechs. Er warte –

Balthasar war, als stünde er allein vor einem Weltgericht, allein und splitternackt. Sein ganzer Körper brannte wie eine Fackel vom Bewußtsein seiner Schuld. Er begriff nicht, daß nicht alle längst schon wußten, was er verschwieg; daß nur *sein* Schweigen, *nur* das seine, den Raum erfüllte als ein Druck, ein Überdruck entsetzlicher Gewalt, die ringsum stieg, immer noch stieg, gegen die Wände preßte, gegen die Decke, den Boden, und schließlich, aufs äußerste gestiegen, alles zerreißen mußte. – Jetzt sag ich's dachte er, jetzt – jetzt –

Da fühlte er in seiner linken Kniekehle eine Berührung, und ein kaum vernehmbarer zischender Laut drang in sein Ohr, so leise und so scharf dabei, wie wenn jemand einen dünnen Luftfaden durch die Zähne zieht. Krabotschnigg war es, das wußte Balthasar, der ihn stieß und zischte, zischte –.

»Lump!« schrie die Stimme des Obersten in die Stille.

Sein Uhrdeckel klappte zu. »Abtreten.«

Balthasar wußte nicht, wie er in das Unterrichtszimmer zurückgelangt war, in das jetzt der ganze Jahrgang eingeschlossen wurde. Statt des Mittagessens erhielten sie eine Strafarbeit.

Schweigend nahmen die Kadetten die Arbeit auf, schweigend saß ein jeder über sein Heft gebeugt. Langsam schlichen die Stunden in trauriger Ödenei. Es hätte nicht einmal des Sprechverbotes bedurft, das über sie verhängt worden war, jeder mied des anderen Blick und Nähe. Voll Groll spürte jeder Einzelne, daß ihm alle mißtrauten, so wie ihm selbst jeder Einzelne ver-

dächtig war. Mann für Mann fühlte sich wie besudelt und haßte den Nachbar – und in jedem Nachbar den Einen.
Der Eine aber, Balthasar, saß und stierte vor sich hin. Er fühlte, wie das Ohrensausen kam, das Flimmern vor den Augen, die sicheren Anzeichen des wiederkehrenden Leidens; schließlich – von beiden Schläfen zugleich bis in den Nacken zuckend – den ersten Strahl eines rasenden Schmerzes.
Am Abend erhielt jeder Zögling einen Teller Wassersuppe und eine Scheibe trockenen Brotes. Dann wurden sie in die Waschräume entlassen. Hier blieben Balthasar und Krabotschnigg für einen Augenblick allein.
Krabotschnigg schoß auf Balthasar zu: »Das hast du fein gemacht, alle Achtung, Bourdanin, gratuliere.«
Balthasar starrte den anderen an: Das Rattengesicht! Dann holte er aus und schlug zu. In der nächsten Sekunde wälzten sich beide in wüster Keilerei von Wand zu Wand. Das dauerte nicht lange. Balthasar ließ Krabotschnigg von selber los. Der aber blutete schon: Balthasar hatte ihm den Schädel mit voller Wucht gegen einen Wasserhahn gerannt.
Die Kameraden liefen herbei. Ihnen folgten Lehrer und Wachtmeister. Krabotschnigg kauerte zusammengekrümmt auf einem Fußschemel, hielt die Hand auf die Wunde gepreßt und wiegte sich jammernd hin und her. Balthasar lehnte ihm gegenüber an der gekalkten Wand, bis in die Lippen erblaßt, beinahe ohne Bewußtsein. Er mußte zwei- oder dreimal angeschrien werden, bevor er Haltung annahm.
Endlich wurde er abgeführt, in den Arrest und in Spangen gesetzt. »Spangen« hieß eine verschärfte Strafhaft; der Delinquent wurde an einer Hand und einem Fußgelenk an kurzer Kette zusammengekoppelt. Die unnatürlich verkrümmte Haltung verursachte nach kurzer Zeit Unbehagen, Schmerzen, schließlich regelrechte Folterqualen. Nach einer festbemessenen Zeit wurde

die Kette gelöst. Dem Widerspenstig-Randalierenden drohte sie ein zweites, ein drittes Mal. Bei diesem Häftling konnte von Widerspenstigkeit keine Rede sein.
Drei Tage blieb der junge Bourdanin im Arrest. Drei Tage Arrest und einmal Spangen stellten die Mindeststrafe dar, die bei blutigen Tätlichkeiten zwischen Kadetten vorgeschrieben war. Niemand suchte ihn auf, nur der Wärter, ein grober, im Grunde aber gutmütiger Kerl. Der mußte wohl bemerken, daß sein Häftling krank war, doch da er weder Fieber noch Durchfall hatte, fiel es ihm nicht ein, Meldung zu erstatten. Immerhin erlaubte er Balthasar, sich auf die Pritsche zu legen. Dann und wann lugte er herein, warf einen Blick auf das zerquälte Gesicht und zog sich vor dem Anblick der glasigen Augen kopfschüttelnd zurück.
Balthasar litt diesmal, wie er noch nie gelitten hatte. In den wenigen klaren Stunden, die er zwischen seinen Anfällen hatte, erkannte er sich selbst wie eine Figur aus einem Marionettentheater, die von ihren Fäden gelöst, ihrer Lappen beraubt, mit ausgerissenen Gliedern daliegt: aus ihrem Innern rinnt das Sägemehl, das sie ehedem gestrafft hat. Er wußte jetzt: Krabotschnigg hatte ihn belogen mit allen seinen greuelhaften Nachrichten, Verdächtigungen, Vermutungen; alles war erlogen, die Geschichte von der falschen Gräfin, von dem Duell, von den Dumdumgeschossen. Erlogen waren der Haß der beiden Männer gegeneinander und alle Mordabsichten des Pachernegg. Einbildung war auch die unermeßliche Vorzüglichkeit, die er, Balthasar, dem Ottavio zugeschrieben hatte. Er war der Narr gewesen, der Verführte, Blinde und alles, was er getan hatte, um ein teures Leben zu retten, nichts als ein idiotischer Streich.

Unterdessen hatte sich Oberst R., der Kommandant der Kadettenschule, mit seinen Offizieren besprochen: »Da haben wir's!« sagte er, nachdem ihm von der wüsten Rauferei im Waschraum berichtet worden war. »Da haben wir's ja, eindeutig und klar. Der Einbrecher in Pacherneggs Zimmer war niemand anderer als dieser Halbwindische aus Kärnten mit seinem Judas-Gesicht. Der Bourdanin hat es gewußt, hat ihn erkannt. Er hat ihn nicht angezeigt, das war nur recht, aber verprügelt und ordentlich durchgewalkt, wie er's verdient hat, der feige Hund. Jetzt sitzt der Bourdanin zwar im Arrest, Ordnung muß sein. Aber dem Rittmeister schreib ich's, wie es gewesen ist und daß der Bub das Herz am rechten Fleck hat. – Der andere fliegt hinaus, sobald sich eine Gelegenheit ergibt und damit basta.«

Zwei Tage später, man schrieb den 18. Dezember, eine knappe Woche vor dem Fest, lag ein Brief des Obersten R. unter der Weihnachtspost. Der Rittmeister öffnete den Umschlag mit einem silbernen Messerchen. Umständlich putzte er seinen Zwicker, hielt ihn prüfend gegen das Licht, setzte ihn auf und las. Er las den Brief aus der Kadettenschule nicht ohne Wohlbehagen, denn er enthielt Schmeichelhaftes, und was er zu berichten hatte, war in schonend gefällige Wendungen verpackt: Eine Art Ehrenhandel habe Kadett Bourdanin auszutragen gehabt, und wenn auch die Gesetze der Anstalt Bestrafung erforderten, so sei diese Bestrafung nur rein formal verhängt und keineswegs als Herabsetzung des jungen Zöglings zu verstehen, der, wie das ganze Korps der Lehrer und Ausbilder übereinstimmt, nicht wohl habe anders handeln können, indem er einem malfaisanten und übel angesehenen Burschen die vermutlich verdiente Strafe verabreicht habe.
Also ersuche er, Oberst R., den Herrn Vater um gebührende Nachsicht; ein Ersuchen, das sonst kaum ausgesprochen würde, wenn dem Vater des Bestraften, dem Herrn Rittmeister Bourdanin, nicht der Ruf außerordentlicher Strenge und Genauigkeit voranginge. Übrigens sei der Sohn bisher in nahezu allen Fä-

chern (Reiten und Fechten ausgenommen) als Jahrgangserster klassifiziert worden.
Der Rittmeister las den Brief dreimal – und las ihn ein viertesmal. Leise vor sich hinpfeifend schnitt er sich eine Pernambuko-Zigarre, öffnete dann die Kredenz und schenkte sich ein Gläschen Cognac ein (ein Luxus, den er sich schon lange nicht mehr geleistet hatte). Die Hände reibend ging er auf und ab. Hell blinzelte die Sonne aus einem weißlichen Himmel. Der Hyazinthenstock auf dem Fensterbrett öffnete seine ersten rosa Sterne, der Rittmeister schnupperte nach ihrem Duft, bald würde sie in voller Blüte stehen. Noch war das Leben nicht ohne Hoffnung und Süßigkeiten, in drei Tagen würde sich die Zeit wieder dem Licht zuwenden.
Aber da hörte er es lebendig werden im Haus.

Es ist Mittag. Die Kinder kommen von der Schule. Im Nebenzimmer klappern Geschirr und Bestecke: Der Tisch wird gedeckt. Marie ruft zum Essen.
Auch den Vater ruft sie, den Gatten. Er drückt die Zigarre in der Schale aus, sperrt den Cognac weg und die Kredenz zu. Als letzter betritt er den Speiseraum.
Da sitzen sie rund um den Tisch, die Seinen: Die Frau mit ihren vier Kindern; ein fremder tschechischer Knabe dabei, der heute am Bourdaninschen Tisch seinen Kostplatz hat; er stammt aus Tabor und soll hier deutsch lernen, um später in deutsche Schulen eintreten zu können.
Die Kinder erheben sich zum Gruß. Der Vater winkt ab. Neben seinem Platz steht die Suppenschüssel. Seit einiger Zeit hat der Rittmeister den Brauch eingeführt, daß er selbst austeilt. Er gibt erst Marie, dann den Kindern, zuletzt sich selbst. »Der Rest ist für mich gut genug«, pflegt er zu sagen. Warum sagt er das? Er will zum Ausdruck bringen, daß ihn die vielen Esser an seinem

Tisch ein gut Teil seines einst gewohnten Wohllebens gekostet haben. Die Tätigkeit des Austeilens, das über dem Tisch Hin- und Herkreuzen der Teller macht ihn verdrießlich. Seine heitere Laune verschwindet. Endlich ist es soweit, daß auch er seine Suppe löffeln kann. Rasch bewegen die Kinder Hände und Münder. Im Nu sind ihre Teller leer. Roderich späht, sich leise vorbeugend, nach dem Grund der Schüssel; ist da vielleicht noch was übrig?

Da fragt Marie: »Ist keine Post gekommen?«

Der Mann wirft einen verdüsterten Blick in die Runde. »Post, jawohl, Post ist gekommen, aus Preßburg.«

»Von Balthasar!« ruft Marie, aufleuchtend.

»*Über* Balthasar!« erwidert der Rittmeister grimmig. »Schlechte Nachricht ...«

»Ist er krank?«

»Wäre er krank!« versetzt der Vater. »Er hat Spangen bekommen, Spangen und Arrest.«

»O Himmel!« Marie fällt der Löffel aus der Hand.

»Spangen und Arrest!« wiederholt er mit donnernder Stimme. »Einen Kameraden hat er blutig geschlagen. – Das sind meine Kinder, das sind meine Söhne: Vorgestern schwänzt der eine die Schule, treibt sich mit einem Tunichtgut herum, bricht ins Eis ... Und heute diese Nachricht.«

Bourdanin hat seinen Teller in die Mitte des Tisches gestoßen, ist aufgestanden, er reißt sich die Serviette aus dem Knopfloch und schleudert sie in die Schüssel. »Er darf zu Weihnachten nicht nach Hause, daß ihr es nur gleich wißt. Dem Oberst schreib ich's. Addio.«

Und aus der geöffneten Tür ruft er gegen die Runde zurück: »Besten Appetit, meine Lieben.«

Der Passagier steigt aus

Es ist am Nachmittag des 21. Dezember.
In der Kadettenschule von Preßburg ist alles in freudiger Aufregung. Die jungen Burschen rüsten zur Abreise in die Heimat. Zum letzten Mal versammeln sie sich in ihrem Studiersaal, noch einmal sollen sie ihren Aufgaben und Studien obliegen. Aber es ist keine Ruhe mehr zu halten, auch die im schärfsten Kommandoton gehaltenen Ordnungsrufe des aufsichtführenden Offiziers können das Getuschel und Gekicher, das Hin- und Herrücken der Stühle nur für Minuten eindämmen. Zu wild ist die Vorfreude, die in den Knaben zappelt, Vorfreude auf die Heimreise, auf das Wiedersehen mit Eltern, Geschwistern, Freunden. Sie klappen ihre Bücher auf und zu. Einige reißen ihre Löschblätter in Fetzen, formen Kügelchen daraus und werfen sie einander an die Köpfe.

Kadett Bourdanin wird durch die Tagcharge zum Rapport befohlen. Hauptmann Pachernegg erwartet ihn im Besprechungszimmer und teilt ihm mit, daß der Herr Kommandant einen Brief von seinem, Bourdanins, Vater erhalten habe. Der Brief verbiete ihm die Heimreise; er habe über die Weihnachtsferien in der Anstalt zu verbleiben.
»Verstanden?«
»Jawohl, Herr Hauptmann.«
»Abtreten.«
»Zu Befehl, Herr Hauptmann.«
Balthasar kehrt in den Studiersaal zurück.
Der aufsichtführende Offizier hat es unterdessen aufgegeben, für Ruhe und Ordnung zu sorgen »Tut, was ihr wollt!« hat er gesagt und seinen Sessel verkehrt auf das Podium gesetzt. Dort sitzt er mit dem Rücken zum Saal und vertieft sich in eine Zeitung.

Schon ist ein lustiges Gerangel im Gang. Niemand sieht sich nach Balthasar um. Niemand fragt ihn.
Er sitzt an seinem Platz und stützt den Kopf in die Hände. Nach einer Weile läßt er sie sinken und beginnt in den vor ihm liegenden Heften mechanisch zu blättern. In seinen Ohren dröhnt es. Vor seinen Blicken verschwimmen die Zeilen. Nun nimmt er einen Bleistift und streicht Seite für Seite durch.
Er hat soeben das Heft für Schießlehre und Ballistik vor sich, eine mit Tusche ausgezogene Tafel, die die Streuung von Geschossen zeigt, ein Netz von schief gezogenen Vierecken, die sich wie Meridiane und Grade über eine Art Erdkalotte ziehen. Balthasar beginnt in jedes Viereck ein Kreuz zu zeichnen, so bedeckt er die Tafel mit einem Wald von Kreuzen wie ein großes Gräberfeld. Darunter schreibt er die sinnlosen Worte: »So wird es sein.«
Noch einmal blickt er auf und in den Saal. Rings um ihn tummeln sich schwankende Gestalten, die einander mit Papierkugeln beschießen. Er hört sie lachen, wiehern, kreischen. »Achtung, Bourdanin!« War das nicht Krabotschniggs Stimme? Eine Kugel trifft ihn im Nacken.
Balthasar ist zitternd zusammengefahren.
Jetzt ist das Flimmern vor seinen Augen in ein gelb-schwarzes Lodern übergegangen. Von Zeit zu Zeit wird es ganz finster um ihn. Seine Finger krampfen sich um den Bleistift, er schreibt: »Es kommt schon wieder. Ich kann nicht mehr. Mutter, ich darf nicht heim. Mutter. X ist gleich Null.«
Dann hebt er den Arm. So ist es Vorschrift, wenn ein Zögling den Saal verlassen, wenn er austreten will. Aber der Aufsichtsführende sieht ihn nicht. Die Kameraden lachen über die sinnlose Geste.
Da nimmt er noch einmal den Stift und schreibt: »Ich will nicht mehr.«
Dann springt er auf und stürzt hinaus.

Die Nachricht

Als das Telegramm eintraf, war der Rittmeister allein zu Hause. Marie war mit den Kindern auf den Weihnachtsmarkt gegangen.

Am Vortag war Margret aus ihrer Klosterschule gekommen, alle fünf hatten sich gewünscht, die Mutter auf den Markt zu begleiten. Man kaufte ein Gänschen zum Festtagsbraten. Heuer wurden auffallend viele Gänse angeboten, auch Enten und Truthühner. Aber Truthühner waren, seit einem gewissen Ereignis, an der Bourdaninschen Tafel nicht mehr beliebt.

Als sie zurückkamen, fanden sie das Wohnzimmer in erschreckender Unordnung vor. Zwei Sessel lagen übereinandergestürzt, ein Vorhang war von der Stange heruntergerissen. Mitten auf dem Tisch lag das Telegramm.

Marie nahm es und las. Sie stieß einen gellenden Schrei aus.

»Balthasar!« schrie sie. Sie stürzte durch die Wohnung, den Mann zu suchen, sie fand ihn nicht. Doch die Tür zum letzten Zimmer war versperrt.

»Balthasar! Balthasar!« schrie sie.

Vier der fünf Kinder begriffen nichts. Roderich hatte das Papier an sich genommen, war damit auf den Abort gerannt, hatte sich dort eingesperrt und gelesen.

»Balthasar!« hörte er die Mutter durch alle Wände schreien. »Mach auf! Mach auf!«

Marie rüttelte an der Klinke, trommelte mit den Fäusten gegen die Tür. »Mach auf! O Gott, Mann! Mach auf!«

Drinnen blieb es still.

»Was ist denn, Mutter?« weinten die Kleinen und umklammerten ihre Hüften. Sie preßte das Ohr an die Fugen. »Du wirst doch nicht – Balthasar, du auch –?! O nein, o nein! Laß mich zu dir, laß mich zu dir!«

Die Dienstmagd kam gelaufen und rang die Hände. Was war nur geschehen? Roderich hatte sich auf dem Abort die Knöchel an der Wand blutig geschlagen, das Papier in tausend Fetzen zerbissen und sie herunterzuwürgen versucht. Den Rest stopfte er in seine tiefste Hosentasche. Er hörte die Geschwister heulen und jammern, aus den unteren Stockwerken kommen die Mieter herbei, alle schreien um Hilfe und wissen nicht warum.
Marie liegt noch immer vor der Tür des letzten Zimmers auf den Knien; noch immer keine Antwort. Endlich drinnen ein Schritt, ein röchelnder Laut. Ein Knacken und Klirren, als würden Gegenstände zerbrochen.
»Lieber Mann! Lieber Mann!« fleht Marie, »laß mich ein!«
Aber keine Hand dreht den Schlüssel im Schloß. Die Frau trommelt, rüttelt, betet.
Endlich kommt eine Stimme von innen, rauh, fremd, tierisch: »Geh fort!«
Marie fährt zurück. Doch gleich wirft sie sich wieder gegen die Tür. »Nein, ich will zu dir, laß mich ein, laß mich ein!«
»Geh fort!« wiederholt die Stimme. »Geh fort!«
»Bin ich nicht deine Frau?« ruft Marie. Ihre Stimme bricht. »Ich gehöre zu dir, vor Gott gehör ich zu dir. Ich bin doch seine Mutter.«
»Nein«, röhrt es drinnen. »Seine Mutter nicht.«
»Mutter! Mutter«, schluchzt Luise neben ihr. »Mutter!« wimmert Fritzchen.
Marie greift nach ihnen, preßt ihre Köpfe, ihre bebenden Leiber an sich, dann wird ihr schlecht, sie bricht über den Kindern zusammen.
Noch immer weiß man nicht, was eigentlich geschehen ist. Roderich ist aus dem Abort gekommen, käseweiß und verstört, er hält die Fäuste in den Hosentaschen vergraben und ist entschlossen zu tun, als wäre nichts geschehen.

Die jüdische Frau Fürth aus der kleinen Erdgeschoßwohnung errät es als erste: Dem jungen Balthasar muß ein Unglück zugestoßen sein. Man muß die Verwandtschaft rufen, man muß einen Doktor holen. Die Magd läßt sich nicht zweimal schicken. Mit der Eile aller Hiobsboten stürzt sie davon.
Im Nu füllen sich die vorderen Zimmer mit Gerufenen und Ungerufenen. Man hat Marie auf ihr Bett getragen, hat ihr die Kleider geöffnet, fühlt ihren Puls. Zum Glück erscheint Doktor Rübsamen mit Hoffmanns Tropfen. Er scheucht alle Neugierigen ins andere Zimmer, läßt auch die wie am Spieß schreienden jüngsten Kinder wegbringen. Eine Weile sitzt er bei Marie allein.
Langsam beruhigt sich der flatternde Herzschlag. Rübsamen hebt das Ohr von ihrer entblößten Brust und betrachtet sie schweigend. Ihre Hand liegt in der seinen, diese kleine abgearbeitete Hand mit dem goldenen Ehering, der schon ein wenig dünngeschliffen ist. Am Unterarm zeichnet sich das Geflecht der Adern ab. Doktor Rübsamen seufzt. Ihm ist bange vor dem Erwachen. Da aber schlägt sie schon die Augen auf.
»Mariechen!« flüstert er. »Gutes Mariechen.«
»Balthi«, flüstert sie zurück.
»Gutes Mariechen«, wiederholt er zitternd.
»Tot«, haucht sie an seinem Ohr. »Tot.«
Sie hebt die Rechte, mit dem zitternden Zeigefinger weist sie auf die versperrte Tür. »Und dort –!«
Rübsamen streicht ihr über die Augen. Er möchte nicht sehen, wie sich das grelle Entsetzen in ihnen spiegelt.
»Er – er – Bourdanin!«
Sie macht den Versuch sich aufzurichten, der Doktor drückt sie auf das Bett zurück. Er trocknet sich die schweißnasse Glatze, dann tritt er hin und klopft. »Geh fort!« kommt des Mannes Stimme aus dem letzten Zimmer.

Der Doktor neigt seinen Mund zum Schlüsselloch. »Ich bin es, Rübsamen.«
Da schlurft ein Schritt. Der Schlüssel knackt im Schloß. Einen Spaltbreit öffnet sich die Tür. Marie stößt einen Ruf aus. Aber sie kann keinen Schimmer von des Gatten Gesicht erspähen.
Schon rastet die Klinke wieder im Schloß. Den Doktor hat Bourdanin eingelassen.

Unterdessen hat sich fast die ganze Verwandtschaft im vorderen Zimmer versammelt. Nur der alte Halik sitzt in der Küche auf dem Dienstbotenbett und weint. Vetter Hans läuft im Flur auf und ab und schlägt mit Fäusten gegen seine Hemdbrust. Drinnen tuschelt und raunt man. Soviel steht fest: Der junge Bourdanin ist verunglückt. Unaufhörlich gehen die Türen, man schwirrt ein und aus. Im Salon führt Schimkowitz das große Wort: Was denn das für eine Mode sei …? Man werde herbestellt – und nun seien weder Bourdanin noch Marie sichtbar, man lasse die Verwandtschaft warten wie Klageweiber vor einem jüdischen Trauerhaus. Man möge doch – zum Donnerwetter! – bekanntgeben, was passiert sei.
Zu dritt haben des Rittmeisters Schwestern auf dem schwarzen Wachstuchsofa Platz genommen: Franziska, Sibylle, Rosine. Alle drei leben, zwar nicht geschieden, aber getrennt von ihren Männern; Franziska, weil ihr pleitegegangener Wanka nach Amerika abgeschoben worden ist und selten etwas von sich hören läßt; Sibylle, weil sie, an einer Art Zitterkrankheit leidend, unfähig, den Schimkowitzischen Haushalt zu führen, von Franziska aufgenommen und als Pflegling betreut wird; Rosine Rübsamen, weil sie nach langer zärtlicher Ehe, plötzlich in hysterischem Zustand gegen ihren kahlen Doktor tätlich geworden war. Nun saßen sie also nebeneinander und murmelten – und weigerten sich, das Schlimmste zu glauben.

Aber Schimkowitz wollte sich weiter erregen: »Wie lange sollen wir hier noch herumwarten, in Teufels Namen? Was kann denn schon Großes passiert sein? In einer Kadettenschule bricht sich mal einer das Bein beim Reiten oder beim Turnen. Aber den Hals –? Nein. Nein.«

»In der Waffenkammer«, ließ sich Sibylle jetzt leise vernehmen, »in der Waffenkammer ist aber schon manches Unglück geschehen.«

»Tata!« versetzte der Gatte geringschätzig. »Du weißt es natürlich haargenau.«

»Seid endlich still!« fuhr Franziska los. »Wir werden es früh genug hören.«

Die Tür ging auf, Rübsamen schoß mit bleichem Gesicht vorbei. Schimkowitz versuchte ihm den Weg zu vertreten. Rosine schnellte vom Sofa. »Rübchen, was ist –?« Aber er war schon wieder hinaus und verschwunden. Schimkowitz glotzte verblüfft hinterdrein. Rosine verstand die Welt nicht mehr. Er hatte sie nicht einmal angesehen. Was sollte das bedeuten?

Marie war von ihrem Lager gekrochen. Sie schleppte sich ein paar Schritte weit. Dort stand sie dann und stand noch immer, als der Doktor aus dem letzten Zimmer herauskam.

»Mariechen.«

Sie tastete nach seinem ausgestreckten Arm und hielt sich an ihm fest. »Bourdanin?« fragte sie.

Der Doktor schüttelte schweigend den Kopf.

»Mich nicht?«

Er vermochte nur mit den Augen zu antworten: Nein, dich nicht.

»Er fährt hin«, sagte er dann, »mit dem Nachtzug, in zwei Stunden.«

»Und ich?«

Und wieder mußten seine Augen antworten. Nein, du nicht.

Er nahm ihre Hand und küßte sie. Sie schien es gar nicht zu fühlen. »Geh!« sagte sie dann. »Laß es die anderen wissen. Aber nicht –«, Tränen erstickten ihre Stimme, »nicht, daß er selbst …« Sie näherte sich wieder der verschlossenen Tür. »Vielleicht öffnet er doch.«
»Vielleicht«, murmelte Rübsamen. »Vielleicht.« Er ging.
Marie kniete leise an der Schwelle nieder. »Balthasar!« flüsterte sie. Sie legte beide Handflächen an das braungestrichene Holz. »Hier bin ich. Ich werde nicht mehr klopfen, nicht mehr rufen. Ich warte.« Sie lehnte die Stirn an die Türpfosten und wiegte sich hin und her vor Pein. »Balthasar, wenn du glaubst, daß du recht tust vor Gott –. Ich schwöre dir –, ach, was soll ich schwören, du weißt es ja selbst, weißt ja alles selbst am besten, dreizehn Jahre, Balthasar, hast du mich vor deinen Augen gehabt – mit *ihm*, er war mir wie das eigene Fleisch und Blut, das eigne ist mir nicht lieber, das ist wahr, du kannst es nicht ermessen, *wie* wahr das ist. Du willst es nicht wahrhaben, daß ich seine Mutter bin, willst es nicht, weil ich auch *meine* Kinder liebe, meine, meine, das verzeihst du mir nicht.«
Drinnen lag der Mann wie sie auf den Knien, wie sie gekrümmt, am Ende seiner Kräfte, aber in der Wut seiner Verzweiflung vermochte er's nicht über sich und er öffnete nicht.

Ach Mensch, Mensch, was bist du denn?
Kannst ein Schatz sein an Liebe, Güte und unerschöpflichem Wohltun-Wollen. Kannst aber auch ein Mörder sein, voll Gier nach dem Blut deiner Liebsten; lechzest nach Freude und Glück und bist zu nichts anderem fähig, als dein eignes Herz in den Herzen derer zu durchbohren, die das Unglück haben, dir ausgeliefert zu sein.
Woher stammt das schreckliche mörderische Gelüst, aus welcher Ahnenschaft quillt es? Daß du nicht dulden willst, was nicht

ganz dein ist – und ist es dein, willst du's zerstören und bist eifersüchtig auf jeden Tropfen Liebe, den du nicht verschütten und in die Erde treten kannst.
Woher das unersättliche Tier, das dich quält, so daß du andere quälen mußt; woher der Minotaurus, der in der innersten Kammer des Labyrinths sein ewiges Ungenügen heult?

Zwei Stunden später verließ der Rittmeister das Haus. Rübsamen begleitete ihn zum Bahnhof. Marie und die Kinder hörten ihn weggehen. Sie hatten sich in der Küche eingeschlossen, er hatte ihnen sagen lassen, er wolle vor seiner Abreise niemanden von ihnen sehen.

Der Schmerzensmann

Und er kehrte zurück.
Am Morgen des sechsundzwanzigsten Dezember stand er auf der Schwelle. Sie erschraken. Sie erschraken vor ihm wie vor einem Feindlich-Fremden: hohläugig, hohlwangig, bis ans Kinn in einen schwarzen Rock geknöpft; so trat er langsam herein.
»Vater!« wimmerte Fritzchen und wollte auf ihn zu; doch abwehrend zuckte die große weiße blaugeäderte Hand. »Balthasar!« murmelte die Frau, sie hob die Arme, doch nur ein wenig, dann sanken sie nieder wie abgeschlagen. Margret knickste tief, wie sie es im Kloster gelernt hatte; Luise versteckte sich unter dem Tisch.
Er ging an allen vorbei – auf seinen Lehnstuhl zu. Dort stützte er, wie von einer Schwäche übermannt, den Kopf in den Arm. So saß er und sprach kein Wort.
Marie lief und brachte ein Tablett, es schwankte und bebte in ihren Händen, sie stellte es neben ihm ab. Dann stand sie im Hintergrund, zitternd. Auf dem Tablett dampfte eine Tasse Tee.

Als Marie den Rücken kehrte, um den stärkenden Rum zu holen, hörte sie ein Klirren. Er hatte die Tasse umgestoßen.
Die Kinder flohen nach nebenan. Verstörter beinah als am ersten Tag kauerten sie miteinander auf Schemeln und Fenstertritten. Margret betete den Rosenkranz. Fritzchen zitterte am ganzen Leib, er sah aus, als wollte er in Krämpfe verfallen. Die Mutter kühlte ihm Nacken und Stirn mit Schnee, dann trug sie ihn ins Bett.
»Wo ist Roderich?« fragte sie.
Er war verschwunden.
Er war auf dem Dachboden durch das runde Fenster gestiegen, das sich in der Mitte des Daches über der Straße öffnete. Von dort war er auf die vereiste Ziegelfläche gekrochen. Er wollte sich hinunterstürzen, vorbei an den Sandsteinvasen und -gesimsen, die die Fassade zierten, vorbei an den Atlanten, die den Balkon stemmten, auf das schwarze Pflaster der Jagemannstraße. Auf dem vereisten Dach hing er, zwischen Himmel und Erde, die Hände um die Regenrinne gekrallt; er hätte nur loslassen müssen, einmal loslassen. Er ließ nicht los.
Als sich der Tag neigte, wurden die Lampen den Gehsteigen entlang angezündet. Im Haus zündete Marie keine Lampen an. Die kleine Luise kam aus einem Winkel zu ihr gekrochen. »Mama, Mama, was macht der Vater?« – »Kind, sei still!« – »Mama, wird der Vater nicht essen?« – »Sei still, Kind!« – »Aber, Mama –« – »Sei doch still, um Gottes willen!« – »Dürfen wir auch nicht essen? Mama, ich hab Hunger.«

Die Stunden vergingen. Marie deckt des Mannes Bett auf; da stand es, frisch bezogen, blütenweiß. Sie schlich und brachte wieder eine Tasse Tee.
Es schlug zehn, es schlug elf. Der Rittmeister legte sich nicht. Er saß noch immer in seinem Lehnstuhl, aufrecht, stieren Blickes.

Marie spähte nach ihm durch den Spalt der Glastür, aber sie ging nicht mehr zu ihm hinein.
Nach Mitternacht hörte sie einen dumpfen Schlag. Der Mann war ohnmächtig geworden. Mit den größeren Kindern trug ihn Marie auf das Sofa. Endlich nahm er einen Schluck, einen Bissen, danach schlief er zwanzig Stunden wie ein Stein.

Fünfzig Jahre später fand ich in einer alten verstaubten Kiste einen vergilbten Zettel, auf dem in des Großvaters Schrift eine Reihe von Ausgaben eingetragen war: Fahrt Pilsen – Preßburg, Begräbnis, Sarg und Kranz, Trinkgeld für den Totengräber, Spende für die Anstaltskasse, Druckkosten der Parte; keine einzige Ausgabe für Trank, Speise und Hotel. Dazu das Datum: Weihnachten 88.

Die Ohnmacht, die Balthasar Bourdanin am fünften Tag nach Eintreffen der Nachricht übermannt hatte, war seine Rückkehr ins Leben, in ein allerdings elendes Leben. Beinah ebenso elend war das Dasein derer, die mit ihm lebten.
Was kann man Kindern Schlimmeres antun, als daß man sie zu unaufhörlichem Gram verpflichtet? Daß man ihnen, darüber hinaus, zum Vorwurf macht, daß sie *sind*, atmen, wachsen, *da sind*? Wenn man ihnen täglich zu erkennen gibt, daß über ihnen von nun an Finsternis herrschen soll, die Finsternis des Engels, der die Erstgeburt geschlagen hat?
Der Vater ertrug kein lautes Wort, geschweige denn ein Lachen, wenn sich eines in einem unbedachten Augenblick einstellen wollte. Er wandte ungeduldig den Kopf, wenn die Kinder nicht auf Zehenspitzen schlichen. Beim Essen nahm er einen Bissen – und schob den Teller wie angeekelt fort. Die Sonne sperrte er aus, das Klavier schloß er ab und ließ die Uhren stillstehen. Es sollte sein, als läge in jeder Stube eine Leiche. Jedes Kind glaubte, wenn

es des Vaters Blick auf sich fühlte, darin die furchtbare Frage zu lesen: Warum er? Warum nicht du? – und es duckte sich und schlich hinaus.
Also gingen die Tage hin, Silvester, Neujahr, Drei-König. Margret kehrte in ihr Kloster zurück. Marie begleitete sie zum Bahnhof, auch Luise und Kläre waren dabei. Die Mutter wünschte, sie hätte alle drei in den Zug schieben können, dazu auch die Knaben, alle fort, alle nur anderswohin als in dieses Zuhause.

Kaum eins der Kinder wagte daheim den Toten zu nennen. Dafür aber sammelte nun der Vater alles, was von Balthasar zu finden war: Kleider, Bücher, Schuhe, jedes Fetzchen beschriebenen Papiers. Er las es in Schränken und Schubladen zusammen, trug es in sein Zimmer, baute es auf dem Schreibtisch auf; er bündelte und nahm das Gebündelte wieder auseinander, schlang Bindfäden darum, schlug in Papier ein, verklebte die Hüllen und schnitt sie wieder auf. Niemand durfte die Dinge anrühren.
Vor Jahren hatte Roderich die gleiche Federschachtel erhalten wie sein älterer Bruder. Nun geschah es, daß der Vater sie in Roderichs Händen erblickte. In namenloser Wut stürzte er auf den Buben, entriß ihm das Ding und schlug ihm die Faust ins Gesicht. Als er die schändlich entheiligte Holzbüchse zu den anderen Reliquien brachte, bemerkte er den Irrtum. Er stand erstarrt. Er wußte: Er sollte nun umkehren, sollte Roderich seine Federschachtel wiedergeben, er sollte eingestehen: Ich bin einem Irrtum erlegen. Verzeih.
Aber er konnte nicht. Es war ihm unmöglich. Er schämte sich. Aber die Scham war schwächer als der Haß. Er nahm das Ding und warf es in den Eisenofen, ins Kohlenfeuer.

Auch mit Marie redete er kaum über Balthasars Tod; doch dem Reden darüber entkam er nicht. Die Verwandtschaft rückte an,

um den fälligen Beileidsbesuch abzustatten: Schwester Franziska, Schwester Rosine, sogar die zittrige gelbgesichtige Billa; auch Hans erschien mit seiner Frau Vlasta und, wie sich's von selbst versteht, der riesenhafte Schimkowitz; die Stammtischbrüder General Kummer und Major Faust, auch der arme Invalide, Fritzchens Pate. Sie alle wußten längst um Balthasars Selbstmord; doch niemand wagte ihn zu erwähnen.
Wie immer, wenn die Verwandtschaft auf Besuch kam, zeigte sich der Rittmeister zugänglicher und bereit, alle Höflichkeitsformen zu wahren. Er antwortete kurz auf alle Fragen, dankte für die Teilnahme und geleitete den Besuch – wie auch sonst – zur Tür. Bei solchen Gelegenheiten gelang es auch Marie, ihn in ein Gespräch zu verwickeln. Dabei erfuhr sie:
Balthasar war erst am Abend jenes Tages vermißt worden. Man suchte ihn lange. Als man ihn fand, war er nicht mehr bei Bewußtsein. Eine Viertelstunde später starb er.
Die ganze Anstalt geriet in Aufregung. Oberst R. zeigte sich tief betroffen, er sperrte alle Urlaube, um die Hintergründe des Falles aufzuklären. Selbstverständlich war Meldung nach Wien ergangen, zwei Herren kamen angereist, man fürchtete kritische Berichte in der Presse und damit politische Verwicklungen.
Der Kurat der Kadettenschule wollte dem jungen Kadetten einen Zustand der Geistesverwirrung zubilligen, um ihm das kirchliche Begräbnis nicht verweigern zu müssen. Doch das habe der Vater, abgelehnt: Der Kurat hätte damit seine Amtspflichten verletzt. Schließlich haben sechs Kameraden, die sich freiwillig dazu gemeldet hätten, den Toten der Erde übergeben.
Marie hörte das alles an und sie dachte, das Herz müsse ihr darüber zerbrechen.
»Und hast du auch den Burschen gesehen, von dem er uns schrieb, er sei mit ihm befreundet?«
»Ja, den hab ich gesehen.«

»Und den Lehrer, den er immer Ottavio nannte?«
»Ich kann mich nicht erinnern.«
»Und den Reit- und Turnlehrer, den Pachernegg?«
»Ja. Der hat mir geholfen, die Leiche in den Sarg zu legen.«
»Und – was war das für ein Mensch?«
»Ein angenehmer Mensch«, sagte der Rittmeister. »Ein durchaus angenehmer Mensch.«

Etliche Wochen später traf in der Jagemannstraße ein Brief ein, er war an Herrn und Frau Bourdanin gerichtet. Der Stempel zeigte Preßburg als Aufgabeort.
Marie drehte den Umschlag hin und her. Die gesudelte Schrift ließ nichts Gutes ahnen. Plötzlich entschlossen, riß sie den Brief auf.
Was er enthielt, war nichts weiter als ein zerknitterter schlechter Buntdruck von der Sorte, wie sie seit neuestem in manchen Zeitschriften erschienen: Er zeigte ein schlampig bekleidetes Frauenzimmer, das sich mit entblößter Brust und offenem Haar auf einem Stapel roter Kissen räkelte. Aus ihrem lächelnden Mund blitzten die Zähne, und ihre grünen Augen schienen höhnisch und triumphierend zu funkeln. Marie erschrak. Sie lief an die Tür und legte den Riegel vor. Dann saß sie nieder und betrachtete die rätselhafte Sendbotin, die etwas von dem Geheimnis ahnen ließ, das den Knaben Balthasar ins Verderben gerissen hatte.
Kein Brief, keine Zeile lag dabei.
Marie behielt das Bild eine Zeitlang bei sich. Sie versteckte es ängstlich, sie erzählte niemandem davon. Nach einem Halbjahr verbrannte sie es, sie suchte es zu vergessen.

In Parenthese

Hier wollen wir unserer Geschichte eine Abschweifung erlauben und – gleichsam in Klammern – aus der Zeit treten, die wir sonst durchschreiten, um den drei Leuten zu folgen, die dem jungen Balthasar zuletzt in eine, wie es so heißt, bessere Welt heimgeleuchtet haben: dem geliebten Major, dem verabscheuten Reitlehrer und dem falschen Freund. An allen dreien hat sich etwas verwirklicht, was der Längst-Verstorbene entweder vorauserahnt oder voraus in Gang gesetzt hatte, ohne zu wissen wie, in der törichtesten Verblendung und Verwirrung seiner jungen Jahre.

Beginnen wir mit dem Freund, mit dem mausgrauen, mäuseköpfigen Krabotschnigg! Wie der Kommandant der Kadettenschule gesagt hatte: Seines Bleibens war nicht mehr lange. Die erstbeste Gelegenheit wurde genutzt, um den, wie man für sicher annahm, frechen Eindringling in Pacherneggs Stube aus der Anstalt zu entfernen. Noch vor Ablauf des Schuljahres mußte er seinen vorsintflutlichen Reisekoffer packen und davonziehen.

Das war für den dreizehnten von insgesamt fünfzehn Sprößlingen des Kärntner Winkeladvokaten ein schwerer Schlag. Was sollte jetzt aus ihm werden? Doch dank seiner vom Leben schon oft getretenen Natur gelang es ihm verhältnismäßig bald, einen neuen Hafen anzulaufen, diesmal nicht ärarischer, sondern geistlicher Natur, also eine Klosterschule, die ihm einen Freiplatz bot. Nun mußte er sich durch vier Jahrgänge Latein, Griechisch und theologischer Propädeutik durcharbeiten, errang die Reife, aber entwischte seinem Regens, der ihn schon für ein geistliches Seminar angemeldet hatte, und ging nach Wien, dem Ziel so vieler schwankender Existenzen, die sich dort besseres Fortkommen erhofften. Er inskribierte an der juridischen Fakultät.

Sehr kleinlaut irrte er zwischen den Prachtfassaden der Kaiserstadt umher, denn er war mittellos und mußte die bittere Erfahrung machen, daß auch der bescheidenste Kostgänger des Lebens ein Bett, ein Kämmerchen, daß er Anzug, Schuhwerk und drei Mahlzeiten täglich braucht und für alles und jedes in barer Münze bezahlen soll. Ach, wie schnell ist der einmal gefüllte Magen wieder leer, und wie bitter beißen Nässe und Frost durch lecke Sohlen!

Das alles erfuhr Alfons Krabotschnigg, war aber nicht gewillt, es auf die Dauer hinzunehmen. So sah er sich um nach einem Feld, auf dem sich etwas ernten ließe, und kein besseres fiel ihm ein als das Feld der Liebe. So lieh er sich von einem gutmütigen Nachbarn eine nicht allzu beschädigte Krawatte, eine steife Hemdbrust und einen flotten Strohhut – und machte sich auf die Pirsch. Er hatte Glück, denn – nach etlichen Fehlschlägen – fand er eine schöne blonde, aber sehr törichte Metzgermeisterstochter, die ihrerseits auf der Suche nach einem *Studierten* war und ihrer Familie mit einem solchen Fang imponieren wollte.

Im Sturm eroberte Krabotschnigg ihr Herz und richtete sich in ihrem ausgepolsterten Sofaeckchen auch gleich gemütlich ein. Obgleich ihre Familie zuerst gegen die Verbindung war, so sagte sie doch schließlich Ja und Amen – und der Mäusekopf durfte sich als Herr und Ehegemahl in Mizzis zärtlicher Obhut wohl und gerettet fühlen.

Als Gegenleistung versprach er ihr, jetzt mit verdoppeltem Eifer in seinem Studium fortzufahren.

Leider hingen ihm aus seiner Notzeit etliche Schulden am Hals. Wahrscheinlich hätte seine Gattin zwar schmollend, doch letzten Endes gutmütig-hilfsbereit, diese Schulden getilgt. Aber ein Rest seines oft verletzten Stolzes, ein Überbleibsel starrköpfiger Männerehre hinderten ihn daran, ihr seine – doch so entschuldbaren – Verfehlungen einzugestehen.

Statt dessen erinnerte er sich, im Zug seiner juristischen Kurse, auch eine Vorlesung zur Kriminalistik – und dabei eine ausführliche Beschreibung aller möglichen Diebsmethoden – gehört zu haben. Diese Kenntnisse, dachte er, wären doch nutzbar zu machen. So bemächtigte er sich einmal, als er sich unbeobachtet wußte, der Schlüssel seines Schwiegervaters, darunter auch des Schlüssels zur Eisernen Kasse. Von diesem nahm er einen Abdruck. Ein Schlosser war bereit, ein Duplikat anzufertigen. Nun war es für Krabotschnigg nicht schwer, an die gesammelten Goldgulden des Metzgermeisters zu kommen. Er bediente sich reichlich.

Natürlich entstand in der Familie ein großes Geschrei: Wer konnte der Dieb gewesen sein? – Und da man den angeheirateten Krabotschnigg inzwischen für den juridisch findigsten und klügsten der Sippe hielt, beauftragte man ihn mit der Fahndung nach dem Täter.

Krabotschnigg nahm den Auftrag gerne an, fühlte er sich doch um so sicherer vor Entdeckung.

Er streute erst allerlei vage Vermutungen aus und sammelte schließlich alle Verdächtigungen auf einen Mann, den Hausknecht der Metzgermeistersfamilie, den er nicht leiden konnte, weil ihn dieser einmal im Weinkeller des Schwiegervaters bei ausgiebiger Verkostung des edelsten Tropfens überrascht hatte. Der Hausknecht wurde verhaftet und ins Gefängnis gebracht.

Der brave Mann stammte aus Perchtoldsdorf, einem damals winzigen Städtchen im Süden Wiens, wo jeder jedermann kannte – und da aus einer achtbaren Familie, die es nicht fassen konnte, daß einer von ihnen ein Lump und ehrloser Kerl geworden sein sollte. – Nun aber spielte ein Zufall eine für Krabotschnigg fatale Rolle.

Irgendein Perchtoldsdorfer hatte in Wien eine Schneiderwerkstatt und war einer der Gläubiger gewesen, die Krabotschnigg mit unbeglichenen Rechnungen verfolgt hatten. Nun war er plötzlich auf Heller und Pfennig bezahlt worden. Als der Mann in der Gerüchteküche seines Städtchens den Namen Krabotschnigg hörte, wurde er stutzig. Er fragte in Wien rundum bei anderen Lieferanten – und es stellte sich heraus: Auch dort hatte ein gewisser Krabotschnigg erst neulich lange fällige Summen abgeleistet. Die Koinzidenz war zu merkwürdig: Man ermutigte den Vater des Verhafteten, sich beim Metzgermeister zu melden und für seinen Sohn einzutreten.

Das geschah, und auf einmal sah sich Krabotschnigg in der peinlichen Lage, erklären zu sollen, wieso und warum er kurz nach dem geschehenen Diebstahl über so viel Geld verfügt habe. Krabotschnigg stand da und wußte nicht, was er antworten sollte; sein Kopf, der früher so oft, so eindrucksvoll und einfallsreich alle möglichen Lügenmärchen erfunden hatte, verfiel jetzt auf keine halbwegs plausible Erklärung. Er knickte ein und bekam das heulende Elend, zu seinem Glück.

Zu seinem Glück: denn Mizzi, die Metzgerstochter, hatte ein weiches Herz, sie verstieß ihn nicht; sie überhäufte ihn zwar mit Vorwürfen, aber sie schützte ihn vor der Wut ihres Vaters, vor der Verdammung durch die Verwandtschaft, sie ersetzte den Schaden aus eigenem Beutel.

Noch einmal konnte das Idyll in der Sofaecke fortgesetzt werden, noch einmal gewährte das Schicksal eine Gnadenfrist. Hätte sie unser Mausgrauer doch nur besser genutzt!

Aber, von neuem gedemütigt und in seiner zweifelhaften Männerehre verletzt, fing er an, nach allerlei windigen Tröstungen zu suchen; er spielte im Lotto und am Roulettetisch, er setzte auf Pferde und Karten; und wieder wuchsen Schulden um ihn auf wie giftige Schwämme in einem nassen August.

Vermutlich hätte Mizzi auch diese getilgt. Doch Krabotschnigg war nun einmal von der Sorte, die nicht imstande ist, einen geraden Weg einzuschlagen, wenn sich irgendwo eine Möglichkeit zeigt, auch auf krummem Pfad zu einem Ziel zu gelangen. Das neue Ziel seiner Begierde war die Schmuckkassette seiner eigenen Gattin. Da lag so manches Stück, von dem sich denken ließ, man könnte es versilbern.

Also ging Krabotschnigg eines Abends daran, die Fenster des ehelichen Schlafzimmers von außen einzudrücken, den Schrank, zu dem er den Schlüssel in der eigenen Tasche trug, mittels eines Stemmeisens aufzubrechen und den Abdruck zweier uralter genagelter Stiefel, die er irgendwo auf einem Müllhaufen gefunden, auf das spiegelblanke Parkett zu applizieren.

Dann lief er in den Garten, warf die Kassette ins Gras, verstreute auch einige minderwertige Stücke, als hätte sie der Dieb auf seiner Flucht verloren – und warf sich in einen schon zuvor bestellten Fiaker und ließ sich zu einer größeren Gesellschaft fahren, um sich ein recht sicheres Alibi zu verschaffen.

Die Gattin, die sich an diesem Abend zum drittenmal die Operette »Der Veilchenfresser« angesehen hatte, erschien gegen Mitternacht, wurde von der fidelen Runde mit großem Hallo begrüßt und von Alfons unter allgemeinem Applaus um die Mitte gefaßt und herzlich abgeküßt.

Aber fast in derselben Sekunde wurde an der Wohnungstür Sturm geläutet.

Alfons erblaßte. Er hatte mit einer so frühen Entdeckung nicht gerechnet.

Doch die Köchin, der er zuvor großzügigen Heimurlaub gegeben hatte, war früher als erwartet, also viel zu früh, zurückgekommen und war quer durch halb Wien galoppiert, um nun atemlos hervorzustottern, was sie vorgefunden hatte.

Natürlich erhob sich in der ganzen Gesellschaft ein großes Geschnatter, Mizzi schrie nach einem Fuhrwerk, und Krabotschnigg konnte sie nicht zurückhalten, so gerne er es auch getan hätte. Da mischte sich der Hausherr ein, der als passionierter Hundezüchter bekannt war. »Ha«, rief er, »da fahre ich mit, mein Prinzerl bringt das in Ordnung mit seiner Nase.« Und stürzte davon, um gleich darauf mit einem großen schwarzen Schäferhund zurückzukommen, mit einem gewaltigen Exemplar seiner Rasse, einem ausgebildeten Spürhund, wie sein Herr jetzt rühmend erklärte, einem unfehlbaren, der schon die erstaunlichsten Stückerln geleistet hatte.

Zu viert saßen sie in einem engen Fiaker, zwischen ihnen der Hund mit strenger, mit schon fast richterlicher Miene, wie es Krabotschnigg vorkam in seiner Angst, und als er die Hand ausstreckte, um Prinzens dickes Fell zu streicheln, knurrte dieser – und der Besitzer warnte: »Gib obacht, Fonserl, der schnappt dich noch, der Prinzerl versteht keinen Spaß.«

Nein, er verstand wirklich keinen Spaß. Nachdem man ihn in das Schlafzimmer geführt und dann in den Hof hinausgelassen hatte, rannte er mit gesenkter Schnauze diensteifrig hin und her, schnoberte, blaffte und kratzte, und stürzte endlich mit sieghaft lautem Gebell auf Krabotschnigg los. Als dieser mit dem Fuß nach ihm stieß, öffnete er den Rachen und faßte den Dieb am Hosenbein.

Das war ein unsäglicher Augenblick für den armen Mäusekopf, und er war nicht einmal mehr heulenden Elends fähig. Mizzi stand vor ihm, starr, doch starr nur für wenige Sekunden. Dann sprang sie auf ihn zu, megärisch verwandelt, mit aufgerissenen Augen, gebleckten Zähnen, schlagflüssig keuchend. Uns ist nicht überliefert, was sie schrie, dem Mann ins Gesicht schrie, doch daß es auf Gut-Wienerisch war, dorther, wo das Wienerische am urtümlichsten klingt, dessen können wir sicher sein. Mit Fäusten und Nägeln fiel Mizzi über ihn her, daß sogar der Schäferhund ein wenig zurückwich, und der Besitzer, unfähig Mizzis Wut zu dämpfen, nach dem Arm des Gesetzes rief.

Der stellte sich schließlich auch ein und gewährte dem Mißhandelten Schutz, indem er ihn abführte.
Freilich erwies sich das Gesetz nicht nur als schützende, sondern auch als strafende Macht. Krabotschnigg wurde wegen zweifachen Diebstahls und, nicht zu vergessen, wegen tückischer Verleumdung eines Schuldlosen angeklagt. Sein Prozeß verlief äußerst ungünstig angesichts des Umstands, daß er selbst juridische Studien betrieben, daß von ihm also eine andere Aufführung zu erwarten gewesen wäre.
Seine Mizzi ließ sich von ihm scheiden, seine Kärntner Familie sagte sich von ihm los. So versank Alfons Krabotschnigg als namenloses Partikel in der unabsehbaren Menschenmasse, die – dem Jahrhundertende zu – Wien wie jede größere Stadt Europas, ja der Welt, immer mehr und mehr überschwemmte.

Nun aber zu den beiden anderen: zu dem Major und seinem Feind Pachernegg. Mit ihnen ging es andere, dennoch nicht viel glücklichere Wege.
Die beiden Männer blieben nach Balthasars Tod nur noch wenige Jahre an derselben Anstalt. Nach wie vor ließen sie ihre gegenseitigen Abneigungen an ihren Schülern aus: Der Major bevorzugte die schlechten Turner und Reiter, Pachernegg schuriegelte die Kadetten, die in Sprachen glänzten.
Endlich trennten sich ihre Wege; der Major, der sich schon immer eines flotten Avancements auf der militärischen Stufenleiter hatte erfreuen können, wurde zum Oberstleutnant befördert, mußte sich aber eines lästigen Halsleidens wegen kurz darauf pensionieren lassen. Ungern nahm er Abschied. Weil er seine Gesundheit wiedererlangen, wenn möglich auch seine Reaktivierung erreichen wollte, übersiedelte er auf Rat seiner Ärzte in ein dalmatinisches Bad an der Adria.
Er nahm bei einer italienischen Familie Quartier, und, kaum

hatte er sich hier heimisch gemacht, erfüllte ihn unendliches Behagen. Er fühlte sich wie neugeboren und konnte gar nicht verstehen, daß er so lange den öden Trott des Preßburger Alltags, die nebelige Gegend und dann auch noch die peinigenden Reibereien mit dem unleidlichen Kameraden ertragen hatte. Hier genoß er das mildere Klima, das blaue Meer, die schon südlich geprägte Natur und wünschte nichts mehr, als mit sich selbst und aller Welt in Frieden zu leben.
Mit der Zeit erwies es sich freilich, daß der Strand zwischen den Felsenklippen und die hübsch angelegten Promenaden zwischen Fischer- und Seglerhafen keine ganz ungefährlichen Reviere waren, denn in der Saison belebte sich die Gegend mit allerlei sirenenhaften Gestalten, heiratslustigen Damen, die hier bei Sonnen- und Mondenschein ihre bunten Schirme, ihre wippenden Hüte und reizvollen Korsagen spazieren führten. Der Oberstleutnant fühlte sich durch ihre sprechenden Blicke geniert und zog sich vom Ufer ins Landesinnere zurück. Aber auch dort fand er bald nicht mehr die angenehme Stille und Einsamkeit, die er suchte; immer öfter sah er zwischen den silberblättrigen Ölbäumen, den feierlich ragenden Lorbeerhecken karierte, geblümte, gestreifte Gewänder auftauchen, immer öfter hörte er Gelächter und Geplauder zu seinen Ruheplätzchen heraufdringen. So hätte er sich immer tiefer in die karstige Landschaft zurückziehen müssen, um seine Ruhe als unerschütterlicher Hagestolz zu verteidigen.
So gab er's auf und strich (wie man damals sagte) die Segel, mischte sich unter die Badegäste, erwiderte sprechende Blicke, küßte Hände (was nichts besagte) und setzte seinen Stolz darein, auch mit den schlauesten Sirenen sozusagen väterlich und arglos umzugehen.
So verging ihm ein Jahr nach dem anderen in angenehmer Ungebundenheit, bei Lektüre und gelegentlichen Aufzeichnungen

(um sich nicht allzu müßig vorzukommen), als er eines Abends im Herbst, die Saison war längst zu Ende und eine kalte Bora fegte über die Molen, einer lieblichen Gestalt begegnete: Es waren, um genau zu sein, zwei Gestalten: die eine dick, groß und etwas bombastisch gekleidet, die andere eine zarte blonde, in Trauerkleidern steckende Figur. Der schwarze Schleier wirbelte um ein schmales Köpfchen, und ein Paar grüner Augen blickte melancholisch in die von weißlichen Regenschauern durchstöberte Ferne.

Von Stund an war es um den Oberstleutnant geschehen. Er schauderte vor Wonne, als er erfuhr, daß sich die beiden Damen für den ganzen Winter in eines der verödeten Hotels eingemietet hatten, und das Hotel lag seiner Wohnung gegenüber. Was lag näher, als dessen Fensterreihen zu beobachten, um herauszubringen, hinter welchen die Damen wohnten, und den Eingang zu überwachen, ob sich vielleicht die Schwingtür vor ihnen öffnen würde. Zuerst hatte der Oberstleutnant wenig Glück: Die Damen schienen sehr eingezogen zu leben, sie pflegten nur zur Kirche zu gehen und höchstens bei mildem Wetter den kleinen, hinter der Kirche liegenden Park zu durchstreifen. Endlich gelang es dem Oberstleutnant doch, sich der jungen Frau zu nähern, die erst vor kurzem Witwe geworden war; und sogleich stand es für ihn fest: Diese werde es sein – oder keine, und er trug ihr Herz und Hand an. – Sie zierte sich ein wenig, wie es einer jungen Witwe damals zustand, und nach einigem Hin und Her, das uns aber hier nicht weiter angehen soll, wurde sie die Seine. Der Oberstleutnant war überglücklich.

Und er blieb glücklich. Jeden Tag wunderte er sich von neuem über die ruhige Freude, die sein Leben durchstrahlte, seit er diese zarte und zartgesinnte Gefährtin gefunden hatte. Sie teilte seine Vorlieben für Literatur und Musik und ließ es nie an Geduld

fehlen, wenn er ihr vorlas oder seine Lieblingskomponisten erklärte. Selbst als sich bei ihm die ersten altersbedingten Beschwerlichkeiten einstellten, ließ sie sich nichts anmerken und verwöhnte ihn, wie nur eine liebevolle Tochter einen verehrten Vater verwöhnen kann.
So schienen ihn seine späten Jahre in ein freundliches Tusculum, ja, in ein kleines Paradies entführt zu haben.
Freilich, die Zeit stand nicht still, und die Menschheit, die die langen behaglichen Friedensjahre satt bekommen hatte, rüstete sich, ohne es selbst zu wissen, für ganz andere, ungeahnt peinliche Zeitläufe und konnte es gar nicht erwarten, sich diesen in den Rachen zu stürzen.
In Sarajewo wurde geschossen, und bald dröhnte halb Europa von fürchterlichen Kanonaden.
Zuerst galt es, Serbien zu strafen; aber das kleine Land blieb nicht allein. Rußland mischte sich ein und ließ seine Armeen westwärts marschieren.
Das Kronland Galizien geriet sofort in höchste Gefahr.
Der Oberstleutnant hatte dort in der Nähe von Lemberg eine Verwandte, eine ältere Dame ohne Anhang, die ihn, kaum waren die ersten Nachrichten über eine russische Mobilmachung durchgedrungen, darum anflehte, sich ihrer anzunehmen, sie zu holen oder ihr sonst einen Schutz zu gewähren, was immer sie sich unter diesem Schutz vorstellen mochte. Der Oberstleutnant fühlte sich als Kavalier und rettender Ritter angesprochen, er versprach Hilfe, brachte seine Frau nach Wien in die Obhut einer alten Tante und reiste in Richtung Lemberg ab.
Der Abschied fiel ihm schwer und, obwohl er der Meinung war, daß er schon demnächst wieder zurückkehren werde, packte ihn im letzten Augenblick das ängstliche Gefühl, er werde die geliebte Frau nie mehr wiedersehen. Da geschah es ihm, daß, als sich der Zug in Bewegung setzte und das liebe grünäugige Ge-

sicht vor seinen kurzsichtigen Augen verschwamm, sich ihm plötzlich Pacherneggs rote Fratze zeigte, an die er doch lange, lange nicht mehr gedacht hatte, eine erschreckende Vision unheilvoller, wenn auch noch ferner Möglichkeiten. Von düsteren Ahnungen erfüllt, bewegte er sich auf ein höchst ungewisses Schicksal zu.

Niemand, auch nicht die Oberste Heeresleitung, hatte damit gerechnet, daß der Aufmarsch der russischen Armee so schnell erfolgen würde. Ihr Einbruch erfolgte, als das Gros der Österreicher noch Front gegen Serbien machte. In höchster Eile wurden jetzt starke Kräfte nach Galizien geworfen. Der Oberstleutnant geriet auf seiner Fahrt gegen Nordosten in das heillose Durcheinander von Truppentransporten, Flüchtlingszügen und einander widersprechenden Befehlsstrukturen. Er erreichte Lemberg, kurz ehe es von der gegnerischen Heeresmacht besetzt wurde. Seine Kusine erreichte er nicht mehr.

Ihm blieb nichts übrig, als sich den Russen gefangen zu geben. Damit hatte er einen langen unvermuteten Leidensweg betreten. Als ehemaliger Offizier, Oberstleutnant, war er der Kommission, die seine Einvernahme betrieb, sogleich verdächtig. Man hielt ihn für einen Spion, für einen gefährlichen dazu. Während er hoffte, baldigst entlassen und ausgetauscht zu werden, beriet man, ob man ihn nicht kurzerhand an die Wand stellen oder aufknüpfen sollte. Seine Beteuerungen, daß er ein ganz harmloser Mensch und eine allem Militärischen längst entfremdete Figur sei, machten ihn erst recht verdächtig. Er wurde nach Russisch-Polen und dann nach Moskau gebracht. Dort vergaß ihn die zaristische Bürokratie in einem der vielen Gefängnisse jahrelang. Er wurde krank, lag auf den Tod und erholte sich wieder.

Da – eines Tages war es soweit: Irgend jemandem fiel es ein, die Papiere der Gefängnisinsassen durchzumustern. So stieß man auch auf den verjährten Fall. Erkannte man die unterlaufenen

Irrtümer oder wollte man nur eine Zelle, eine Pritsche, einen Kerkerwinkel räumen? Man entließ den alten Mann und setzte ihn in Richtung Wien in Marsch.

Aber als er die letzte Grenze überquerte und das Gebiet betrat, das jetzt als einziges noch den Namen Österreich führte, erkannte er die alte Heimat nicht mehr. Sie war gleichsam räudig geworden, aus allen Fenstern schienen die Spinnweben eines namenlosen Unglücks herauszuhängen, und je mehr er sich der ehemaligen Reichshauptstadt näherte, desto tiefer schienen ihm die Kerben, die der verlorene Krieg in das Land gerissen hatte.

Der alte Mann hastete in das Quartier, in das er vor vier Jahren seine Frau gebracht und dem Schutz einer alten Dame empfohlen hatte. Daß die Alte längst gestorben war, hatte er erwartet. Aber wo war die geblieben, die er suchte, an die er vier Jahre gedacht, nach der er sich vier Jahre gesehnt hatte? Die Wohnung stand leer: Sie war bis auf den Sparherd und ein paar zerbrochene Möbel ausgeräumt, der schwarze Mauerschwamm nistete in allen Ecken. Die Hausbesorgerin behauptete, nicht zu wissen, wohin seine Frau gezogen war.

Er erfuhr es doch. Auf dem Meldeamt gab man ihm Bezirk, Straße, Hausnummer und Stockwerk an. Als er vor der Wohnungstür stand und die Hand bereits erhoben hatte, die Klingelstange zu ziehen, las er das Namensschild: *Pachernegg*.

Die Klingelstange zog er nicht.

Er kehrte in das armselige Nest zurück, weil er nicht gewußt hätte, wohin sonst. Er lieh sich eine alte Matratze, einen eisernen Gartentisch, einen eisernen Gartenstuhl. Auf einem Spirituskocher bereitete er sich eine Suppe. So begann er sein neues Leben. Es war das Leben einer Anklage.

Er schrieb, er schrieb an Pachernegg, aber auch an längst nicht mehr bestehende Militärbehörden. Pachernegg nannte er einen

Betrüger, Ehebrecher, einen Kujon. Den Militärbehörden meldete er Pacherneggs Übeltaten. Er grub die alten Streitigkeiten aus, Punkt für Punkt. Aus ihnen suchte er zu beweisen, daß der andere seine Pflichten vernachlässigt, seine Offiziersehre beschmutzt, ja, den Ruf der ganzen Armee geschädigt habe. Mit dem entsetzlichen Eigensinn des Greisenalters – oder schon des Wahnsinns – zählte er alle Intrigen, Gehässigkeiten und Zwischenträgereien auf, deren er Pacheregg für schuldig hielt. Leute wurden als Zeugen genannt, die damals Knaben gewesen und nun längst ergraut waren und von denen nur noch die wenigsten lebten. Vorschriften und Gesetze wurden aufgeführt, die inzwischen über Bord geworfen und zu Absurditäten erklärt worden waren. Er pochte auf Ehrbegriffe, die seit neuestem von jedermann verhöhnt und verunglimpft werden durften.
Mit der Zeit verschwand die treulose Frau aus den Briefen des alten Mannes. Er schien sie vergessen zu haben. In jedem Brief verkündigte er seinen Entschluß, daß dieses Schreiben das letzte sein werde, dessen er, der Oberstleutnant, eine so elende Kreatur wie Pacheregg noch würdige. Doch kaum hatte er den Umschlag im Postamt abgegeben, entsann er sich einer neuen Querele, einer neuen, ihm bis dahin entfallenen Unerträglichkeit, er eilte nach Hause an seinen eisernen Tisch, auf seinen rostigen eisernen Stuhl, um neue Blätter mit Anklagen und Beschimpfungen zu bedecken.
Anfangs lachte Pacheregg über die sinnlosen Diatriben. Dann schickte er die Briefe ungeöffnet zurück. Dann warf er sie ungelesen weg. Doch nur zu oft zog er sie wieder aus dem Müll hervor und las sie doch. Wut packte ihn, wenn er die endlosen Tiraden las, seine Wut kehrte sich gegen die Frau: Sie war es ja, die ihm den Ärger an den Hals gebracht hatte. Er hatte sie an sich gelockt, als sie noch hübsch und appetitlich war. Jetzt war sie durch die Kriegszeiten früh gealtert, hager, krank, womöglich tu-

berkulös. Pachernegg hatte keinerlei Lust, sich von ihr anstecken zu lassen. Er setzte die Unglückliche vor die Tür.
In ihrer Verzweiflung suchte sie ihr altes Quartier und den verlassenen Ehemann auf.
Sie fand ihn schreibend, er blickte kaum auf. Als sie ihn ansprach, schüttelte er ihre Hand ungeduldig ab. »Was wollen Sie von mir? Ich kenne Sie nicht.«
Die Frau fuhr zurück. Sie rief seinen Namen.
Aber er hatte schon wieder nach der Feder gegriffen. »Sie merken doch: ich arbeite. Sie stören mich.«
Kurze Zeit darauf wurde er vom Städtischen Sanitätsdienst in eine Anstalt eingeliefert.

Pachernegg suchte sich in seinen letzten Lebenstagen noch einer Sektfirma als Vertreter anzudienen. Vergeblich. Beim ersten Probegang traf ihn der Schlag, er starb.

Die Parenthese ist geschlossen.

Roderich

Der Regenschirm

Heute muß es geschehen, sagte er sich, heute, heute, sonst bin ich ein Taugenichts (wie der Vater immer sagt) und muß mich verachten. Heute muß es mir gelingen, was allen anderen gelingt (wie sie behaupten), dem scheußlichen Cyrill, sogar dem ekelhaft finnigen Komarek. Wie stellen sie es bloß an?

Es. Es. Je tiefer sich seine Gedanken in dieses *Es* hineinbohrten, desto ängstlicher wog er seine Chance ab. Einmal erschrak er selbst vor seinem tollkühnen Ziel, dann wieder fand er es nur angemessen: Wem sollte schließlich ein Abenteuer glücken, wenn nicht ihm, dem schönen eleganten Roderich Bourdanin, frisch ausgemusterten Leutnant in einem Artillerie-Regiment der Garnison Prag, an seinem ersten dienstfreien Abend in der großen schönen Stadt, in der jeden Abend eine Oper gegeben wurde und die für ihre Opern, ihre Theater, ihre glänzenden Feste und Lustbarkeiten weltberühmt war?

Es. Es. Das war freilich nichts, was in jeder zweiten Gasse für eine Silberkrone zu haben war, herumtrippelte, schmeichelte, schnurrte: »Scheener Herr Offizier, ich wohne glaich nebenan!«

Und was sich dann, wenn man sich wirklich einmal herabließ, *nebenan* zu kommen, als armselig entpuppte: schmierige Schminke, Schmutzrand am Hals, fettiges Haar, verwilderte Nägel; ein dumpfiges Bett, ein vertropfter Waschtisch –. Nein,

das war nichts für ihn, Roderich Bourdanin, dafür war er sich einfach zur gut.
Er wollte nicht angeredet und mitgeschleppt sein; er wollte selbst wählen, bezaubern, erobern, verführen; er wollte erleben, daß er verführen und erobern konnte – und wenn möglich, eine Dame der Gesellschaft.

So hatte er eine Opernkarte gekauft. Lange, ehe die Aufführung begann, war er schon da: blitzblank geputzt in seiner besten Uniform, mit höchstmöglichem Kragen und straffer Taille, frisch gestutztem Bärtchen und seidig gestriegeltem Haar.
Mit Bedacht hatte er einen Platz in der vordersten Reihe des ersten Ranges bestellt, von da konnte er das ganze Revier überblicken – und konnte selbst gesehen werden.
So saß er, die Ellenbogen auf die rotsamten bezogene Brüstung gestützt, und sah zu, wie sich der Raum allmählich belebte. Da zogen sie ein ins Parkett, in die Logen, die Herren mit den Damen, aber – zum Glück – auch Damen allein in Seide und Spitzen, in Pelzen und Schals; schimmernde Arme, entblößte Nacken; neben den feisten Busen der Mütter nahmen sich die der Töchter geheimnisvoll zart und verlockend aus. Unter dunklen und blonden Locken, Zöpfen und Chignons drehten sich Köpfchen, nickten, grüßten und verneigten sich. Die laue Theaterluft, die anfangs nur nach Staub und Langeweile gerochen hatte, füllte sich mit Düften, kühlen und schwülen, mit einem betörendem Fluidum nach Dame, Verwöhnung und Noblesse.
Roderich saß da, aber ihm war nicht nach Sitzen zumute, er war unruhig, ungeduldig, ihn hätte es gejuckt aufzustehen und sich mitten in das Gewühl zu stürzen, das sich jetzt immer dichter zwischen Türen und Sperrsitzen staute. Aber zu seinem Mißvergnügen waren die Plätze neben ihm schon besetzt, von Män-

nern, dicken, nach Bier stinkenden Burschen, die Roderich augenblicklich zu hassen begann.
In den Logenreihen ihm gegenüber erschien eine einsame sylphidische Gestalt in Weiß. Sogleich versuchte er ihre schweifenden Blicke einzufangen. Zwei Logen weiter schmiegte sich ein blondes Kätzchen in Lindengrün in ihren Fauteuil. Roderichs Augen sogen sich abwechselnd an den beiden fest; für Sekunden glaubte er sich selbst wahrgenommen und angeblinkt ... Irrtum, Irrtum! Mit diskretem Gähnen lehnte sich die Sylphide zurück, und die Lindengrüne verlor sich vorgebeugt in der Lektüre des Programms.

Nun läutete es zum Beginn der Vorstellung. Immer hastiger klappten die Logentüren auf und zu, letzte Ankömmlinge drängelten herein. Die Lichter erloschen. Ach, wie schade. Roderich nahm nur mit Bedauern wahr, daß jetzt der Beginn der Oper fällig war. Wie hieß sie doch gleich? – Und als sich nun eine Frackfigur im Orchestergraben gegen das Publikum verneigte und nach einigem Applaus ihr Stäbchen erhob, fühlte er nichts als Widerwillen gegen die ganze Veranstaltung, von der er angefangen hatte zu fürchten, daß sie für ihn als Schlag ins Wasser enden würde.
Erst als sich der Vorhang hob, fiel ihm der Name der Oper wieder ein: Da war ein Rosengarten, und zwischen seinen Hecken und Bosquets promenierte eine heitere Gesellschaft in üppigen Renaissancegewändern und sang einander aus vibrierenden Kehlen an. Nun hörte auch Roderich die Musik – und zwei Minuten lang waren seine Gedanken mit dem Stück beschäftigt. Aber gleich fiel ihm sein Vorhaben wieder ein und er fuhr fort, seine Jägerblicke durch den zwar matten, doch im schmeichelnden Widerschein der Bühne keineswegs ungenügend erhellten Theaterraum schweifen zu lassen.

Indessen verliefen die beiden ersten Akte für Roderich ganz ohne Ereignis, obwohl sich die Ereignisse auf der Bühne geradezu überschlugen. Ein Bote traf ein, dessen Botschaft – in pflaumigem Baß gesungen – zwar kaum zu verstehen war, doch schien er die zuvor friedlich geeinte Gesellschaft heftig zu entzweien. Aus war es mit dem freundlichen Promenieren, Anklagen wurden geschmettert, Degen gezogen und gekreuzt. Es ging dabei, soviel begriff Roderich, um ein junges Paar, das sich haben oder nicht haben sollte, und das, kaum hatten sich die Streithähne entfernt, pünktlich eintraf, um zuerst einmal Hand in Hand, dann in geradezu verzweifelter Umschlingung, ein rührendes Duett zum besten zu geben.

Doch der Zwist der Gesellschaft setzte sich fort. In einer neuen Szene war der Rosengarten in einen wüsten Wald verwandelt, eine Kutsche schwankte heran, und indem das Orchester dumpf warnende Töne von sich gab, zeigten sich schattenhafte Gestalten zwischen den Kulissen. Dann wurde – unter heftigem Getöse – die Kutsche erstürmt, das junge Paar herausgezerrt, getrennt und – jedes auf eine andere Seite – entführt. – Schon glaubte man den Akt zu Ende gebracht, da öffnete sich eine grünlich beleuchtete Höhle im Felsgestein und entließ eine weise Wala – oder was immer die hohe, dürre und von langen Haarsträhnen umflatterte Gestalt darstellen mochte; sie hob unter dem ängstlichen Tremolieren der Geigen ihre Arme, fluchte, verkündigte – und verschwand schließlich wieder in ihrem grünen Kabuff.

Damit war die Pause erreicht.

Endlich konnte Roderich seinen Platz verlassen und durch Korridore, Treppenhäuser und durch das große, jetzt menschenwimmelnde Foyer pirschen.

Aber auch hier erreichte er nichts. Zwar streifte ihn der eine oder andere gefallsüchtige Blick, und eine ältere Sirene klappte neben ihm ihren Fächer vielsagend auf und zu. Doch auch sie war in Gesellschaft, und eine Annäherung schien unmöglich.

Wieder schrillte die verdammte Glocke, wieder blieb Roderich nichts übrig, als an seinen Platz zurückzukehren; das Orchester tobte, auf der Bühne wurde gekämpft, erdolcht, gestorben. Endlich stürzte eine Säule um und erschlug den finstersten Bösewicht. Damit schien der Knoten gelöst, die Liebenden wurden wieder vereint, noch einmal ließ sich die grüne Wala sehen und offenbarte sich als segnende Ahnfrau. Die ganze Kumpanei strömte zu einem einmütigen jubelnden Chor zusammen.
Erschöpft und verschwitzt verbeugte sich der Dirigent zwischen den ebenfalls verschwitzt-erschöpften Sängern. Roderich applaudierte nicht. Zornig und enttäuscht holte er Mantel und Kappe aus der Garderobe. Das Opernhaus leerte sich. Voll bitterer Gedanken trödelte er noch vor den Spiegeln, bis er ins Freie trat. Da regnete es; nein, es goß. Roderich dachte: Das auch noch!
Da sah er *sie.*
Auf der Rampe, doch noch unter dem schützenden Bogen des Portals, stand sie da, eine weibliche Gestalt, bräunlich gelockt, in einem langen violett-samtenen, um die Schultern leicht gepufften Abendmantel, stand allein und unbewegt, das Gesicht hinausgewandt, wo die Nacht, vom Tropfenfall gestriemt, unwirtlich rauschte. Die Dame wartete. Worauf wartete sie?
Auf einen Wagen? – Für gewöhnlich stand nach jeder Vorstellung eine ganze Reihe Fiaker vor der Oper, um die Besucher nach Hause zu bringen. Meist blieben etliche übrig. Heute waren schon alle gemietet und abgefahren. Für Nachzügler war keiner mehr da. Durch Roderichs Kopf schießt ein Einfall. Er läuft zurück, an die Garderobe. Dort huscht noch ein dienstbarer Geist herum.

»He, Sie! He, Sie!« – »Ja, bittschön?« – »Ich brauche einen Schirm.« –
»Wie, bittschön?« – »Einen Schirm. Verstehen Sie nicht? Einen Schirm. Sie werden mir nicht erzählen, daß Sie hier keinen haben.« – »Haben Sie vergessen, Herr Leitnant?« – »Nein, nicht vergessen. Ich bringe ihn auch wieder. Nur rasch. Nur rasch!« In Roderichs Beinen zuckt es, aufzustampfen vor Ungeduld. Der dienstbare Geist ist bestürzt. Vergessene Schirme gibt es natürlich in einer Garderobe wie dieser. Aber darf er denn –? Da klimpern zwei Silbermünzen über die Budel. Die Silberstücke wirken augenblicklich. Eine Schranktür knarrt verheißungsvoll. Mit einem schwarzen Parapluie stürzt Roderich hinaus.
Gottlob, *sie* steht noch da. Gottlob, noch regnet es. Die Tropfen hüpfen. Mit gleichfalls hüpfendem Herzen tritt Roderich neben die Dame. »Mein gnädiges Fräulein …«
Sie rührt sich nicht.
Nun lauter: »Mein gnädiges Fräulein …« – Ist sie taub? – Nun senkt Roderich den Schirm in ihr Blickfeld, sein Finger drückt die Feder am Gestänge. Mit einem kleinen Plusterlaut spreizt sich das Dach, springt auf. »Darf ich Sie bitten –?«
»Oh, oh!« Vor Überraschung tritt die Dame einen Schritt zurück. »Wie freundlich! Ach, wie reizend.« Mit schräg gelegtem Kopf blickt sie zu Roderich auf. Blau blitzt das Aug, und ein Lächeln öffnet ein hübsches Lippenpaar.
Roderich sieht es mit Entzücken, und unter Aufgebot seines ganzen Mutes vollendet er seinen ersten herzerobernden Satz: »Darf ich Sie bitten, meine Begleitung anzunehmen?«
Die Dame zögert noch. Aber schon greift sie nach dem gelben Horngriff. »Ach ja, es regnet gar so fürchterlich.« Und eine halbe Minute später geht sie neben Roderich unter der Kuppel des Schirms die Mitteltreppe der Oper hinab. »Ich wohne aber weit weg«, versucht die Dame zu warnen.

»Umso besser, meine Gnädigste, umso besser. An der Seite einer so schönen Frau kann kein Weg weit genug sein.«
Die Dame lacht. Der Schirm schwankt ein wenig und biegt um die erste Ecke.
Der Regen trommelt über ihnen, aber der Schirm ist gut. Er ist ein ziemlich großer, äußerst solide gebauter Herrenregenschirm mit geschnitztem Horngriff und starkem Gestänge, der Stoff ist dicht gewoben, straff gespannte schwarze Seide. Solche Schirme werden in England hergestellt. Wer mag ihn gestern oder vorgestern oder möglicherweise schon vor Monaten in der Operngarderobe vergessen haben?
Weiß so ein Ding, wem es gehört, wem es dient, hat es einen Schimmer davon, wer es handhabt? Wahrscheinlich nicht – aber wenn ja, es gibt davon nichts preis. Es schweigt, es dient, es läßt sich handhaben. Doch es spielt Schicksal auf seine Weise. Es zwingt zum Gleichtakt der Schritte. So im Gleichtakt der Schritte nähern sich Ärmel und Arme, Militärstoff Kammgarn und streichelnder Samt. Beider Hände umfassen den Griff, die ihren, weil sie weiß, ein Offizier darf kein Parapluie tragen, er darf überhaupt nichts im Freien tragen, außer natürlich seine schwarzsteife Kappe, seinen Säbel am Portepee und allenfalls noch seine Handschuhe aus Glacé; er aber kann es, ebenso natürlicherweise, nicht der Dame überlassen, das Ding zu balancieren, gegen den Regen zu führen, gegen den Wind zu stemmen. So streift eine Hand die andere, vorerst noch schüchtern, zart und gleichsam probeweise.
Doch der Schirm wandert weiter. Er durchquert das Gassengewirr der Altstadt, umrundet Pfützen und Denkmäler und schwankt dann einen langen breiten Platz hinan. Einmal zögert er vor den matterleuchteten Scheiben eines Cafés – und wird dann doch wieder weitergetragen, weiter und weiter, die Dame hat etwas von »Hinter den Weinbergen« gesagt.

Im übrigen ist das Gespräch unter dem schwarzen Dach ganz munter in Gang gekommen. Es bewegt sich nicht mehr nur in künstlich gedrechselten Sätzen von Seiten des Mannes, nicht nur in verschämt klingenden Lachern der Frau, es nimmt eine andere Färbung an, der Anfang der Vertraulichkeit ist geschafft.
Indessen hat der Regen etwas nachgelassen, noch tröpfelt er über dem Pflaster, noch flüstert er in der Seide, und von den Gestängespitzen rinnen nicht mehr Bäche, sondern nur mehr einzelne Tränen. Längst ist die dichtgereihte Gasbeleuchtung der inneren Stadt zurückgeblieben, einsam düstere Funzeln malen dünne Lichtstreifen auf das Trottoir. Der Boden ist holprig, ein kleiner Stolperer der Dame endet damit, daß ihr Gesicht an Roderichs Schulter landet. Dem folgt ein längerer Aufenthalt, diesem ein zweiter. Schließlich biegt der Schirm von der Straße weg in ein mit Bäumen bewachsenes Gelände, dort streift er Zweige und Blätter, und einmal kippt er beinah in den Kies. Doch damit scheint eine Entscheidung gefallen zu sein. Jetzt trödelt er nicht mehr, jetzt hat er es plötzlich eilig, zielstrebig kämpft er sich eine Treppe hinauf, ein Gäßchen hinab und schwenkt in eine lange Häuserzeile ein. Ein Haustor, ein Schlüsselklirren, der Schirm wird zusammengeklappt und gemeinsam mit einem Paar gänzlich durchweichter Herrenstiefeletten eine Treppe hinaufgetragen. Oben knirscht wieder ein Schloß, eine Tür tut sich auf, ein warmer dunkler Raum, von dem er in einen weiteren, noch wärmeren, noch dunkleren Raum weitergeht. Hier riecht es nach Parfum, ein wenig auch nach Suppe und Linoleum. Endstation ist ein Fell (Schaf oder Eisbär ist nicht auszumachen); hier wird er abgelegt, der Schirm, achtlos hingeworfen, dazu die Stiefeletten, naß wie er; niemand kümmert sich mehr um die drei. Sie haben gedient, sie sind vergessen.
Stundenlang.

Die Parapluieseide trocknet still vor sich hin, die Stiefeletten haben es damit schwerer, ihr Leder ist prall vollgesogen.
Dann aber, da der Morgen vor den Fenstern graut, tappt eine Hand – nein, nicht nach dem Schirm – nur nach den Schuhen; sie werden angeschlüpft, rasch, ungeduldig, wie es scheint, und schleichen dann samt den Füßen, die drinnen stecken, zur Tür hinaus. Pantöffelchen trippeln hinterdrein. An der Flurtür gibt es noch einmal kurzen Aufenthalt. Dann sind sie fort.
Einsam und melancholisch bleibt der Schirm zurück, ein schuldloses Corpus delicti, solide und stumm, ein Märtyrer seines Schicksals.

O Luna

So war es geschafft, das Abenteuer. In Roderich moussierten Triumphgefühle: Er hatte verführt, erobert, gesiegt. Er war kein Taugenichts, wie ihm der Vater vorwarf (wenn vielleicht auch in einem anderen als dem bewährten Sinn). Jetzt freilich war er in Eile. Es war fünf, um sechs hatte er in die Kaserne einzupassieren, und die Kaserne war weit. Roderich wußte nicht, wo er sich befand. Er schlug die Richtung ein, von der er hoffte, sie werde ihn an die Moldau führen. Dort spannten sich Brücken reihenweise, von dort war die Kaserne am Cerninschen Palais schnell zu erreichen.
So stürmt er die Gassen entlang. Noch stört es ihn kaum, daß er nicht einmal den Namen der Geliebten weiß. Sie hat ihn verweigert, als er sie darum bat, und als er nicht aufhörte zu bitten: »Nenne mich Luna!« geflüstert. »Nur deine Luna, die will ich sein.«
Ja, also Luna. Er war's zufrieden. Und jetzt hat er sich nicht einmal nach Hausnummer und Straßennamen umgesehen.

Aber was tut's? Die Geliebte hat ihm versprochen, am nächsten Samstag in ein bestimmtes Hotel zu kommen, zu den »Drei Federn«, ein gutes Haus, wie sie sagt, in einem stillen Viertel, dort werden sie allein und glücklich und selig vereint sein.
»Ach, erst am kommenden Samstag!« hat Roderich gestöhnt. Und sie: »Du kannst mir ja schreiben, Liebling, poste restante, Prag I, Chiffre Luna.«
So war es bestimmt und sogar beschworen, zwischen berauschenden Bissen, berauschenden Küssen, und Roderich hätte seinen Kopf verwettet: Die Verabredung stand. Dennoch konnte er wirre Ängste und Sorgen nicht unterdrücken. Was konnte nicht geschehen auf der Welt, das ihn am Ende hindern würde, zu seinem Rendezvous zu eilen? Beim Militär war alles möglich: Ein Feldmarschall konnte sich ansagen zur Inspektion – und schon würde jeder Urlaub gestrichen. Der Kommandant konnte verrückt werden und das Kasernentor absperren lassen. Allgemeine Mobilisierung konnte angesagt sein, Revolten und Kriegserklärungen. Dann würde er, Leutnant Bourdanin, statt in die Arme der Geliebten zu sinken, an irgendeine Grenze der Monarchie kommandiert werden.
Doch nichts derlei geschah. Kein Feldmarschall ließ sich blicken. Kein Kommandant verlor in dieser Woche den Verstand, und keine Kriegsgefahr bedrohte Krone und Staat.

Schon am ersten Abend hatte Roderich einen ersten leidenschaftlichen Liebesbrief in den Kasten geworfen, andere folgten. Einmal gelang es ihm, einen Auftrag seines Obersten zu ergattern, der ihm gestattete, in den Stadtteil Smichov zu kommen, wo sich – nach Lunas Aussage – die »Drei Federn« befanden. Er wollte Zimmer bestellen und den Ort künftiger Seligkeiten in Augenschein nehmen. Und richtig, er fand den Platz.
Er war ein wenig enttäuscht, keinen besseren zu finden als die-

sen öden Vorstadtwinkel mit dürftigem Charme. Auch das Haus selbst kam ihm unwürdig, da ein wenig schäbig und schmierig vor. Doch er trat ein. Da saß ein Portier, ein Alter, Dicker mit roter Knollennase und grünem Käppchen. Hinter ihm hing an der Wand ein verdrahteter Vogelkäfig, darin sprang ein Kanari auf und ab.
Roderich bestellte ein Zimmer und dann, in einer Aufwallung kavaliersmäßiger Schamhaftigkeit ein zweites. »Aber nur die besten, nur die besten«, beschwor er die Knollennase, »die Sie haben.« Und die Knollennase nickte und schrieb in das Buch.

Endlich kam er heran, der Samstag, der gesegnete Urlaubstag. Roderich fühlte sich ganz ausgehöhlt von Vorfreude, Sehnsucht und jenem Bangen, das jeden unverdorbenen jungen Mann befällt, wenn er sich in die Arme der Geliebten träumt. Er wollte das Wiedersehen mit Luna feiern, ihm sollte nichts zu gut und zu teuer sein, um es würdig zu begehen. Seine Leutnantgage – ach, was hätte er schon damit anfangen können!? Doch zum Glück, zum Glück! – Tante Franziska, die älteste Schwester des Vaters, sie hatte ihm zu seiner Ausmusterung 500 Kronen geschickt, fast ein Vermögen. Gute, brave Franziska. Er wollte es nicht schonen, dieses Vermögen, er wollte es verschwenden, er wollte Luna zeigen, was sie ihm wert war. Ach, was erdenkt sich nicht eine liebende Seele!
Er bestellte Rosen in die »Drei Federn«, drei Sträuße zu zwanzig Stück. Er bestellte Rheinwein und Champagner – und war empört, als der Kommis, der die Bestellung aufnahm, spöttisch dreinsah, als er die Adresse nannte. Er suchte das beste Delikatessen-Geschäft auf, das feinste am Graben, um einige Leckerbissen zu ordern, Lachs, Schinken und Austern; er suchte – vielleicht liebte Luna das Süße? – die teuerste aller teuren Kon-

ditoreien auf und bestellte auch dort Windgebäck und Indianerkrapfen – und alles zu den »Drei Federn« um sieben Uhr abends.

Noch trennten ihn Stunden vom Augenblick der Seligkeit, da begann sich sein Herzschlag zu beschleunigen: es läutete Sturm. Er hatte sich geschworen, das Hotel nicht vor sechs zu betreten. So schleppte er sich, auf der Suche nach einem stillen Winkel, in einen Park. Aber wo war es schon still und einsam in dieser Stadt an einem milden Herbsttag? Überall promenierten Pärchen, rotzige Buben liefen mit ihren Reifen. Kaum hatte sich Roderich auf einer Bank niedergelassen, kamen zwei Männer und setzten sich gleichfalls, um hier zu diskutieren. Sie erhitzten sich über den erst neulich wieder ausgebrochenen Sprachenstreit: Im Parlament flogen die Fetzen, donnerten die Pultdeckel, der Innenminister erlitt einen Nervenzusammenbruch. – An jedem anderen Tag hätte Roderich mit gespitzten Ohren gelauscht. Heute begriff er nicht, was das Gerede sollte. Mochte das Staatsschiff wanken, womöglich untergehen: Für ihn bestand die Welt nur noch aus den »Drei Federn«.
Endlich drehte sich der Uhrzeiger gegen sechs. Roderich sprang auf; ihm war – glühend heiß – der Gedanke eingeschossen: Wie, wenn Luna früher käme?
Im Laufschritt stürmte er heran. Mit beinah versagender Stimme fragte er, ob jemand schon – ? Der Portier verneinte. Hinter ihm sprang der Kanarienvogel.
Erleichtert ließ sich Roderich die Schlüssel geben.
Er nahm die Zimmer in Augenschein. Sie gefielen ihm nicht. Das sollten die besten des Hauses sein? So schäbig abgewohnt, so öde-häßlich? Immerhin stand in beiden je ein Doppelbett. Wie geblendet blieben Roderichs Blicke an den schwellenden Kissen haften.

Die Rosen waren angekommen, auch die Platten mit Lachs und Austern. Roderich nahm einen Probebissen: Er schmeckte köstlich. Da klopfte es an der Tür. Roderich fuhr zusammen. War es Luna? Nein, nur der Bote mit Wein und Champagner. Roderich reichte ihm ein königliches Trinkgeld. Gesegnete Tante Franziska!

Die Uhrzeit: halb sieben.

Plötzlich ist es ihm unmöglich, in einem der bestellten Zimmer zu warten. Er muß hinunter. Wie konnte er auch denken: Luna werde allein, unbegrüßt, die Treppe herauf – wie eine bestellte Kokotte –? Nein, nein. Er mußte sie schon im Entree empfangen.

So sitzt er nun in einem der grünen verschlissenen Polsterstühle dem Pult gegenüber, hinter dem der Portier thront mit Mütze, Schnauzbart und Knollennase, hinter ihm der hüpfende Vogel. Roderich schließt die Augen: Weit kann sie nun nicht mehr sein, Luna, die Herrliche, er glaubt sie vor sich zu sehen, wie sie sich nähert, leichtfüßig, lieblich, mit wippenden Löckchen und schwellenden Lippen. Ob sie auch heute den violetten Abendmantel trägt –?

Ab zehn vor sieben erlaubt sich Roderich, die Uhr zu fixieren, die über der Drehtür hängt: Wie die Zeiger doch kriechen, quälend langsam, als müßte ihnen jedes Ruckchen abgebettelt werden. Ja, habt Erbarmen mit mir, ihr schwarzen kriechenden Zeiger, und laßt es endlich sieben werden!

Drei vor zeigt sich ein Schatten in der Drehtür. Roderich springt auf, er ist nahe daran, auf die Drehtür zuzustürzen. Knackend und schleifend geht sie auf; ein Herr tritt herein.

Ein Herr, Melone auf dem Kopf, Köfferchen in der Hand. Ist's möglich: Nicht Luna? Ein Fremder. Ein Gast. Jetzt verhandelt er mit dem Portier. Steigt die Treppe hinauf. Verschwindet. Roderich ist in seinen Lehnstuhl zurückgesunken und widmet sich wieder der Uhr. Zwei vor sieben, eins vor sieben: Komm, o komm, Geliebte; jede Sekunde, die du vor sieben kommst, will ich dir danken, kniefällig.

Aber sie kommt nicht, nicht vor sieben, nicht um sieben. Auch nicht danach.
An der Drehtür liegt es nicht, sie knirscht, sie schleift. Sie schaufelt Leute herein, paarweise, einzeln und in ganzen Rudeln, eine Horde samt Gepäck. Geschrei, Gedränge, Gelächter. Roderich vermag kaum zu atmen vor Haß. Der Portier dienert, notiert, verteilt Meldezettel, Schlüssel, Telegramme. Roderich möchte jeden einzelnen erwürgen.
Wie rasend hüpft der Vogel hin und her.
Es wird viertel acht, halb acht, acht. Roderich hält das Knacken der Drehtür nicht mehr aus. Er fühlt sich ausgehöhlt und krank vor Schwäche. Beinah taumelnd erreicht er das eine der bestellten Zimmer. Er legt sich nieder. Die Welt ist Finsternis.

Gegen Mitternacht öffnet er eine Weinflasche. Dann setzt er sich an den Tisch und beginnt zu essen; er leert die Platte mit den Austern. Auch den Lachs verdrückt er, zuletzt ißt er die Indianerkrapfen, alle vier.

Nach diesem unseligen Samstagabend konnte Roderich keinen anderen Gedanken fassen, als seine Unbekannte-Bekannte, seine Luna wiederzufinden. Da er auf alle seine Poste-restante-Briefe, Billets und Eilbotschaften keine Antwort erhalten hatte, begab er sich auf das Amt und fragte nach; der Mann hinter dem Schalter beäugte ihn mit Mißtrauen: Ob er denn selbst jene Luna sei? Nein, sagte Roderich, Luna selbst sei er nicht, aber der Absender sei er – und das könne er beweisen. Der Beamte winkte gnädig ab, er griff in eines der Fächer, in denen das Postlagernde ruhte und griff einen ganzen Stoß: Roderichs vollzählige Liebespost seit zehn Tagen. Roderich nahm sie in Empfang mit dem Gefühl der Vernichtung.

Aber was vernichtet schon einen gesunden jungen und hübschen Mann, dem – um es mal so zu sagen – der Marschallstab im Tornister steckt, der klug und gewitzt geboren, alle Freuden der Welt noch vor sich hat, auch alle Torheiten und Streiche? Heute ist er plattgewalzt von der ersten schweren Liebesenttäuschung. Morgen wird er sich aus dem Staub erheben und neue Pläne spinnen.

Fürs erste aber hat Roderich nichts im Sinn, als nach seiner Luna zu fahnden. Er will sie mit Vorwürfen überschütten, um sich dann, wenn sie einige, nur halbwegs plausible Gründe vorgebracht hat, umso überschwenglicher mit ihr zu versöhnen.

Ach, warum war er auch der Narr gewesen, sich mit dem offenkundig erdachten Liebesnamen Luna zufrieden zu geben? Und warum war er der noch größere Narr gewesen, ihr Haus zu verlassen, ohne nach Straße und Nummer zu sehen? Vor Liebes- und Siegesglück ganz trunken war er weggestürmt – und nun stand er da und wußte so gut wie nichts. – Aber zum Teufel, tröstete sich Roderich, ich werde das Nest schon finden, ich war ja an jenem Abend nicht blind wie ein Auerhahn bei der Balz ...

So zog er los am nächsten Samstag-Urlaubstag. Um ja nicht irre zu gehen, setzte er bei der Oper an. Leicht war es, den großen Platz zu erreichen, den er mit Luna gekreuzt hatte. Aber dann im Quergang zum Viertel der Weinberge verwirrte sich ihm die Erinnerung. Um welches Eck waren sie eingebogen, um das zweite, das dritte? – Rechts oder links?

Oh, er weiß noch alles von diesem Gang durch die Nacht: wann er wagte, nach Lunas Hand zu fassen, wann sich ihr Arm an sei-

nen Ärmel schmiegte, wie ihre Stimme zärtlich zu vibrieren und dann zu gurren begann … Alles wußte er, Roderich, nur den Weg wußte er nicht mehr.
Das ganze Viertel scheint ihm verwandelt, verhext. Wo er sich an enge Gassen und kleine Häuschen erinnert, nimmt ihn ein breiter Straßenzug auf mit hohen Mauern und Villen. Wo er meint, es müsse aufwärts gehen, geht es abwärts. Endlich glaubt er den Park gefunden zu haben, unter dessen tropfenden Bäumen sie in Küssen schwelgten: Aber hier ist kein Park, nur ein wenig Gebüsch vor den Halden eines Kohlenhändlers.
Roderich hetzt hin und her, gasseauf, gasseab, endlich stößt er auf freies Feld.
Kehrtum, Herr Leutnant, und von vorn begonnen!
Das einzige, woran sich Roderich genau erinnern kann: Vor Lunas Haustor waren drei steinerne Staffeln – und drinnen im dunklen Flur über dem ersten Treppenabsatz war, ein grauer Schimmer, ein Spitzbogenfenster, in der Mauerschwärze gestanden, ein Fenster à la anglaise mit Butzenscheiben und Maßwerk.

Und wieder ein Samstag. Die Kameraden in der Kaserne planen einen lustigen Mulatschak. Er soll schon am Nachmittag beginnen. Roderich bedankt sich für die Einladung. Aber ihn zieht es wie mit Stricken in die andere Richtung. Er weiß: Die Kameraden machen schon Witze über den Einzelgänger. Er schüttelt sie ab. Er denkt: Noch einmal will ich's versuchen. Noch einmal Luna!

Das Duell

Wer kennt nicht die berühmte Geschichte des Herrn von Bassompierre? Sie spielt im alten Paris, dort gehört sie zum festen Bestand der tausend Geschichten, die zwischen Parnaß und

Montmartre spielen; erlauchte deutsche Federn haben sie auch bei uns bekannt gemacht:
Besagter Herr von Bassompierre hatte eine Geliebte, eine vornehme schöne Frau, jung und blühend. Zu seinem Mißvergnügen mußte er sie verlassen, der König schickte ihn auf Reisen. Bei seiner Rückkehr konnte er es kaum erwarten, in die Arme der schönen Dame zu eilen. Aber als er an ihr Haus kam, an ihr Palais, erschrak er; alle Fenster standen offen, auch das Tor. Er trat ein. Keine Wache hielt ihn auf. Er lief durch die Säle und rief. Niemand gab Antwort. Im Keller schwelte ein Feuer, dort lagen zwei Leichen. Bassompierre wagte nicht sie anzusehen. Er begriff, was hier geschehen war; hier hatte die Pest gewütet, und alle, die das Haus bewohnt hatten, waren an ihr gestorben.
Das war im 16. Jahrhundert geschehen. Im 19. starb man nicht mehr an der Pest, nicht in Mitteleuropa. Dennoch kam Roderich an diesem Nachmittag in ein quasi Bassompierresches Trauerhaus.
Zuerst hatte er die Leute kaum beachtet, die in einer der dichtverbauten Gassen der Weinberge beisammenstanden. Sie warteten offenbar – worauf? Roderich dachte darüber nicht nach. Er hatte drei steinerne Staffeln vor einem Haustor erspäht und hielt darauf zu. Auch daß die Wartenden alle dunkel gekleidet waren und nur gedämpft miteinander redeten, fiel ihm nicht auf. Aber als er das Haus betrat, hätte er beinahe einen Schrei ausgestoßen, denn oben über dem ersten Treppenabsatz, da war es: das Spitzbogenfenster à la anglaise.
Roderich wankten die Knie, er spürte, wie sein Herz heftig zu schlagen begann. Die Sturmglocke läutete wieder.
Doch wie er so dastand, um Fassung ringend, hatte sich ein lebhaftes Hin und Her im Treppenhaus eingestellt. Ein Kranz wurde vorbeigetragen, ein zweiter und dritter. Draußen fuhr ein Viergespann vor: Rappen vor einem Leichenwagen. Im Mezza-

nin begann eine leiernde Stimme etwas herzusagen; andere Stimmen respondierten: Man betete.
Dann ließen sich dumpf schütternde Schritte von oben vernehmen, als würde etwas Schweres heruntergetragen. Schwarz gekleidete Männer mit Pompefunèbre-Kappen schleppten einen Sarg. Mit versagender Stimme fragte Roderich: »Wer wird denn da begraben?« Der Befragte nannte einen Namen: Es war ein Frauenname.
Roderich brachte es zuwege, eine zweite Frage zu stellen: »Ja, war die Dame schon alt?«
»Alt? Alt –? Jung war sie – und hübsch und immer lustig. Wer hätte das gedacht?«
Roderich wußte nicht, wie er aus dem Haus kam. Eben wurde der Sarg in den schwarzen Wagen geschoben, die Kränze wurden nachgereicht. Ein Priester im Trauertalar stimmte ein neues Gebet an. Der Zug formierte sich. Als erster Hinterbliebener trat ein vierschrötiger Mann, ganz in Schwarz, mit hohem Trauerzylinder vor. Unter dem Rand des Zylinders fielen etliche grau und fahlrot verfärbte Strähnen auf den Mantelkragen. Auf seinen Wink wurde der Wagen geschlossen. An der Spitze des Zuges begann eine Musik zu blasen. Neben Roderich sagte eine Frau, ihre Tränen schnupfend: »Der gute arme Professor. Jetzt ist er allein. Ach Gott.«

Roderich ging dem Kondukt hinterher. Der Weg zum Friedhof war nicht weit, aber weit genug, daß er sich auf ihm sicher wurde, eisern sicher: Die Tote war Luna, Luna, die Geliebte und niemand sonst. O, somit war alles erklärt: Ihr Fortbleiben in den »Drei Federn«. Ihr Ausbleiben am Schalter poste restante. Ihr Verstummen. Ach, daß Roderich nicht erwogen hatte, so könnte es sein: schwere Krankheit, Fieber, Schmerzen; sie hatten die Geliebte befallen, ans Bett gefesselt, elend gemacht, und er – er

hatte an Treulosigkeit und Verrat gedacht und sich abgequält in Wut und Gram!
Nein, nein, er war nicht verschmäht, er war nicht verraten. Während er in den »Drei Federn« vor Ungeduld verging, lag sie verzweifelt darnieder. Hätte sie ihm einen Boten schicken können? Nein. Denn *er* war bei ihr, der Alte mit den fahlroten Zotteln, der Gatte, der Tyrann. Vielleicht gar ihr Mörder? Roderich zuckte bei diesem Gedanken zusammen, aber schon spann er ihn fort: Der häßliche alte Zwerg – und sie, die junge schöne reizende lebensprühende Frau. Da lag Mißtrauen in der Luft, natürlicherweise, da schwelte Verdacht. War er verreist, schickte er ihr Spione nach. Auch in die Oper. Ach ja, und der Schirm! Den mußte er entdecken, den schwarzen Schirm mit gelbem Griff. – Was soll das Ding? Wer hat es hier vergessen? Wer hat dich unter ihm nach Hause gebracht? –
Luna, o meine arme Luna. Konntest du lügen, du liebes Herz? Du wurdest blaß. Du schwiegst. Aber schließlich – (er bedrohte dich) hast du gestanden.
Und ich saß unterdessen in den »Drei Federn« und fraß die Indianerkrapfen.
Dann hat er dich ermordet. Du warst todkrank. Er frohlockte über deine Krankheit. Er ließ dich leiden. Er verweigerte dir die rettende Medizin, – er *befahl* dir zu sterben.
Roderich folgt dem Kondukt bis in den Friedhof, an das offene Grab im Nobelgeviert, ein vornehmes Mauergrab. Ein weinender Marmorengel weist gen Himmel.
Der Zylindermann, – jetzt ohne Zylinder – umdrängt von Trauergästen. Er nimmt die letzten Beileidsbekundungen entgegen. Einige Damen wischen sich die Augen. Roderich salutiert vor der Grube: Ruhe sanft, Geliebte, ruhe sanft. Ich vergesse dich nicht. Ich komme wieder.

Roderich glaubte zu wissen, worin seine weitere Zukunft bestehen würde: in Trauer; über die Woche: Dienst und Kasernenödenei, an Urlaubstagen: Friedhofsbesuch. Weder Späße noch Behagen, so wollte er ihr Andenken feiern. Er verbot sich, muntere Liedchen, wie er sonst getan, vor sich hinzupfeifen. Im Kasino saß er mit gefalteter Stirn und gepreßten Lippen. Das übliche Geschwätz der Kameraden widerte ihn an. Ihre Witze über *die Weiber* empörten ihn. Wenn ihr wüßtet, dachte er, wenn ihr wüßtet …

Trotz aller – mit Bourdaninscher Gründlichkeit selbstverordneter – Betrübnis konnte er sich nicht verhehlen, daß sich auf dem Grund seiner Seele etwas wie Heiterkeit ausbreitete; ein sanftes Gefühl der Befriedigung, unvergleichlich angenehmer als das bohrende Elend, das ihn vorher erfüllt hatte, als er sich verschmäht, versetzt, hintergangen glaubte. Luna war tot – und damit ein Stern, jedem Verdacht entrückt:

Sein Idol.

Als Roderich das erste Mal nach der Bestattung auf den Friedhof kam, lagen noch die Kränze der Hinterbliebenen da, ein Haufen in der warmen Oktobersonne verdorrter Blumen, darunter auch Schleifen und eine mit der goldenen Inschrift: Ein heißes Lebewohl von deinem Gatten.

Roderich sah sie mit Widerwillen. Ehe er sich vorneigte, um seinen Strauß roter Rosen auf den Hügel zu legen, stieß er Kranz und Schleife mit der Spitze seines Schuhs zur Seite. Das nächste Mal kam er mit einem Gesteck von Chrysanthemen. Mit Genugtuung konnte er feststellen: Der andere Blumen- und Schleifenkram war verschwunden. Frisch gesäter Rasen lugte mit winzigen Spitzchen aus der lehmigen Erde.

Als er sich zum Gehen wandte, stand ein Mann hinter ihm. Unbemerkt war er herangekommen: Er, der Gatte. Diesmal ohne

Zylinder, doch unverkennbar mit seiner fahlrot melierten Mähne, die sich um seinen runden Schädel sträubte.
Völlig überrascht hob Roderich die Hand zum Mützenschirm. Dann ging er. Er glaubte noch eine Art Fauchen hinter sich zu hören. Das war alles. Er zwang sich, langsamen Schrittes das Tor zu erreichen. Dort bestieg er eine Droschke. Mit geschlossenen Augen lehnte er im Fond.
Das nächste Mal, dachte er, geht es so glimpflich nicht ab.

Trotzdem konnte er sich's nicht versagen: Am anderen Samstag war er wieder da. Diesmal wartete der Gatte, ein zweiter Mann mit ihm. Aha, der Zeuge, dachte Roderich. Von weitem schon hörte er den Alten fauchen. So fauchen Löwen, ehe sie sich beißen. Oder Leute mit Angina pectoris.
Eine innere Stimme warnte ihn, sein Gebinde auch heute auf Lunas Grab zu legen. Geh vorbei, riet es in ihm, leg deine Blumen, wohin du willst, auf irgendein Grab, gleich, welches. Du entgehst einem Unglück. Doch er konnte nicht anders. Vor dem weinenden Engel nahm er die Kappe ab, setzte sie wieder auf und schob seinen Strauß in das junge Gras.
Nun fauchte es neben ihm.
»Gestatten die Frage, Herr Leutnant ...! Hier liegt meine Frau. Wer gibt Ihnen das Recht hierherzukommen, immer wieder, und sich immer wieder an ihrer Ruhestätte zu schaffen zu machen in, wie ich sagen muß, ganz unerbetener Pietät?«
Der Mann hatte mit Schärfe gesprochen und ihm war anzuhören, daß er vor Zorn bebte; seine Sprache war nicht die eines Prager Deutschen, auch nicht eines Tschechen oder sonst eines Böhmen. Er sprach wie einer von draußen, aus dem deutschen Norden, ein Preuße. In Roderich schoß doppelte Abwehr hoch.
»Pietät –«, sagte er und dehnte das Wort ironisch, »Pietät dürfte wohl immer gestattet sein.«

»Nicht in diesem Fall«, erwiderte der andere, heftig fauchend. »Haben Sie denn meine Frau überhaupt gekannt?«
Diese Frage ließ Roderich lächeln. »Ich glaube wohl!«
»Ah«, sagte der Alte und trat einen Schritt zurück, »und welcher Art war dann Ihre Bekanntschaft?«
In Roderich kochte etwas auf: Hochmut; der Hochmut der Jugend vor dem Alter, Hochmut des Liebhabers vor dem Hahnrei, des Offiziers vor dem Zivilisten, vielleicht auch Hochmut des Österreichers vor dem Preußen, der doch hierzulande, zwar gefürchtet und beneidet, mit seinem frischgebackenen Kaisertum als Parvenu galt. Er reckte das Kinn, wippte auf den Fersen und sagte: »Es tut mir leid, mein Herr, daß ich als Ehrenmann darauf verzichten muß, Sie aufzuklären.«
»Ah«, schrie der Alte, »Sie Unverschämter!« und holte aus. Seine Faust schlug gegen Roderichs Gesicht, sie erreichte es nicht, dazu war Roderich zu groß, aber sie berührte beim Niederfallen Roderichs Waffenrock. Das war genug.
Mehr als genug.
Der Mann, der mit dem Gatten gekommen war, trat zwischen sie. Er vollzog auch den Austausch der Karten. Mit steifen Knien ging Roderich davon. Er sah nicht mehr, daß der Witwer, wankend vor Erregung, seine Rosen hinter ihm herwarf.

Die erste Pflicht eines Duellanten ist, sich eines zweiten zu versichern, der bereit ist, das Spielchen mitzuspielen, das – einmal in Gang gekommen – nach festen Regeln abzulaufen hat.
Es ist auch für diesen zweiten kein angenehmes Spiel.
Es kann, halb verboten, halb gestattet, für alle Beteiligten fatale Folgen haben. Roderich weiß das, so schwankt er eine Weile, wen er denn bitten darf, sein Sekundant zu sein. Er läßt seine Kameraden aus der Artilleriekaserne am Cerninschen-Palais Revue passieren. Nein, da ist keiner, dem er so weit vertraut. Zuletzt

fällt ihm ein Verwandter ein, Cyrill von Schimkowitz. Der Vetter. Cyrill ist der Sohn des anderen Cyrill, der mit Rittmeister Bourdanins jüngster Schwester verheiratet ist – oder war; sie ist seit Jahren siech, war auch vorher schon ein mißgeschicktes Wesen, untüchtig, von nervösen Zuständen geplagt, eine welkende Pflanze.

Umso prächtiger ist ihr Einziger ins Kraut geschossen, Cyrill der Zweite, ein Riese wie sein Vater und mindestens ebenso breitbrüstig selbstbewußt.

Mit einer begüterten Dame verheiratet, lebt er hier in Prag. Roderich hat ihn einmal aufgesucht, sie haben miteinander eine Flasche Wein geleert, eine Partie Schach gespielt. Jetzt ist eine andere Partie fällig. Roderich sagt sich bei Cyrill an.

Er wird, wie das so Cyrills Art ist, mit gewaltigem Geschrei und Gelächter begrüßt. »Daß du dich nur wieder anschauen läßt, Rodi, herrliche Idee. – Aber, zum Satan, du bist mager geworden, bist du vielleicht verliebt? Oder ist die Kost so miserabel bei euch Ärarischen? – Kein Wunder, bei diesen elenden Budgets. Siehst du, das hab ich mir erspart mit meinen Plattfüßen, haha. Ich war so klug, mir phänomenale Plattfüße wachsen zu lassen, sie haben mich befreit vom Dienst unter der Fahne. – Na, komm herein. Unsere Maly wird dir etwas Gutes vorsetzen. Eine exzellente Köchin. Wie, keinen Appetit? – Mach keine Faxen. Du hast was auf dem Herzen, wie? Merk ich doch. Willst du am Ende wieder mal abspringen vom Militär? Hast doch erst neulich so was geflüstert. Für Leute deiner Begabung taugt es nichts. – Was? Studium? Gar an der Technik? Nein, nein, da widerrat ich dir. Die Technik bringt dir nichts. Gar nichts. Es ist ohnehin schon alles erfunden, was man erfinden konnte, die Eisenbahn, die Trambahn, das Gaslicht. – Mach's doch lieber wie ich: Nimm eine reiche Frau! Eine reiche Frau ist aller Probleme Lösung.

Überhaupt wenn sie ist wie die meine: Immer auf Kur. Immer auf Kur.«
Roderich ist wortkarg. Dann rafft er sich auf. »Vetter, ich muß dir etwas sagen: Ich bin heute nicht Spaßes wegen da.«
Roderichs Erzählung ist lang. Manches verschweigt er. Manches schmückt er aus. Er ist auf Lunas Ehrbarkeit bedacht, die Impertinenz des Gatten rückt er in schärfstes Licht.
Schließlich bringt er seine Bitte vor: »Mach mir den Sekundanten!«
Cyrill ist unterdessen still geworden, sehr still. Er kaut – wie versunken – an seinen Schnurrbartspitzen. Nur einmal starrt er Roderich aus weit aufgerissenen Augen an. »Was – auf Pistolen? Muß das sein?« Roderich erklärt: Anderes käme nicht in Frage. »Und an dein Mütterchen denkst du nicht dabei?«
Roderich zuckt zusammen. »Verschone mich, bitte, mit solchen Fragen! Sie sind hier nicht am Platz.«
Endlich ist es abgemacht. Cyrill hat eingeschlagen. Er wird morgen den Gegner aufsuchen und sich mit dessen Sekundanten besprechen. »Zuvor nur noch eine Frage: Ist der Mann überhaupt satisfaktionsfähig?«
Roderich hebt die Achseln: »Vermutlich schon. Er ist Professor an der Technik, Fach Maschinenbau, aus Preußen.«
Cyrill pfeift durch die Zähne: »Au, au! Da dürfte er sich auf's Schießen verstehen.«
Diese – Cyrills – letzte Bemerkung hat Roderich einen Stich versetzt. Er will den Stich nicht wahrhaben, aber er wirkte. So erwachte er gleich in der ersten Nacht schweißnaß: Er hatte geträumt, wie der Professor nach seinen Augen zielte, nur nach ihnen, lange genau, genüßlich: Er wollte ihn blindschießen, blind …
Würde er als Blinder weiterleben müssen? Oder mit einem zerschmetterten Kiefer? Oder als Entmannter? Bilder des Grauens

stiegen in ihm auf. Er schlug sie nieder, aber sie kamen zurück – er haßte sich selbst dafür.
Wäre das Duell nur schon für den ersten Morgen angesetzt gewesen! Doch der Gegner hatte Aufschub verlangt: Er habe Angelegenheiten in Ordnung zu bringen, ein Projekt abzuschließen, ein Erbe zu verteilen. Er sei kein Springinsfeld, er habe Pflichten.
Roderich hörte das mit bitteren Gefühlen. Auf einmal war ihm klar, wie wenig er selbst war. Er hatte keine Projekte abzuschließen, kein Erbe zu verteilen. Er hatte noch kaum gelebt. Er hinterließ kein Kind, nicht einmal eine Geliebte. Seine Mutter würde um ihn weinen, das war sicher. Wohl auch seine Schwestern. Sein Vater – ? Sein Vater würde für ihn, wenn es gutging, eine Silbermünze zum Gedenken gießen lassen. Vielleicht. Und Tante Franziska würde sagen. Schade um die fünfhundert Kronen, die ich ihm gegeben habe. Er hat sie nur verjuxt.
Die Schonfrist, die sich der Professor ausbedungen hatte, betrug vier Tage. Vier Tage lebte Roderich in einem Wechselbad von Trotz, Zagen und Zuversicht. Er glaubte ein guter Schütze zu sein. Er schloß sich im Schießstand der Kaserne ein und übte. Mit jedem Schuß, der ins Schwarze traf, fühlte er sich als Sieger, mit jedem, der danebenging, als Opfer und verloren. Er begann den Preis zu verfluchen, den er da zahlen sollte – wofür? wofür?? – für eine einzige – ach, so schnell dahingeschmolzene, kaum ausgekostete Liebesnacht.

Immerhin: Er nahm sich vor, den Abend würdig zu feiern, der vielleicht der letzte seines Lebens sein würde. Er wollte noch mal in die Oper gehen. Man gab »Don Giovanni«. Roderich hatte diese Oper noch nie gehört. Aber er wußte von ihr: sie war unvergleichlich. Auch wenn der Held am Ende in die Hölle fuhr,

er hatte das Seine dahingehabt, die Fülle des Lebens, die Fülle der Lust.
Vorher blieb noch eins zu tun: Roderich kaufte einen Regenschirm. Er hatte einen in der Theatergarderobe geliehen und nicht zurückgebracht, das drückte sein Gewissen. Im Regenschirmgeschäft gab er die Order, den Schirm in der Oper abzugeben. Man versprach es ihm. Er gab ein Trinkgeld und ging.
Als er abends das Haus betrat, unter dessen Torbogen er an jenem Abend *sie* erblickt hatte, Luna, vor der Regenwand wartend, Luna mit Löckchenfrisur, im violetten Mantel mit reizend gepufften Ärmeln, ein bezauberndes Bild, als er nun wieder die Oper betrat und soeben die letzten Staffeln ins Foyer erstiegen hatte, da blieb er stehen, starr, wie versteinert, mit nach Luft schnappendem weitgeöffneten Mund, denn vor ihm, keine drei Schritte entfernt, stand *sie*, SIE, die Totgeglaubte, mit Löckchen, in violettem Samt, am Arm eines Kavaliers. Sie sah ihn, Roderich, nicht, aber ihr Auge blitzte blau, ihr Lippenpaar lächelte und die gepufften Ärmel ihres Abendmantels verliehen ihrer Gestalt eine romantische Aura.

An diesem Abend blieb Roderich nicht in der Oper. Sein Platz blieb leer.
So schnell er konnte, fuhr er zu Cyrill.
Auf sein wildes Klingeln öffnete das Mädchen, Roderich schubste sie zur Seite und stürzte hinein. »Cyrill! Cyrill!!« Er lief durch alle Zimmer, im letzten fand er den Vetter.
»Da bist du, Gott sei Dank.«
»Was ist denn los, um Himmels willen?«
»Unglaublich. Unglaublich. Sie lebt! Sie ist nicht tot! Sie war es nicht. Sie haben eine andere begraben.«
»Wie? Was? Ich verstehe kein Wort.«

»Alles nur Irrtum. Irrtum. Idiotischer Irrtum. Morgen gibt's kein Duell.«
»Kein Duell?«
»Wozu denn auch? Sie war nicht seine Frau. Seine Frau war nicht meine. Ich habe die Blumen auf ein fremdes Grab gebracht.«
»Moment mal, Moment!« Der Riese fuchtelte mit beiden Armen. »Wer lebt? Wer ist gestorben? Ich komme da nicht so schnell mit.« Und Roderich glaubte zu sehen, welcher Aufruhr hinter Cyrills niedriger Stirn losgebrochen war und welche Mühe er sich gab, der Verwirrung Herr zu werden. Roderich wollte schon zu lachen beginnen, als der andere noch einmal fragte: »Also kein Duell?«
»Nein, wozu? Ich hab dem Mann nichts getan, seine Frau nicht verführt. Ich hab sie ja nie gesehen, nie, nie – und wenn ich mit den Blumen kam, jeden Samstag, so mußte er ja denken, der arme Teufel – vermuten, verdächtigen, der arme Narr ...«
Und wieder hatte der Riese nichts zu antworten als: »Moment mal. Moment.« Wie um sich zu fassen, ordnete er seine gewaltigen Glieder auf das nächste Sofa und griff sich eine Zigarre und ein Feuerzeug. Dieses brachte er mit solcher Umständlichkeit zum Brennen, als hoffte er, die kleine Flamme könnte das Durcheinander in seinen Gedanken erhellen, und wieder war Roderich nahe daran, über Cyrills langsamen Verstand zu lachen – dann aber lachte der Riese selbst. Aus seinem kieferstarken, mit vorstehenden Hauern besetzten Mund polterte ein Gelächter hervor, ein wahrer Bergsturz von einem Gelächter, und erfüllte das Zimmer und auch noch das nächste mit seinem Gedröhn. Dabei wiegte er sich hin und her und schlug auf seine Schenkel. Roderich stand einigermaßen verblüfft.
»Du bist ja gut, du bist ja glänzend, Rodilein, ich sag's doch immer: ein Genie! Wie ist dir das nur eingefallen? Im letzten

Abend vor – na, der wird schauen, der Professor. Keine Schießerei!«
Und weiter polterte das Gelächter. Roderich wurde allmählich blaß.
»Du scheinst zu glauben –«
»Ach, geniere dich bloß nicht! Gib's zu, gib's zu! Mir kannst du's beichten, Rodilein, ich halte dicht. Bammel hast du gekriegt vor dem Duell. Na, wie denn nicht? Ein jeder kriegt ihn vor so was. Und Preußen schießen gut.«
»Cyrill«, stammelt Roderich, »Cyrill, ich schwöre dir –«
»Laß gut sein, Vetterchen, schwören soll man nicht. Bist halt ein kluger Knabe –«
»Du hältst mich also für einen Lügner?«
»Ach, was heißt hier schon Lügner? Wir alle lügen dann und wann. Und ihr Bourdanine, das ist doch bekannt, habt alle eine blühende Phantasie.«
Roderich steht habacht, bis in die Lippen weiß geworden. Aus seinen Augen flammt Verachtung. »Herr Sekundant«, sagt er, »Sie irren sich in mir. Ich bestehe darauf: Das Duell findet statt.«

Seltsame Welt. Verrückte Welt.
Wenn sich zwei Betrunkene darüber streiten, wer das letzte Bier bezahlen soll, schon eilt das Auge des Gesetzes herbei und beendet die Randale. Wenn ein Ziegel vom Dach fällt und es kommt eins zu Schaden, wird der Besitzer des Hauses dingfest gemacht, als hätte er um den lockeren Ziegel wissen müssen. Entlädt sich ein Jagdgewehr beim Putzen und beschädigt den Nachbarn, wird der Jäger des Mordes verdächtigt, ein Schandmal klebt an ihm, das kaum zu löschen ist.
So ist Leib und Leben des Bürgers geschützt, und es ist gut so. Aber nicht immer schützt der Staat Leib und Leben. Es gibt Zonen, da gilt ein anderes Gesetz: Da dürfen erwachsene Män-

ner, angesehene dazu, mit Säbeln aufeinanderdreschen, bis einer von ihnen blutend zusammenbricht. Da dürfen, ja müssen angesehene Männer aufeinander schießen, bis einer abkratzt und verröchelt. Das Gesetz ihrer Klasse gebietet es ihnen. Das Gesetz heißt Mannesehre. Es stammt aus alter Zeit. Es ist nicht aufgeschrieben. Aber wehe, du befolgst es nicht! Dann bist du eine Memme. Mit Memmen redet man nicht. Geht man nicht um. Memmen müssen quittieren: ihren Dienst, ihre Stellung. Ihren Platz in der Gesellschaft.

So ist das Gesetz. Es fragt nicht nach Weib und Kind, nicht nach Eltern, Geschwistern, Freunden. Nicht nach dem Jammer, der den Toten begleiten oder den Krüppel weiter durchs Leben schleppen wird. Es fragt überhaupt nicht nach dem, was da verloren geht an Gedanken, Plänen, Fähigkeiten, an Liebeskraft und -träumen. Es nimmt den dümmsten Grund zum Anlaß und hakt sich an der lächerlichsten Causa fest.

Der Morgen ist seine Zeit, die rosenfingrige Eos seine Patronin. Obgleich von höchsten Instanzen gedeckt, sucht es nach verborgenen Plätzen, nach einer abgelegenen Wiese zum Beispiel zwischen Fluß und Wald. Da rollen Wagen heran, dunkel gekleidete, auch uniformierte Männer steigen aus. Sogar Ärzte sind dabei mit ihren Köfferchen, darin Verbandzeug und Besteck. Abstände werden im Schrittmaß gemessen. Dann erhebt sich ein kurzes Palaver, die Sekundanten haben die Pflicht, noch einmal zur Versöhnung zu raten. Erwartungsgemäß wird abgelehnt: Es liegt außerhalb jeder Denkbarkeit, daß nicht gesäbelt oder geschossen wird.

Diesmal wird geschossen. Der Professor – ihm wurde die Rolle des Vor-allem-Beleidigten zugebilligt – hat den ersten Schuß. Wenn er fehlt, darf Roderich schießen. Sollte auch er fehlen, geht das Rencontre weiter, bis zur Kampfunfähigkeit eines Kombattanten. Eine schwere Bedingung. Doch sie ist ausgemacht.

Die Ärzte machen ernste Gesichter. Auch die Sekundanten. Alle schwitzen in der spätherbstlichen Morgenfrische. Nur Roderich schwitzt nicht. Er ist zwar blaß, aber er lächelt.
Der Professor tut ihm leid. Der Alte schnaubt fürchterlich. Er hält sich ja noch immer für gehörnt. Später wird er erfahren –. Vielleicht.
Der erste Schuß des Professors geht daneben. Roderich schießt in die Luft. Der zweite Schuß des Professors trifft. Er schlägt in Roderichs Schulter, so scharf, daß dieser hintüber stürzt. Ein Arzt rennt herbei. Der Professor läßt die Pistole fallen. Sein Sekundant führt ihn weg. Er ächzt wie ein Sterbender.

Rosa Hrabal oder, wie sie sich lieber nennen hörte, Růženka Hrabalová war Schneiderin. Ein strenger Vater hatte sie das Handwerk erlernen lassen, obgleich sie schon in jüngsten Jahren nichts lieber geworden wäre als Sängerin, am besten Opernsängerin im dramatischen Fach. Dies also hatte sie nicht dürfen. Dennoch bewahrte sie eine Neigung zu Musik und Theater und ließ sich gern dazu einladen oder von einer ihrer reicheren Kundinnen mit einem Billet beschenken.
Sonst lebte sie – mehr oder minder ehrbar – von ihrer Schneiderei.
So war sie über sich selbst erstaunt und erschrocken, als sie sich auf das Abenteuer mit dem fremden Leutnant einließ, einem Deutschen noch dazu, anfangs bloß, weil er ihr mit seinem Regenschirm zu Hilfe kam, bald aber, weil er so besonders hübsch, höflich und feinfühlig war. Er hatte ihr Herz und noch viel mehr ihre Sinne im Sturm erobert und überrumpelt.
Doch eben: überrumpelt. Růženkas innerer moralischer Haushalt war durcheinander geraten. In ihr vibrierte Entzücken über das gehabte Erlebnis, es vibrierten aber auch Selbstvorwürfe und sie nahmen von Stunde zu Stunde zu. Sie wußte ja doch: Solche

Liebschaften waren gefährlich, hochgefährlich sogar, und eigentlich nur dazu da, um in den Abgrund zu führen. Wohin führten sie denn sonst als zu ledigen Kindern, für die kein Vater, oder zu bösen Krankheiten, für die keine Heilung zu finden war? In Ruženka regte sich Panik. Sie war schon halb und halb entschlossen, den stürmischen Liebhaber nicht wieder zu erhören, als sie sich einer älteren Freundin anvertraute.

Diese schlug, in hellem Entsetzen, die Hände über dem Kopf zusammen: »Bist du wahnsinnig geworden, du? Das erste Mal – und gleich ins Bett? Schämst du dich nicht? Ein braves tschechisches Mädchen – und er – ein Nemeč, was soll er denken von dir, von uns tschechischen Frauen überhaupt? Eine *hamba*, eine Schande, ich hätte das von dir nie geglaubt. Du mußt heiraten, Ruža, demnächst heiraten, sonst habe ich keine ruhige Stunde mehr.«

Zerknirscht ging die Sünderin in sich.

So kam es, daß, während Roderich in den »Drei Federn« saß und vor Ungeduld, Sehnsucht und Elend verging, Ruženka unter der strengen Aufsicht ihrer Wärterin einigen jungen tschechischen Männern vorgeführt wurde, von denen diese annahm, daß sie nach einer Ehefrau Ausschau hielten. Keiner von ihnen war mit Roderich zu vergleichen. Doch einer fand sich, ein Bierbrauer aus Nusle, der Ruženka zuzwinkerte und sie für den kommenden Sonntag zu einer Moldaufahrt einlud. Etliche Wochen später war er sogar bereit, sie in die Oper auszuführen – man gab den »Don Giovanni«.

Wieder brannte sich Ruženka einige Locken ins Haar und schlüpfte wieder einmal in ihren violetten Abendmantel, dessen gepuffte Ärmel ihr ein romantisches Aussehen verliehen.

Das weitere wissen wir schon.

Margret

Die Ehrwürdigen

Sie war, wie wir wissen, Rittmeister Bourdanins älteste Tochter, Zwilling des Balthasar; war dieser als Sohn geschätzt, geliebt und lange Zeit als Herzblatt verhätschelt worden, hatte sie, als Schwesterchen, immer in seinem Schatten gestanden. Lange Zeit schien ihr das gar nichts auszumachen; als kleines Mädchen wackelte sie geduldig hinterher, war freundlich und strahlte zufrieden. Mit zehn Jahren bekam sie eine schwere Lungenentzündung. In ihren Fieberzuständen hörte sie mit, was die Ärzte, Rübsamen und ein anderer, mit den Eltern besprachen. Sie sprachen von Lebensgefahr und davon, daß, wenn Margret diesmal noch gesunden sollte, ein nächstes Mal mit einem günstigen Ausgang nicht mehr zu rechnen sei.
Seither lebte Margret in einer tiefsitzenden und immerwachen Lebensangst.
In ganz unkindlicher Weise begann sie sich zu erkundigen, wie man *wohl gesünder* leben könnte. Gutes Essen und Trinken, sagte man ihr, hielten Leib und Seele beisammen; dazu Licht und Sonne, frische Luft und Waldesduft – und nützlich sei es, viel spazierenzugehen.
Margret ließ sich dies gesagt sein und war entschlossen, diesen Ratschlägen immer zu folgen (darum auch der Extraweg bei der Radina).
Nun war sie im Egeraner Kloster zu den Ehrwürdigen Schwestern vom Guten Hirten verfrachtet worden. Die Stiefmutter

fürchtete, das stille, aber eigenwillige Mädchen werde es nicht lange in klösterlicher Zucht aushalten. Möglicherweise hegte auch der Vater ähnliche Bedenken. Doch es trafen keine Klagen ein, weder von Margrets, noch von des Klosters Seite.
Die kleinen Briefchen, die wöchentlich ankamen, führten eine merkwürdig unpersönliche, angepaßte Sprache: »Liebe Eltern, es geht mir gut. Die ehrwürdige Mutter Oberin hat mein Schönschreibheft gelobt, der hochwürdige Herr Katechet hat mir eine Eins gegeben ...« Und jedesmal endete der Brief mit derselben Wendung: »Ich bete täglich für Euch, liebe Eltern, und auch für meine Geschwister. Eure dankschuldige Tochter.«

Balthasars Tod hatte Margret in einer Art gramvoller Erstarrung hingenommen. Daß er sich selbst entleibt hatte, wehrte sie von sich ab: Sein Tod sei durch einen Unfall eingetreten. Dabei blieb sie. Auch die jüngeren Geschwister schwenkten, obgleich sie es doch besser wissen mußten, auf diese Version ein. Als Margret nach jenen unglückseligen Weihnachtsfeiertagen nach Eger zurückkehrte, machte sie keinen Hehl daraus, froh zu sein, aus dem Trauerhaus wegzukommen.
»Hier erstickt man ja«, sagte sie.
Sie hatte nicht unrecht.

Margret war nun schon das dritte Jahr in ihrer Egeraner Klosterschule. Da traf in der Jagemannstraße folgende Epistel ein:
»Meine lieben und verehrten Eltern! Vor allem wünsche ich Euch und meinen lieben Brüdern und Schwestern eine gesegnete Adventszeit und bitte Euch zugleich, auch die Heilige Weihnachtszeit im Hause der Ehrwürdigen Schwestern zum Guten Hirten bleiben zu dürfen ...«
»Hör dir das an!« knurrte Bourdanin zu seiner Frau hinüber. »Sie will gar nicht heim.«

»In wenigen Tagen, am Fest Mariae Empfängnis, werden wir das große Glück haben, einem herrlichen Ereignis beizuwohnen. Drei Kandidatinnen werden ihren Entschluß, nach Erreichen des achtzehnten Lebensjahres den Schleier zu nehmen, in die Hand eines Hochwürdigen Herrn Prälaten als vorerst erstes Gelöbnis ablegen. Ich bitte Euch, liebe Eltern, um Eure gütige Erlaubnis, dasselbe tun zu dürfen.«

»Was will sie?« fragte der Rittmeister, kirschrot geworden und warf den Brief Marie in den Flickkorb. »Lies du weiter!«

Marie nahm das Blatt und fuhr fort: »Schon lange hege ich den sehnlichen Wunsch, der Ehrwürdigen Schwesterngemeinschaft beizutreten und bitte Gott um keine größere Gnade als darum, Eure Erlaubnis zu erlangen.«

Marie faltete den Brief zusammen. »Ach Gott!« sagte sie. »Das Kind, jetzt will es Nonne werden.«

»Was – Nonne?« Der Rittmeister schlug auf den Tisch. »Da hört sich doch alles auf. Nonne – und ins Kloster –. Den Floh haben sie ihr ins Ohr gesetzt, die Kuttenweiber, die verdammten. Die sind doch nur darauf aus, den Gimpel zu fangen. Den Gimpel – nämlich Margrets Geld. Ist doch ganz klar: ihr Geld. Sie erbt doch, von den Johanneischen die ganze Hälfte, das haben sie spitzgekriegt, die Kuttenweiber, Margret muß doch nur großjährig werden, dann hat sie ihre guten dreißigtausend Gulden.«

Und er donnerte weiter und verfluchte die Kabalen der ganzen Klerisei.

Marie saß da, die Hände über dem Flickkorb gefaltet. »Ach, Gott das Kind.« Und dann, mit einem tiefen Seufzer: »Ich weiß es schon lang, daß ihr solche Gedanken ... schon damals, als Balthasar ...«

Sie verstummte.

»Sag bloß nicht ...«, knirschte der Mann, »bloß nicht, daß ihre

Verrücktheiten mit Balthasar zu tun haben! Gar nichts haben sie mit ihm zu tun. Gar nichts. Nur die Nonnen haben ihr den Floh ...« Und wieder drosch er auf den Tisch. »Aber ich werd es ihr austreiben. Na, und wie! Morgen fahr ich nach Eger. Dort wird sie was erleben, sie – und diese Hochehrwürdigen. Denen blas ich einen Marsch. Den werden sie so schnell nicht vergessen, diese Schlangen.«

»Jaja, Bourdanin.« Marie steckte Margrets Brief in den Umschlag zurück und griff sich aus dem Flickkorb eine neue Arbeit. »Eine Klosterschwester gab es wohl noch nie in Eurer Familie?!«

Nein, in der Tat, die gab es nicht: Im ganzen Bourdaninschen Stammbaum hinauf und hinunter gab es weder Priester noch Nonnen. Buchdrucker, Buchbinder, Buchhändler gab es zuhauf, auch einen Bäcker, sogar einen Schustermeister, aber keinen Geweihten, keine Geweihte. War das nicht fast seltsam in einem katholischen Land wie Böhmen, wo es doch von Klöstern und Pfarreien wimmelte und wo doch jede bessere Familie von den zahlreichen Söhnen und Töchtern wenigstens eines lieferte, das sich dem Dienst des Himmels widmen wollte? Aber bei den Bourdaninschen hatte sich – soweit die Dokumente reichten – nie eines entschlossen, sich auf jenseitige Instanzen einzulassen.

Zwar – man war katholisch! Auch der Rittmeister hätte keinen Zweifel daran geduldet. Auch er ging dreimal im Jahr zur Kirche: einmal in eine Maiandacht, einmal am Todestag seiner Mutter, einmal am Karfreitag zu Christi Sterbestunde. Man war katholisch, vor allem, weil das Kaiserhaus katholisch war und weil, laut Staatsverfassung, Thron und Altar schon seit jeher zusammengehörten.

Aber bei genauem Zusehen stimmte es auch damit nicht so ganz. Rittmeister Bourdanin hatte genug geschichtliche Werke studiert und war darin immer wieder auf Passagen gestoßen, die

ganz anderes ahnen ließen. Da war von scharfen Konkurrenzbeziehungen die Rede, von stillen, aber tiefen Gegensätzen, von zähem und listenreichem Ringen um die Ressourcen der Macht. Und immer, wenn der Rittmeister auf solche Berichte stieß, nahm er leidenschaftlich Partei für Kaiser, Reich und Staat.
Erst vor kurzem, als der Kronprinz Rudolf so jäh und unter geheimnisvollen Umständen aus dem Leben geschieden war, hatte sich die Kirche geweigert, die Feierlichkeiten um seine Bestattung zu vollziehen, und der Kaiser, der tiefgetroffene Vater, hatte erst in einem Telegramm von tausend Worten den Papst in Rom um die Gnade anbetteln müssen, daß er seinen Sohn anständig ins Erbbegräbnis der Familie, in die Kapuzinergruft, geleiten durfte. Diese Demütigung seines Monarchen hatte ihn, Rittmeister Bourdanin, mit Gram und Zorn erfüllt und mit fressender Bitterkeit gegen den römischen Hochmut.
So reiste er am anderen Morgen nach Eger ab, um seine Tochter dem Rachen der Kirche zu entreißen.

Das Kloster war von einer hohen Mauer umgeben, sie hatte zwei Eingänge, ein eisernes Tor für Wagenfuhren und eine kleine hölzerne Tür; dahinter das Pförtnerinnenhaus mit einem vergitterten Fensterchen, daneben ein Glockenstrang.
Der Rittmeister riß daran.
Die Glocke mußte weit entfernt sein, er hörte kein Schellen. Erst als er das zweite Mal zugriff, ließ sich weit drinnen ein Scheplaut hören. Doch rührte sich nichts. Der Rittmeister wartete, das Warten stimmte ihn nicht sanfter. Endlich, als er zum vierten Mal am Strang gezerrt hatte, ließ sich ein zartes Rascheln hören. Hinter dem Fensterchen schwankte ein schwarzer Flor, und aus dem Spalt piepste eine Stimme: »Ja, bitte?«
Der Rittmeister nannte seinen Namen. »Ich bin der Vater eines Zöglings. Ich will meine Tochter sprechen.«

»Besuchszeit ist Sonntag«, piepste das Stimmchen zurück.

Der Rittmeister rasselte mit dem Stock über das Pflaster. »Weiß ich. Sie werden mir trotzdem nicht verbieten können, meine Tochter zu sprechen.«

»Heute ist Dienstag«, beharrte das Stimmchen.

»Weiß ich ebenfalls. Wollen Sie mir zumuten, so lange vor Ihrem Tor zu stehen? Nehmen Sie – in drei Teufels Namen – Vernunft an und sperren Sie auf!«

Die *Drei Teufel* mußten gewirkt haben. Der Schatten hinter dem Fensterchen schien von panischem Schrecken erfaßt, er flatterte weg, kam aber wieder. »Gestatten Sie, daß ich um Erlaubnis frage?« Was blieb dem Rittmeister übrig. Er gestattete.

Wieder steht er und wartet. Schließlich piepst es bedauernd: Die Erlaubnis sei nicht einzuholen. Sie ist nur von der Ehrwürdigen Mutter Oberin zu erlangen. Und die Ehrwürdige Mutter Oberin weilt in der Kirche.

»Da kann man sie vielleicht herausholen?«

Stille. Die Zumutung ist offenbar zu stark. Das Fensterchen schnappt zu.

Nun scheppert der Besucher gegen das Glas. »Hören Sie, hören Sie doch mal! Ich komme aus Pilsen. Ich bin vier Stunden in der Bahn gesessen, um – um meine Tochter zu sehen. Es ist dringend.«

Endlich knirscht der Schlüssel, das Pförtchen öffnet sich, es ist sehr schmal und niedrig. Der Rittmeister muß sein Haupt beugen, um durchzuschlüpfen. Ein zwergengleiches Nönnchen steht vor ihm. Sonst ist niemand zu sehen, doch er hat das Gefühl, als schauten ihm aus jedem Winkel wachsame Augen nach.

Ein langer gedeckter Laubengang führt auf den Klosterbau zu. Bourdanin staunt: Das Haus scheint ihm viel größer geworden als das, das er bei seinem ersten Besuch gesehen hat.

Sie treten ein: Auch hier alles verändert. Flur hinter Flur, die Treppen breit und licht, statt holpriger Dielen modisch blankes Terrazzo. Das bescheidene Klösterchen von ehemals ist ein wahrer Palast geworden. Bourdanin kann sich nicht enthalten zu bemerken: »Da haben die Schwestern aber tüchtig vergrößert.«

Das Nönnchen säuselt vor ihm her. »Mit Gottes Hilfe, mit Gottes Hilfe.«

In Bourdanin ballt sich neuer Zorn. Mit Gottes Hilfe. Jaja, das kennt man doch. Woher das Geld? Da werden die reichen Mädchen gekapert, die betuchten Schülerinnen – und ihre Mitgift eingesäckelt. Und dann heißt es: Mit Gottes Hilfe.

»Jetzt, bitte links!«

Sie sind angekommen. Studiersaal 3, Silentium: Die Tafel an der Tür ist nicht zu übersehen.

Mit einem flammenden Blick befiehlt der Rittmeister der Zwergin anzuklopfen.

Die aufsichtführende Schwester gleitet aus dem Türspalt.

»Pst. Pst. Strenges Studium.«

»Weiß ich.« Der Rittmeister erklärt sein Anliegen. Er sei der und der und wünsche seine Tochter zu sprechen und zwar augenblicklich.

Die Schwester in Verlegenheit: Sie wisse nicht, ob das sein dürfe, sein könne – und die Ehrwürdige Mutter Oberin sei nicht zugegen.

»Aber ich werde, Himmelsakrament, doch meine Tochter sprechen dürfen.«

Die Schwester zuckt zusammen und gibt ihrer Empfindlichkeit Ausdruck: Erstens bitte sie, den Ausdruck zu mäßigen. Zweitens –: die Sache sei die: Kandidatin Bourdanin – wie soll sie es erklären? – sei nicht im Saal.

»Nicht im Saal? Ja, wo dann? Etwa krank –?«

»Krank, nein, nicht krank. Gottlob, im Gegenteil, aber Kandidatin Bourdanin befindet sich außerhalb.«
»Was soll das heißen?«
»Außerhalb des Hauses. Nicht außerhalb des Klosters, Gott behüte! – Aber im Garten.« Dort studiere sie. Kandidatin Bourdanin pflege immer im Garten zu studieren.
»Im Garten?«
»Ja. Eine Ausnahme, eine besondere Vergünstigung. Die ehrwürdige Mutter Oberin hat sie selbst gewährt. – Darf ich bitten?!« Die Schwester weist auf das nächste Fenster.
»Sehen Sie selbst: Dort spaziert sie. Ah, sie kommt eben in Sicht.«
Der Vater tritt an das Fenster und schaut. Unter ihm das Viereck des Klostergartens, novemberlich kahl, im grauen Nebellicht. Zwischen den quadratischen Beeten wandert eine Gestalt, es ist Margret in Hut und Mantel, ein aufgeschlagenes Buch in den Händen. Sie liest, klappt zu, bleibt stehen, ihre Lippen bewegen sich, sie scheint das Gelesene zu memorieren. Dann aber – was ist das? – breitet sie die Arme aus und läßt sie kreisen, beugt sich vor, richtet sich auf, geht in die Knie, ein lächerlicher Anblick in der schweren steifen dunkelblauen Zöglingstracht.
»Margret, Margret, was sollen die Narrenspossen?« Der Vater hat das Fenster aufgerissen, hängt über dem Brett, sein rotangelaufenes Gesicht droht auf die Erschrockene nieder.
»Komm sofort! Komm sofort!«
Das Mädchen setzt sich in Trab. Die Schwester drückt das Fenster leise wieder zu.
»Sie haben sie gesehen, Herr von Bourdanin. So ist das immer. Margret will nicht anders lernen als so – im Freien. Immer in frischer Luft, verstehen Sie? Sie glaubt, sonst müsse sie an Tuberkulose sterben.«

»Unfug, hirnverbrannter. – Ich muß mich schämen für dich. – Und das sag ich dir: Ins Kloster gehen, das gibt es nicht, ein für allemal, und wenn du dich in Stücke reißt. Wer hat dir das nur eingetrichtert? Dem will ich meine Meinung sagen – und wenn es die Oberin selbst ist.«

Der Vater hat Margret ins Besuchszimmer mitbekommen, dort geht er hin und her, schwingt seinen Stock und hält seine donnernde Strafpredigt ohne Rücksicht darauf, daß man seine Stimme durch die dünne Tür auf Fluren und Treppen hören muß. Er ist in Fahrt, und es tut ihm wohl, in Fahrt zu sein und die innere Hitze ein wenig abzulassen. »Was bist du doch dumm, daß du dich so einfangen läßt mit dem Gerede von Ewiger Seligkeit und heiligem Leben! Wenn du keinen Groschen hättest, glaubst du, die nähmen dich? Keine Rede, keine Rede. Blitzegal bist du ihnen, samt deiner unsterblichen Seele! Aber so einen Happen wie dich kriegen sie nicht alle Tage. Und darum haben sie dir die Ohren vollgesummt und dich bearbeitet …«

Hier hebt Margret, die bisher nur verängstigt zugehört hat, das große runde, aus dunklen Augen leuchtende Gesicht.

»Nein, Vater, nein. Es hat mir ja gar niemand zugeredet.«

»Daß ich nicht lache …«

»Niemand, Vater, kein Mensch. Die ehrwürdigen Schwestern haben sogar gemeint …«

»Was denn?«

»Daß ich für das Klosterleben gar nicht tauge.«

»Nicht tauge? So. Soso. Und warum taugst du nicht? Weil du nichts im Kopf hast als Narreteien. Im Garten herumspazieren – und dabei turnen! Hat das die Welt schon gesehen? Und das erlauben sie dir, die Klosterschachteln, die Ida, die Sylveria, oder wie sie alle heißen –«

In diesem Augenblick wurde er unterbrochen. Das Zwergennönnchen war wieder da: Die Frau Oberin sei jetzt bereit, ihn zu empfangen.
Margret wunderte sich, wie schnell der Vater nach seinem Hut griff, wie schnell er seiner Führerin folgte. Den Stock ließ er da, quer auf den Tisch gelegt.
Im Empfangszimmer der Oberin brannte ein ewiges Licht; es brannte vor einer Grotte aus braunem Tropfstein, und in der Grotte stand eine kleine weißgekleidete, blaubeschärpte Figur, Rosenkränze hingen rechts und links, und eine mit blauer Kreuzelstichschrift dichtbestickte Tafel kündete von der Erscheinung der Muttergottes in Lourdes.
Unwillkürlich hatte der Rittmeister den Hut gezogen. Neugierig blickte er auf die bestrahlte Gestalt, ein seltsam puppenhaftes Ding, von dessen Urbild dort irgendwo in Frankreich seit neuestem so viel die Rede war: Geschrei sogar, rühmendes auf der einen, schmähendes auf der anderen Seite; die großen Zeitungen, die Bourdanin manchmal las, wußten nichts davon als Spott und Hohn: Ein großer Misthaufen sei dort gelegen in der berühmten Grotte, der ganze Wegwurf der Stadt Lourdes, und da sei wohl aus den giftigen Fäulnisgasen eine Art Lichterscheinung entstanden, die ein hysterisches Bauernmädchen für eine heilige Erscheinung gehalten habe. Und gleich wurde von Wundern gefaselt. Wunder – nichts als Schwindel und im besten Fall Selbstbetrug ungebildeter Menschen!
Der Rittmeister neigte natürlich ebenfalls zu dieser Meinung, obwohl die Blätter, die sie verkündigten, ihm sonst nicht genehm waren: elendes Skribentengewäsch, keine Spur von Respekt und Patriotismus. Sollte am Ende doch etwas hinter den Wundern stecken?
Während sich der Rittmeister in zwiespältige Überlegungen ver-

wickelte, rauschte etwas hinter ihm in den Raum. Er drehte sich um: die Oberin – Direktorin, Schwester Rosa.
Sie beantwortete seine Verbeugung mit einem unnachahmlich zeremoniösen Nicken. Eine Hocharistokratin, dachte Bourdanin und war im Augenblick gezähmt.
Sie wies auf eine Garnitur Tisch und Stühle. »Ich darf Sie bitten.«
Sie nahmen Platz.
»Nun, und –?«
In des Rittmeisters Fingern zuckte es, seinen Hut zu drehen. Im letzten Augenblick stoppte er sich: So viel Untertätigkeit wollte er nicht zeigen. »Ich habe einen Brief erhalten.«
»Von Ihrer Tochter Margarete?«
»Richtig. Sie teilte mir darin ihren Wunsch mit, in – ja – in Ihre Gemeinschaft einzutreten.«
»So?«
»Und ich kann mir nicht denken, daß das ohne Ihre Zustimmung geschah.« Nach kurzem Zögern sprach er weiter: »Ich möchte nur zur Kenntnis bringen, daß ich nicht einverstanden bin.«
»Sehr gut. Sehr gut.«
»Nein, nicht einverstanden«, wiederholte er mit erhobener Stimme, als erwarte er heftigen Widerspruch. »Ich habe mit meiner Tochter andere Pläne.«
»Und welche Pläne, wenn ich fragen darf?«
Der Rittmeister verstummte erschrocken. Er hatte bis jetzt gar keine Pläne gehegt, keine, die Margret betroffen hätten, er hatte nur von solchen gesprochen, um seinem Veto gegen Margrets Klosterwünsche Gewicht zu verleihen. Er konnte die Frage der Oberin nicht beantworten. »Meine Pläne sind nicht spruchreif«, murmelte er.
Über Rosas Gesicht glitt ein rasches, nur allzu rasches Lächeln.
»Ich verstehe, Herr Rittmeister, ich will nicht in Sie dringen,

umso weniger, als wir unsere liebe Margarete – so sehr sie uns ans Herz gewachsen ist und so hoch wir es schätzen, daß sie aus einer so guten, ja vorzüglichen Familie stammt – daß wir also unsere liebe Margarete für durchaus ungeeignet halten, in unseren Orden einzutreten.«

»Ach so«, sagte Bourdanin und hatte das Gefühl vom Sessel zu sinken.

»Ja –«, fuhr Rosa fort und hob ihre schlanken, zarten, außerordentlich langfingrigen Hände, »ich wußte wohl, daß sich das gute Kind in solchen Wünschen ergeht. Schon einige Male hat sie sich in Gesprächen mit einer vertrauten Schwester geoffenbart. Möglicherweise haben häusliche Verhältnisse – der jähe Unfalltod des Bruders etwa – zu ihren Wünschen beigetragen. Trotzdem – oder gerade deshalb ... ich hoffe, Sie können uns verstehen! – ist der einhellige Beschluß im Konvent gefaßt worden, die liebe Margarete nicht aufzunehmen.«

Im Rittmeister ereignete sich etwas wie ein Absturz. Wogegen er soeben noch wütend gekämpft hatte, das wurde ihm jetzt selbst verweigert, und sofort fühlte er sich aufgestachelt, für seine Tochter einzutreten. »Ich verstehe nicht – und warum? Ein einhelliger Beschluß des Konvents – das muß erklärt werden.«

»Gewiß, mein Herr Rittmeister, gewiß. Sie haben ein Recht auf Erklärung, denn Sie hätten es sicherlich gerne gesehen, eine Tochter in geistlichem Stand zu wissen und hätten das vielleicht sogar als Gnade Gottes empfunden.«

Die letzten Worte waren sehr leise gesprochen, und der Mann glaubte, den Anflug eines süffisanten Lächelns im Gesicht der Oberin wahrzunehmen.

»Ach nein, das auch wieder nicht«, murmelte er.

Rosa richtete sich auf. Auch im Sitzen war sie eine imponierend hochgewachsene Gestalt. »Wir hatten noch nie einen Zögling im Haus, der – wie unsere gute Margarete – so von Angst um sein

Leben erfüllt gewesen wäre – wie sie. Margarete fürchtet den Tod. Nun, jedermann fürchtet ihn, beinahe jedermann. Aber in ihr ist diese Furcht wie ein Knoten, um den sich ihr ganzes Seelenleben schürzt. Verzeihen Sie meine Ausdrucksweise, sie mag Ihnen etwas fremdartig erscheinen, doch ich möchte deutlich machen, was es mit diesem Kinde auf sich hat. Es ist überzeugt, früh zu sterben und beim geringsten Anlaß sterben zu müssen. – War sie denn wirklich einmal so schwer krank?«

Der Rittmeister fuhr auf. »Nicht, daß ich wüßte.«

»Vielleicht in früher Kindheit?« versuchte sie ihm nachzuhelfen.

Der Mann dachte nach. Seine Margret war ihm immer als Urbild herzhaft-robuster Gesundheit erschienen. Dann aber tauchte ihm eine dunkle Erinnerung auf. Ja, da mochte mal was gewesen sein, da hatten die Doktoren von Lungenentzündung gequasselt.

»Ja, sehen Sie«, fuhr die Oberin fort, als hätte sie in sein mühsam arbeitendes Gedächtnis geblickt. »Da kann ihr geschehen sein, daß diese Angst in sie kam. Im übrigen –«, nun zögerte sie selbst, »im übrigen hat uns Margarete anvertraut, auch ihre Mutter sei sehr früh, gleich nach Margaretes Geburt, gestorben.«

»Das stimmt«, nickte der Rittmeister. »Ja, das stimmt!« Und in ihm krümmte sich etwas: Mariens Angst damals vor ihrer Niederkunft war ja wahrhaftig etwas ganz Unnatürliches gewesen.

»Wie dem auch sei«, schloß Rosa ab, »unsere Klostergemeinschaft ist darauf angewiesen, sich auf gefestigte und ausgeglichene Charaktere zu gründen. Unsere liebe Margarete scheint uns aber durch ihre Sorge um ihre Gesundheit allzusehr okkupiert. Beim kleinsten Schnupfen will sie im Bett bleiben, dafür bei Wind und Wetter spazierengehen –. Sie ist ja fromm, fleißig, bescheiden. Ich glaube, sie ist auch gütig. Sie wird eine gute Lehrerin werden, wenn auch nur für die ersten Volksschulklassen.«

Der Rittmeister riß die Augen auf. Wieder mußte er sich für seine Tochter ereifern: »Und warum, wenn ich fragen darf, nur für die ersten Volksschulklassen?«
Rosa erhob sich. Sie war doch wirklich fast um einen Kopf größer als Bourdanin. »Weil sie selbst ein kindliches Gemüt ist.«
Damit verabschiedete sie den Besuch. Mit einer unvergleichlich aristokratischen Grazie neigte sie den schmalen Kopf unter dem schwarzweißen Schleier und erlaubte Bourdanin, ihre Fingerspitzen zu berühren. »Gott sei mit Ihnen.«

Der Abschied an der Klosterpforte war nur kurz. Margret schluchzte. Nicht einmal der Rittmeister vermutete, daß ihre Tränen flossen, weil er ging. Er klopfte ihr kurz auf den Rükken: »Laß es gut sein, Mädel, laß es gut sein. Du hast hier in Zukunft nichts verloren, sie wollen dich gar nicht, die Schwestern.«
»Ich weiß«, weinte sie heftig auf. »Ich weiß das ja. Es war bloß deshalb: Ich habe einmal gelesen, von allen Berufen haben Ordensfrauen das längste Leben.«

Niedergeschlagen, einen Kloß im Hals, kehrte Bourdanin zum Egeraner Bahnhof zurück. Er erreichte den Abendzug. In einem Abteil erster Klasse zündete er sich eine Virginia an. Dann versank er in düstere Gedanken.
Schon lange hatte ihn niemand auf seine erste Frau angesprochen. Die erste Marie – sie schien gänzlich vergessen. Nicht einmal Margret hatte ihn nach ihrer Mutter ausgefragt. Aber zu den Klosterschwestern hatte sie von ihr gesprochen. Hatte sie vielleicht auch von ihrem Tod erzählt, von der schweren Geburt, am Ende sogar von den Truthühnern, die Marie, bereits von Wehen befallen, vom Markt holen sollte, weil es der Gatte befahl? Das Wetter war schlecht, die Wege eisig … Trotzdem hatte er darauf

bestanden, daß sie ging. Wer war es, der ihm später sagte: Das hättest du nicht tun sollen, Balthasar?
Der Rittmeister verjagte den lästigen Gedanken – und war beinah erfreut, als sich jetzt ein Mitreisender einstellte, ein jüngerer Mann, und mit einer höflichen Verbeugung fragte, ob es gestattet sei ...? Bourdanin wies auf die Sitze: Alles frei. Der Mann war elegant gekleidet, schon etwas beleibt und hatte einen gut gepflegten, etwas zu spitz geschnittenen Kinnbart. An seiner Uhrkette klimperten etliche Berlocken. Der Rittmeister entdeckte neben einem kleinen goldenen Bergwerkshammer einen ebenfalls goldenen Doppeladler. Daraus schloß er, daß er einen Staatsbeamten gehobener Klasse aus dem Montanbereich vor sich habe. Die Herren kamen ins Gespräch.
»Irre ich mich – oder habe ich tatsächlich die Ehre, mit Herrn Rittmeister von Bourdanin aus Pilsen –?«
»Nur Bourdanin, ganz einfach nur Bourdanin. – Sie kennen mich?«
Der Kinnbart gab mit einem Zucken des Kopfes zu verstehen, daß es unmöglich sei, einen so angesehenen Mann wie Bourdanin nicht zu kennen. Sogleich machte die Laune des Rittmeisters einen Satz nach oben.
Sie waren bereits in angeregter Unterhaltung, als der Zug losfuhr. Er hielt etliche Male, sie merkten es gar nicht. Der Schaffner kam und zwickte die Karten. Der Kinnbart fragte, ob im Zug ein Serviteur sei. Der Schaffner versprach, einen herbeizuholen. So hatten die Herren Gelegenheit, zuerst mit einem Glas Bier, später mit einem Glas Wein anzustoßen.
Als sie sich Pilsen näherten, hatten sie schon die meisten Themen des öffentlichen Lebens berührt; sie hatten auch die aktuellsten Preußen-, Polen- und Judenwitze ausgetauscht und sogar einige Hofnachrichten gestreift (wobei sich der Kinnbart recht unterrichtet zeigte), als ihr Austausch auf Ganz-Persönliches übergriff.

Der neue Freund teilte Bourdanin mit, er befinde sich in einer Art Trauerstand.

»Wieso das?«

Der andere seufzte: Nach langer Suche habe er geglaubt, die richtige Frau gefunden zu haben. Schon war die Hochzeit angesetzt, die Gäste waren eingeladen, ein sehr günstiger Ehekontrakt abgeschlossen, da tauchte ein fremder Mensch auf, der ihm unwiderlegliche Beweise vorlegte, daß er mit der Braut – vor einem Jahr erst – auf das Intimste – na und so weiter. Der Mensch war nicht einmal standesgemäß, irgendein Musiker, Kapellmeister aus Leitomischl. Er, der Bräutigam sei aus allen Wolken gefallen, hatte er doch zuvor auf die Tugend der Braut geschworen. Was blieb ihm übrig, als sich davonzumachen, die Gäste auszuladen, den Ehekontrakt zu kündigen? Der Skandal war perfekt. »Aber sagen Sie selbst, Herr Rittmeister, was hätten Sie an meiner Stelle getan?«

Bourdanin wiegte den Kopf. »Wahrscheinlich dasselbe.«

»Ja, und nun«, fuhr der Kinnbart fort: »Nun stehe ich traurig da und blicke um mich –. Denn eines Tages muß man sich doch verheiraten.«

In diesem Augenblick schoß dem Rittmeister ein Gedanke ein; er betraf Margret.

Wie so viele Männer hegte er die Vorstellung, daß alle Ängste, Wahnideen und Melancholien, die sich an einem weiblichen Wesen bemerkbar machen, wie Rauch vergehen und sich verflüchtigen, sobald dieses selbe weibliche Wesen mit einem richtigen Mann verheiratet sei. Obgleich doch viele Erfahrungen gegen diese Annahme sprachen – und die des Rittmeisters hätten am lautesten dagegen sprechen müssen –, empfand er den Gedanken doch als tröstlich, und so verabschiedete er sich, in Pilsen angekommen, von seinem Reise-Bekannten mit einem bedeutungsvollen: »Dann vielleicht einmal auf Wiedersehen!«

Puglowitz und der Dachboden

Margret Bourdanin verließ ihre Klosterschule mit mäßigem, aber ausreichendem Erfolg. Nun trat sie ihre erste Stellung in Puglowitz an. Puglowitz war ein größeres Dorf an der Bahnstrecke Pilsen-Marienbad. Margret hatte alle ihre Träume, Nonne zu werden, gründlich begraben. Dafür freute sie sich jetzt auf das Leben in einer ländlichen Gegend, auf eine Wohnung im Grünen, auf Spaziergänge durch Feld und Wald. Auch auf ihre Schulkinder freute sie sich. Sie hatte Puglowitz einmal flüchtig besucht, es war ihr als gemütliches Nest mit einer gewaltigen Lindenallee und einem großen Gänseteich in Erinnerung geblieben. Alles war ihr verdorben, als sie erfuhr, der Vater habe beschlossen, sie zu begleiten und mit ihr zusammen die zwei, drei gemieteten Zimmerchen zu bewohnen. »Wozu denn das?« fragte sie entgeistert. – Doch ehe ihr jemand antworten konnte, wußte sie es:

Sie hatte jenen Ausflug auf die Radina nicht vergessen und nicht die Drohung des Vaters, sie zu erschießen, falls ihr dort im Wald *etwas* zugestoßen sei. Damals war sie vierzehn gewesen und hatte so wenig wie ihre Geschwister begriffen, was er mit diesem schrecklichen *Irgendetwas* gemeint hatte. Jetzt wußte sie es, und deshalb wollte er sie bewachen. In Margret regte sich dumpfe Wut. Sie wollte nicht bewacht sein. Es empörte sie, daß sie bewacht werden sollte. Sie wollte mit dem Vater nicht zusammenleben, sie wollte seiner Nähe entkommen. Margret nahm Zuflucht zu Marie: »Ich will ihn nicht bei mir, nein, keinesfalls. Kannst du es ihm nicht ausreden, Mutter? Hilf mir doch!«

»Ach, meine liebe Margret, wann hätte ich ihm schon etwas ausreden können?«

»Jaja, ich weiß! Aber diesmal –« Margret preßte das tränenüberströmte Gesicht an Mariens Schulter.

»Er hat Angst um dich, verstehst du nicht? Er fühlt sich verpflichtet, Angst um dich zu haben. Darum will er bei dir sein, dich behüten ...«

»Vor wem denn behüten?« schrie Margret. »Hab ich euch jemals Anlaß gegeben, zu glauben, ich wäre so eine, die man behüten muß?«

»Nein, bei Gott, nein.« Marie mußte ein rasches Lächeln unterdrücken, denn sie erinnerte sich daran, wie Margret schon als Dreizehnjährige ihren ersten Verehrer vergrault, davongejagt und ihm zum Hohn noch die Zunge gebleckt hatte. Sie hielt sich wohl für häßlich und empfand deswegen jede Annäherung durch ein männliches Wesen als Verletzung ihrer weiblichen Würde. »Aber der Vater hat erfahren, daß im Puglowitzer Schloß eine Schwadron Dragoner liegt. Er war doch selbst einmal bei den Dragonern, und da denkt er wohl –«

»Was denn? Was denn?«

»Daß Dragoner überall und immer die gleichen sind.«

Ach ja, die gleichen, das mochte sein, und deshalb mußte Margret den Vater ertragen.

Es war ein schwieriges Leben für sie – und ein höchst verdrießliches für ihn neben ihr in diesem Dorf, diesem Nest, zwischen Gänseteich und Düngerhaufen, fern von allem, was ihm auch nur ein wenig Unterhaltung bieten konnte. Um sechs mußte die Tochter aus den Federn, um pünktlich um halb acht zum Unterricht gestellt zu sein. Balthasar Bourdanin war kein Frühaufsteher, am Morgen ließ er die Tochter allein zu ihrer Schule gehen. Um neun brachte ihm die Vermieterin das Frühstück. Um elf holte er Margret ab.

Das Mittagsmahl im Gasthaus, jeden Tag dasselbe: Schweinebraten und Knödel, am Freitag Buchteln mit Mohn gefüllt. Sie würgten geduldig. Um zwei begann der Nachmittagsunterricht.

Der Vater brachte die Tochter zum Schultor. Um diese Stunde gab es in der einzigen Trafik des Dorfes die neue Zeitung. Der Rittmeister kaufte und las. Das lokale Käseblättchen langweilte ihn. Er wollte Siesta halten: doch das gelang nicht. Vor dem Fenster krähten die Hähne, kreischten die Gänse, muhten die Kühe, und wenn das Viehzeug einmal still blieb, schepperte von der nahen Kirche die Glocke zu einem Begräbnis oder einer Taufe.

Um vier stand er wieder vor dem Schultor.
Wenn Margret erschien, war sie von ihren Schülern umringt, umhüpft. Sie lachte und schäkerte mit den Fratzen. Im Augenblick aber, wenn sie ihn erspähte, erstarrte ihr Gesicht. Die Kinder stoben davon. Warum nur? Wieso? Was hatte er an sich, daß ihn niemand wollte? In Bourdanins Innerem zog sich etwas wie ein schwarzer Knoten zusammen.
Von den Dragonern war inzwischen noch nichts zu bemerken, sie waren auf Übungen. Herbstzeit ist Manöverzeit. Doch Anfang Oktober wurde das anders. Statt Kuh- und Ochsengespannen wirbelten trabende Pferdehufe den Staub der Straße auf. Am Morgen schallte die muntere Reveille aus dem nahen Schloßhof, am Abend die melancholische Retraite. Die Herren Offiziere hausten hinter einer barock gezierten Fassade, die Mannschaft in ausgebauten Tennen hinter den Ställen. Mit einer Art grimmiger Genugtuung sah der Rittmeister bei einbrechender Dunkelheit rote Röckchen und weiße Jäckchen in die Nähe der Quartiere schwärmen: das junge Weibsvolk von Puglowitz. Da sah man es wieder einmal, wie sie es trieben, wenn man sie ließ!
Woche um Woche ging so dahin. Der Rittmeister konnte es sich nicht verhehlen, daß ihm sein Hüteramt schon jetzt zum Halse heraushing. Ihn graute, wenn er an den kommenden Winter dachte. Er zählte die Tage von Samstag zu Samstag, da fuhr er mit Margret nach Pilsen, dort konnte er endlich wieder an sei-

nen Stammtisch, seine Spielchen machen, das Neueste diskutieren – Allerdings: Wenn sie den Mittagszug versäumten, war es nichts damit. Die Zeit war knapp; wenn Margret aus der Schule kam, trieb der Vater zu größter Eile an. So hatte er den kürzesten Weg zur Bahnstation ausgemacht, dieser Weg führte durch zwei Torbogen des Schlosses an den Dragonerquartieren und Reitställen vorbei. Hier lag meist Stroh verstreut, mit Pferdemist durchsetzt, der scharfe Geruch der Tiere säuerte die Luft. Die Torbogen waren eng, auf einer Seite führte ein schmaler gepflasteter Steig, kaum so breit, daß ein Fußgänger Platz fand.

Nun waren sie wieder einmal unterwegs zur Station, hastig, der Rittmeister vornedran, Margret folgte mit dem Köfferchen. Sie hatten eben den ersten Torbogen betreten, da kam ihnen das Geräusch trabender Reiter entgegen.

Margret blieb sofort stehen und klammerte sich an die Mauer. Dabei rutschte ihr der Hut bis auf die Nase.

Schon drängten vier Reiter nebeneinander herein.

Margret sah eben noch, daß sich der Vater nach ihr umwandte, sie fühlte seinen bohrenden Blick in zorniger Spannung auf sich gerichtet, als hätte sie schuld an dieser Begegnung. Zugleich fühlte sie das Lächerliche ihrer Lage; sie fürchtete sich. Sie fürchtete sich vor den schweren Tieren, die unter Geschnaube, Geklirr und Ledergeknarr dampfend an ihr vorübertrampelten, vier und vier und wieder vier, eine ganze Schwadron. Knie streiften sie, Mähnen und Pferdeschwänze. Sie hörte die Männer murmeln, rufen, lachen und mußte glauben, das gelte ihr. Sie haßte die Reiter, die Rösser, den warmen Dunstschwall, den ganzen kentaurischen Wust aus Kraft, Gewalt und männischer Prahlerei. Am meisten aber haßte sie die Augen des Vaters, die sie bewachten, weil er glaubte, sie bewachen zu müssen.

Nachdem die Schwadron vorbei war, setzten beide ihren Weg fort. Sie erreichten den Zug. Stumm und verbissen saßen sie in ihrem Abteil, jeder in einem anderen Eck, und starrten, jeder auf seiner Seite, durch das Fenster hinaus.

Der Rittmeister hatte schon lange nicht mehr an Herrn Adler gedacht, er hatte die Begegnung mit dem höflichen Montanisten im Zug von Eger nach Pilsen beinah vergessen. Da traf er ihn zufällig – diesmal in Gesellschaft des jungen Schimkowitz – bei einer vaterländischen Feier wieder. Der neue Hauptbahnhof wurde eröffnet, aus Wien waren zwei Minister erschienen, der Dechant von Pilsen segnete das Gebäude, abwechselnd spielten drei Kapellen, zum Schluß intonierten alle drei das Kaiserlied. Cyrill von Schimkowitz winkte dem Onkel quer über die Menge zu. Als die Feier zu Ende war, standen die drei Herren auf dem mit Fahnen und Tannenreisig geschmückten Vorplatz und zogen die Hüte voreinander. »Wir kennen uns doch –?«
»Jawohl, verehrter Herr Rittmeister. Ich hatte bereits die Ehre.«
Man tauschte Meinungen aus über den eben erstellten Kuppelbau des Bahnhofs, fand ihn prächtig, wenn nicht sogar zu prächtig, und erging sich auch sonst in mehr oder minder übereinstimmenden Kommentaren. Beim Abschied nahm Adler die Hacken zusammen und trug dem Rittmeister unbekannterweise einen Handkuß an die Frau Gemahlin auf, worauf dieser als höflicher Mann eine gleiche Empfehlung aussprach, was aber der Montanist mit melancholischem Kopfschütteln zurückwies: Er habe leider niemandem Grüße auszurichten, leider sei er immer noch unbeweibt –. »So ist es!« ließ sich dazu der junge Schimkowitz lauthals vernehmen. »Der gute Adler geht seit Jahren auf Freiersfüßen, sie haben ihn aber noch immer nicht ans Ziel getragen. Er ist nämlich auf das Tugendhafte versessen, und das scheint rar geworden zu sein in jüngster Zeit.« Und während sich Adler mit einem »Gott sei's geklagt, geklagt!« eilig davonmachte, sandte ihm Cyrill von Schimkowitz, wie das so seine Gewohn-

heit war, ein gewaltiges, jovial schallendes Gelächter hinterdrein. In tiefe Nachdenklichkeit verloren, wandert der Rittmeister nach Hause. Er kann sich nicht verhehlen, daß ihm auch diesmal Adler Eindruck gemacht hat: ein gebildeter, angenehmer, höflicher Mensch. Was er schon bei ihrer ersten Begegnung vermutete, ist ihm bestätigt worden: Adler ist Montanist, höherer Beamter bei der k.u.k Bergbaubehörde, die sich die Förderung der Erz- und anderer Gruben auch in den Ländern der Wenzelskrone angelegen sein läßt. Eine mithin gesicherte Existenz.

Daß der Mann etwas stark schwitzt, hat der Rittmeister bereits auf ihrer Zugfahrt bemerkt; auch, daß er zu Übergewichtigkeit neigt und in späteren Jahren vermutlich kahl und speckfaltig sein wird. Der Kinnbart ist länger geworden und steht ihm etwas komisch zu Gesicht. Aber was tut's? Barttrachten können geändert und gebessert werden. Schließlich ist Margret auch keine überirdische Schönheit und strahlende Venus.

Und er, Balthasar Bourdanin, wäre von Puglowitz erlöst.

Daheim angekommen, berichtet er Marie von der Begegnung. Er läßt sogar einige Bemerkungen fallen, die seine Pläne andeuten. Marie lächelt ihm diesmal ermutigend zu:

»Sie muß ihn halt mögen, die Margret, richtig mögen, verstehst du? Sonst tät sie mir leid.«

Der Rittmeister spann seine Pläne weiter. Man konnte Adler einladen: zum Tee, zum Schachspiel. Vorerst kein Wort über Margret. Dennoch sollte es möglich sein, so ganz nebenbei anzudeuten, die älteste Tochter habe – anders als die jüngeren Mädchen – eine anständige Erbschaft zu erwarten. (Und daß im Hause Bourdanin nur Tugend herrschte, darüber, so glaubte er, könne ohnehin kein Zweifel bestehen.)

Adler kam. Marie bewirtete ihn. Der Hausherr führte ihm seine

Ahnenbilder, seine Bibliothek, seine Waffensammlung vor. Margret saß dabei und verhielt sich nicht anders, als sie sich vor allen anderen Gästen im Elternhaus verhielt: artig, schweigsam, nach einer Weile deutlich zerstreut; doch, wie sie es im Kloster gelernt hatte, das Verlangen zu gähnen, unterdrückte sie.
Auch beim zweiten und dritten Mal verhielt sie sich nicht anders. Der Rittmeister grollte. »Sie muß es doch endlich begriffen haben, was der Adler will. Es ist deine Sache, Marie, ihr reinen Wein einzuschenken.«
»Was nicht gar, Balthasar. *Du* hast ja diese Geschichte eingefädelt.«
»Und –? Was gefällt dir nicht daran?«
Marie hob die Achseln. »Ich weiß es nicht. Der Adler – na ja! Mir kommt vor: Margret ist noch ein Kind.«
»Ein Kind? Mit bald zwanzig? Mit dem Alter hattest du schon zwei.«
Marie nickte. Sie lächelte schmal. »Ja, ich …«

Trotz ihres Widerwillens versuchte sie der Stieftochter den Wunsch des Vaters zu erklären.
»Was, heiraten – *den*? Den mit seinem Ziegenbart im Gesicht. Den will ich nicht, nie, nie! – Ich will überhaupt nicht heiraten. Und den schon gar nicht.«
Margret war laut geworden. Der Vater öffnete die Tür. »Was ist hier los?«
»Nichts«, sagte Marie. »Wir sprechen nur über dich.«
Der Rittmeister wich zurück. Seine Zornadern schwollen. Seine Augen flammten. »So – über mich?« – Und mit einem knurrenden Laut: »Ich verzichte darauf, Näheres zu erfahren«, warf er die Tür hinter sich zu.

Drei Sonntage danach war es soweit. Der Freier hatte sich wieder angesagt. Diesmal, soviel schien klar, würde er seinen Antrag stellen. Margret hatte in letzter Zeit kein Wort zu ihm geäußert. Hatte sie sich plötzlich anders besonnen? Nicht einmal Marie kannte sich mehr in ihr aus und sie hoffte nur, daß, wenn Margret dem Adler schon eine Absage erteilte, sie das in schonender und höflicher Weise tun würde. Es gab ja für solche Fälle erprobte Redensarten, fixe Ritualien, die Margret kennen mußte, wenn vielleicht auch nur aus Romanen: »Es ist mir eine Ehre – aber, mein Herr, ich bitte zu verzeihen. Mein Herz hat noch nicht gesprochen ...«
Man sollte einen Bewerber nicht beleidigen, man sollte Form und Anstand wahren, das gehörte zur weiblichen Würde.
Die Geschwister waren aufgeregt. Sie spürten: Da lag was in der Luft. Bourdanin stieg selbst in den Keller, um einige Flaschen guten Weines zu holen, und sogar Margret begutachtete die vorbereitete Mahlzeit mit zufriedenem Nicken. Marie bemerkte das und dachte: Also doch! Ihre Hände zitterten, als sie die Nocken in die Suppe stach.
Inzwischen hatte sich Margret an den jüngsten Bruder herangemacht.
»Er! Fritzerl, hört Er! Er muß mich heute retten. Ich geb Ihm eine Silberkrone – oder zwei, ich geb Ihm alles, was Er will.«
»Jaja, Margret, was soll ich denn?«
»Es ist ganz leicht, Fritzerl, ganz leicht. Nur muß Er den Mund halten. Verspricht Er mir das?«
»Schon gut. Ich hab noch nie getratscht.«
Auf Margrets Wangen fliegen Glut und Blässe. Sie zieht den Bruder an sich, sie umschlingt ihn mit beiden Armen, er spürt: Ihr Herzschlag rast. Er spürt auch ihre Hand in seiner Hosentasche, zwei schwere Münzen, nein, drei. »Na, sag schon, Margretl, sag schon, was ist.«

Im Augenblick, da ein Fiaker vorfährt und ein Herr im Zylinder und Stadtpelz mit einem Strauß Rosen das Haus betritt, ist Margret verschwunden. Hinter ihr wird ein Schlüssel umgedreht, es ist der große eiserne Dachbodenschlüssel, und wird wieder auf den für ihn bestimmten Nagel gehängt. Die Treppe drinnen ist steil, krumm und rußig. Aber Margret hat vorgesorgt, einen Hocker hinaufgeschleppt, einen Mantel zurechtgelegt, dazu ein Kopftuch: Der Märztag ist kalt. Sogar an einen Imbiß hat sie gedacht. Hier sitzt sie nun und lauscht. Ihr Herz rast noch immer. Aber sie atmet tief, zuweilen lacht sie in die vor den Mund gehaltene Faust: Hier wird sie niemand entdecken.

An der Wohnungstür hat die Glocke angezinkt. Und schon wird geöffnet: Bourdanin selbst begrüßt den Gast. Jetzt sind sie drinnen. Eine Weile ist nicht viel mehr zu hören als das gewöhnliche Hin und Her, wenn jemand angekommen ist, Schritte, das Öffnen und Schließen von Türen. Dann aber – nach kurzer Stille – die erste Stimme; das Dienstmädchen: »Slecna Marketa! Prosim. Fräulein Margret, Fräuleinchen Margret, bitte!« Und dann Kläre, dann Roderich, zuletzt Marie: »Margret, Margret! Wo bist du denn?« Und schließlich auch noch Fritzchens schwache bebende Stimme: »Margretl! Margretl! Wir suchen dich.«

Ja, sie suchten; alle suchten: die Geschwister, das Dienstmädchen, die Mutter, eilig rennende, beinah stürzende Schritte die Treppe hinauf und hinab, die Pawlatsche entlang, über den Hof, durch den Garten. Margret horcht und horcht. Sie hat nie gedacht, so gut hören zu können. Das ganze Haus ist für sie ein Schallraum geworden. Irgendwer hat auch an der Dachbodentür gerüttelt. Dazu Roderichs Stimme: »Da droben ist sie nicht. Hier hängt ja der Schlüssel.«

»O Fritzchen, Fritzchen, wenn du nur den Mund hältst!«

Mit der Zeit verstummen die Rufe. Drin in der Wohnung wird nun gegessen. Margret glaubt einen Hauch Bratenduft zu spüren. Wahrscheinlich hat man den Freier vertröstet:
»Sie wird schon kommen. Bestimmt, bestimmt.«
»Zum Nachtisch ist sie sicher da.«

Aber auch beim Nachtisch: keine Margret. Marie verteilt die Torte. Den Herren wird Kaffee dazu serviert. Bourdanins Gesicht ist krebsrot, Adlers Gesicht grünlich blaß. Auf dem Flügel steht sein Rosenstrauß. Niemand wagt ihn anzublicken.
Die Uhr schlägt halb drei.
Der Hausherr bietet noch ein Glas Wein an – »Oder ist ein Cognac gefällig?«
Der Gast erhebt sich. »Ich danke.«
Zum letzten Mal tupft er den Kinnbart mit der Serviette. Zum letzten Mal schiebt er den Bauch über den Tischrand. In seiner Hand klimpern die Berlocken seiner Uhrkette. »Ich glaube, wir heben die Versammlung auf. – Es war eine reizende Stunde.«
Zwei Minuten später hat er die Wohnung verlassen. Blubbernd vor Empörung steigt er die Treppe hinunter.
Vor dem Haustor mit den beiden Atlanten trippelt ein junges Mädchen neben ihm her. »Herr Adler!«
Adler schießt einen wütenden Blick auf die Kleine. Ach ja, das Fratz saß oben auch mit am Tisch. Was will es?
»Herr Adler! Sie tun mir ja leid. Und der Papa hat es sicher gut mit Ihnen gemeint. Aber die Margret – die mag Sie halt gar nicht leiden.«
»Soso. Und warum sagst du mir das?«
»Warum?« Luise lächelt ihm offen und freundlich zu. »Irgendwer muß es Ihnen ja sagen. Vielleicht haben Sie woanders mehr Glück. Aber so, mit dem Bartwisch im Gesicht …«

Der Abend kommt. Ein kalter Märzabend. Margret kauert noch immer auf ihrem Hocker unter den Dachsparren. Sie friert. Fritzchen hat den Dachboden aufgesperrt, aber sie traut sich nicht hinunter, bis die Mutter kommt und sie rasch und energisch in die Dienstbotenkammer schubst. »Da bleibst du jetzt und muckst dich nicht, bis der Vater – morgen vielleicht – bis er ruhiger wird. Einen Tee bring ich dir – und ein Stück Torte. Das ist übriggeblieben.«

Zu Margrets Überraschung verzichtete der Vater von nun an darauf, sie in Puglowitz zu überwachen. Er blieb zu Hause in Pilsen. Von nun an konnte sie sich in ihrem Schulort einleben. Um die Dragoner kümmerte sie sich nicht. Aber sie fand Aufnahme in der Familie des Schulleiters, sie fand auch eine Freundin, die ihre zwei Kinder allein aufzog, da ihr Mann als Heiratsschwindler entlarvt und ins Gefängnis gesteckt worden war. Für die Kinder strickte Margret Söckchen und Jäckchen, betete abends ihren vom Klosterleben her gewohnten Rosenkranz und war's zufrieden. Nach zwei gut bestandenen Probejahren wurde sie durch die Behörde in ihre Heimatstadt Pilsen zurückversetzt. Hatte der Vater interveniert? Sie wußte es nicht. Seufzend fand sie sich damit ab, wieder im Haus der Atlanten zu wohnen.

Don Carlos

Margret war hoch in den Dreißigern, als sie eines Tages ankündigte, sie werde im kommenden Winter nach Wien gehen, um sich dort als Gasthörerin für Deutsche Sprache an der Universität eintragen zu lassen. Sie nannte auch schon die Namen der Professoren, die sie hören, sie nannte den Namen der Pension, in der sie wohnen wollte; sie hatte also alles schon vorbereitet und entschieden.

Der Vater war baff. Doch seltsamerweise erhob er keinen nachhaltigen Widerspruch. Er hatte sie im biederen Dorf Puglowitz bewachen und behüten wollen. Jetzt strebte sie in die Großstadt. Das hätte den Vater alarmieren können. Aber Margret hatte in all den Jahren nie irgendeine Vorliebe für einen Mann gezeigt. War sie gegen jede Art von Versuchung gefeit?
Natürlich hielt er wenig von dem angekündigten Studium. Dennoch knurrte er nur nebenbei etwas über Blaustrümpferei und weiblichen Hochmut.
Das war seine Art nachzugeben.
Möglicherweise war er sogar erleichtert, daß sich diese Tochter für einige Zeit entfernen wollte. Nach wie vor war sie die Einzige, die sich durch seine Tyrannei nicht imponieren ließ. War er darauf aus, daß sich die Familie Tag für Tag pünktlich zu Tisch versammelte –, sie kam immer wieder zu spät, und warum? Weil sie, statt stracks von der Schule heimzukommen, im Mittagssonnenschein spazierengegangen war. Verlangte er von den Töchtern, daß sie Klavier spielten – wozu hatten sie Unterricht gehabt? –, verweigerte sie das Spiel und klappte Noten und Deckel zu. Sie stellte sich taub, wenn er wetterte, und stellte sich ebenso taub, wenn er – einmal bei guter Laune – seine Geschichtchen zum besten gab. Wenn er mit Marie grollte, widersprach sie zwar nicht, aber sie starrte ihn mit ihren großen braungrauen Kugelaugen so unverwandt an, daß ihm die Lust auf weiteres Grollen verging – und wenn er wieder einmal fluchend auf den Tisch schlug, bekreuzigte sie sich und verließ das Zimmer.
Margrets stiller Trotz gegen den Vater hatte freilich gute Gründe: Sie lag ihm nicht mehr auf der Tasche. Nachdem sie mit einundzwanzig großjährig geworden war, hatte sie das Erbe ihrer Mutter angetreten, die Hälfte des alten Johanneischen Besitzes. Onkel Hans, zwar schon seit längerem Mitglied der Sozialde-

mokratischen Partei, Mitglied auch des Sokol und erklärter Feind des – wie er sagte – parasitären deutschen Bürgertums, zahlte ihr doch an jedem Quartalsersten ihre Rendite brav und bieder bis zum letzten Heller aus. So verfügte Margret jetzt über bessere Einnahmen als ihr Vater. Ihr schmales Lehrerinnengehalt überließ sie ihren Brüdern, ohne viel danach zu fragen, was sie damit taten. Sie gab zu Hause Kostgeld – und nicht zu knapp. Der Stiefmutter steckte sie manches Zehnkronenstück ins Portemonnaie. Darauf angesprochen, winkte sie ab: »Mutter, ich weiß von nichts.«

Nun aber Wien. Warum eben Wien? Sie wollte den berühmten Germanisten Minor hören, sie wollte durch Museen wandern; und dann wollte sie das Burgtheater besuchen.

Ja, das Burgtheater. Wenn sich Margret genaue Rechenschaft abgelegt hätte, was sie in die Reichshauptstadt trieb, so hätte sie sich eingestehen müssen: Daran war die Egeraner Oberin, die Ehrwürdige Mater Rosa, schuld. Sie hatte ihre Kandidatinnen in deutscher Sprache und Literatur unterrichtet und sie hatte in Margret eine tiefe Verehrung für diese Fächer eingepflanzt; immer wieder war sie in ihren Stunden auf das Burgtheater zu sprechen gekommen. Sie mußte es lange vor ihrer Profeß als junges Mädchen erlebt haben, denn wenn sie davon sprach, belebte sich ihr elfenbeinernes Gesicht, ihre Wangen blühten in zartem Rot, ihre Augen strahlten. Sie lobte Schiller als den unvergleichlichen Heros des Geistes und der Moral und empfahl ihren Schülerinnen, seine Stücke anzusehen, – zwar nicht »Die Räuber«, auch nicht »Kabale und Liebe«, aber »Maria Stuart« und »Die Jungfrau von Orleans«, die freilich unbedingt. Und nirgends, so Mater Rosa, werde dieses herrliche Stück besser aufgeführt als in der Wiener *Burg*.

Die Burg hieß dieses Haus. – Auch des Kaisers palastartiger Wohnsitz hieß *die Burg*. Doch was bedeutete schon des Kaisers

Burg gegen jene, gegen den hehren Musentempel, gegen die sakrosante Weihestätte klassischer Dichtung? Diese *Burg* war berühmter als der Stephansdom und war natürlich weit angesehener als das Parlament, in dem ja doch, wie nur allzu viele glaubten, bloß unnützes Zeug geschwatzt und mit den Pultdeckeln krawalliert wurde.

Dem allgemeinen Ruhm der Burg entsprach der Ansturm auf die Eintrittskarten. Jeden Morgen, wenn die Kassen geöffnet wurden, waren sie bereits seit Stunden belagert. Schon mitten in der Nacht setzte der Andrang ein. Man hockte auf Klappstühlchen, manche hatten sich sogar Matratzen mitgebracht.
Wenn die Sonne aufging, beschien sie einen Kampfplatz. Man puffte, man rempelte, man schlug sich sogar. Wenn die Kassen um zehn Uhr schlossen, war das Pflaster davor mit den Zeugnissen der Tumulte übersät, mit abgerissenen Knöpfen, zertretenen Hüten, zersplitterten Binocles.
Wie wir unsere Margret kennen, getraute sie sich nicht, an solchen Schlachten teilzunehmen.
Doch zum Glück konnte man Ersatzmänner mieten.
Sie waren keine Theaterbesucher – oder doch nur selten. Statt dessen waren sie bereit, sich für eine Krone oder zwei eine Nacht um die Ohren zu schlagen. Dann ergatterten sie mit einigem Glück etliche Billets, gaben sie bei ihren Auftraggebern ab, empfingen ihren Lohn und suchten – nach einem kräftigenden Frühstück – ihre Schlafstellen auf.
Solche Leute gab es in Wien nicht wenige. Margret gelang es, mit einem von ihnen ins Geschäft zu kommen. Sie war nicht knausrig.

Und dann kam dieser Abend: Auf dem Programm stand »Don Carlos«.

»Don Carlos« war kein von Mater Rosa besonders gepriesenes Stück. Aber auf dem Theaterzettel war fett gedruckt: Don Carlos – Josef Kainz. Josef Kainz galt für den genialsten aller genialen Schauspieler: ein Mythos.
Margret hatte ihn schon einmal gesehen: als Cyrano de Bergerac von Rostand. Ein rührendes Stück, die Geschichte eines Unglücklichen, dem eine horrende Nase im Gesicht stand. Er liebt, verzweifelt, verzichtet und liebt weiter: perfektes Theater. Doch Margret konnte während der ganzen Aufführung keine Minute vergessen, daß die Nase aus Wachs war. Nun ging der Vorhang für »Don Carlos« auf.
Zuerst war die Bühne finster. Allmählich ließen sich schwere schwarze Massen sehen, ein Park mit kubisch und pyramidal gestutzten Hecken. Hinten flackerte schwacher Feuerschein. Nun zeichnet sich eine schmale schwarze Gestalt ab, langsam, zögernd kommt sie heran, ein junger Mann mit Barett und Degen, er späht um sich, scheint zu lauschen. Sein Gesicht ist schmal und bleich. Dann steht er, seufzt und stützt die Stirn in die Hand, in düstere Grübelei versunken.
Da – eine zweite Gestalt, ein fetter Mönch in grauer Kutte, Domingo. Er folgt dem Grübler. Er lauscht den Seufzern – und jeder Seufzer scheint ihn zu vergnügen.
Nun ist er heran. Der Dialog beginnt, die Sprache bricht los, herrlich, herrlich, denkt Margret. So habe ich noch nie sprechen gehört, glasklar und schneidend, dabei in wogenden Rhythmen. Ja, das ist er, der junge Schiller, nein, Don Carlos selbst, der Königssohn, der Todgeweihte (Margret weiß das): Philipp, sein Vater, wir ihn morden.
Alles, was in diesem Stück geschieht, ist nichts als langsamer Mord des Vaters an dem Sohn.
Der Mönch verschwindet. Der Freund erscheint. Jubel. Jubel. Carlos und Marquis Posa sinken einander in die Arme. Aber

dann setzt Carlos zum furchtbaren Bekenntnis an: »Ich liebe meine Mutter.« – Und diese Mutter war ihm einst selbst verlobt, sie ist Philipps junge dritte Frau, Gattin des Königs.
Dürfte ihr Carlos nur ein einziges Mal seine Liebe gestehen? Marquis Posa verschafft ihm die Gelegenheit. Er stürzt ihr zu Füßen, und da sie seine Beteuerungen abwehrt: »Ein Augenblick, gelebt im Paradiese, wird nicht zu teuer mit dem Tod gebüßt.«
Doch schon erscheint *er*, voll wütenden Mißtrauens. »So allein, Madame? Und auch nicht eine Dame zur Begleitung?« – In diesem Mißtrauen öffnet der Mord schon seinen Rachen.
Was dann geschieht, ist eher verworren. Margret versteht nicht alles. Ein falsches Frauenzimmer will sich in Carlos' Herz einschleichen, Briefe werden gebracht, versteckt, geraubt. Hinter jeder Tür, hinter jeder Tapete wird gelauscht, gelauert. Von Flandern ist die Rede, von Brabant. Ein hagerer Alter in eiserner Rüstung wird ausgeschickt, die blühenden Provinzen zu zerfleischen. Carlos ist verzweifelt. Nur als Verzweifelter wagt er, was er nun wagt: Er fleht den Vater an; er wirft sich auf die Knie. Er entblößt sein Herz. Er beschwört die kindlichsten Gefühle. Umsonst. Der Götze weist ihn ab. Er ist aus Stein.
Ist er aus Stein? Die nächste Szene ist sonderbar. Carlos' Freund, der Marquis Posa, wird vorgelassen. Er redet lange, zuerst schmeichlerisch, dann fordernd. Nach irgendeinem Satz fällt plötzlich Beifall ein, er hat oben auf den Galerien des Theaters begonnen, dann klatscht man auch im Parkett. Aus den Logen wird gezischt. Margret hat etwas von *Gedankenfreiheit* gehört. Sie aber wartet nur, daß Don Carlos wieder auftritt.
Er kommt – jetzt in Fesseln. Das darf doch nicht wahr sein! Wer hat ihn verraten? Wer ausgeliefert? Etwa der Freund? Posa? Wäre es möglich, hat sich der einzige Vertraute vom König bestechen lassen? Carlos scheint es zu glauben. Mit halb erstickter Stimme

spricht er den anderen an. O Traurigkeit, abgrundtiefe. Jetzt ist der bittere Brunnen ausgeschöpft. Margret zerfließt in Mitgefühl. Sie knüllt ihr Taschentuch und preßt es vor die Augen. Da fällt ein Schuß.

Mit durchbohrter Schläfe sinkt Posa in Carlos' Arme.
O Gott, denkt Margret, so ist auch Balthasar gefallen.
Was danach kommt, ist erhaben und entsetzlich zugleich.
Carlos will jetzt wieder nach Flandern. Die Königin kommt, die einst so leidenschaftliche Geliebte – und siehe, jetzt läßt sie sich von Carlos umarmen. Doch sie sind kein Liebespaar mehr, sie sind zwei Erzengel, die von Gottes Thron einen Auftrag empfangen haben. Sie sind beauftragt, die Menschheit zu retten. Aber da – Margret hat es geahnt, donnert Philipps Stimme. Er war da, er stand im Hintergrund, immer war er da, der Vater, der König, der Verderber; Finsternis verhüllte ihn. Dort lauerte er, er, der Mächtige, der Unerbittliche. Der Tod.
Der Tod auch, den der Sohn erleiden muß. Margret schluchzt haltlos in sich hinein. Sie liebt Don Carlos. Sie liebt Josef Kainz.

In dieser Theatersaison wird am Wiener Burgtheater »Don Carlos« noch zweiundzwanzigmal gegeben. Margret Bourdanin hat die Premiere gesehen und sieht das Stück noch einundzwanzigmal. Wenn Kainz spielt, ist sie da; sie sieht ihn noch fünfmal als Cyrano, achtmal als Orest. Sie liebt ihn als Don Carlos; Orest, den tobenden Bruder der Iphigenie, nimmt sie hin. Dem Cyrano verzeiht sie die Wachsnase nicht. Ihr Geliebter ist der Infant, der Sohn des furchtbaren Vaters.
Wie es ihr Plan gewesen war, geht sie auf die Universität, sie hört Vorlesungen, am liebsten über Schiller. Von seinen philosophischen Schriften versteht sie nichts. Aber seine Balladen kann sie

auswendig. Alle. Natürlich auch »Die Glocke«. Vor allem aber »Don Carlos«; Szene für Szene. Allmählich durchschaut sie das dramatische Konstrukt, die Kabalen um die Briefe, die Intrigen der Eboli, die Logistik der Dialoge; nein, die doch nicht ganz. Wie konnte Schiller das einfallen? Er war, als er den »Don Carlos« schrieb, vierundzwanzig, Margret Bourdanin ist fünfunddreißig. Sie kommt sich vor diesen Texten wie ein Kind von sechs Jahren vor.

Aber nichts gleicht der ersten Szene des ersten Aktes: Diese Augenblicke stehen nicht im Buch. Sie sind Burgtheaterkunst: Die Dunkelheit über dem Garten, das Wandern der Schatten, der ferne rote Schein am Himmel. Er bedeutet, daß Flandern brennt, er bedeutet die Scheiterhaufen, auf denen die Ketzer sterben, er bedeutet sogar, daß auch Carlos der Inquisition verfallen wird.

Jetzt, da Margret das ganze Stück kennt (und wie sie es kennt!), zerreißt es ihr immer wieder das Herz. Jeder Schritt des Don Carlos führt auf sein Schicksal zu. Des Marquis Posa große Rede vor Philipp, was ist sie anderes als der Aufschrei der Völker nach einer besseren glücklicheren Zukunft?! Vergeblich, alles vergeblich.

Für Margret verwischen sich die Grenzen zwischen dem Drama auf der Bühne und dem, was sie erlebt hat seit Kindheitstagen, in Küche und Zimmer, am Familientisch und im Wald der Radina. Margret denkt: Jaja, der Vater, jaja, auch er. Er und Balthasar, Roderich, Fritzchen. Er und die Mutter. Alle zittern vor ihm. Warum? Wo ist sein Marquis Posa – und wo, ach wo, ist sein Königreich?

Margret war bereits ein volles Jahr in Wien, da wurde sie in der Bibliothek des Germanistischen Seminars von einem Unbekannten angesprochen. »Wenn ich nicht irre, sind Sie die Dame,

die in der Burg gestern in der neunten Reihe des Parketts –? Ich saß neben Ihnen – Sie waren ergriffen –«
Margret nickte.
»Sie sind mir schon des öfteren aufgefallen, meine Dame. Sie müssen wissen, ich gehöre zum Personal – ich habe die Aufgabe, bestimmte Vorgänge zu beobachten – ja – und da sind Sie mir eben aufgefallen. Ich habe Sie schon etliche Male in denselben Stücken gesehen.«
Margret wurde glühend rot.
»Wir schätzen solche Besucher«, fuhr der Mann fort. »Jedes Theater *muß* solche Besucher schätzen, selbstverständlich. Sie sind das treueste Publikum. Vielleicht«, fuhr er mit einer Verbeugung fort, »auch an bestimmten Problemen interessiert. – Darf ich Sie fragen, wohin – ja, wohin Ihr Interesse zielt?«
Margret schluckte. Sie antwortete nicht.
»Oder ...«, jetzt wurde die Stimme des Unbekannten heiter-vertraulich, »oder verehren Sie ein Mitglied des Ensembles?«
Er weiß, wen ich liebe, dachte Margret. »Frau von Hohenfels«, antwortete sie rasch. »Ja, die verehre ich sehr.« Die Hohenfels spielte jeweils die Königin.
»Tatsächlich? Frau von Hohenfels? Ja. Frau von Hohenfels ist in der Tat eine ausgezeichnete Schauspielerin.«
Er glaubt mir nicht, wußte Margret – und in einer Aufwallung des Trotzes sagte sie: »Ja, und Herrn Kainz, natürlich.«
»Das versteht sich von selbst«, antwortete der Mann lächelnd. »Kainz ist ja wirklich die Leuchte aller Leuchten.«
»Eben«, sagte Margret und wollte gehen.
Aber der Mann kam ihr nach. »Möchten Sie ihm einmal vorgestellt werden?«
Margret fuhr zusammen. »Ich – ihm?«
»Und Frau von Hohenfels natürlich auch?«
Margret starrte ihn an.

»Die Damen und Herren der Bühne sind nicht abgeneigt, ihre Bewunderer kennenzulernen, wenn – ja, wenn diese Bewunderer so außerordentlich treu und begeistert sind. Ein Autogramm auf einem Bild wäre durchaus erreichbar.«

»Soso – jaja.« Margret fühlte ihr Herz pochen. »Ein Autogramm –«

»Wir werden uns wiedersehen«, schloß der Mann mit einer merkwürdig zweideutigen Miene. »Dann kann ich Ihnen vielleicht schon Näheres mitteilen.« Mit einer weiteren Verbeugung zog er sich zurück.

Margret ging benommen weiter. Die Welt schwankte um sie. Die Vorstellung, Josef Kainz in Person zu begegnen, war atemberaubend. Sie hatte manchmal davon geträumt, sie glaubte ihm auch schon auf dem Weg zum Theater begegnet zu sein, er ging mit raschen Schritten über die Straße, so als wollte er nicht angegafft, geschweige denn angesprochen werden. War er's? Oder war er es doch nicht? Im kurzen Pelzrock, mit Melone sah er sehr anders aus als in der Tracht des Infanten.

Der nächste Abend in der Burg war für Margret eine lange Qual. Ihre Aufmerksamkeit war geteilt zwischen dem, was auf der Bühne geschah, und dem Publikum, unter dem sie sich befand. Ob der Unbekannte sich wieder einstellen würde? Wenn ja, was sollte sie ihm antworten? Und wenn nicht –? Wenn er nur geredet und gehollert hätte? Vielleicht war alles nur leeres Geschwafel.

Bei diesem Gedanken wurde Margret ganz elend zumute. Sie wollte Kainz begegnen. Sie merkte, daß sie es wollte.

Der Unbekannte zeigte sich nicht mehr. Aber vierzehn Tage später fand Margret eine Einladung in ihrer Pension: Im Stadtpalais des Kommerzienrats XY werde am zwanzigsten d. M. eine Soiree stattfinden. Man gebe sich die Ehre einzuladen. Darunter stand in gekritzelter Schrift: Herr K. ist zugegen.

Margret erschrak bis ins Herz hinein. Nein, nun wollte sie doch nicht, nein, keinesfalls. Sie kam sich versucht vor wie Jesus auf der Tempelzinne: Vor ihr ein Abgrund – und jeder Schritt auf ihn zu war tödliche Gefährdung. Kainz gegenüberzutreten, gar seine Hand fassen … In Margret tobte ein Aufruhr.
In ihrer Not floh sie in den Stephansdom.
Sie hörte eine Messe. Sie betete einen Rosenkranz.
Danach war ihr leichter zumute. Sie war entschlossen, nicht hinzugehen.
Umso mehr erschrickt sie über sich selbst, als sie zehn Tage vor dem *Datum* einen innerstädtischen Modesalon betritt: *Maßschneiderei* steht in goldenen Lettern über der Tür. *Hoflieferant*. Eine Angestellte huscht herbei und fragt nach der Gnädigen Wunsch. Glühend bis unter die Haarwurzeln, antwortet Margret: »Ein Kostüm.«
Man komplimentiert sie an einen Tisch. Da liegen Modejournale in Massen. Margret blättert und blättert. Sie ist verwirrt. Sie kann sich nicht denken, daß sie je in einem dieser Traumgebilde stecken könnte, die sich – teils schwarzweiß und teils in Farbe – in diesen Blättern herumtreiben und versprechen, ihre Trägerinnen unnatürlich schlank und biegsam und vor allem feenhaft schön zu machen. Endlich tippt sie auf ein Bild, ein englisches Modell: »Das hier. Vielleicht.«
Nun schleppt man Stoffe herbei, Ballen für Ballen. Dann nimmt man Margrets Maße. Man bewundert ihren Geschmack. Man rät ihr, das rauchgraue Tuch mit Applikationen aus gleichnuanciertem Satin aufzuputzen. »Ja«, sagt Margret. »Schon gut. Schon gut.« »Und eine passende Bluse, aus Spitze oder Taft?« »Aus Taft.« – »Und rosa?« – »Aber ganz blaß.« – »Jawohl, ganz blaß.«
Nach zwei Stunden ist der Kauf perfekt: zum Kostüm die passende Bluse, passende Handschuhe, passendes Hütchen, Schuh-

werk und Pompadour. »Sie werden süperbe aussehen, Gnädigste, ganz süperbe.« Margret erlegt eine Anzahlung. Am neunzehnten wird alles fertig sein.
Der Tag rückt heran. Margret fiebert. Wenn sie sich den Puls fühlt, spürt sie, wie ihr Herzschlag flattert. Sie sagt sich: »Tief durchatmen, nur tief durchatmen, dann wird es besser.« Das Kostüm ist eingetroffen samt Accessoires. Die Rechnung des Hoflieferanten ist exorbitant. Aber Margret zahlt, ohne hinzusehen. Sie kann ohnehin nicht weiter denken als bis zu diesem einen Abend. Alles, was später geschehen kann, geschehen muß, verschwimmt in einem dichten Nebel.
Sie malt sich aus: Man wird sie Kainz vorstellen: ›Hier Fräulein Bourdanin aus Pilsen. Eine glühende Verehrerin.‹ – Margret glaubt, sie wird in den Boden versinken.

Endlich ist der Abend da. Margret läßt sich vor das kommerzialrätliche Stadtpalais kutschieren: ein Bau von vier Stockwerken mit Balkons und Portikus. Das Erdgeschoß ist spärlich beleuchtet, aber Mezzanin und die Nobeletage darüber erstrahlen in hellem Glanz. Dort wird es also sein. Dort –. Margret steht vor dem Portal, sie ist zu früh dran. Zwischen den Fahrbahnen des Inneren Rings ist eine Baumreihe gepflanzt, zu beiden Seiten ein Streifen Rasen und Beete. Auch eine Bank steht da. Margret setzt sich.
Der Abend ist mild: Ein rosa Himmel steht über Wien, eine Mondsichel schielt freundlich-klar. Tief durchatmen, redet sich Margret zu. Tief durchatmen.
Allmählich wimmeln Leute herbei und schwenken in den Torflur ein: Damen, Herren, eine Schar weißgekleideter junger Mädchen. Dann wieder Damen in großer Toilette. Margret kommt sich in ihrem grauen Kostüm unpassend angezogen vor – und alt, sehr alt. Und häßlich.

Immer mehr Gäste strömen in das Haus. Margret müßte jetzt aufstehen und hinübergehen, sich unter die mischen, die ebenfalls geladen, die Treppen emporsteigen, im Mezzanin ablegen, sich dann in den großen Saal begeben ... Ist *er* schon da?
Jetzt klingt Musik auf. Ja, natürlich: Eine solche Soiree wird mit Musik eröffnet. Dann erfolgt wohl eine Ansprache. Dann wieder Musik. Margret sitzt noch immer auf ihrer Bank.
Nun sind wohl alle Gäste schon da. Das Gewimmel vor dem offenen Tor hört auf. Da – noch ein Nachzügler. Noch einer. Noch einer.
Irgendwer schließt das Tor von innen.
Margret denkt: So spät kann ich nicht mehr kommen.
Der Himmel ist längst nicht mehr abendlich rosa, sondern nächtig blau, dann schwarz. Die Mondsichel schielt noch immer, aber ein Stück westwärts gewandert. Ganz allmählich wird es kühl.
Eine Gruppe junger Leute nähert sich von hinten. Es sind Studenten, Korpsstudenten, mit schiefen Käppis auf den Köpfen, mit bunten Bändern quer über die Brust. Sie sind laut und bester Laune. Sie singen, sie grölen:

»Was macht die Dame auf der Bank?
Die Bank ist hart, die Nacht ist lang.
Sie wartet ganz vergebens
auf den Mann, auf den Mann ihres Lebens.«

Sie umringen Margret und machen Miene, sich zu ihr zu setzen. Margret springt auf. Sie flüchtet quer durch ihre Reihen auf die andere Seite des Rings. Dabei hat sie einem von ihnen, der sie aufhalten wollte, ihren Pompadour ins Gesicht geschlagen. Die Burschen lachen laut hinter ihr her.

Kläre und die Irrtümer

Die Unschuld

Die Anschrift, die man ihr vom Schulamt mitgeteilt hatte, lautete: Bäckerei Johannka, Kirchplatz Nummer 7. Dort sollte Kläre einziehen, wenn sie ihren ersten Posten als Lehrerin antrat. Ihr Gepäck hatte sie schon vorausgeschickt. Und nun war sie pünktlich, zwei Tage vor Schulbeginn, in Fürsten-Reidnitz angekommen.

Nach seinen Erfahrungen im Dorf Puglowitz hatte Rittmeister Bourdanin darauf verzichtet, diese Tochter zu begleiten.

Fürsten-Reidnitz war kein Dorf, sondern eine kleine Stadt am Rande des Böhmerwaldes.

Kläre fand das Haus am Kirchplatz von außen allerliebst: rosa gefärbelt mit einem lustig geschwungenen Giebel und Ornamenten aus weißem Stuck. Über dem Bäckerladen hing eine gemalte Tafel in hellen Farben, auf der Semmel, Kipfel und Brezel naturgetreu abgebildet waren.

Doch als Kläre das Haus betrat, roch es darin nicht nur nach einfacher Bäckerware, sondern süß verführerisch nach Marzipan und Schokolade. Augenblicklich fühlte Kläre Heißhunger, sie hatte – aus Aufregung – am Morgen nichts gegessen. Als sie nach Frau Johannka fragte, wies man sie durch den Laden nach hinten in die Backstube: Dort sei Herr Johannka zu finden.

Der Bäcker war ein mittelgroßer Herr, etwas dicklich, mit einem mehlweißen Gesicht, in dem ein kleines schwarzes Bärtchen stand. Er war gerade dabei, einige Torten zu garnieren und handhabte zu diesem Zweck etliche Spritztüten, aus denen er mit großem Geschick Schlagobersschnecken und Marzipanrosen auf die Torten zauberte. Jedesmal, ehe er die Spritzen ansetzte, steckte er die Tüllen blitzschnell in den Mund, um die Masse anzusaugen. »Ja, Fräulein, *Sie* sind's«, sagte er, ohne Kläre anzusehen. »Sie sollten bei mir wohnen, und es war eigentlich schon alles ausgemacht. Aber jetzt hat die Frau Radowsky bestimmt, daß Sie drüben bleiben sollen in ihrem Haus; sie ist ja die Mutter von Doktor Radowsky, den Sie kennen ...«

»Wie?« sagte Kläre. »Ich wüßte nicht. Wie sagten Sie: Radowsky?«

»Ja, freilich, Doktor Ferdinand Radowsky, wir haben ihn immer nur den Ferdl genannt. Ein lieber Mensch. Ein netter Herr. Das weiß hier jedermann.«

Kläre schüttelte den Kopf. Dabei sah sie mit einem Anflug von Widerwillen, wie schnell und geschickt der Konditor seine Torten dekorierte, nachdem er jedesmal beim Wechsel der Spritzen ganz kurz an der Tülle gesogen hatte.

»Sie werden es drüben gut haben«, fuhr er fort, »und sicher viel schöner als bei uns. Gehen Sie nur hinüber, mein Sohn, der Toni, wird Sie hinüberbringen, auch das Gepäck wird er tragen, es steht draußen im Laden.« Nun war Herr Johannka mit seinen Torten fertig. Von denen, dachte Kläre, möchte ich doch lieber nicht essen.

»Der Toni ist übrigens auch Lehrer, wie Sie, Fräulein Bourdanin.«

Kläre stand unschlüssig. Irgend etwas widerstand ihr, weg und in das andere Haus, zu diesen Radowskys zu gehen. Wer waren diese Leute, die über sie verfügten, obgleich sie doch von der Schulbehörde beim Bäcker einquartiert worden war? – Doch alle diese Erwägungen waren verflogen, als Toni Johannka erschien.

»Gehen wir!« sagte er und nahm die beiden Strohkoffer auf. »Also – gehen wir!« wiederholte er ungeduldig, als Kläre zu erkennen gab, daß sie sich von seinem Vater verabschieden wolle. Er hatte es offenbar eilig. Er querte den Kirchplatz, ohne auf sie zu warten, und läutete dann an einem Haus, an dem eine Tafel *Doktor Radowsky* hing. Als geöffnet wurde, ließ er sich Kläres Zimmer zeigen. Dort stellte er die Koffer nieder, tippte an seinen Hut und ging.

Eingeschüchtert durch so viel Unfreundlichkeit sank Kläre auf einen Sessel nieder. Erst nach einer Weile begann sie sich in ihrer Wohnung umzusehen.

Sie war überrascht. Sie hatte sich ihr künftiges Domizil klein, einfach, vielleicht sogar ärmlich vorgestellt. Hier aber sah es ganz anders aus, eher salonmäßig und auf eine provinzielle Art elegant: Teppiche auf dem Boden, Ölgemälde an den Wänden, ein Glasservant mit geschliffenen Scheiben; ja, und dort, im Erker, stand eine große blaue Vase mit Rosen.

Und schon klopfte es zwar leise, aber dringend an die Tür.

»Mein liebes, gnädiges Fräulein, ich wußte ja nicht, daß Sie schon – ich hätte Sie sofort begrüßt – oh, wir freuen uns, daß Sie in unserem Haus – bitte, bitte, behalten Sie doch Platz! Nein, keine Umstände –! Ich hoffe, Sie sind zufrieden! Mein Gott, unsereiner hat nichts Besonderes zu bieten –. Hier auf dem Land. Ja, eine kleine Stadt – und trotzdem Land. Sie werden sehen – darf ich nicht eine kleine Erfrischung –? Nein, o so bescheiden, Fräulein von Bourdanin? *Nur* Bourdanin? – Ach so. Macht nichts. Es wird uns eine Freude, ja eine Ehre sein, wenn Sie heute abend –. Ach, nur ein bescheidener Imbiß – ja? Sehr lieb. Sehr lieb. Ich danke.«

Wieder sank Kläre auf ihren Sessel und blickte auf die Tür, hinter der Frau Radowsky verschwunden war. O Himmel, dachte sie, was ist das für eine –? Die wird mir den Kopf vollreden, daß mir Hören und Sehen vergeht. Aber eine schöne Frau, ja, wirklich eine schöne Frau, die muß in ihrer Jugend strahlend schön gewesen sein. Was hatte sie gesagt: *Wir* freuen uns? Wer ist das: Wir? Der Sohn, den ich kennen soll, wie der Tortenbäcker sagte? – Ich kenne keinen Radowsky. – Und in einer plötzlichen Aufwallung sprang Kläre auf und drehte den Schlüssel im Türschloß. Dann erst begann sie ihre Koffer zu öffnen.

Sie erkannte ihn sofort, als er am Abend auf sie zutrat und ihr die Hand küßte: der Tänzer von damals im Vorjahr, als das Deutsche Haus in Pilsen nach Umbau und Verschönerung neu eröffnet worden war; der Tänzer, der sie drei- oder viermal hintereinander geholt hatte und sie vielleicht den ganzen Abend ge-holt hätte, wäre nicht Roderich dabeigewesen. Ihm hatte sie hastig ins Ohr geflüstert: »Da kommt er schon wieder, jetzt zeig, daß du ein treuer Bruder bist!« und war mit Roderich davongewirbelt.
Ja, er war's, kein Zweifel möglich: sein runder, blonder stichelhaariger Kopf mit den großen blauen Augen, die immerfort dreinsahen, als hätte man Hölzchen zwischen die Lider geklemmt. Nun war er ihr Gastgeber und Hausgenosse. O Gott, o Gott, dachte Kläre, welche Pechsträhne hat mich hierhergeführt?
Der »bescheidene Imbiß«, zu dem Frau Radowsky geladen hatte, entpuppte sich als opulentes Souper. »Wir wollen doch Ihren Einstand feiern – nicht wahr, Ferdinand?« Und als sie Kläre das Glas mit Schaumwein füllte und Kläre murmelte: »Ich habe noch nie Champagner getrunken«, rief Frau Radowsky zwischen

Lachen und Weinen: »Ach nein, es ist ja nur Sekt, mein Herzchen, nur Sekt. Sie sind ja sicher etwas viel Besseres gewöhnt.«

Das war der Beginn im Haus Radowsky, ein seltsamer Beginn, der die junge Lehrerin mehr beunruhigte als erfreute.
Anders war der Beginn in der Schule und mit ihren Kindern, den Mädchen der zweiten und dritten Klasse der Fürsten-Reidnitzer Volksschule. Der Schulleiter, ein kleiner mieselsüchtiger Mann, hatte etwas in den Bart gebrummt von Eigenmächtigkeit und Dickschädel, als sie ihm ordnungsgemäß meldete, sie sei nun doch woanders als im Haus der Johannkas untergekommen. »Morgen«, teilte er ihr mit, »morgen um acht ist das Heiliggeistamt in der Pfarrei. Wir versammeln uns vorher am Platz, und jeder Lehrer geht mit seinen Kindern in die Kirche. Sie haben links die Bänke fünf bis neun, Knien ist Pflicht. Und daß es keine Unruhe gibt unter den Fratzen, der Herr Dekan ist heikel, er verträgt das nicht.«
Kläre nickt und nickt. Sie ist bis in ihre letzte Faser bereit, alles so gut wie möglich zu machen.
Am anderen Morgen – es ist neblig trüb – trifft sie zehn vor acht auf dem Pfarrplatz ein. Der Pfarrplatz wimmelt von Kindern. Und zwischen ihnen stehen schon die Lehrpersonen. Wo ist das Häuflein, zu dem sie gehört?
Kläre blickt suchend umher, sie trippelt und schwankt und weiß nicht wohin. Da tippt sie jemand an die Schulter.
Hinter ihr steht Johannka junior und weist hinter sie. »Dort müssen sie hin.«
Kläre ist froh, sie dankt. Und dann steht sie bei ihren Kindern; vierzig kleine Mädchengesichter blicken zu ihr auf, manche vertrauensvoll lächelnd, manche ängstlich, eine Hasenscharte ist dabei und ein Feuermal, aber Kläre liebt sie schon alle unterschiedslos und streckt ihnen ihre Hände entgegen.

Alles geht gut und glatt. Im Heiliggeistamt sind die Kinder mucksmäuschenstill, dann ziehen sie gesittet zur Schule. Kläre fragt ihre Namen und Adressen ab, sie antworten deutlich oder weniger deutlich, die Hasenscharte nuschelt so unverständlich, daß andere vermitteln müssen. Kläre hat eine Liste der »Bedürftigen« erhalten, ihnen werden Bücher und Hefte zugeteilt, der Bedürftigen gibt es offenbar viele, den meisten sieht man es an, die Kleidchen sind verflickt, die Jäckchen gestopft, einige sind barfuß. Kläre geht durch die Reihen und wirft prüfende Blicke auf Köpfe und Zöpfe, man hat sie gewarnt: Einige könnten verlaust sein.
Nein, keine Läuse; jedenfalls nicht auf den ersten Blick. Kläre fühlt sich erleichtert.

Am nächsten Tag sollte, Kläre weiß es, die Klasse darauf abgeprüft werden, was sich an Kenntnissen vom vergangenen Schuljahr in den Köpfen erhalten hat: Einmaleins und Lesen. Aber Kläre denkt: Was will ich die Kinder schon heute plagen? Sie hängt lieber eine buntbedruckte Tafel an die Wand: *Das Rind.* (Naturgeschichte macht doch weit mehr Spaß als Lesen und Rechnen.)
»Also, Kinder!« beginnt sie und nimmt den Zeigestab. »Seht euch das Bild mal an! Was steht hier aufgeschrieben? *Das Rind.* Wir wollen heute etwas darüber erfahren! Hier seht ihr eine Kuh. Und hier: ihr Kälbchen. Das Kälbchen ist das Kind der Kuh. Die Kuh ist seine Mutter. Und hier, ihr seht es, steht der Ochse. Der Ochse ist der Vater des Kalbes ...«
Kläre hält inne. Sie hört etwas: Durch die Klasse läuft etwas wie ein Rascheln, es ist leise, aber nicht so leise, daß sie es überhören könnte.
Kläre läßt den Zeigestab sinken. Sie denkt: Was ist das? Habe ich etwas Falsches gesagt? Ich fange noch einmal an. Und richtig be-

ginnt sie von neuem: »Auf der Tafel, liebe Kinder, seht ihr das Rind; eine Rinderfamilie. Hier ist die Kuh, des Kälbchens Mutter – und da sein Vater, der Ochse …«

Nun ist es schon kein Rascheln mehr, das den Raum durchläuft. Es ist reihauf reihab helles Gelächter. In Kläre beginnt etwas zu zittern. Was hat sie versiebt? Die Kinder wissen etwas besser als sie. Diese kleinen Mädchen, Rotznasen von sieben und acht, sind klüger als die Lehrerin nach vier Jahren strenger Klosterschule. Kläre legt den Zeigestab aus der Hand. Sie setzt sich nieder hinter ihr Pult. Am liebsten versänke sie in einen Abgrund.

Da kommt Hilfe: Hinten in der Klasse steht ein Mädchen auf. Sie ist die größte von allen, hellbond bezopft. Ist sie auch die Mutigste?

»Fräulein!« sagt sie und verbeißt ihr Lachen. »Der Ochs ist nur der Onkel.«

Der Herbst ist hier am Rand des Böhmerwaldes rauh und stürmisch. Schon Mitte Oktober sind die Bäume kahl, der erste Frost hat Astern und Dahlien gezischt. Die nächsten Feiertage sind Allerheiligen und Allerseelen. Kläre hat gehofft, heimfahren zu dürfen, es ist schulfrei. Aber da kommt sie bei dem kleinen Kahlkopf, ihrem Direktor, übel an: »Was Ihnen nicht einfällt! Da ist doch Gräbersegnung. Sie haben mit Ihrer Klasse dabeizusein. Haben Sie mit den Kindern überhaupt schon über den Tod geredet? Nein? Da wird es aber Zeit! Die müssen doch wissen, was Sterben ist und daß wir alle mal Erde werden.«

»Gewiß, gewiß«, nickt Kläre gehorsam. Sie glaubt sich entlassen.

»Und vergessen Sie das Fegefeuer nicht!« ruft er ihr durch die Türe nach. »Und die armen Seelen, die dort brennen.«

Eingeschüchtert macht sich Kläre nach dem Nachmittagsunterricht auf den Weg zum Friedhof. Sie will sehen, wie er aussieht und wohin sie ihre kleinen Mädchen führen soll.

Über den Himmel jagen finstere Wolken. Weit draußen im Land schleifen Regenfahnen vorbei. Die Mauer des Friedhofs ist ziemlich verfallen, die Gräber sind noch ungeschmückt, und der gelbgestrichene Bau des fürstlichen Erbbegräbnisses mit einem eisernen Tor versperrt; davor, unter einer entblätterten Trauerweide, eine kleine moosige Bank. Kläre breitet ihr Taschentuch aus und setzt sich.

Ihr ist seltsam zumute.

Gewiß, sie wird mit ihren Kindern zur Gräbersegnung kommen. Sie wird auch das eine oder andere über die lieben Toten sagen, die jetzt im Himmel sind und denen die Lebenden Blumen und Lichter bringen. Aber sie kann sich nicht denken, wie sie die kleinen Mädchen auf den Tod einstimmen soll, sie, die doch eben erst zu leben begonnen haben.

Den Ernst des Lebens werden sie früh genug kennenlernen, und auch den Tod … (Ach, Balthasar.)

Ein jäher Windstoß läßt Kläre zusammenschaudern. Sie will schon aufstehen und gehen, da sieht sie einen Mann quer durch das Gräberfeld auf sich zukommen, es ist, als führe ihn die Windböe heran, sein Hut flappt, sein Mantel flattert, da erkennt ihn Kläre: Es ist Toni Johannka, Lehrer wie sie. Er bleibt vor ihr stehen und sagt: »Sie auch hier?«

Kläre erschrickt. Sie denkt: Wie sieht er heute aus? Unrasiert und so blaß, als hätte er schon zwei Nächte nicht geschlafen –. Doch ehe sie ein Wort herausbringt, fragt er weiter: »Was macht der Ochse?«

»Der Ochse–?« fragt Kläre zurück und wird dabei dunkelrot.

»Ja, oder der Stier? Ist Ihnen unterdessen der Unterschied klar geworden?«

Das Mädchen schweigt verwirrt.

Der Mann lacht auf und setzt sich neben sie. »Macht doch nichts, Fräulein Kollegin, irren ist menschlich. Die Kinder trat-

schen, natürlich tratschen sie, so hab ich's auch gehört, was Ihnen da passiert ist. In einer größeren Stadt hätten Sie den Ochsen ohne weiteres als Vater des Kalbs verkaufen können. Aber hier? Wir sind doch hier noch auf dem Land, fast auf dem Land. Da wissen die Kleinsten bereits Bescheid.«
Kläre weiß nicht, was sie antworten soll.
Toni Johannka reißt ein Zweiglein von der Trauerweide und zieht es durch die Zähne. »Wo sind Sie denn zur Schule gegangen, Fräulein Kollegin? In Eger – ach ja, in Eger! Bei den Schwestern? – Hab es mir doch gedacht. So unschuldig, wie Sie in die Welt schauen, das bringt nur eine Klosterschülerin zuwege.
Kläre rückt weg, ihr wird unbehaglich zumute.
Johannka berührt flüchtig ihren Arm. »Sie sollen das nicht zu persönlich nehmen, Fräulein Kollegin! – Aber so ist es doch: Alles, was man in solchen Schulen lehrt, ist darauf zugeschnitten, daß nichts in den Köpfen klickt, kein Analogieschluß, verstehen Sie, weder zwischen Vieh und Mensch und noch sonstwo. – Ich möchte darauf wetten, Fräulein Kollegin, alles, was Sie bei den Schwestern über die menschliche Physis hörten, begann beim Kopf und hörte beim Nabel auf – und fing beim Knie wieder an. War es nicht so?«
Kläre war rot geworden. »Ja, so etwa.«
»Na eben. So sieht der Unterricht aus, aber nicht nur bei den Nonnen. Überall, überall bei uns in Österreich, vielleicht sogar auf der ganzen Welt. Vom ›Schönen‹ wird geredet, vom ›Erhabenen‹, alles andere wird unter den Tisch gefegt. Der Staat betrügt die Menschen, und die Alten leben davon, daß sie die Jungen ahnungslos lassen. Denn so hält sich das System.«
Nun blickt Kläre auf. »Wieso? Wie meinen Sie das?«
Wieder lacht der Mann und rückt ihr noch einmal näher. »Sehr weitläufig, Fräulein Kollegin, sehr weitläufig meine ich das.« Und dann mit einem spöttischen Zucken um die Mundwinkel:

»Warum sind Sie eigentlich Lehrerin geworden?« Und da Kläre schweigt und nur ihre Handschuhe knetet: »Vielleicht aus Liebe zur Pädagogik?«

»Und Sie – warum sind *Sie* Lehrer geworden?«

Toni Johannka kneift die Lider zusammen. »Ja, warum? – Sie waren doch einmal in unserem Haus, bei meinem Vater in der Backstube. Ich hätte auch Bäcker werden sollen: Tortendekorateur! – Und da bin ich doch lieber Lehrer geworden.«

Nun lacht auch Kläre. »Ja, das versteh ich.«

Eine Weile sitzt der Mann da und schaut stumm über das Gräberfeld. Wie stoppelig seine Wangen sind, denkt Kläre, und sein Hemdkragen – schmutzig und zerknittert.

»Ich bin Lehrerin geworden«, sagt sie mit einem Anflug von Hochmut und Trotz, »weil ich gern bei den Kindern bin, weil ich Freude habe, mit ihnen zu reden. Auch –«, setzt sie tapfer hinzu, »auch, wenn sie mal über mich lachen.«

Toni Johannka späht ihr, vorgebeugt, von unten ins Gesicht. »Ach, wirklich?« sagt er langsam und so verwundert, als hätte er jede andere Antwort eher erwartet. Und setzt hinzu: »Ja dann, dann sind Sie ein glücklicher Mensch, Kläre Bourdanin.«

Gleich darauf steht er auf, zieht den Hut und geht.

Sie blickt ihm nach, erstaunt und auf eine ihr noch ganz unbekannte Art betroffen. Sie hat an seiner Hand einen Ehering gesehen. Und auch dieser hat sie überrascht und macht sie betroffen.

Nach wie vor wohnte sie im Hause Radowsky – und sie hätte auch keinen Grund nennen und erst recht nicht verfechten können, dort auszuziehen. Man hat ihr die beiden besten Zimmer des Hauses gegeben, zwei Erkerzimmer im ersten Stockwerk. Am Morgen wurde ihr von einem dienstbaren Geist ein reichliches Frühstück hereingereicht. Ohne daß sie darum gebeten hätte,

wurden ihre Schuhe geputzt, ihre Wäsche gewaschen und die bei Regenwetter gelegentlich kotig verspritzten Rocksäume ausgebürstet.
Das alles waren Annehmlichkeiten. Doch was Kläre am wichtigsten erschien: Der Sohn des Hauses zeigte sehr wenig Neigung, sich ihr zu nähern. Nach jenem ersten gemeinsamen Abendessen bei seiner Mutter ließ er sich kaum noch blicken. Begegnete sie ihm auf der Treppe, trat er – mit tief gezogenem Hut – beiseite. Sein schüchternes Lächeln blieb schüchtern. Immerhin bemerkte Kläre, daß sein Hemd stets blütenweiß und daß der ganze Mann in eine zartduftende Wolke Eau de Cologne gehüllt war. Warum also hätte Kläre ihr Quartier kündigen und nach einem anderen suchen sollen?
Ein wenig schwieriger war ihre Beziehung zu Radowskys Mutter. Wie sie sie am ersten Tag überschwänglich begrüßt hatte, so blieb ihr Betragen weiterhin: überschwänglich. Sie brachte Blümchen, Backwerk und Bonbons. Sie erschien viel öfter als erwünscht an Kläres Tür, entschuldigte sich wegen der Störung, blieb aber dann, notgedrungen hereingebeten, sitzen und plauderte. Sie bedauerte Kläre wegen ihrer Tätigkeit in der Schule: »Mein Gott, diese Kinder! Sind sie nicht mühsam? Woher nehmen Sie die Geduld? – Und wenn ich daran denke, aus welchen Kreisen die Fratzen stammen – schauderhaft. – Nein? Sie finden sie lieb? – Bewunderungswürdig!«
Und Frau Radowsky fing sich Kläres Hand ein und drückte sie anerkennend. – Kläre war inzwischen bei ihr vom »Gnädigen Fräulein« zur »Liebsten, Besten« und schließlich zum »Reizendsten Mädi von der Welt« mutiert. Die junge Lehrerin hörte das nicht gern; sie wäre viel lieber einfach »Fräulein Bourdanin« oder nur »Kläre« genannt worden. Trotzdem fuhr sie fort, Frau Radowsky irgendwie zu bewundern: ihre Leichtigkeit beim Konversieren, ihre Geschicklichkeit, Schmeicheleien hervorzusprudeln,

ihre immerfort zur Schau getragene betuliche Freundlichkeit – das alles kam Kläre wunderbar damenhaft vor. Auch ihre zwar abgeblühte, doch immer noch deutliche Schönheit imponierte ihr. Kläre – nur mittelgroß, eher rundlich, dunkel an Haut und Haar – wäre gerne ebenso groß, blond und weißhäutig gewesen, sie hätte gerne ebenso zarthäutig helle und rote Backen gehabt. Nur wenn Frau Radowsky den Namen ihres Sohnes fallen ließ und ihn wie absichtslos »unseren Ferdinand« nannte, zuckte etwas in Kläre zusammen, und sie dachte: Wieso *unser*?

Toni Johannka sah sie fast täglich in der Schule, aber sie wechselten selten ein Wort, und manchmal grüßte er sie nicht einmal. Sie wußte nun, daß er verheiratet war, wie seine Frau hieß – nämlich Marianne – und daß er nicht im Bäckerhaus wohnte, sondern weit vor der Stadt in einer kleinen neuen Villa. Manchmal fragte sie sich, was seine Bemerkung bedeutet hatte, daß sie alle, die Jungen, ahnungslos ins Leben entlassen würden, er hatte diese Klage sogar *weitläufig* genannt, was konnte dahinter stecken?

Doch eines Tages kam er zu ihr in die Klasse herein, als die Kinder bereits zusammengepackt hatten und dabei waren, nach Hause zu gehen. Er sagte nicht viel, sondern legte ihr nur ein graues Heftchen auf das Pult, das solle sie lesen.

Gleich darauf war er wieder draußen.

Kläre nahm das Heft an sich, und abends las sie darin, sie las es aus von der ersten bis zur letzten Seite und las es noch einmal. Sie wunderte sich über den Inhalt, sie hatte etwas Derartiges noch nie zu Gesicht gekriegt. Der Titel lautete »Jungbrunnen«. Der Mann, der es geschrieben hatte, mußte wohl Pädagoge sein? – Er nannte das ganze Schulwesen verkehrt und idiotisch; man verpasse nur Drill und totes Wissen, man erwürge die jungen Seelen. Man solle die stickigen Klassenzimmer verlassen und im Freien unterrichten, auch bei Wind und Regen; das werde die

Gesundheit stärken. Man solle die Kinder zeichnen lassen, wie sie wollten, auch malen, selbst wenn sie sich dabei bekleckten. Man solle sie nicht mit öden Schulgebeten plagen, sondern sie angesichts Wolken und Wälder, ja angesichts von Käfern und Würmern die Allmacht anbeten lehren. – Soweit hatte Kläre manchmal selbst, wenn auch nur flüchtigst und ansatzweise gedacht. – Doch in einem zweiten Teil ging der Autor noch weiter: Er forderte freie Betätigung aller Gefühle und Aufwallungen, Zweifel an Gott und der Welt: Nur als Revolutionär sei der Mensch befähigt, vollkommen zu werden.
Kläre staunte. Für sie war bisher nur ihre Mutter das gewesen, was man vielleicht einen vollkommenen Menschen nennen konnte.
Ach ja, ihre liebe Mutter! Immer geduldig, immer bereit zu helfen, immer verschwiegen, wo sie um Verschwiegenheit gebeten worden war, immer wahrhaftig. Kläre dachte darüber nach, was ihrer Mutter an Vollkommenheit abging. War's ihre Duldsamkeit gegen den Vater, gegen seine tyrannischen Launen, gegen seine Verbohrtheit? Kläre erschrak ein wenig über sich selbst. Noch nie war ihr eingefallen, den Vater einen *verbohrten Tyrannen* zu nennen. Jetzt fuhr ihr dieser Gedanke durch den Kopf: Sie hatte in dem grauen Heftchen von *verbohrten Tyrannen* gelesen. Und schon hatte sich ihr der Ausdruck über den Vater gestülpt.
Nein, sie wollte nicht weiter aus diesem *Jungbrunnen* schöpfen. Sie steckte das Heftchen weg – und nahm es doch wieder zur Hand. Ihr war, als müßte sie darüber mit Toni Johannka reden, lange reden, ihn befragen, mit ihm streiten und sich am Ende seinen Gründen fügen.

Weihnachten kam heran mit Schnee, Kälte und einem fegenden Wind, aber Ferien vom 23. Dezember bis über Neujahr. Kläre fuhr nach Pilsen und feierte mit ihrer Familie. Das Fest stand immer noch unter dem Schatten, den der Selbstmord des ältesten Sohnes auf das Haus Bourdanin geworfen hatte. Der Vater hatte zum fünften Todestag Balthasars Photo vergrößern und schwarz rahmen lassen. Er hatte auch eine silberne Gedenkmünze bestellt, sie zeigte einen Heilandskopf und eine Inschrift, die Balthasars Namen nannte. Das Bild hatte er unter dem Portrait seiner ersten Frau an die Wand gehängt und die Gedenkmünze unter den Weihnachtsbaum gelegt. Margret brach in Tränen aus, als sie sie zur Hand nahm. Roderich erblaßte, und es sah eine Sekunde aus, als wollte er die Plakette dem Vater ins Gesicht werfen. Nur Friedrich bewunderte sie und dankte dem Vater: »Der Balthasar hätte sich sicher gefreut.«

Wenige Tage, nachdem Kläre nach Fürsten-Reidnitz zurückgekehrt war, rutschte sie auf den eisigen Kirchenstufen aus und stürzte, ihr Handgelenk schmerzte. Sie war kreideweiß.

Es war Dreikönigstag, die Leute strömten aus der Kirche. Plötzlich war Doktor Radowsky neben ihr. Er hob sie auf. Dann faßte er sie unter und führte sie sehr langsam, sehr vorsichtig zu seinem Haus. In der Ordination legte er ihr einen kühlenden Verband an und bandagierte den Arm. Dann gab er ihr ein schmerzstillendes Mittel und rief seine Mutter herbei. Mit ihr zusammen brachte er Kläre auf ihr Zimmer. Am nächsten Morgen war sie so weit, daß sie wieder zur Schule gehen konnte.

Der kleine Zwischenfall hatte Folgen: Man hatte das Fräulein Lehrerin an des Doktors Seite gesehen. Von nun an galt sie in der Stadt als seine Verlobte.

Toni Johannkas graues Heftchen blieb in ihrem Kopf nicht ohne Wirkung. Sie sann darüber nach, was der Schreiber gemeint haben konnte, als er mehr Natur, mehr Freiheit und Anschauung im Unterricht forderte. Jetzt schien es ihr, als habe auch sie

längst nach mehr Natur, nach mehr Freiheit und Anschauung verlangt.
Und dies wollte sie nun auch verwirklichen.
Da stand doch auf dem Stundenplan neben Lesen, Rechnen, Schreiben das Fach Heimatkunde. Es sollte ganz Böhmen, ja ganz Österreich, aber auch die nächste Umgebung betreffen. Der Schuldirektor hatte ihr über Fürsten-Reidnitz die wichtigsten Daten geliefert: Meereshöhe, Einwohnerzahl; wann gegründet, wann abgebrannt und einiges über das fürstliche Schloß: von wem erbaut, von wem verschönert, wie hoch der Turm – und in der Kapelle ein wundertätiges Annenbild.
Na schön. Kläre prägte sich Zahlen und Namen ein. Doch – wo war es denn eigentlich, dieses Schloß? Sie hatte es selbst noch nicht zu Gesicht bekommen.
Nördlich des Städtchens zog sich über dem Fluß ein Hügel hinan, er war mit einer hohen Mauer umgeben, hinter der sich ein Schopf mächtiger Bäume erhob. Dort mochte es stehen, das Schloß, und wirklich, wenn man sich im südlichsten Winkel des Kirchplatzes auf die Zehenspitzen stellte, konnte man über den Wipfeln ein schwarzes Spitzchen entdecken: die Wetterfahne des Turmes, mehr nicht.
Kläre erkundigte sich, ob das Schloß denn nicht zu besichtigen sei. Ihre Frage erregt nur Erstaunen! Nein, *davon* sei nichts bekannt. Die fürstlichen Herrschaften seien auch viel verreist, Schloß und Garten demnach verschlossen. Kein Eintritt.
Kläre dachte: Meine armen Kinder. Nun sollen sie Zahlen und Daten lernen über eine Heimat, die sie noch nie gesehen haben und vielleicht nie zu sehen bekommen werden, weil niemand auf den Gedanken kommt, sie ihnen zu zeigen. – In Kläre reifte ein Entschluß. Sie kaufte das hübscheste Briefpapier, das sie bekommen konnte, und setzte ein Schreiben auf: Eure Durchlaut, gnädige Fürstin …

Die Antwort ließ auf sich warten. Doch knapp vor Ostern traf sie ein. Sie war freundlich. Sie nannte die Idee der jungen Lehrerin, ihre Schulmädchen mit dem heimatlichen Schloß bekannt zu machen, sehr hübsch und originell. Im Mai werde dieses möglich sein. Sie, die Fürstin, werde Nachricht geben.
Kläre strahlte. Sie hatte das heftige Bedürfnis, mit Toni Johannka zu reden und ihm zu erzählen, was sie erreicht hatte.
Sie wollte doch, wie es sein graues Heftchen beschrieben hatte, eine moderne Lehrerin sein.
Aber der Mann sah sie nur aus finsteren Augen an. Mehr als ein karges »Hm, hm« oder »Na ja« schien er nicht übrig zu haben. Beschämt, betroffen, verwirrt trabte Kläre neben ihm her. Sie beide waren auf dem Weg zur Schule. Vor dem Portal zögerte er. Er faßte ihren Arm. Sein Griff war hart. »Werden Sie ihn heiraten?« fragte er.
»Wen? Was? Ich verstehe nicht.«
»Tun Sie nicht so!« sagte er. »Die ganze Stadt redet davon.«
»Wovon?«
»Daß Sie den Ferdl nehmen«, antwortete er und verschärfte seinen Griff.
»Nein!« rief Kläre. »Nein.«
Jemand kam des Weges. Der Johannka ließ sie los. »Wir werden ja sehen«, murmelte er. Dann ging er an ihr vorbei in das Schultor.

Das Osterfest

Der Koffer stand schon bereit: Osterferien. Kläre packte hastig. Da stand ihre jüngere Schwester Luise-Lily in der Tür.
»Du! Du?« Mit einem Jubelschrei stürzten sich die beiden in die Arme. »Was machst du hier? Kommt du mich holen? Ach, Lily, Lily, du mein Schatz!«

Lily riß sich den Hut vom Kopf. »Laß mich nur erst mal zu Atem kommen! – Nein, ich komm dich nicht holen. Die Mutter schickt mich: Ich soll über Ostern bei dir bleiben. Der Fritz hat den Mumps. Und weil du noch nie Mumps gehabt hast, sollst du nicht nach Hause. Du steckst dich an – und nachher deine Schülerinnen. Das sollst du nicht. Du weißt doch: die Mutter denkt immer an alle.« Luise-Lily hatte sich auf Kläres Bett gesetzt. »Oh, du hast es hier aber elegant.«
»Jaja.«
»Es ist dir doch recht, wenn ich bleibe?«
»Wie kannst du fragen, Lilylein?«
»Ich freue mich so. Einmal mit dir, nur zu zweit. Das wird ein herrliches Osterfest.«
»O ja, o ja.« Kläre umarmt die Schwester noch einmal. Mit ihr wird alles leicht, schön, paradiesisch. Von Kläres Herz rumpelt jede Last. Mit der Schwester ist sie jede Unruhe los, mit ihr fühlt sie sich königlich.
Natürlicherweise kann es im Haus nicht verborgen bleiben, daß Kläre Besuch bekommen hat. Frau Radowsky eilt herbei, den Gast zu begrüßen. Sie lädt zum Abendessen ein. Es gibt köstliche Dukatenbuchteln mit Vanillesoße. (Man steht ja in der Karwoche; Fastenzeit.) Danach öffnet der Doktor eine Flasche Melniker Wein. Er bleibt nicht lange am Tisch der Damen, er nimmt sich sein Glas mit in ein eher schattiges Eck, von dem aus er Kläre sehen kann. Dort sitzt er, blättert zerstreut in einem medizinischen Fachblatt. Nur wenn seine Mutter allzu offenkundige Lobreden auf Kläre und Schmeicheleien auf beide Schwestern losläßt, runzelt er die Brauen. Schließlich geht er hinaus.
Lily hat ein ganzes Glas Wein ausgenippt. Da sie mit Kläre in ihre Schlafkoje schlüpft – das Bett ist breit genug für zwei –, ist sie übermütig und lachlustig gelaunt. »Du bist ein Glückspilz, Kläre, daß du diese Radatschy gefunden hast. Die ist ja ganz en-

chantiert von dir. Ich glaub, die liest dir jeden Wunsch von den Augen.«
»Nur zuviel«, murmelt Kläre.
»Und der Sohn, was ist mit dem?«
»Ach der! Der sagt nicht viel.«
»Ich glaube, er geniert sich für seine Mutter.«
»Glaubst du?«
»Naja, für ihre Süßholzrasplerei – und überhaupt, daß sie so laut ist.«
»Ja, laut ist sie.«
»Du!« Lily stemmt sich auf beide Ellenbogen. »Ist er vielleicht in dich verliebt?«
Kläre schweigt. Dann: »Aber ich nicht in ihn.«
Lily wird nachdenklich. »Ich möchte nicht in einem Haus wohnen, in dem einer wohnt, der in mich verliebt ist. Mich würde das stören.«
Kläre flüstert: »Mich stört es auch.«
Lily gähnt und rollt sich zusammen. »Ich bin froh, bei dir zu sein. Nirgends bin ich lieber.«

Das Wetter ist schön. Die beiden Mädchen unternehmen weite Spaziergänge. Im Pilsner Becken sind Veilchen und erste Primeln schon verblüht, hier noch nicht. Hier ist kaum ein grüner Hauch über den Auwald gebreitet, hier ist der Frühling noch Zukunft, süßes Ahnen.
Kläre hat gar nicht gewußt, wie schön die Gegend ist, jetzt weiß sie es: Die Schwester mußte kommen, daß sie es erfuhr.
Am Abend sind die Mädchen in der Kirche. Da laufen die ersten ergreifenden Osterliturgien, am Donnerstag die Gedächtnisfeier an das letzte Abendmahl; dann verstummen die Glocken. Am Freitag, ohne Orgel und Gesang, die furchtbare Verkündigung von Jesu Leiden und Gottes Tod. Umso freudiger kann man

dann am Samstag die Auferstehung begehen. Das Heilige Grab verschwindet hinter einem weißen Vorhang, und eine goldene Engelsfigur ist auf den Altar gesetzt; der Engel ist es, den die Frauen im Grabe sitzend fanden. »Er, den ihr sucht, ist auferstanden.«
Aus vollem Herzen stimmt man in das große Halleluja ein.

Dann aber geht eine andere Festlichkeit an. Das hiesige Amateurorchester und der Kirchenchor haben eine aufwendige Komposition einstudiert, nach Schillers »Glocke«. Dazu werden auf der Bühne des großen Wirtshaussaales etliche lebende Bilder gezeigt: die Glockengießerei mit dem Meister und seinen Gehilfen; dann die Lebensstationen des Jünglings samt Liebe und Ehe, Brandkatastrophe und Revolution, und am Ende die fertige, herrlich geratene und mit Eichenlaub bekränzte Glocke aus Pappmachè. Ein großartiges Unternehmen! Die ganze Stadt hat mitgearbeitet, mitgestiftet, mitgebastelt am Bühnenbild, mitgeprobt im Orchester, mitgenäht an Kostümen und posiert jetzt mit bei den lebenden Bildern. (Auch Kläre hat einige ihrer Schülerinnen zugeliefert, die hübschesten natürlich und klügsten, die ihre Rollen begriffen.) Alles ging prachtvoll vor sich. Keine Kulisse stürzte um. Selbst der Brand geriet glaubwürdig mittels einiger rotgefärbter Stallaternen, auch die Musik befriedigte. (Nur Lily kniff die Schwester in den Arm und flüsterte ihr ins Ohr: »Die fiedeln aber ganz schön falsch.«)
Nach der Aufführung sollte der Saal von Sesseln und Bänken leergeräumt und zu einer Tanzunterhaltung freigegeben werden. Die bürgerliche Elite, der Magistrat, Doktoren und Honoratioren, hatten ihre festen Plätze auf dem Balkon. Dort konnte auch serviert werden. Dr. Radowsky war mit seiner Mutter erschienen, diese hatte die beiden Bourdanin-Mädchen mitgebracht und zu sich auf den Balkon genötigt. Die Luft im Saal war über-

hitzt und schon während der Aufführung stickig gewesen. Frau Radowsky schwitzte, ihr Atem ging kurz. Der Sohn mahnte, es wäre besser für sie, nach Hause zu gehen, ehe der Tanz begann. Sie winkte heftig ab. Sie wollte es noch heute miterleben, daß sich endlich, endlich etwas zwischen ihrem Sohn und Kläre anspann. In der Tat forderte der Doktor Kläre zum ersten Walzer auf. Lily blieb an ihrem Platz und fühlte sich verpflichtet, Frau Radowsky mit kleinen lustigen Geschichten zu unterhalten. Unten wogte der Tanz. Für die vielen Paare war der Saal zu klein, Radowsky war ungeschickt, seine Tänzerin zu führen. Sie stießen mit anderen Paaren zusammen. Er entschuldigte sich, war aufgeregt, verlegen und umso ungeschickter. Als die Musik die erste Pause einlegte, trat Toni Johannka heran und forderte Kläre dem Doktor ab. Ihm gelang es, das Mädchen sicher und schwungvoll durch die Lücken zu führen, der Doktor stand am Rande und blickte den beiden nach.
Aber da geschah etwas oben auf dem Balkon: Eine laute Stimme rief nach Hilfe, man sah einige Leute zusammenlaufen, eine helle Gestalt beugte sich über die Balustrade und winkte mit beiden Armen. Die Gestalt war Lily. Kläre riß sich von ihrem Tänzer los und stürmte hinter dem Doktor die Treppe hinauf.
Zuerst war – vor Gedränge – nichts zu sehen. Dann aber erblickte sie Frau Radowskys Gesicht. Es war bläulich und verzerrt, die hochgetürmte blonde Frisur war mit allen ihren Spangen, Kämmen und Chignons seitlich verrutscht und aufgelöst. Der Doktor hielt den schweren Körper umfaßt und versuchte seine Mutter zu beatmen.
Eine Bahre wurde gebracht. Unten war die Musik längst verstummt. Zwei Feuerwehrleute in Helm und Uniform drängten die Leute von der Treppe und hielten dem Doktor den Weg frei, als er seine Mutter hinuntertrug. Unten wurde sie auf die Bahre gelegt und in einem offenen Wagen nach Hause gefahren.

Verstört blieben die Schwestern zurück.
»Was ist denn passiert, um Gottes willen?« fragte Kläre. »Du warst doch bei ihr, oder?«
»Ich verstehe es nicht«, sagte Lily. »Sie war eben noch ganz heiter und hat mit mir gelacht. Und plötzlich hat sie geschrien: ›Nein, nein‹ – und ist umgekippt.«
»›Nein, nein‹«, wiederholte Kläre. »Wozu hat sie denn ›Nein‹ gesagt?«
»Ich wollt sie nur unterhalten«, sagte Lily, »und hab ihr die Geschichte erzählt von der Margret, wie sie ihren Verehrer davongejagt hat damals, weißt du, nach der Tanzstunde – und wie sie den Adler hat abfahren lassen, indem sie sich auf dem Dachboden versteckte – und dann –«
»Und dann –?« fragte Kläre.
»Dann habe ich ihr erzählt, daß der Vater nur die Margret verheiraten will von uns drei Schwestern, weil sie Geld hat und wir nicht. Sie hätte doch eine Mitgift und ohne Mitgift erlaubt er uns keine Heirat, aus Stolz. Und zuletzt –«
»Und zuletzt?« fragte Kläre mit fast schriller Stimme.
»Da hat sie dann ›Nein, nein‹ geschrien und hat ihren Anfall gekriegt.«
»Ach, du mein Gott«, rief Kläre. »Jetzt ist mir alles klar.«

Betrübt und scheu schlichen die Mädchen ins Radowsky-Haus, schlichen in Kläres Quartier und legten sich nieder. Heute war keiner von ihnen königlich zumute.

Am Ostermontag bat Dr. Radowsky Kläre um eine Unterredung. Lily saß im Nebenzimmer und hatte der Schwester versprochen, ihr zu Hilfe zu kommen, wenn es nötig würde.
Es wurde nicht nötig.

Der Mann trat ein und setzte sich in den ihm angebotenen Sessel.
Kläres erste Frage war: »Wie geht es Ihrer Mutter?«
»Besser«, sagte er, »etwas besser, obgleich die Gefahr nicht vorüber ist. Die Herzattacke war schwer, und ich fürchte, sie kann wiederkommen.«
Er saß da, gebückt und knetete seine Hände. Sein rundes Gesicht war totenblaß.
»Ich bin Ihnen eine Erklärung schuldig, Fräulein Kläre«, sagte er, er sprach sehr langsam und mit Pausen zwischen jedem Wort. »Eine Erklärung. Ja. Ich habe einen Fehler begangen. Einen sehr großen Fehler. Ich habe meiner Mutter von Ihnen erzählt – damals, als ich aus Pilsen zurückkam und Sie kennengelernt hatte ..., Sie erinnern sich: auf dem Kränzchen im Deutschen Haus. – Ich sagte meiner Mutter ... Sie können sich denken, was ich ihr sagte.«
»Nein«, sagte Kläre leise. »Eigentlich nicht.«
»Nun, dann muß ich es Ihnen ja ins Gesicht sagen, Fräulein Bourdanin, obwohl es mir schwerfällt, schwerfällt. Jawohl. Ich sagte damals meiner Mutter: ›Ich habe die Frau meines Lebens gefunden!‹«
»Ach.« Mehr konnte Kläre nicht äußern.
Der Mann schwieg eine Weile. »Ich merkte schon an jenem Abend, daß – ja, daß es nicht leicht sein würde, Sie für mich einzunehmen. Sie tanzten schon damals lieber mit einem anderen Herrn.«
»Es war mein Bruder«, erwiderte Kläre.
»Ihr Bruder oder sonstwer«, fuhr er fort. »Aber wie glücklich war ich, ja, ich muß sagen, ich war fast närrisch vor Glück, als es hieß: Kläre Bourdanin werde Lehrerin in unserer Stadt.«
»Ach darum!« sagte Kläre. »Darum –«
»Ich war es nicht, nein, ich nicht, das kann ich Ihnen versichern,

der den Wechsel einfädelte – aus dem Johannka-Haus in das unsre. Und ich habe es auch gar nicht gewollt.«

»Aber Ihre Mutter –«

»Ja. Sie wollte es mir leichter machen, leichter mit Ihnen –. Sie meinte, wenn Sie in meiner Nähe sind, dann werden wir eher – eher so ins Gespräch kommen, daß – Sie wissen, was ich meine.«

Kläre nickte vage.

Eine Zeitlang schwiegen beide. Dann begann der Mann von neuem.

»Ich habe es Ihnen nicht schwer gemacht, in diesem Haus zu leben. Ich habe mich zurückgehalten, mein Gott, wie sehr. Ich bin so manches Mal vor Ihrer Tür gestanden, Kläre ... ja, das bin ich. Die Hand hatte ich schon – aber nein, dachte ich. Nein, nein. Du darfst dich nicht aufdrängen. Vielleicht kommt eine Stunde ... und bin weggeschlichen wie ein geprügelter Hund.«

Herr Doktor, wollte Kläre sagen, Sie beschämen mich. Doch sie verbiß sich auch dieses Wort.

»Meine Mutter, meine arme Mutter«, fuhr er fort, »wiegte sich indessen in Illusionen. Irgendwer hatte ihr erzählt ... irgendwer, der behauptete, die Verhältnisse in Ihrer Familie zu kennen. Und sie dachte, ihr Sohn, ihr einziger, habe sich nicht nur in ein liebes, schönes, braves, sondern auch in ein reiches Mädchen verliebt. Und darauf setzte sie ihre Hoffnungen.«

»Ach herrje!« sagte Kläre. »Reich ist niemand bei uns in der Familie. Allenfalls – allenfalls Margarete – sie ist Erbin nach ihrer Mutter. Da hat man uns verwechselt.«

Auf Radowskys Gesicht erschien ein zitterndes Lächeln. »Das kann vorkommen, bei Schwestern. Ja. Aber meine Mutter hat so fest darauf gebaut ... Wir haben nämlich Schulden.« Das letzte hatte er mühsam herausgestoßen. »Schulden – noch von meinem Vater her. Er war auch Arzt. Doch in späteren Jahren, da ging seine Praxis nicht mehr so gut. Ihm waren einige Fälle mißglückt. Er hat wohl auch ein bißchen zuviel getrunken. Und dann: mein Studium hat gekostet – auch die Einrichtung der Ordination. Man kann heutzutage nicht nur mit Hörrohr und Klistier ... man muß sich schon etwas besser einrichten. Also Schulden. Und meine Mutter hätte doch so gern ein größeres Haus geführt.«

»Das habe ich gemerkt«, sagte Kläre leise.

Im Gesicht des Doktors erschienen rote Flecke. »Sie dürfen nicht glauben, daß meine Mutter eine solche ist, die nur das Geld sieht. Sie ist eine gute Frau, eine sehr gute Frau sogar. Ich denke, Sie haben auch das gemerkt.«

»Sie war sehr freundlich zu mir.«

Der Mann wischte diese Antwort von sich. Sie schien ihn zu kränken.

»Und gestern –?« fragte Kläre.

»Ja, gestern. Dieser Anfall, er hatte wohl mehrere Gründe. Die Hitze, die schlechte Luft. Und als dann Fräulein Lily, Ihre Schwester, ihre Geschichtchen vorbrachte, da geschah es eben.«

»Es tat uns beiden sehr leid, wirklich sehr leid, Herr Doktor. Wenn Lily geahnt hätte ...«

»Ach was! – Einmal mußte sie es ja erfahren.«

Kläre schwieg. Dann sagte sie: »Und nun –?«

Wieder schöpfte der Mann tief Atem. »Nun muß ich Sie bitten, unser Haus zu verlassen, Fräulein Kläre. Auch meine Mutter bittet darum. Es würde sie zu sehr erregen, mit Ihnen zusammenzutreffen. Ihr Herz braucht Schonung.«

»Natürlich«, sagte Kläre. »Ich werde ausziehen.«

»Danke. Ich wußte ja, daß Sie soviel Verständnis haben werden. Ich habe nur noch eins hinzuzufügen. Nur noch eins. Das sollen Sie wissen. Was meine Mutter wünschte, ist das eine. Mir wäre es ganz gleich gewesen, ob Sie – ja, ob Sie ganz in Gold gewickelt oder, wie Ihre Schwester sagte, so arm sind wie eine Kirchenmaus. Ganz gleich wäre mir das, und ich würde das auch vor jedermann vertreten haben, wenn Sie mir nur einmal – einmal ein kleines Zeichen gegeben hätten …«

Er stand auf. »Aber das Zeichen kam nicht.«

Auch Kläre stand auf. Mit Erleichterung sah sie, daß er sich der Tür zubewegte. »Es tut mir leid«, murmelte sie. Doch dann streckte sie die Hand aus und hielt ihn zurück. Sie stellte sich auf die Zehenspitzen und streifte sein großes rundes Gesicht mit einem flüchtigen Kuß.

Dann war er zur Tür hinaus.

»Uff!« sagte sie und rief nach Lily.

Im Laufe des Nachmittags begannen die Mädchen zu packen.

»Wohin willst du denn?« fragte die Jüngere. »Wenn sie dich hier schon nicht mehr haben wollen, so müssen sie dir doch ein anderes Quartier verschaffen.«

»Hier steht's drin«, antwortete Kläre und zeigte auf einen weißen Briefumschlag, der ihnen soeben durch den Türspalt hereingeschoben wurde. Lily riß ihn auf. Sie las – es waren nur zwei Zeilen: Alles ist geregelt. Um sieben kommt ein Wagen. Anschrift: Bäcker Johannka, Kirchplatz 7.

In Fürsten-Reidnitz wurde getuschelt: Die junge Lehrerin war aus dem Doktorhaus ausgezogen. Die Verlobung war demnach geplatzt. Einige verlachten Frau Radowsky, die sich mit der künftigen reichen Schwiegertochter schon großgetan. Andere bedauerten sie und ihre Erkrankung. Von all dem Geschwätz erfuhren die Betroffenen am allerwenigsten.

Nun wohnte Kläre also über dem Bäckerladen, drei Stockwerke hoch, in einer sehr einfachen Stube, derselben, in die sie im vergangenen September hätte einziehen sollen. Hier gab es keine Treppe, keinen Kronleuchter, keinen Komfort. Niemand lud sie zum Abendessen. In einer winzigen Küche bereitete sie sich höchst dürftige und simple Mahlzeiten.
Der Haushalt im Johannkahaus war frauenlos. Von einer Bäckerin war nichts zu sehen, war auch nicht die Rede; war sie gestorben, davongegangen oder in einer Anstalt untergebracht? Niemand klärte die junge Mieterin auf. In dieser Hinsicht war der Zustand des Hauses von einem Geheimnis umgeben.
Was Kläre gehofft, gewünscht – und auch gefürchtet hatte: Toni Johannka schien seinen Vater sehr selten aufzusuchen.
Irgend jemand deutete ihr an, er habe sein Elternhaus im Unfrieden verlassen.

Die Schloßbesichtigung

Endlich traf der längst erwartete ersehnte Brief aus dem Fürsten-Reidnitzer Schloß ein: Ihre Durchlaucht sei bereit, die erwünschte Besichtigung zu gewähren. Das Fräulein Lehrerin möchte sich mit ihren Kindern einfinden.

Es war ein schöner Maiennachmittag. Geschneuzt und geschnatzt, in frisch gewaschenen und gestärkten Schürzchen sammelten sich Kläres Schülerinnen vor dem Parktor. Sie selbst hatte ihr hübschestes Kostüm angezogen und sich mit der Brennschere etliche Löckchen in die Frisur gekulmt. Noch einmal beschwor sie ihre Schar, bestes Benehmen an den Tag zu legen.

Schon kam der alte Kastellan angehinkt und öffnete das Tor. Über den mit weißem Kies bestreuten Weg wanderten sie zum Schloß hinauf.
Im Schloßhof waren einige Tische und Bänke aufgestellt. Da wurden die Gäste mit Limonade bewirtet, und schon erschien die Fürstin, huldvoll lächelnd, in einem seidenen Fransenkleid. Ein Strauß wurde überreicht, ein Lied gesungen. Dann begann die Besichtigung.
Zuerst einmal der tiefe Ziehbrunnen. Nein, er gab kein Wasser mehr. Aber man konnte ein Steinchen hinunterwerfen und dessen Aufprall lauschen, daran war zu ermessen, wie tief der Brunnen war. Dann: ein Blick durch die enge vergitterte Luke des ehemaligen Burgverlieses, wo einstmals Mörder und Räuber geschmachtet hatten. Nein, nein, jetzt saß niemand mehr drinnen, außer vielleicht ein Molch oder Salamander. Im Rittersaal durfte ein Bärenfell bewundert, eine eiserne Rüstung betastet werden.
Dann die Kapelle. Auch hier wurde ein Lied gesungen: »Meerstern, ich dich grüße ...«
Kläres Beschwörungen hatten gewirkt. Die kleinen Mädchen benahmen sich tadellos. Paarweise trippelten sie die Wege, die ihnen die Fürstin, unentwegt huldvoll, vorausging. Kläre beschloß den Zug.
Schließlich gestattete die Fürstin sogar den Eintritt in die Privatgemächer. »Weil ihr so artig seid, Kinderchen, und euer Fräulein so lieb ...«

In einem der Privatgemächer geschah dann etwas Merkwürdiges, was sich nachher niemand, und die junge Lehrerin am wenigsten, erklären konnte.
Da war ein großes Zimmer mit Polsterstühlen rund um einen ovalen, schön eingelegten Tisch. An der Fensterfront waren etli-

che niedere Glaskästen aufgereiht, in und auf denen kostbares Geschirr, silberne Dosen und hübsche Nippes ausgestellt waren. Auf einem dieser Kästchen standen zwei – etwa spannenhohe – farbige Papageien aus Porzellan.
Kläre hörte der Fürstin zu, die, hinter ihr stehend, über ein Ahnenbild sprach. Da sah sie, wie eins der Mädchen aus der Reihe trat und – mit einem raschen Griff – die Papageien unter ihrer Schürze verschwinden ließ. Kläre wunderte sich, was das bedeuten sollte. Sie dachte zwar: Diebstahl, aber sie griff nicht ein. Die Vorstellung, daß sich eins ihrer Kinder in diesem gastlichen Haus an irgend etwas vergreifen könnte, war ihr nicht faßbar: Es konnte nicht wahr sein. Ihre Kehle war wie gelähmt, ihre Füße wie angenagelt. Jetzt öffnete die Fürstin die Tür zum nächsten Raum. Die Kinder folgten ihr, auch das Mädchen mit den Papageien unter der Schürze. Als letzte folgte Kläre, schwankend und wie vor den Kopf geschlagen.
Fünf Minuten später war die Führung zu Ende. Die Kinder knicksten und riefen im Chor: »Vielen Dank, Euer Durchlaucht!«, wie es ihnen von Kläre eingetrichtert worden war. Die Fürstin bewegte ihre Hände applaudierend gegeneinander. Kläre versuchte einen tiefen Hofknicks, wie er ihr in der Egeraner Schule von Mater Rosa beigebracht worden war; dabei trat sie sich auf den Rocksaum und stolperte. Die Fürstin lächelte und strich ihr über die Wange. Hinter dem Parktor zerstreuten sich die Kinder. Kläre kehrte in das Bäckerhaus zurück.
In dieser Nacht fand Kläre Bourdanin nur wenig Schlaf. Sie fühlte sich schwindlig und zerschlagen, als sie am nächsten Morgen das Klassenzimmer betrat, und, was sie am meisten gefürchtet hatte, da war es: Auf ihrem Pult lag ein Brief mit eingeprägter Krone. »Geschätztes Fräulein! Mit höchstem Erstaunen mußte ich feststellen, daß aus unserer Sammlung wertvoller Porzellane zwei Stücke verschwunden sind. Ich hätte nie angenommen,

daß …« Und am Schluß: »Ich erwarte von Ihnen als Lehrperson, daß sie die freche Diebin ausfindig machen.«
Die freche Diebin! Kläre blickte mit schwimmenden Augen in die Klasse hinab. Dort stand sie, Käthe Nickl; klein, mickrig, gelbgesichtig – und was alles nur noch unglaubhafter und verworrener machte: die Tochter des Anastasius Nickl, Obergendarm von Fürsten-Reidnitz.
Die Schulglocke läutete. Die Kinder sprangen zu ihren Bänken und falteten die Hände zum Gebet: Vaterunser, Ave Maria. Zum Schluß: »Ich bin klein, mein Herz ist rein, darf niemand hinein als du, mein liebes Jesulein.«
Kläre beschloß, die kleine Diebin in der Pause zu sich zu winken und ihr den Brief unter die Nase zu halten. Vielleicht gestand sie, vielleicht brachte sie die Papageien, vielleicht erweckte sie Reue und Leid …?
Doch so billig kam Kläre nicht davon. Mitten in der Schulstunde stürmte der Direktor herein und zitierte Kläre in seine Kanzlei. Auch er hatte einen Kronen-Brief erhalten. Er schäumte: »Ich habe Ihnen doch gesagt, Sie sollen diesen Ausflug unterlassen. Was geht Sie das an, ob die Kinder das Schloß gesehen haben oder nicht? Das kann Ihnen doch gänzlich –, gänzlich schnuppe sein. Sie haben die heimatkundlichen Fakten vorzutragen und abzuprüfen. Basta. – Was sollen die fürstlichen Herrschaften von uns denken? Daß unsere ganze Schule voll Diebsgesindel ist?«
Kläre murmelte nur: »Ich hab's doch gut gemeint.«
»Wenn ich das höre: gut gemeint!« Der kleine Mann hüpfte vor Wut. »Das ist schon das richtige. Alle meinen es gut, die Revoluzzer, die Narren, die Weltzerstörer. – Jetzt können Sie die ganze Klasse filzen, bis Sie die Diebin finden.«
»Ich kenne sie«, stammelte Kläre mit blassen Lippen, »es ist die Nickl.«

Als sie die Schule in der Mittagszeit verließ, kamen ihr eilige Schritte nach. Kläre dachte: Das ist der Toni. – Und er war es.
»Was ist mit Ihnen los? Was haben Sie gemacht? Im Lehrerzimmer war der reinste Aufruhr.«
Kläre geht so schnell sie kann. »Die kleine Nickl, sie hat die Papageien gestohlen.«
»Wieso wissen Sie das?«
»Ich hab's gesehen.«
»Gesehen?«
»Ja.«
»Und sind nicht eingeschritten?«
»Nein.«
»Das erzählen Sie bloß keinem Menschen!«
»Ich hab's schon erzählt.«
»Wem? Wem?«
»Allen. Dem Direktor, den Kindern. Einfach allen.«
»Kläre!« schrie der Mann neben ihr. »Das kostet sie den Posten.«
»Ich weiß«, sagt Kläre. »Und wenn schon.«

Von ihrem Vater, dem Gendarm Nickl eskortiert, hat das kleine Mädchen die Papageien im Direktorszimmer abgeliefert.
Als sie sie mit bebenden Händen auf den Tisch stellte, schrien die Anwesenden alle auf: Beiden Papageien waren die Schwänze abgebrochen.
»Das hast du getan!« tobte der Direktor.
»Du getan«, stöhnte der unglückliche Vater.
»Kind, Kind!« ächzte Kläre, einer Ohnmacht nahe.
Sie war ausersehen, mit der Sünderin ins Schloß hinaufzugehen und die Corpora delicti abzuliefern.
Oben wurden sie diesmal nicht von der Fürstin, sondern vom Fürsten empfangen. Der große dicke, aber gemütliche Herr saß in der Schloßküche hinter einem Stoß Zeitungen.

Er blickte nur flüchtig auf. »Na, stellt das Zeug nur dorthin!« und wies auf die Küchenbank. »Die Schwänze sind schon lange ab. Ist ja eh alles nur Tinnef.«

Der Schweigefinger

Das Schuljahr näherte sich seinem Ende. Niemand hatte Kläre ihren Posten streitig gemacht, aber sie ahnte, daß sich der Schuldirektor darum bemühte, sie abzuschieben. So fragte er sie einmal mit scheinheiligem Lächeln, ob sie nicht weit lieber in ihrer Heimatstadt Pilsen leben und unterrichten wollte. Kläre wußte nichts zu antworten. Sie hätte gute Gründe gehabt, Fürsten-Reidnitz zu verlassen, die Gründe lagen im Radowsky-Haus. Doch auf der anderen Seite fühlte sie sich wie mit Stricken angebunden, sie wußte, wer sie band – und gestand es sich selbst nicht ein. Und umso tiefer schnitten die Stricke.

Die letzte Schulwoche hatte begonnen: ein warmer Julitag mit bedecktem Himmel. Dann und wann regnete es ein paar Tropfen. Voll innerer Unruhe machte sich Kläre auf den Weg. Da sah sie Toni Johannka auf sich zukommen.

Er kam ihr über die kleine gewölbte Steinbrücke entgegen, die die hier noch ganz junge Radbusa querte, auf demselben schmalen Gehsteig, sie gingen geraden Weges aufeinander zu. Kläre trug einen offenen Schirm, und obwohl der Mann sie längst gesehen und erkannt haben mußte, neigte sie den Schirm gegen ihn, als wollte sie sich hinter ihm verstecken.

»Halt!« sagte er, faßte ihre Hand und klappte den Schirm über ihr zu. »Wozu das Ding? Es regnet gar nicht.«

Nein, es regnete wirklich nicht mehr. Kläre blickte betreten auf das trockene Pflaster. »Es hat aber ...«

»Ja, es hat«, erwiderte er, »immer hat es etwas, daß Sie mir nicht in die Augen blicken müssen, Kläre.«
Sie trat einen Schritt zurück. Seine Worte kamen ihr unerwartet heftig, geradezu, ja gewalttätig vor, und daß er ihren Namen nannte, verwirrte sie. Sie nahm ihren Mut zusammen und fragte: »Und warum soll ich Ihnen in die Augen schauen, Herr Johannka?«
Er lachte auf. »Ja, warum wohl, warum?« Neben ihnen erhob sich auf der höchsten Stelle der Brücke auf dem Sandsteingeländer die Figur eines Nepomuk in Barett und Chorhemd; Sie hatte – zum Zeichen, daß er der große Schweiger unter den Heiligen war – den ausgestreckten Zeigefinger auf die Sandsteinlippen gelegt. Johannka zeigte hinauf. »Vielleicht sagt *er* Ihnen, warum Sie mir in die Augen schauen sollen.«
Kläre trat noch einmal einen Schritt zurück. »Der –«, antwortete sie fast unhörbar, »der sagt mir nichts.«
Sie fühlte, daß der Mann ihre Hand an sein Gesicht hob. Er drückte ihren Handrücken an seine Wange, an seinen Mund. Das war kein Handkuß, wie er sonst üblich war und nichts bedeutete. Es war eine gewaltsame, süchtig ersehnte und beinah wilde Berührung, die länger dauerte, als Kläre imstande war, sie zu ertragen. Sie riß ihm die Hand weg und stolperte weiter. Sie hörte ihn etwas rufen, was sie nicht verstand, aber erriet. Dann ging auch er weiter, unsicheren Schritts, wie auch ihre Schritte unsicher waren.

Bei Anbruch der Dunkelheit begegneten sie einander noch einmal auf der Brücke. Ohne ein Wort zu sagen, nahm er ihren Arm und führte sie die Treppe hinab, die hinter dem Nepomuk in den Auwald führte.

Toni Johannka: ein verheirateter Mann. Kläre wußte es, doch es war ihr gleichsam entfallen. Sie kannte seine Frau vom Sehen und hatte sogar einmal kurz mit ihr gesprochen. Sie wußte auch, wo er mit ihr wohnte, doch jedesmal, wenn sie an dem Haus vorüberging und einen scheuen Blick auf die mit weißen Tüllgardinen verhüllten Fenster warf, verweigerte ihr Gehirn die Vorstellung, daß dort ein gemeinsames Leben war.
Jetzt, in diesen allerletzten Tagen des Schuljahrs, schwankte Kläre zwischen Trotz und Verzweiflung, Entzücken und Entsetzen über sich selbst. Toni besuchte sie im Bäckerhaus, sie kamen für kurze abgestohlene Augenblicke im Garten dahinter, auf Treppen und in Gängen zusammen. »Daß wir doch endlich ...« – »Nein, nein, nicht wieder ...« – »Ach, wenn du wüßtest, du Liebe ...«

Der letzte Tag. Samstag, Markttag. Die Zeugnisse waren verteilt. Die Kinder verabschiedet. Kläre wußte noch immer nicht, ob sie im Herbst nach Fürsten-Reidnitz zurückkommen werde. Der Direktor behauptete vor den versammelten Lehrpersonen, dies sei ganz allein von der oberen Behörde, dem Landesschulrat zu entscheiden. Ach Gott, dachte Kläre, laß mich doch wiederkommen, nein, laß mich nicht mehr wiederkommen, barmherziger Himmel, hilf mir!
Kläres Koffer waren gepackt. Am Abend wurde sie von ihrer Familie in Pilsen erwartet. Zum letzten Mal ging sie über den Stadtplatz. Da sah sie Marianne Johannka.
Sie war eine große hübsche Person. Ihr leichtes Kleid aus Etamin war großblumig rotgemustert. Sie trug einen Einkaufskorb und schlenderte durch die Marktstände. Auf einem wurden Walderdbeeren angeboten.
Vor ihnen blieb Marianne stehen.
Die Marktfrau bot ihr an zu kosten. Marianne nickte und beug-

te sich vor. Dabei lehnte sie sich mit halbem Leib über den Tisch, die Falten des Kleides öffneten sich, ihr Bauch wurde sichtbar, der dünne Stoff verbarg es nicht: Marianne war hochschwanger.

Kläre wich zurück, als hätte ihr jemand einen Eimer heißen Wassers ins Gesicht geschüttet. Als sie die Hände sinken ließ, war Marianne verschwunden.

Kläre fuhr schon zwei Stunden später nach Pilsen ab. Sie schwor, sie werde Fürsten-Reidnitz nie mehr betreten.

Diesen Schwur hielt sie länger als zwanzig Jahre.

Die Berichtigung

Es war Krieg und das Essen knapp geworden, auch in Pilsen, mitten in dem gesegneten böhmischen Land, von dem es früher geheißen hatte, daß es von Milch und Honig überfließe. Frau Marie Bourdanin war oft in Verlegenheit, was sie den Ihren vorsetzen sollte.

Eines Tages hörte sie von einem Forsthaus in der Nähe von Fürsten-Reidnitz, dort gebe es – für gutes Geld natürlich – Wildbret zu kaufen.

Margret war bereit, einen Extrabraten zu berappen. »Und du, Kläre«, sagte Marie, »du könntest so gut sein, den Versuch zu machen. Du kennst dich doch noch in der Gegend aus.«

»In einem Forsthaus war ich nie.«

»Du könntest es erfragen, Kläre. Nächstens kommt Roderich auf Urlaub. Da wär es doch schön: ein Wildbret. Sonst wüßte ich wirklich nicht, was auf den Tisch zu stellen.«

»Es ist schon gut, Mutter. Ich fahre.«

Es war Dezember und ziemlich frostig. In einem dicken Mantel mit Boa und einer Haube aus Fuchspelz stieg Kläre aus dem kalten Zug, in dem sie fast drei Stunden verbracht hatte, um von Pilsen nach Fürsten-Reidnitz zu gelangen.
Der Bahnhof, den sie als schmuckes Gebäude in Erinnerung gehabt hatte, sah – wie alle Bahnhöfe jetzt im Krieg – verlottert aus. Kläre marschierte auf die Stadt zu. Die Sandsteinbrücke mit dem Nepomuk vermied sie und nahm den anderen Steg. Doch den Kirchplatz mußte sie überqueren. Aus dem Johannka-Haus war der Bäckerladen verschwunden, die Tafel mit dem appetitlich gemalten Gebäck war abmontiert und in der Auslage, in der sie so oft Stapel von Schaumrollen und Lebkuchen gesehen, stand jetzt hinter dem trüben Glas die Figur eines Soldaten aus Pappmaché, der sich einen anderen, offenbar verwundeten Soldaten auf die Schultern geladen hatte. Darunter eine Tafel: *Rotes Kreuz. Wir helfen in der Not: Hilf auch du!*
Kläre hastete weiter.
Da hörte sie eilige Schritte hinter sich und, als sie sich umsah, stand Dr. Radowsky vor ihr, atemlos gelaufen, freudig überrascht; dick geworden, doch sonst der Alte: »Kläre – Frau Kläre, Sie sind's, ich habe Sie doch gleich erkannt … So viele Jahre … Was führt Sie her? Ich darf Sie doch bitten, zu uns zu kommen?«
Kläre zögerte. Zögernd gab sie Antwort. Aber dann ließ sie sich doch in das Doktorhaus führen. Die alte Frau Radowsky war gestorben, dafür war eine jüngere da, drei Kinder, schon halbwüchsig, wie die Orgelpfeifen. »Jaja, so geht es, das Leben nimmt seinen Lauf.«

Kläre wurde bewirtet: erst eine herrliche Schwammerlsuppe, dann Kolatschen von friedensmäßiger Qualität. Der Doktor entschuldigte sich: Jaja, ihm und den Seinen ginge es noch gut. Ein Arzt auf dem Land habe immer zu essen. Aber aus den großen

Städten höre man Schlimmes ... Zum Forsthaus, versicherte er, wolle er sie selbst fahren, er lasse einspannen. Da Kläre abwehrte: »Wie, was? Zu Fuß? Nein, keinesfalls!« Der Weg sei viel zu weit, und der Förster freue sich, wenn er, der Doktor, komme, er habe schon seit langem eine Rheumasalbe bestellt.
Dann fuhren sie los, Kläre, dick eingepackt an Radowskys Seite, er hatte ihr selbst den Fellsack an die Beine gefädelt.
Kläre stellt ihre Fragen: »Was gibt es Neues in Fürsten-Reidnitz?« Lebe die Fürstin noch? – und der Fürst ? Und der alte Schuldirektor, der immer zornige?
Die meisten waren gestorben.
Und der Bäckermeister, der Johannka?
Ja, auch der war schon in die Grube gefahren.
Kläre schweigt eine Weile. Die Straße führt noch immer aufwärts, die Pferde gehen im Schritt. Jetzt biegt der Weg von der Chaussee ab und führt eben in waldiges Gelände. Von Zeit zu Zeit taucht ein Kapellchen auf. Kläre erinnert sich, hier ist ein Kreuzweg angelegt, vierzehn Stationen bis zu einer kleinen Kirche im Wald. Kläre denkt: Bis dorthin muß ich gefragt haben. Bis dorthin. Ihr Herz klopft.
Nun taucht die Kirche zwischen den bereiften Bäumen auf.
»Hatte der Bäckermeister nicht einen Sohn?«
»Freilich«, antwortet der Doktor. »Freilich: den Toni. Der war auch Lehrer.«
»Ja, wirklich?«
»Zu Ihrer Zeit doch, Kläre! Erinnern Sie sich nicht? Er hat Sie mir damals vom Tanzboden weggeholt.«
»Nein«, lügt Kläre, »daran erinnere ich mich nicht.«
»Ein Unglücksmensch war er«, fährt der Doktor fort, »von der Schule haben sie ihn gefeuert, er hatte ja auch immer so aufmüpfige Ideen. – Und seine Ehe – als die geschieden wurde, hat ganz Fürsten-Reidnitz hinter ihm hergelacht.«

»Geschieden?« fragte Kläre, jetzt kaum vernehmbar. »Und seine Kinder?«
»Kinder? – Der Toni? Der hatte doch keine.« Und nun lacht der Doktor auf. »Ja, seine Frau, die Marianne, das war eine Lustige, die –! Die hat ihm zwei Kuckuckseier ins Nest gelegt. Das erste hat er ihr verziehen. Beim zweiten ist ihm wohl der Kragen geplatzt. Er hat ihr den Laufpaß gegeben und ist weggezogen – nach Klattau oder sonst wohin. Und jetzt ist er an der Front, als gemeiner Soldat. – Aber nun sehen Sie, Kläre, jetzt sind wir gleich da. Dort drüben ist das Forsthaus.«

Im Forsthaus bekommt Kläre alles, weshalb sie diese Fahrt unternommen hat. Eine prächtige Hirschkeule wird ihr eingepackt und dazu, weil der Doktor bittend mit den Augen zwinkert, ein Dutzend Eier und ein Butterstriezel. Zum Abschied wird noch ein Glas Glühwein eingeschenkt.
Dann geht es zurück in die Stadt. Kläre wird bis zum Bahnhof kutschiert.
Der Zug ist, wie jetzt alle Züge auf kleineren Strecken, finster und eisigkalt. Kläre sitzt in ihren Winkel zusammengekauert, das Taschentuch vor dem Gesicht. Es ist von Tränen naß.

Friedrich oder Die Hoch-Zeiten

Die Drachenmauer

Die Wittingauer Teiche entsprechen geologisch den Moor- und Seenlandschaften nördlich der Alpen. Auch hier in Südböhmen haben sich in der Eiszeit Gletscherkuhlen gebildet. Doch weil die Gletschermassen auf den mäßighohen Granitschwellen, die wir heute den Böhmer- und Bayerischen Wald nennen, natürlicherweise nicht so mächtig waren wie auf den viel höheren Alpenbergen, so sind auch die Gruben, die sie geschürft haben, flacher geblieben. Sie haben kaum Seen, sie haben meist nur Teiche und Tümpel gebildet.

In diesen Teichen und Tümpeln wurden die berühmten Wittingauer Karpfen gezogen. Zweimal im Jahr wurden sie ausgefischt. Dazu wurde das Wasser bis auf kleine Reste abgelassen. So sammelten sich die Fische an den tiefsten Stellen zu einer Art dicker Suppe aus in Todesnot springenden, wild um sich schlagenden Tieren. Dort konnten sie dann alle auf einmal herausgeschöpft und abtransportiert werden.

Die Bewirtschaftung der Teiche war die Domäne einiger Schloßgüter. In guten Jahren machte sie die Besitzer reich.

Etwas weiter ins Land hinein lebte in einem Nest namens Radrub eine Familie von Kaschek. Der Vater war bereits verstorben, aber er hatte auf seinem Gut ein merkwürdiges Bauwerk hinterlassen, eine Mauer in Form eines chinesischen Drachen, die den Park des Gutes umschloß. Der Drache hatte zwei Köpfe,

sie flankierten das Tor und starrten mit großen, gelbgeränderten Augen in die Gegend. Auch der lange Rücken war mit roten und gelben Buckeln und Stacheln aus glasierten Ziegeln besetzt, so daß sich die ganze Anlage in der sonst so biederen dörflichen Umgebung fremdartig ausnahm.
Die Mauer hatte Herr von Kaschek errichten lassen, nachdem er selbst etliche Jahre im südlichen China verbracht hatte. Man munkelte, er habe sich in Asien den Tropenkoller geholt. Andere behaupteten, er sei schon immer ein komischer Kauz gewesen. Die Dörfler von Radrub betrachteten das exotische Bauwerk mit Mißtrauen und sogar mit abergläubischer Furcht. Wenn eine Kuh verwarf, wenn ein Hagelschlag niederging, gleich hieß es, der Drache habe die Schuld. Es gab sogar Versuche, die Mauer zu zerstören. Aber da Herr von Kaschek erklärte, er werde jeden, der sie anrühre, windelweich prügeln lassen, unterblieben weitere Angriffe. Das einfache Volk duckte sich: Noch war der Respekt vor den deutschen Gutsherren nicht verschwunden, die Revolte nicht allgemein. Noch fürchtete man die guten Beziehungen der herrschenden Klasse zu Polizei und Armee.
Eines Tages erhielt Roderich eine Einladung nach Radrub. Dabei erfuhr er, daß da zwei besonders attraktive und interessante Schwestern zu besichtigen seien. Diese Aussicht verlockte ihn. Seit dem lunäischen Abenteuer in Prag war Roderich sehr hellhörig geworden, wenn von hübschen und – wie er hoffte – nicht allzu unzugänglichen Damen die Rede war. Sogleich glaubte er, ein Abenteuer wittern zu dürfen. Seine Erfolge auf diesem Feld waren auch durchaus bedeutend. Er mußte nur in Gesellschaft erscheinen, schon sah er die anwesende Weiblichkeit unter seinen funkelnden Blicken in Bewegung geraten: Schnell wurde ein Näschen gepudert, ein Schal geordnet, ein hübsches Bein in Stellung gebracht. Überall glänzten ihm freundliche Augen entgegen. Er nahm die Signale begierig wahr.

Sollten sie ihm nicht wohltun, ihm, dem geprügelten Sohn seines Vaters?

Nun also war er auf dem Weg nach Radrub. Die Mauer überraschte ihn, er fand sie originell. Das Gebäude drinnen enttäuschte ihn eher, ein nüchterner Kasten, kein Schloß. Doch schließlich war er nicht architektonischer, sondern ganz anderer Reize wegen gekommen.

Man feierte ein Fest. Ein Bruder Kaschek verlobte sich. Roderich hielt nach den Schwestern Ausschau. Endlich erschienen sie: die eine klein, dunkel, in zartlila Toilette; die andere groß, statiös, hellblau und blond. Ein Blick und Blicketausch, und Roderich wußte: Die wird es sein.

Sie war es auch. Doch als sie ihm nach der ersten Liebesstunde erklärte, sie werde sich im nächsten Weiher ertränken, wenn er sie nicht heirate, versetzte das seiner jungen Männerseele einen gewaltigen Stoß. Er hatte bis jetzt noch nie daran gedacht, sich zu binden. Hieß das nicht, fortan mit gestutzten Flügeln in einem engen Käfig zu hocken, wo doch jenseits der Gitterstäbe selige Freiheiten lockten? Aber aus den schönen Augen des Fräuleins von Kaschek flammte eine solche Entschlossenheit, daß Roderich ihre Drohung ernst nahm und daß er – in einer ihm sonst fremden Aufwallung von Resignation – in eine baldige Heirat willigte und bei Idas Mutter um ihre Hand anhielt.

So schienen die Würfel für Roderich gefallen.

Aber Friedrich bezahlte die Zeche.

Friedrich oder, wie ihn seine Geschwister immer noch nannten: Fritzchen – auch er war in die Fußstapfen seines Vaters getreten und war zur Armee gegangen, auch er war ausgemustert, allerdings nur als Leutnant der Infanterie. Während Roderich, zur Technik übergewechselt, in Wien den Ingenieur, vorab für Bahn-

und Brückenbau, erworben hatte, war Friedrich ein begeisterter Militär. Er liebte alles, was damit zu tun hatte: Waffen, Uniformen, Kasernen, Paraden – und sogar Befehlsgebrüll, also alle Dinge und Ritualien, die Gehorsam voraussetzten, Gehorsam verlangten und den Vollzug des Gehorsams bestätigten. Wenn er vor seiner Truppe marschierte und hinter sich den Gleichschritt hörte, wie er rhythmisch über das Pflaster knallte, fühlte er sich erhoben, beglückt und irgendwie erschüttert; und wenn er eine Truppe defilieren sah, bei klingendem Spiel, die Fahne voran, mußte er sich Gewalt antun, daß ihm nicht Tränen der Freude in die Augen traten. Den militärischen Gruß leistete er mit begeisterter Präzision – und selbstverständlich erwartete er von allen anderen dasselbe.
Für ihn war die Armee etwas wie ein Orden, der einem Gott zu dienen hatte, der Gott war das Vaterland, war der Kaiser – und seit einiger Zeit diente er, Friedrich, noch einem anderen angebeteten Untergott, einem Erzherzog, der ihn zu seinem persönlichen Adjutanten gemacht hatte: eine Ehre, die Friedrich mit geradezu verzweifelter Anstrengung jeden Tag von neuem zu verdienen versuchte. Erzherzog Eugen war, ganz anders als viele seinesgleichen, eine auffallend schöne und anziehende Erscheinung – und klug genug, sich den nahezu irren Diensteifer des jungen Mannes zunutze zu machen. Er überhäufte ihn mit Aufgaben und stachelte ihn mit gelegentlichen Gunsterweisungen zu schrankenloser Anhänglichkeit auf.
Dieser Arglos-Glühende geriet in den Dunstkreis des Radruber Drachens. Und der Untergott selbst hatte das Rad in Bewegung gesetzt:

»Lieber Bourdanin, ich höre: Ihr Bruder heiratet. Haben Sie um Urlaub nachgesucht?«
»Nein, Kaiserliche Hoheit.«

»Was? Nicht um Urlaub? – Ein solches Familienfest!«
»Erlauben Kaiserliche Hoheit aufmerksam machen zu dürfen: Es ist eine Übung angesetzt.«
»Na – und?«
»Eine Übung im Karwendel –«
»Was weiter?«
»– von der Kaiserliche Hoheit zu sagen geruhten –«
»Lassen Sie, Bourdanin! Das Karwendel steht schon lange und es läuft Ihnen nicht davon. Übungen werden Sie noch viele erleben. Ich gebe Ihnen Urlaub: fünf Tage. Genügt das?«

Die Tüllwolke

Roderichs Hochzeit sollte weder in Radrub noch in Pilsen stattfinden. Man hatte sich für den Nobelkurort Karlsbad entschieden. Die Familie von Kaschek war dort mit einem höheren Geistlichen bekannt, der würde, ohne lange lästige Ritualien, die Trauung vollziehen. Das Essen würde im Grandhotel Popp stattfinden, dem schönsten weit und breit.
Als Tischdame war dem Bruder des Bräutigams die Schwester der Braut, Irina, zugeteilt. Irina wurde Friedrichs Schicksal und Malheur.
Sie hatte – nach damaligem Maßstab beurteilt – eine erstaunlich bewegte Vergangenheit hinter sich.
Das schöne, begabte und phantasievolle Mädchen war seit ihren frühesten Backfischjahren von einem Nahverwandten, einem jüngeren Bruder ihres Vaters, verfolgt worden. Was sich eine Weile im Familienkreis noch als zärtliche Neckerei tarnen ließ, entpuppte sich bald als begehrliche Leidenschaft. Die Mutter des Mädchens bekam es mit der Angst zu tun und flüchtete die Tochter in ein geistliches Internat nach England. Aber kaum war

Frau Kaschek nach Hause zurückgekehrt, erhielt sie alarmierende Nachrichten. Der verliebte Onkel war Irina nachgereist, und die Klostermauern hielten ihn nicht davon ab, seine Anträge zu wiederholen. Also fuhr Frau Kaschek wieder nach England, ließ sich das Mädchen aushändigen und brachte es – diesmal – nach Italien. Auch dort dasselbe. So wurde Irina zwei Jahre lang von Ort zu Ort bugsiert. Nun war sie sechzehn. Hatte sie sich bis dahin passiv verhalten, zeigte sie jetzt selbst Sympathie für den seltsamen Verehrer. Eines Tages erklärte sie der zu einem Krisenstab versammelten Verwandtschaft, sie wolle sich von Eduardo nicht mehr trennen lassen; sie sei kein Kind mehr, sie habe sich erkundigt: Eine Ehe zwischen Onkel und Nichte sei zwar ungewöhnlich, aber nicht unmöglich, es gelte nur eine päpstliche Dispens zu erlangen, die sei für etwa zwanzigtausend Kronen sehr wohl zu haben.

Die Familie war baff: Sie staunte über das energische und entschlossene Mädchen. Zwanzigtausend Kronen waren zwar kein kleines Geld, auch für die von Kascheks nicht, doch man war lieber bereit zu blechen, als den Skandal auf die Spitze zu treiben. Irina heiratete Eduardo. Die Hochzeit wurde im kleinsten Kreis abgetan.

Aber die Ehe war alles andere als glücklich.

Eduardo war ein Pferdenarr. Er zwang seine junge Frau, stundenlang im Sattel zu sitzen. Sie hätte lieber gelesen, Klavier gespielt oder gemalt. Sie malte sehr hübsch und temperamentvoll, am liebsten Blumen, Schwäne und Tauben. Ein Künstler, der ihre Bilder zu sehen bekam, bestätigte ihr Talent. Gelegentlich schrieb sie auch Gedichte. Eduardo konnte dem nichts abgewinnen. Seit er ihr angetrauter Gatte war, schien seine Verliebtheit verflogen. Schon in der Hochzeitsnacht hatte er ihr mitgeteilt: Eine Deflorierte habe für ihn nur noch den halben Reiz.

Die mit so viel Geld erkaufte Ehe wurde geschieden.
Seither lebte Irina wieder in Radrub hinter der Drachenmauer, las, spielte Klavier und malte Blumen, Tauben und Schwäne. Ihre Mutter, eine tätige Frau, die das Gut verwaltete, sich um die Karpfenzucht kümmerte und dadurch nicht wenig unterwegs war, glaubte der verwundeten Seele der Tochter Schonung zu schulden. Sie hielt sie von allen alltäglichen Geschäften fern – und ahnte nicht, daß sie damit Irina ihren Dämonen überließ.
Seit Roderich aufgetaucht war und – als Bräutigam der jüngeren Schwester Ida – in Radrub aus- und einging, zeigte Irina einen verstärkten Hang zu schwankenden Stimmungen. Nahm sie heute an den Hochzeitsvorbereitungen eifrig teil, so mochte sie schon morgen nichts mehr davon wissen. Sie suchte Streit mit der Schwester und überschüttete sie dann wieder mit Zärtlichkeiten. Frau von Kaschek geriet in Unruhe: »Irinchen, ich flehe dich an –«, worauf sie antwortete: »Laß gut sein, Mama! Ich kenne mein Schicksal.«

Nun war es soweit:
Schon in der Kirche war Friedrich die zartlila Tüllwolke aufgefallen, die in der zweiten Bank gegenüber Platz genommen hatte. (Er konnte nicht ahnen, daß sich Irina seit der Trennung von Eduardo nur noch in Lila kleidete.) Mit Entzücken sah Friedrich eben diese Wolke im Speisesaal auf sich zuschweben. Er begriff: Sie war seine Schwägerin, seine Tischdame. Auf seine Vorstellung antwortete ein schmales dunkeläugiges und von dunklem Haar umrahmtes Gesicht mit einem kaum vernehmbaren: »Sehr angenehm!« Dann sank die Tüllwolke an seiner Rechten nieder und gab vorerst keinen Laut von sich. Auch das süße Gesichtchen blieb unter den Rüschenrosen des radgroßen Hutes verborgen. Der erste Kelch, der serviert wurde, war vorbeigewinkt, auch die erste und zweite Vorspeise, und Friedrich fand die

Hand, die da gewinkt hatte, bezaubernd grazil, rührend und sanft.
Erst bei der Suppe kam etwas wie ein Blickwechsel zustande, doch kaum ein Gespräch.
Indessen hatte sich rings an der Tafel schon ein gewaltiges Stimmengesumm erhoben, Bestecke klapperten, Weingläser wurden gefüllt, geleert und wieder gefüllt. Alle Münder waren Lobes voll übe das schöne Brautpaar. Die einander verschwägerten Familien taten ihr Bestes, sich miteinander bekannt und einander angenehm zu machen.
Nur das Paar Friedrich und seine Tüllwolke verharrten fast stumm, in einer Art vielsagend verzückten Schweigens.
Nach allen Toasten, Hochrufen und weiterem Glückwunschgetöse wurde zum Tanz gerufen. Der erste Walzer war natürlich dem Brautpaar vorbehalten und ging auch bestens vor sich. Nachdem es genügend beklatscht worden war, strömten auch andere Paare herbei.
Friedrich durchfuhr ein seliger Schreck, als sich nun auch seine Dame erhob. Aber sie strebte nicht zur Tanzfläche, sie strebte an ihr vorbei der Flügeltür zu, die sich im Hintergrund des Saales gegen den Hotelgarten öffnete. Auf der Terrasse holte Friedrich Irina ein. Seufzend und zitternd lehnte sie über der steinernen Balustrade. »Irina, liebe Irina!« wagte Friedrich hervorzubringen. Sie faßte ihn an seinem Waffenrock. »Sie kennen meine Schmach«, rief sie. »Ich weiß, daß Sie sie kennen. Und ich hasse Sie dafür.«
»Schmach?« fragte Friedrich entsetzt. »Wieso denn Schmach?«
»Meine Scheidung!« antwortete sie. »Eduardo, Eduardo.«
Und sie brachte den Namen hervor, als riefe sie den Geist aus der Flasche.
In einem plötzlichen Anfall der Raserei faßte sie an ihren Hut und riß ihn vom Kopf, zwei goldene Armreifen von den Armen

und warf alles, was sie in Händen hielt, Handschuhe, Beutel und Armreifen samt dem Hut, Friedrich vor die Füße. Dann rannte sie taumelnd und wankend die steinerne Treppe hinab in den abendlich dämmrigen Garten und war verschwunden.

Friedrich stand starr. Er wußte nicht: Was sollte er tun? Ihr folgen? Schließlich bückte er sich nach den ihm zugeschleuderten Effekten, nahm eins nach dem andern auf, verwahrte, was sich verwahren ließ, in den Taschen seines Waffenrocks. Nur der Hut blieb übrig. Auch nach ihm bückte sich Friedrich und trug ihn – wie ein kostbares Fundstück – vor sich her, in den Saal hinein. Dort hieß es, das Brautpaar sei bereits abgereist. Die Gesellschaft wogte eifrig durcheinander. Einige tanzten noch, andere sprachen von Aufbruch.
Friedrich näherte sich der Brautmutter. Sie blickte ihm mit weit aufgerissenen und angstvollen Augen entgegen. Offenbar hatte sie die Flucht der Tochter bemerkt und erwartete jetzt eine Hiobsbotschaft. Friedrich wollte sie nicht erschrecken. Er winkte ihr mit dem Hut und wollte ihn auf ihren Tisch legen. Aber andere Gäste versperrten ihm den Weg. So zog er sich in einen Winkel zurück. Dort saß er, unschlüssig und verzweifelt.
So verging eine Zeit. Langsam leerte sich der Saal. Frau von Kaschek war noch immer umringt. Irina verschwunden.
Zuletzt verschwand auch Frau von Kaschek. Noch immer bewachte Friedrich den Hut und krümelte in seinen Waffenrocktaschen nach den Armreifen und Handschuhen. Er hätte sie am liebsten hervorgezogen, an sein Herz gedrückt, geküßt; andernteils brannten sie ihn wie Feuer. Augenblicklichsweise wünschte er sich hundert Meilen weit weg. Ihn durchfuhr ein heftiger Schmerz, als er dachte: Jetzt blasen sie im Karwendel die Retraite.
Da erblickte er Frau von Kaschek. Sie war in den Saal zurückge-

kehrt und kam auf ihn zu. Lächelnd winkte ihm die Weißhaarige entgegen. Sie schien aus irgendeinem Grund beruhigt, ja freudig bewegt. Friedrich sprang auf. »Kommen Sie, kommen Sie!« raunte sie ihm zu. »Irina bereut ihr Betragen. Sie ist oben auf ihrem Zimmer, gehen wir hinauf!«
Eine Minute später hielt Friedrich die weinende Irina in seinen Armen. Zitternd lag sie an seiner Brust. Ihm wankten die Knie. Ihm wankte die Welt.

Friedrich hatte Frauen bis dahin nur von weitem gekannt.
Sein Begriff vom weiblichen Wesen war vor allem von seiner Mutter, seinen Schwestern und allenfalls noch von der einen oder anderen Cousine geprägt. Ansonsten war ihm das andere Geschlecht immer etwas wie ein Störfall gewesen, dem in der männlichen Befehls- und Gehorsamswelt, in der er lebte, eigentlich gar kein Platz zukam. Diese männliche Welt gipfelte für ihn allerdings nicht im Militärischen allein.
Friedrich war – so wie sein Bruder Roderich – mathematisch begabt. Von allen Schulgegenständen war ihm dieses Fach immer das liebste gewesen. Erst mit Verwunderung, dann mit Verachtung nahm er wahr, daß weder seine Mutter, noch eine seiner Schwestern, noch sonst ein weibliches Wesen seiner Umgebung das geringste Verständnis für diese herrliche Wissenschaft zeigte. Er schloß daraus, daß in allen Köpfen, die auf einem weiblichen Körper saßen, ein Defizit stecken mußte, eine Art Verstandesschwäche, die sie zu ewiger Zweitrangigkeit verurteilte. Bei seiner Mutter war er bereit, dies mit Geduld und einer Art barmherziger Zuneigung hinzunehmen. Den Schwestern gegenüber war er schon zu weniger Nachsicht geneigt, seine Cousinen hielt er einfach für Gänse – und die ganze weibliche Hälfte der Menschheit für ein offenbar zwar unumgängliches, im Grunde aber nur störendes Gewese.

Jetzt liebte Friedrich und zwar mit einer Vehemenz, die alle die Seinen, vor allem jedoch seine Mutter und seine Schwestern erschreckte.
Lily, die Jüngste, sprach es als erste aus:
»Wißt ihr, was mich dabei am meisten ärgert? – Daß der Fritzl den Roderich nachmacht! Was muß er in dieselbe Familie heiraten? Kann er sich nicht selbst eine Frau suchen? Nein, er tappt in dasselbe Drachennest …«
»Aber Irina«, warf Kläre beschwichtigend ein, »ist doch wirklich eine sehr schöne Person – und sehr gebildet.«
»Ach was, gebildet! Weil sie französische Romane liest und ihre Schwäne malt? Da ist doch unsere Mutter zehnmal gebildeter als sie.«
Kläre schwieg. Dann sagte sie: »Du hast was gegen Irina.«
»Und du«, fragte Lily, »du etwa nicht?«
Kläre seufzte. »Ich auch«, gab sie zu. »Mir ist bang um beide. Ja, auch um Roderich.«
»Ach, um den –«, erwiderte Lily, »braucht dir nicht bange zu sein. Der wurstelt sich schon durch. Meinst du nicht auch, Margret?«
Margrets Miene war kummervoll. »Ich bete für beide«, sagte sie, »für beide.«

Eine Hochzeitsreise

Nach dem glanzvollen Fest in Karlsbad waren Roderich und Ida in Richtung Venedig abgefahren. Alle frischvermählten Paare von einigem Status fuhren damals nach Venedig, und die Stadt und ihre Hotellerie ließen es sich auch angelegen sein, dem jeweiligen jungen Eheglück gebührend zu huldigen. In jedem besseren Restaurant waren Extra-Nischen mit Rosen und Myrten dekoriert, und die hier fiedelnden Neapolitaner exzellierten in Hochzeitsmärschen und -arien. In den Hotels waren ganze Zim-

merfluchten mit konjugalen Accessoires ausgestattet, über den ausladenden Doppelbetten waren Baldachine und geschnitzte Amoretten angebracht. Aus lauschigen Winkeln schimmerte die berühmte Gruppe Eros und Psyche von Thorwalden, je nach Preislage des Hauses in Marmor, Alabaster oder Gips.
Trotzdem geschah es immer wieder, daß so ein junges Paar seltsam verdüstert beim Frühstück erschien: die junge Frau verweint, der junge Ehemann blaß und mit versteinerter Miene. Sie starrten aneinander vorbei, und wenn sich das Personal mit höflichen Fragen vernehmen ließ, was denn gefällig sei, gaben sie nur einsilbige und zerstreute Antworten.
Dann hob der Padrone die buschigen Augenbrauen und winkte den Kellnern und Piccolos mit sprechenden Blicken, das Paar nicht weiter zu belästigen, sondern in Ruhe zu lassen, bis sich auf ihren Gesichtern Entspannung herstellen und die Sonne wieder scheinen würde.
Doch nicht immer trat das Happy-End ein.
Roderich und Ida hatten in dem schönen und traditionsreichen Haus vis-à-vis der Kirche Santa Maria della Salute Quartier bezogen. Sie nahmen ihre Morgenmahlzeiten auf der Terrasse ein, die, vom Canal grande umspült, einen herrlichen Blick über die Lagune und die hier wimmelnden Gondeln gewährte. Die Terrasse war ein leichtes Gerüst aus Holz, und ihr Boden bestand aus mehr oder minder dicht gereihten Latten, unter denen das Wasser schwappte. An diesem Morgen, es war der vierte nach ihrem Hochzeitstag, war Ida von zitternder Erregung ergriffen. Sie knüllte die Panini zwischen ihren Fingern, sie vergoß den Kaffee, als sie die Tasse an ihre Lippen hob. Als Roderich ihr gegenüber Platz nehmen wollte, zog sie den Ehering von ihrem Finger und warf ihn Roderich ins Gesicht.
Er fing ihn nicht auf. Der Ring sprang auf den Tisch zurück und von dort durch eine breitere Lattenfuge in den Canal.

Gegen Abend brachte Roderich Ida von Kaschek zum Schlafwagenzug Venedig – Wien. Er brachte sie in einem Abteil erster Klasse unter und wünschte ihr glückliche Reise und eine geruhsame Nacht.
Danach gab er ein Telegramm an ihre Mutter auf: Das arme Idachen sei leider schwer erkrankt und wünsche heimzukehren. Er empfehle sie der familiären Obsorge und Geduld. Gezeichnet Roderich Bourdanin Dipl.-Ing., Oberleutnant der Artillerie in Reserve.

Er selbst bestieg ein Schiff nach Triest, von dort wollte er weiterreisen. Das Ziel seiner Neugier, seiner Sehnsucht und Tatenlust war ein damals in Europa weithin unbekanntes Land: Albanien.

Held in Albanien

Albanien – was war das für ein Land? Wo lag es eigentlich? Die wenigsten hatten je davon gehört. Auch von Fachleuten der Geographie war nichts Sicheres darüber zu erfahren. Es schien eher eine Bevölkerung zu bezeichnen als ein festumrissenes Gebiet, und da diese Bevölkerung nomadisch umherzuziehen pflegte, so schienen auch die Grenzen fließend und wechselhaft ungewiß wie alles, was Albanien betraf.
Seit Jahrhunderten war das Volk der Skipetaren – wie es sich selbst nannte – in die große Mühle geraten, die sich über und zwischen den Balkanvölkern drehte, die Mühle einer Geschichte, die – ohne je stillzustehen – Völker und Reiche zermalmte, sie wieder erstehen ließ, um sie von neuem zu zermalmen. Da war keine Grenze haltbar und keine Absprache, und jeder Vertrag war schon im Augenblick seiner Unterzeichnung gebrochen. Der Siegeszug der europäischen Zivilisation hatte diesen Erden-

winkel ausgespart: Es herrschten Stammesfehden und Blutrache, Armut, Hunger und Angst – und daneben die pure Lust, aus Gewehren zu ballern, das Vieh des Nachbarn zu stehlen und dem Geistlichen der anderen Konfession Bart und Ohren abzuschneiden, denn ein Teil dieses ungebärdigen Volkes hing dem Islam, ein anderer der katholischen Kirche an.
In dieses Land zog es Roderich Bourdanin, und der Skandal, den ihm seine junge Frau auf der Frühstücksterrasse seines venezianischen Hotels aufgeführt hatte, war ihm nichts als der befreiende und erlösende Anlaß, sich endlich dorthin zu begeben.
Seine Motive waren nicht ganz ohne patriotischen Hintergrund, im übrigen aber – wie so vieles bei ihm – seltsam gestrickt.
Es war damals in Wien, als er auf der Technischen Hochschule inskribierte: Er stand soeben vor dem Schwarzen Brett und studierte das Angebot der Vorlesungen; da trat – mit chevaleresker Gestik – ein Herr an ihn heran. Er war sehr groß und sehr dick und trug einen kurz gestutzten, aber äußerst dichten Backenbart. Der Herr wies auf ein an das Schwarze Brett geheftete Blatt: Auf ihm war der Unterricht in albanischer Sprache angeboten.
»Mein Herr«, sagte der Dicke, »darf ich Sie wohl um eine Gefälligkeit ersuchen?«
»Und die wäre –?« Roderich war immer bereit, Gefälligkeiten zu erweisen.
»Ich bin Lehrer der albanischen Sprache und darf mich hier des Vorzugs erfreuen, diese schöne und interessante Sprache unterrichten zu dürfen. Die Bedingung eines solchen Unterrichts ist aber, daß ich fünf Hörer auszuweisen habe.«
»Nur fünf?«
»Ich habe bisher nur vier!« fuhr der Backenbart in kläglichem Ton fort. »Und niemand will der fünfte sein.«
Roderich räusperte sich. Er hatte bisher noch nie einen Ton über diese Sprache vernommen, geschweige denn gedacht, daß man

sie erlernen könnte. Aber der Dicke tat ihm leid. »Es wird mir eine Ehre sein«, sagte er, »Sie als fünfter zu hören.«
Der Fremde bedankte sich überschwenglich: Roderich habe seine Dozentur gerettet.

Freilich: Die fünf Hörer der albanischen Sprache blieben nur kurze Zeit ihrer fünf. Bald fehlte der eine, bald der andere, schließlich blieb Roderich allein mit seinem Lehrer. Umso mehr konnte er von ihm über Land und Leute erfahren, und manches davon ließ ihn die Ohren spitzen.
Schon lange, so vertraute ihm der Orientale an, hätten die Italiener ein begehrliches Auge auf das Land geworfen und, da dieses nur von schwachen und untereinander zerstrittenen Stammesfürsten regiert werde, habe das Königreich Italien gute Aussichten, auch jenseits der Adria Fuß zu fassen; doch damit würden Österreichs balkanische Interessen aufs Peinlichste beschnitten. Es werde höchste Zeit für die Wiener Regierung, sich auch hier kräftig zu Wort zu melden; schließlich gehe es darum, das immer aufmuckende Serbien vom Süden her einzudämmen.

Das leuchtete Roderich ein. Umso gründlicher wollte er das Albanische studieren, denn ihm sagte eine innere Stimme, eines Tages werde er Gelegenheit haben, in diesem abenteuerlichen Land eine Rolle zu spielen.
Das war nun freilich schon Jahre her.
Seit er das technische Diplom erworben hatte, war er an allerlei Bauten tätig geworden; so an einer Zahnradbahn in Karlsbad, an einem Brückenbau in Eger, endlich auch an der indesssen hochberühmten und gepriesenen Wasserleitung, die Wien mit sprudelndem Naß versorgte. Aber sein rastloser Geist schweifte weiter. Er war es allmählich satt geworden, sich jeden Morgen pünktlich in seinem Büro einzustellen, an Zeichnungen herum-

zuknobeln und endlosen Palavern über entstehende Kosten zuzuhören.
Er nervte seine Vorgesetzten mit der Behauptung, er fühle sich nicht mehr imstande, täglich vor elf zur Arbeit zu erscheinen, denn zwischen sieben und zehn, so sagte er, schüttelten alle Hausfrauen und dienstbaren Geister Staubtücher und Staubwedel aus den Fenstern. Wie komme er, Roderich Bourdanin, dazu, daß ihm der Schmutz einer ganzen Stadt auf den Kopf geworfen würde? – Die Herren, denen er das Argument vortrug, lachten zuerst, doch da er auf seiner Behauptung beharrte, fühlten sie sich von ihm geuzt. Schließlich fragten sie ihn, ob er kündigen wolle? –
Eben zu dieser Zeit fand in London eine Konferenz statt, in der die Großmächtigen Europas darüber berieten, wie man den allzeit unruhigen Balkan dämpfen und zum Frieden stimmen könnte.
Auch Albanien kam zur Sprache: Dort müsse einer Ordnung schaffen –, und man beschloß, einen deutschen Fürsten zu Wied und Runkel zu fragen, ob er die Würde eines albanischen Monarchen annehmen wolle.
Wied und Runkel, ein bis dahin unbedeutender rheinischer Kleinfürst, dessen Land schon längst von Preußen geschluckt und dessen Reichsunmittelbarkeit noch länger – mit vielen anderen Reichsunmittelbarkeiten – aufgehoben worden war, fühlte sich von der Aussicht auf neue Herrscherehren gereizt und sagte zu.
Natürlich mußte er sich nach Leuten umsehen, die ihm bei diesem Amt behilflich werden konnten. Man empfahl ihm einen Österreicher, Diplomingenieur und Oberleutnant der Reserve, der – ein seltener Fall – die Landessprache beherrsche.
Das gab den Ausschlag.
Endlich schlug für Roderich die albanische Stunde. Mit Zu-

stimmung der Wiener Ministerien trat er seinen Dienst bei Wied und Runkel an. Der Fürst ernannte ihn sogleich zum Hauptmann und machte ihn zu seinem persönlichen Adjutanten.

Der Anfang ließ sich auch gar nicht übel an. Die verschiedenen Skipetarenstämme begrüßten sie mit Salz und Brot und gewaltigem Flintengeknalle. Die lokalen Machtheber versicherten Ergebenheit. Ein Wettrennen zu Pferde mit gewagten Reiterkunststücken und ein altertümlicher Krummsäbeltanz beschlossen die Fête.

Roderich besprach sich mit einigen Herren, ob es wohl möglich sei, in der vorherrschenden Männergesellschaft auch einmal einige unverschleierte Skipetarinnen zu Gesicht zu bekommen. Man ließ ihn wissen, man werde seine Wünsche weitergeben. Ein gewisses Zwinkern und Zungenschnalzen ließen das Beste hoffen, zugleich aber auch vermuten, daß in diesem Land kein Spaß umsonst sei.

Roderich faßte sich in Geduld.

Er nahm seine Stellung durchaus ernst. Daß sein neuer Herr geborener Preuße war, erfüllte ihn mit Ehrgeiz. Er überraschte den Fürsten mit einer ganzen Reihe ausgearbeiteter Pläne, wie das Land zu regieren und wie ihm aus seiner Rückständigkeit zu helfen, wie es mit Straßen, Brücken und womöglich sogar Bahnen zu erschließen sei. Seine Sümpfe sollten ausgetrocknet, seine Flüsse reguliert werden. Der Fürst studierte die ihm vorgelegten Papiere, nickte und schüttelte abwechselnd den Kopf. – Das alles sei sehr hübsch, sagte er dann, und äußerst anerkennenswert. Aber die erste und Grundbedingung fehle: das Geld. Man habe ihm zwar in London das Land aufs Auge gedrückt, doch kein einziges müdes Pfund in Aussicht gestellt, und auch aus Deutschland – Preußen – sei nichts Bedeutendes zu erwarten.

Man werde sich wohl an Albanien selbst halten, Steuern ausschreiben und die männliche Bevölkerung zu den dringendsten öffentlichen Arbeiten heranziehen müssen.
Roderich zuckte die Achseln. Sein Lehrer hatte ihm über den Charakter seiner Landsleute mehr erzählt, als daß er hätte das Vertrauen des Fürsten in deren Bezähmbarkeit teilen können.
Leider hatte sich im Land das Gerücht verbreitet, der Deutsche sei mit vielen Tonnen Dukaten ins Land gekommen und werde sie nun auch gleich unter die Leute bringen. Statt dessen wurden – eine bei den Skipetaren noch nie erhörte Forderung! – Steuern ausgeschrieben. Fast zugleich war durch schwere Regengüsse die einzige einigermaßen befahrbare Straße rund um Durazzo von Steinlawinen meterhoch verschüttet worden. Der Landesfürst verfügte, daß sich die Männer der nächsten Siedlungen mit Schaufeln und Krampen zur Freilegung der Straße einzufinden hätten. Eine neue Unerhörtheit! Am ersten Morgen erschien eine Hundertschaft, um sich die Lage anzusehen. Am nächsten tröpfelten zwanzig herbei. Am dritten Tag kam kein einziger mehr, und als nun der Fürst sein kleines Corps Gendarmen ausschickte, die Säumigen heranzuzitieren, kamen diese unverrichteter Dinge zurück: Der ganze Albanerstamm habe seine Dörfer verlassen und sei mit Kind und Kegel und seinen Ziegenherden in das Gebirge weggezogen.

Das verhieß nichts Gutes, und so ging es fort.
Die Widersetzlichkeiten mehrten sich.
Wenn sich der Fürst mit seinem Gefolge durch die Gegend bewegte, stießen sie auf eindeutige Spuren schwelender Feindseligkeit. Brücken waren beschädigt, Brunnen verschmutzt, aus den Steilhängen, die sie querten, rollten kleine und größere Steine auf sie zu. Einmal wurde auch aus dem Hinterhalt geschossen.

Des Fürsten Gesicht erblaßte, von seinen Schläfen perlte der Schweiß.
Roderich bemerkte es mit Verachtung. Er hätte von einem Nordmenschen mehr Courage erwartet.
Statt den aufmüpfigen Skipetaren den Herrn zu zeigen und ihnen mit einem Handstreich gegen die ärgsten Rebellen zu imponieren – und dies wurde wohl im ganzen Land erwartet! –, ließ der Deutsche erkennen, daß er anfing, an seiner Mission zu zweifeln, ja daß er zu bereuen begann, sich auf das albanische Unternehmen eingelassen zu haben. Verärgert hörte Roderich seine mutlosen Äußerungen und kochte vor Wut, als er merkte, daß Wied und Runkel bereits nach einem Schlupfloch suchte, um das unglückselige Abenteuer zu beenden. Als einer seiner Beamten, ins Landesinnere verschleppt, grausam massakriert aufgefunden wurde, waren bei ihm die Würfel gefallen. Er zog sich mit seinem ganzen Gefolge in ein Fort zurück, das vor der Stadt und dem Hafen Durazzo auf einer Klippe im Meer lag und nur über einen schmalen Damm zu erreichen war. Roderich begriff: Das war der erste Schritt zum endgültigen Rückzug.
In ihm reifte ein kühner Entschluß.
Er wollte sich der Flucht nicht anschließen. Er, der Österreicher, wollte es dem Preußen zeigen, wie man standhalten und sich verteidigen kann – und damit die vielen Male rächen, die Österreich gegen Preußen verloren hatte: Königgrätz, Zorndorf, Leuthen; und mit demselben Eigensinn, mit dem er einst in der Schule seine Bleistifte gespitzt und wieder gespitzt und damit alle Lehrer gegen sich aufgebracht hatte, mit derselben Entschlossenheit, mit der er sich dem Duell mit dem fauchenden Professor unterzogen, heckte er seinen Plan aus: Er wollte das Fort verteidigen. Mochte der Preuße Fersengeld geben, er würde ausharren und feuern.
Doch als er sich auf dem Fort umsah, welches Arsenal ihm zur

Verfügung stehen würde, um sein Heldenstück auszuführen, entdeckte er nur ein einziges altes Geschütz, ein wahres Altertum von einem Kanönchen, und dazu nicht mehr als zwölf Geschosse. Damit war nun freilich keine Schlacht zu gewinnen.

Trotzdem blieb Roderich bei seinem Vorsatz.
Der einzige Mensch, dem er sich anvertraute, war sein Offiziersdiener, ein finster blickender Kroate, der ihm auf Gedeih und Verderb ergeben war und den Rückzug des Preußen ebenfalls schmählich fand.
Dieser Rückzug ließ nicht auf sich warten. Offenbar hatte der von Wied und Runkel durch Telegramme oder Funksprüche ein deutsches Kanonenboot herbeizitiert. Es näherte sich dem Inselfort und ging dahinter vor Anker. Noch ein Tag verging, noch eine Nacht. In der Morgendämmerung erfolgte der Exodus: Wied und Runkel verließ mit seinem Gefolge albanischen Boden. Roderich blieb. Mit seinem Kroaten zusammen brachte er sein Geschütz zur Stellung und erwartete den Angriff.
Zuerst geschah nicht viel. Der Auszug des Fürsten war nicht unbemerkt geblieben und hatte in der Stadt ein gewaltiges Flintengeknatter zur Folge gehabt. Man feierte den Abzug des verhaßten Fremden. Erst Stunden später versuchte eine Avantgarde der Skipetaren den Damm zu betreten. Roderich befahl: Feuer. Der Kroate zog ab. Das Geschoß verließ den Lauf und ging in die gegenüberliegende Ufermauer nieder. Ein dort angetäuter Fischerkahn war beschädigt.
Drüben: Heftiges Wutgeheul und neues Flintengeknatter. Doch die Angreifer zogen sich zurück, wohl um Kriegsrat zu halten. Roderich und sein Kroate warteten ab, was nun geschehen würde.
Roderich begann zu fürchten, die Albaner würden versuchen, sich dem Fort von der Wasserseite zu nähern. Da wäre Gegen-

wehr unmöglich gewesen. Doch schienen sie an eine solche Aktion nicht zu denken. Statt dessen schleppten sie, weiß Gott woher, selbst ein Geschütz heran. Roderich legte Störfeuer. Aber sein Kanönchen verfehlte die Ziele, die Einschläge gingen daneben: Einmal sackte ein altes baufälliges Magazin zusammen, ein anderes Mal mußte ein weiterer Fischerkahn büßen. Der Munitionsvorrat schmolz rasch dahin. Unterdesssen ließen die Gegner auch ihre Kanone bellen, auch sie war nicht viel zieltüchtiger. Die Fische im Hafenbecken zuckten in wilder Fluchtbewegung schwarmweise hin und her.

Schon wollte der Kroate das letzte Stück Munition in das Rohr schieben, da winkte Roderich ab und schickte ihn ins Innere des Forts; er solle dort nach einem Stück weißen Tuches suchen. Den letzten Schuß löste Roderich selbst. Diesmal traf er genau: Die Albaner stoben auseinander. Zwei oder drei wälzten sich auf dem Boden, kamen aber dann wieder von selbst auf die Beine und schleppten sich fort. Roderich sah es mit Erleichterung. Inzwischen war auch der Kroate zurückgekehrt. Er schwenkte ein weißes Handtuch. Roderich ließ es an einen Stock binden: das Signal zur Übergabe.

Roderich erzählte später oft, er habe, als er die heranstürmenden Albaner vor dem Festungstor empfing, jeden Augenblick den Tod erwartet. Statt dessen wurde er umarmt, geküßt, nasse und trockene Bärte wischten über sein Gesicht, seine Schultern und sein Rücken wurden beklopft, seine Hände gedrückt. Ein Mann mit einem großen weiß- und grüngemusterten Turban (also in den Farben des Propheten) versicherte ihm, die edlen Skipetaren wüßten einen so tapferen Feind wie Roderich zu schätzen, er habe sich nicht davon gemacht wie ein krummer Hund, sondern anständigen Widerstand geleistet, ihm und ihnen zur Ehre.

Ähnlich freundliche Versicherungen wurden dem Kroaten zuteil.
Man brachte beide zu einem ehrwürdigen Alten, der – offenkundig – die höchste geistige Autorität des Landes darstellte; ein Gastmahl erfolgte, alles unter großem Lärm und weiterem Flintengeknatter.
Gerührt und erschüttert durch so viel Großmut erklärte Roderich, daß er aus Freundschaft zum edlen Volk der Skipetaren den Fes nehmen und Mohammedaner werden wolle.

Die Johanniter

Der Kalligraph

Verlassen wir für eine Weile die Nachkommen des Rittmeisters und spazieren wir – es ist nicht weit! – vom Haus der Atlanten in das Innere der Stadt Pilsen, zum Haus der Dunklen Krüge! Es ist indessen etwas baufällig geworden, dieses Haus, der Verputz bröckelt, im Unterstock siedelt der Mauerschwamm. Oben wohnen die anderen Bourdanins, die wir – an anderer Stelle – zwar nicht ganz ohne Ironie, aber auch nicht ohne Zuneigung die *Johanniter* genannt haben, denn der erste Balthasar Bourdanin, der Vater des Rittmeisters, hatte einen Bruder, einen liebenswerten, friedlichen, aber etwas lebensfaulen Mann mit Namen Johann, dessen einzige Tochter Marie des Rittmeisters erste Frau geworden war. Ihr Bruder Hans – später Honsa –, ein stiller träumerischer Junge, hatte eine Zeitlang das in der Familie erbliche Gewerbe eines Buchbinders und Buchhändlers betrieben oder betreiben sollen. Leider war er ein sehr schlechter Geschäftsmann; statt seine Bücher an den Mann zu bringen, las er selbst, las endlos und unersättlich, und schließlich hatte er sich so viel von den gedruckten Massen einverleibt, daß in ihm die zentrale Frage aufstieg: Wozu das alles?

Ja, wozu? Wozu die Klassiker mit ihren riesenhaften Gebärden und dem Pomp ihrer Ehrwürdigkeit, wenn das menschliche Leben doch bitter und grausam blieb? Wozu das weitläufige Gesäusel um Glück und Liebe und gebrochene Herzen, wenn sich das Elend daneben nicht stillen und lindern ließ? Wozu das Getös um Freiheit und Menschenwürde, wenn die Armen doch arm und rechtlos und die Reichen reich und übermütig blieben – und wenn sogar im Herzen Europas ein braves begabtes Volk wie das tschechische dahinkümmerte und sich unter eine fremde, aus längst obsolet gewordenen Rechtstiteln genährte Herrschaft ducken mußte? – Hans empörte sich dagegen, und eines Tages wollte er nicht mehr Hans, sondern Honsa sein, also kein Deutscher mehr, sondern ein Tscheche.

Damals verließ er sein Vaterhaus, das gutbürgerliche, und schloß sich einer wandernden Zirkusgruppe an, als Leiermann oder, wie man sagte, als Flaschinettldreher, weil er, ein kleines schmächtiges und etwas verwachsenes Männchen, keine anderen zirkusmäßigen Fähigkeiten anzubieten hatte. Was er auf der Zirkustour erfuhr, konnte ihn freilich weder ermutigen noch in seinen Gefühlen für das einfache Volk bestärken. Dennoch hatte er Glück, Glück im Unglück, denn er fand Katschenka.

Katschenka, die Köchin der Zirkusleute, eine großgesinnte Seele, die ihn, Honsa, liebte. Sie liebte nicht immer ganz ohne Hoffnung und hätte ihn nur zu gern unter ehelichen Fittichen bei sich geborgen. Aber als sie begreifen mußte, daß er dies durchaus nicht wollte, so verzichtete sie heroisch und brachte ihn ins Elternhaus zurück. Dort blieb sie bei ihm, kochte für ihn und seinen alten Vater und sorgte schließlich sogar für seine junge Frau Vlasta, eine kleine tschechische Näherin, die von Hans ein Kind erwartete.

Das Kind starb bei der Geburt oder schon zuvor, nicht ganz ohne Katschenkas Schuld und Zutun, denn sie suchte seine voreheliche Zeugung zu verheimlichen und dehnte Vlastas Schwangerschaft mit allerlei unerlaubten Mitteln aus, was der Leibesfrucht durchaus nicht bekam. Immerhin hatte es Katschenka gut und *nur* gut gemeint.

Erstaunlicherweise blieb Vlasta nach der schweren Geburt am Leben, und Katschenka blieb im Haus der Johanniter. Die beiden Frauen waren unverbrüchliche Freundinnen geworden, die Junge und die Alte, diese grau und gichtig geworden, sehr gichtig sogar und krumm. Niemand erfuhr, was die beiden über Honsa dachten, über seine menschenfreundlichen Träumereien und Sehnsüchte und darüber, daß er sich von Jahr zu Jahr mehr dem Alkohol ergab. Sie bezichtigten seine Freunde, einen schlechten Einfluß auf ihn auszuüben, und bemühten sich, ihn vor ihnen abzuschirmen.

Bis dahin hatte Honsa als Rentier und Nutznießer eines guten Erbes gelebt. Eines Tages, er mochte an die Vierzig sein, erreichte ihn aus dem Rathaus die Anfrage, ob er nicht dort den Posten eines Schreibers, also eines Beamten, antreten wolle.

Honsa nahm an. Er hatte – lang war es her! – auf dem Gymnasium eine schöne und regelmäßige Hand geschrieben. Eine solche war hier verlangt. Sogleich und so, als hätte es ihn schon längst nach einer regelrechten Tätigkeit verlangt, stürzte er sich in die Aufgabe, die alte Fertigkeit aufzufrischen. Mit Hingabe übte er Haar- und Schattenstriche, große und kleine Initialen, Kurrent und Antiqua. So vorbereitet trat er seinen Dienst an. Die Frauen triumphierten. Endlich glaubten sie ihr Sorgenkind in einer geordneten Tätigkeit versorgt, endlich abgelenkt von der Flasche, endlich gezwungen, ein Tag für Tag geregeltes Leben zu führen. Da er nun Beamter war, mußte er sich doch, so rechneten sie, eines Beamten würdig aufführen, mußte anrüchige Versammlungen meiden und anrüchigen Subjekten, wie sie unter seinen Freunden nur zu oft aufgetaucht waren, die Freundschaft kündigen.

Und tatsächlich, eine Zeitlang ging alles gut.

Honsa ließ es an Eifer nicht fehlen. Er schien selbst beglückt, sein langes Schlendriandasein beendet zu haben.

Freilich wiesen die Schriftstücke, die er zu kopieren hatte, zumeist in eine ganz andere Richtung, als sein Herz wünschen konnte; amtliche Schriftstücke waren es (also keine Dokumente der Brüderlichkeit), die sich auf kaiserlich-königliche Erlässe beriefen; die meisten von ihnen forderten, drohten, bedangen aus, diktierten Steuern, Abgaben, Strafen. Trotzdem wurden sie von Hans Bourdanin geduldig, ja sogar mit einer gewissen Wollust abgeschrieben. Seine eigene Schönschrift versöhnte ihn mit ihrem rigiden Inhalt.
Manchmal wagte er es, bei besonders gewichtigen Dokumenten über die vorgesehene Form hinauszugehen, neben der schwarzen auch rote und grüne Tinte zu verwenden, hervorragende Namen mit Schnörkel und Schleifen einzuspinnen. Damit erreichte er einen fast künstlerischen Effekt.
Aber wie jeder Artist war auch er schrecklichen Anfechtungen ausgesetzt. Besonders nachts, wenn er wieder einmal drei Gläser über den Durst getrunken hatte, wachte er in Ängsten auf: Ihm war, als habe er ein Aktenzeichen, ein Datum, einen Namen vergessen oder falsch kopiert oder er habe Blätter in verkehrter Reihenfolge aneinander geheftet.
Die Schriftstücke waren schon abgeliefert, womöglich abgegangen, das Verderben unaufhaltsam unterwegs. In kalten Schweiß gebadet, saß Hans in seinem Bett und stellte sich die Schäden vor, die er verursacht hatte. Dann und wann pochte er den Rathauswärter schon bei Morgengrauen aus seinem Kabuff, um im ganzen Haus den unglücklichen Papieren nachzujagen.
Waren sie endlich gefunden, stellte es sich meist heraus: Es war ohnehin alles in Ordnung gewesen, und aufatmend konnte sich Honsa in seiner Schreibstube erholen.
Diese Schreibstube verwandelte sich bald nach seinem Einzug in ein Unikum ihrer Art. Honsa hatte gleich einmal seinen eigenen Sekretär herbeischaffen lassen, ein eingelegtes Möbel aus der Bie-

dermeierzeit mit Säulchen und Messingbeschlägen: Ihm war es unmöglich erschienen, auf dem zerschrundelten tintenfleckigen Veteran von Tisch, den er hier vorgefunden, eines seiner kalligraphischen Kunstwerke herzustellen. Der Lehnstuhl war nachgefolgt und hatte den harten amtlichen Hocker ersetzt, er umfing seinen Insassen mit gepolsterten Lehnen. Dann hatte ein bescheidenes Blumentöpfchen auf dem Fensterbrett Platz genommen, ein zweites und drittes folgte, sie tarnten einen Spirituskocher für die Zubereitung von Tee – und heimlicherweise auch Grog.

Ein Paar warmer bestickter Pantoffeln lugte schamhaft unter dem Aktenschrank hervor.

So schien Hans Bourdanin eine Figur wie aus Spitzwegs witzigen Bildern, ein zahmer Provinzler und treuer Knecht seiner Behörde. Aber der Schein trog. Reste der alten Widersetzlichkeit goren in ihm weiter.

Der Kalligraph konnte den Revoluzzer doch nur für eine Zeitlang verdrängen.

Die arme Milena

Alt-Österreich war ein geordnetes Staatswesen und hatte den Willkürlichkeiten des Absolutismus längst abgeschworen. Die Verfassung bekannte sich höchst feierlich zur Gleichheit aller Bürger vor dem Gesetz. Aber dieses Bekenntnis war doch nur eine löchrige Kulisse, eine billige Attrappe. Man brauchte nur irgendeine Zeitung – auch eine noch so liberale – aufzuschlagen, da konnte man schnell erfahren, was wirklich galt – und daß jene Gleichheit so gleich nicht war, sondern eine Menge Stufen und Leitersprossen enthielt zwischen oben und unten, links und rechts, zwischen Geadelten, Geweihten, Graduierten einerseits

und dem *anderen Volk*, Kleinbürgern, Bauern, Arbeitern bis hinab zu dem *übrigen Pack*, das nichts war und nichts hatte und deshalb auch nicht das kleinste Zutrauen genoß. Hatte aber eins aus dieser untersten Schublade der Gesellschaft das Pech, in die Zeitungsspalten zu geraten, war derjenige auch gleich nur ein *gewisser Soundso*, ein *Subjekt* oder eine *Weibsperson*, und die bürgerliche Verachtung war ihm sicher. War er gar angeklagt, wurde er auch sogleich schon für schuldig gehalten, ehe noch sein Akt aufgeschlagen worden war.
Allerdings zeichneten sich in diesem Bereich seit etlichen Jahren neue Veränderungen ab. Neue Unterschiede klafften auf und brachten die schon immer brüchig gewesene Gleichheit vor dem Gesetz noch mehr durcheinander. Dabei ging es nicht mehr so sehr um den Unterschied der Stände als um die Unterschiede der Nationen. War zum Beispiel ein Tscheche angeklagt und sollte sich vor einem deutschen Gericht verantworten, so suchte die tschechische Presse seinen Fall so günstig wie möglich darzustellen und verdächtigte das deutsche Gericht der Parteilichkeit. War ein Deutscher in die Mühlen der Gerechtigkeit geraten und sollte sich vor einem tschechischen Richter rechtfertigen, ereiferten sich die deutschen Blätter für ihn und machten Lärm für vermutete Unschuld. So gab es Streit und Gezänk zwischen allen Nationen, Anklagen und Gegenanklagen, und jeder Fall konnte zu einem bösen Ernstfall entarten.
In diesem Klima schwelender Feindseligkeiten ereignete sich das triste Trauerspiel der Milena Horschowá. (Damals war Honsa Bourdanin genau neun Jahre Schreiber im Pilsner Rathaus.)
Milena Horschowá war Dienstmädchen bei einem Baron Plitzer sächsischer Herkunft, einem begüterten Schuhfabrikanten in Beraun an der Beraun. Sie war, wie das leider nur zu oft geschah, von dem Sohn ihres Dienstherrn verführt oder vergewaltigt worden. Ihre Schwangerschaft verbarg sie so gut sie konnte und

gebar schließlich allein und verlassen in ihrer Mägdekammer unter dem Dach. Als das Kind zu schreien begann, erwürgte sie es mit einem Schürzenband.
Dann wickelte sie das arme Leichlein in ihren blutigen Unterrock und versteckte es unter ihrem Bett.
Niemand kümmerte sich um sie, denn eben an diesem Tag wurde im Haus Plitzer ein Fest gefeiert. Der junge Plitzer verlobte sich mit einer Dame aus bester Prager Gesellschaft. Die Wöchnerin lag in ihrer elenden Mägdekammer, hatte keinen Schluck zu trinken, keinen Bissen zu essen und hörte das Festgetöse aus dem Nobelstockwerk heraufschallen, Fetzen von Musik und Hochrufen. Auch Bratenduft wehte herauf, und Milena stellte sich die Hühnchen und Täubchen vor, die da unten knusprig braun gebraten auf silbernen Platten lagen. (Sie hatte ja etliche von ihnen, ehe die Wehen einsetzten, noch selbst gerupft.)
Nun hielt sie es nicht mehr aus in ihrem einsamen Elend, sie holte das Tote unter ihrem Bett hervor und wankte aus der Tür. Das Geländer entlang schob sie sich abwärts und erschien schließlich im Saal vor der Tafel.
Ich könnte mir vorstellen, daß der Verführer erblaßte, als er sie sah, und daß er ihr eifrig winkte, so schnell wie möglich zu verschwinden. Aber gerade dieses Winken mochte sie zu einer Art Wut aufgestachelt haben.
Sie wandte sich nicht an ihn, sondern an die soeben festlich verlobte junge Dame aus Prag, die natürlicherweise nicht ahnen konnte, wer da ihr gegenüber an die Tafel trat und was diese unter dem Tuch verbarg, das sie im Arm hielt. Sie mochte vermuten, da habe sich jemand aus dem Dorf heraufverirrt, eine junge Zigeunerin vielleicht, die ihr nun auch einen Glückwunsch sagen und vielleicht sogar ein Geschenk bringen wollte? – (Unter den Dorfleuten gab es ja immer wieder so merk-

würdige Gestalten! – Man mußte sie leutselig gewähren lassen, dann zogen sie von selbst wieder ab.)
So streckte sie die Hand aus, um ihren immer wilder gestikulierenden Verlobten zu beruhigen, winkte jene heran und war so unvorsichtig, die Frage zu stellen: »Na, Sie Kleine, was will Sie denn hier? Hat Sie uns am Ende etwas mitgebracht?« – Worauf Milena Horschowá einen schrecklichen Schrei ausstieß und ihren toten Säugling, nackt wie er war, mit baumelnder Nabelschnur und noch glitschig von Kindspech, auf den Tisch warf. (Er fiel, wie die Polizei nachher berichtete, der jungen Dame auf den Teller und von dort auf den Schoß.)
Daß dieser Zwischenfall die Festlichkeit aufs Peinlichste beendete, versteht sich von selbst. Milena wurde sofort gepackt und dem herbeigerufenen Gendarmen übergeben. Die Dame aus Prag erlitt einen Nervenzusammenbruch, sie mußte ärztliche Hilfe in Anspruch nehmen und entlobte sich sofort.
Was mit der Kindsleiche geschah, wurde nicht bekannt.
Doch zwei Tage später brach ein gewaltiger Pressekrieg los. Die einen Blätter berichteten von einem grausamen Kindesmord und einer frechen Herausforderung der Gesellschaft, die anderen von himmelschreiendem Dienstbotenelend in den Häusern der Reichen und von der Verlassenheit verzweifelter Mädchen, die den Lüsten der Dienstherrschaft zum Opfer gefallen waren. Die einen riefen nach Gericht und Todesstrafe, die anderen setzten Milena eine Märtyrerkrone auf. Die deutschen Blätter betonten, wie angesehen und beliebt die Familie Plitzer in der ganzen Gegend sei, die anderen ergingen sich in Andeutungen, daß ihre Schuhfabrik mit halsabschneiderischen Methoden geführt und ein Nest der gröbsten Ausbeutung sei. Kurzum: Die öffentliche Meinung des Landes war gespalten, die Parteien kläfften gegeneinander los; auch Honsa Bourdanin war erbittert, es braucht hier nicht gesagt zu werden, gegen wen.

Im Rathaus wagte er seinen Gefühlen nur andeutungsweise Ausdruck zu geben, doch zu Hause, in Gegenwart der beiden Frauen, nahm er sich kein Blatt vor den Mund.
Vlasta und Katschenka saßen da und setzten steinerne Mienen auf. Er ging vor ihnen auf und ab und wiederholte alle Argumente, die er im Parteiblatt der Jungtschechen gegen die Plitzers gelesen hatte. Erst vor kurzem aus Deutschland eingewandert, hätten sie sich Ansitz- und Fabrikationsrechte im schönen Beraun erschlichten, arbeiteten nur mit deutschen Fachkräften und unterdrückten alles Soziale. »So ist es auch!« rief er, und fügte die Frage hinzu: »Ist es nicht?«
»Snad«, sagte Katschenka, »vielleicht«, und spießte ihren Knödel ungerührt auf die Gabel, um die Soße aus dem Teller zu wischen. – Und der Richter – ereiferte sich Honsa weiter, der den Prozeß gegen die arme Milena führen werde, auch er sei ein Deutscher, ein Hasser des Proletariats, ein weithin bekannter Kapitalistenknecht. »Felsenstein heißt der Kerl, Felsenstein! Was sagt ihr dazu? Schon sein Name ist eine Provokation.«
»Snad«, sagte jetzt auch Vlasta, »vielleicht«, und tauchte die Biskotte in die Vanillecreme, denn sie liebte das Süße. »Aber jetzt sei so gut, Honsa, und sieh nach, ob die Mařenka immer noch schläft.«

Mařenka war ein kleines Mädchen von zwei Jahren, das dem Ehepaar Vlasta und Honsa geboren wurde, als beide – nach langer kinderloser Zeit – schon längst nicht mehr mit Nachwuchs gerechnet hatten. Sie war ein herziges zartes Frätzchen mit blonden Locken und rosa Bäckchen. Da sie zumeist bereits am frühen Morgen munter war, verschlief sie gern die Mittagszeit. Auch heute lag sie in seligem Schlummer, zufrieden an ihrem Daumen lutschend. Der Vater beugte sich über ihr Bett, in seinen Armen zuckte es, die Kleine aufzunehmen und an sich zu drücken, aber er wollte sie nicht wecken. So begnügte er sich damit, ihr das Plumeau über die Schulter zu ziehen und ihren leisen Atemzügen zu lauschen. – O Kind, liebes Kind, in welche Welt bist du geboren! – In Honsas Augen brannten Tränen. Er fühlte sich vereinsamt und verwundet. Das Verhalten der beiden Frauen, ihre Kälte und Gleichgültigkeit waren ihm unfaßbar. »Mařenka!« flüsterte er. »Wärest du nur schon groß! Du würdest deinen Vater besser verstehen.«

Am anderen Tag saß er wieder in seiner Schreibstube und kopierte Erlässe.

Der Prozeß gegen Milena Horschowá hatte noch immer nicht stattgefunden. Angesichts des herrschenden Pressestreites zögerte man; es schien nicht tunlich, das Verfahren in Prag abzuwickeln, man fürchtete schwere Krawalle. Schließlich entschied man sich für Pilsen. Das Gerichtsgebäude befand sich dort in einer engen Gasse, die leicht abzuriegeln war, die Garnison galt für verläßlich. Der Richter Felsenstein wurde unter Polizeibedeckung herangebracht, ebenso die Angeklagte.

Da die Beweislage mehr als klar war, rechnete man mit einem raschen Urteilsspruch.

Honsa saß an diesem Tag untätig an seinem Schreibtisch. Seine Hände zitterten, vor seinen Augen wogte Nebel. Von seinen Freunden hatte er erfahren, sobald das Urteil gesprochen war, würde sich die empörte Menge in großen Zügen aus den Vorstädten Petrohrad, Skurnan und Doudlewetz gegen den Ringplatz bewegen und hier vereinen. Was weiter geschehen würde, das wußte niemand.

Ehe noch die Kirchenglocke von St. Bartholomäus Mittag einläutete, wurde die Tür hinter Honsa aufgerissen und ein Beamten-Kollege schrie herein: »Zwölf Jahre schwerer Kerker.«

Zwölf Jahre schwerer Kerker! Das war das Signal. Jetzt ging es los.
Eine kleine halbe Stunde danach zeigten sich die Spitzen der heranmarschierenden Demonstranten am Rand des Ringplatzes. Noch wagten sie sich nicht weiter, noch zögerten sie, noch warteten sie vielleicht auf Verstärkung von hinten. In allen Fenstern des Rathauses hingen die hier Beschäftigten und blickten halb angstvoll, halb lustvoll und mit brennender Neugier dem entgegen, was sich hier abspielen würde. Man erwartete den Ansturm der Menge, zugleich das Eingreifen des Staates, denn in den Gassen rechts und links des Rathauses waren Polizei und Soldaten massenhaft in Bereitschaft gestellt.
Auch Honsa war unter denen, die aus den offenen Fenstern starrten.
Nun setzten sich die Menschensäulen in Bewegung und strömten hinter den Häuserecken hervor, um sich hinter dem Chor der Kirche zu einer einzigen Front zu vereinigen. Mit Fahnen und Schrifttafeln kamen sie heran, in geschlossenen, fest untergehakten Reihen, eine einsame Trompete blies dazu die Melodie der Marseillaise.
Da überkam es Honsa: Er stürzte aus dem Zimmer, die breite steinerne Treppe hinab, so rasch, daß seine Sohlen die Stufen kaum berührten, und ehe unten das Tor mit allen verfügbaren Schlössern und Riegeln geschlossen wurde, erzwang er noch einmal einen Spalt, um hinauszuschlüpfen und jenen entgegenzurennen, die für Milena protestierten. »Bratři, bratři«, schrie er dabei, »Brüder, Brüder!« und war auch schon bei ihnen.
Man empfing ihn mit offenen Armen – und schon war er in die erste Reihe gepackt und marschierte zwischen ihnen zurück und auf das Rathaus zu.
Ehe sie es erreicht hatten, hörte man Pferdegetrappel, und aus der Dominikanergasse, in der sich das Gerichtsgebäude befand,

stürmte, die blankgezogenen Säbel in der Hand, eine Hundertschaft berittene Polizei.
Sie hielt vor dem Rathaus und wandten sich in drohender Haltung gegen die Menge.
Die stockte und wich einige Schritte zurück. Einer der Reiter brüllte einen Befehl, er forderte die Menschen auf, sich zu zerstreuen. Doch da flog der erste Pflasterstein.
In der nächsten Sekunde fühlte sich Honsa zu Boden geschleudert, eine schreckliche Gewalt brauste über ihn hinweg. Die Reiter preschten in die Menschenmauer, der Huf eines Pferdes traf Honsa am Hinterkopf, ein anderer in den Rücken.

Mit einem gellenden Schrei machte die Menschenmauer kehrt, zerriß und zerstob, erst in Scharen, dann in Punkten, die sich in wilder Flucht über den Platz ergossen, hierher und dorthin geschwemmt und schließlich von den Gassenschluchten verschluckt.
Die Niedergerittenen und Verletzten waren zurückgeblieben und schrien um Hilfe, und manche machten sich auf, um sich hinkend und fluchend in Sicherheit zu bringen.
Honsa war nicht unter ihnen. Honsa lag wimmernd auf dem Pflaster und wartete, bis man ihn auflas, verband und, auf seine Bitte, ins Haus der Dunklen Krüge trug.
Böswillige Rathausbeamte gaben an, er, Hans Bourdanin, habe den Pflasterstein geworfen.

Ein Besuch und ein Gespräch zwischen Frauen

Rittmeister Bourdanin hatte das Haus der Johanniter seit dem Tod seines Onkels nicht mehr betreten; die dort herrschenden

Verhältnisse waren ihm undurchsichtig und damit peinlich geworden. Doch jetzt, da sein Vetter mit lädiertem Kopf und geknickten Rippen zu Bett lag, besuchte er ihn.
Honsa war übel dran. Sein Kopf schmerzte, aber weit schlimmer quälte ihn das Stechen in der Brust. Wie angenagelt lag er da und wagte kaum tiefer Atem zu schöpfen. Als ihm Vlasta den Besuch anmeldete, stöhnte er auf. Er konnte sich nichts anderes vorstellen, als daß ihn der Ältere, der gefürchtete Vetter und unbestrittene Chef aller Bourdanins, mit Vorwürfen überschütten würde.
»Jesus, Maria! Kann er mich denn nicht in Ruhe lassen?« Doch ihn abzuweisen, wagte er nicht.

Balthasar trat ein. Unwillkürlich tat er es leise. Sachter als sonst legte er seinen Stock auf den Tisch und setzte sich.
»Na, Hans«, sagte er. »Jetzt bist ja auch du blessiert.«
Honsa spähte zaghaft über den Rand seiner Decke. Er schwitzte vor Angst.
»Auch du!« sagte der Rittmeister und nickte.
Hans schwieg. Dann: »Wie meinst du das: *Auch* ich?«
»Wie ich das meine?« Der andere griff an seine Uhrkette: Da hing, in dünne silberne Drähte gefaßt, der Splitter, den man ihm nach der verlorenen Schlacht bei Solferino aus dem Arm operiert hatte. »Ich hab das Ding da abgekriegt – im Krieg, in Italien – und hab's überlebt. Du hast das deine hier abgekriegt, auf unserem lieben Pilsner Ringplatz – und hast's, Gott sei Dank, auch überlebt.«
Hans schluckte. Dann rang er nach einem tieferen Atemzug und murmelte: »Das war aber doch eine ganz andere Sache.«
»Jawoll, eine andere Sache!« Balthasar hob den Kopf. »Bei mir ging's um Kaiser, um Vaterland, um Pflicht und Ehre. Und bei dir – bei euch –? Was soll ich sagen, Hans, worum es bei euch ging? – Aber das Entscheidende bleibt doch, daß sich eins traut,

für eine Sache zu sein und den Kopf hinzuhalten dafür, einmal, wenigstens einmal im Leben.«

Honsa schnappte nach Luft. »Das sagst *du*?«

»Sag ich, sag ich. Denn unsereins hat schließlich auch Augen im Kopf.«

»Augen?« fragte Hans. »Wofür Augen?«

Darauf antwortete Balthasar nicht.

Er angelte sich den Stock herbei, stellte ihn auf und stützte Kinn und Hände auf seinen Griff. – »Ich weiß es ja nicht«, sagte er dann, »war deine Mařenka oder Milena – oder wie sie sonst hieß – ein Luder oder nicht –? Oder war sie nur die arme Haut, von der eure Zeitungen geschrieben haben? Hat sie ihren Bams nur in Sinnesverwirrung erwürgt – oder aus purer Bosheit und um ihrer Herrschaft einen Tort anzutun? Du jedenfalls, du hast an ihre Unschuld geglaubt, Hans ... Ich nehme an, du hast –?«

»Bei Gott, ich hab –«

»Und da hast du natürlich zu denen hinausmüssen, die vor dem Rathaus aufmarschiert sind –«

»Jaja, so war's.«

»Ich versteh ja das alles, Hans, und find es nicht einmal unrichtig. Nein. Nicht einmal unrichtig. Nur den Pflasterstein, Hans, den hätte ich dir nicht zugetraut.«

Nachdem der Besuch gegangen war, schlüpfte Vlasta wieder herein. Sie fand ihren Mann, in Tränen gebadet, schluchzend in seinen Kissen. »Na, was hat er dir gesagt, der Unmensch?«

Hans konnte nur den Kopf schütteln.

»War's wirklich so schlimm?«

»Nein, nicht schlimm. Nicht schlimm, Vlasto. Ach, ach, ach –.«

Und als sie sich zu ihm neigte: »Geh, Vlasto, geh. Du verstehst das nicht.«

Achselzuckend ging sie hinaus.

Katschenka erwartete sie in der Küche. Sie klopfte Schnitzel.
»Er liegt drin und bretscht«, berichtete Vlasta.
»Aus Wut?« fragte Katschenka.
»Nicht aus Wut. Aus Rührung. Verstehst du das?«
Katschenka ließ den Schnitzelhammer ruhen. »Aha«, sagte sie.
»Er hat also nicht geschimpft?«
»Der Rittmeister? Scheint so. Er hat nicht geschimpft. Wir hätten doch gedacht, ein Donnerwetter –«
»Jaja, ein Donnerwetter.« Katschenka griff wieder nach dem Hammer. »Hätten wir gedacht. Aber die Männer! Die Männer untereinander! Die kratzen einander die Augen nicht aus.« Sie klopfte, daß das Fleisch auf dem Brett zerfaserte.
In Vlastas Augen spritzte ein Tropfen wäßrigen Blutes.
»Hau nicht so!« sagte sie und wischte sich ab.
»Ich hau, wie ich will!« sagte Katschenka und drosch weiter.
»Und du weißt auch warum.«
Vlasta bückte sich zum Ofenloch, um das Feuer unter der Fettpfanne zu schüren. »Halb und halb weiß ich's, aber so ganz auch wieder nicht … So red schon, Katschenka!«
Die Alte schlug noch weiter. Dann warf sie den Schnitzelhammer auf den Tisch. »Ich hab's doch kommen sehen, daß sie ihn feuern werden im Rathaus. Jetzt haben wir die Bescherung.«
»Ach«, sagte Vlasta, »wegen der paar Gulden –? Er hat auch vorher gelebt – und wir auch.«
»Aber wie gelebt? Geh, Vlasto, du weißt es doch auch: Früh ein Schnapserl zum Kaffee und am Vormittag ein Glaserl zur Stärkung, zu Mittag drei und so bis in die Nacht. So ist das nicht gegangen im Rathaus, das hätten die ihm gleich abgestellt. Da hat er auch was zu tun gehabt mit seinem Buchstabenmalen.«
»Ja, aber abends –!« sagte Vlasta.
»Abends! Abends!« Katschenka zog das Fleisch durch die Panier.

»Abends sag ich ja nichts, da darf ein Mann schon sein Flascherl leeren, kann sich ja ausschlafen bis in die Früh. Und wenn er dann eine Arbeit hat, ist er versorgt und vergißt aufs Saufen. Jetzt hat er keine Arbeit mehr und kriegt auch keine mehr, das schwör ich dir, nur wegen dieser gottverdammten Milena und ihrem blöden Bankert.«

Über Vlastas hasenzähniges Gesicht glitt ein Schatten. »›Blöder Bankert‹ sagst du –? Sie hätt es nicht umbringen sollen. Erwürgen mit dem Schürzenband, nein, Katschenka, das war nicht recht.«

Katschenka warf die Schnitzel in die Pfanne, das siedende Fett zischte auf.

»Na, laß mal!« sagte sie. »Wir haben's auf unsere Weise getan.«

Die Jüngere erblaßte. Sie tastete sich den Küchentisch entlang und sank auf einen Hocker. »Ich weiß. Ich weiß.«

»Na, und –?« fragte die Alte. »Niemand hat dir was nachsagen können. Volle neun Monate sind's gewesen nach der Hochzeit. Volle neun ... Dafür hab *ich* gesorgt, und es tut mir nicht leid. Jaja, ich weiß, das Kind ist in dir abgestorben, nicht mehr gemuckt hat's sich. Das hat der braune Saft gemacht, den ich dir gegeben hab, den hast du geschluckt, Tag und Nacht. Und hast es dann schwer gehabt, Vlasto, teuflisch schwer, das Ding auf die Welt zu bringen. Himmel, hab ich gedacht, sie übersteht's nicht! – Aber dann, dann war ich doch froh – und du auch, sag nur die Wahrheit, Vlasto! Du auch.«

Vlasta nickte vor sich hin.

»Niemand hat dürfen mit Fingern auf dich weisen: ›Zu früh, zu früh ...‹ Nachgehangen wär's dir bis heut, ich schwör's dir. Selbst der Kleinen, der Mařenka hätten sie's noch vorgezählt, daß ihre Mutter ... Geh, geh, ich kenn sie doch. Sie haben keine Barmherzigkeit. So haben sie's schlucken müssen: Du – eine Bourda-

nin, Du – eine Milostivá. Eine Gnädige. Und ohne schwarze Flecken.«
»Ach Gott ja«, seufzte die Jüngere. »Ich weiß.«
»Na eben«, sagte Katschenka und spießte die braungeschmorten Schnitzel aus der Pfanne. Das größte legte sie auf einen Teller, tat Kraut und Kartoffeln dazu und einen Klacks Senf. Den Teller schob sie Vlasta hin. »Bring den hinein zu ihm. Vielleicht hat er schon ausgebrescht.«

Nach diesem Frauengespräch beim Schnitzelschmoren lebte Katschenka nicht mehr lange. Ein rätselhafter Druck in der Lebergegend nahm ihr manchmal den Atem. Dann aß sie zwei Tage nichts, nahm kaum anderes zu sich als Kamillentee. So verfiel sie rasch, wurde kraftlos, schleppte sich mühsam herum. Dann wurde sie gelb im Gesicht, das Weiße ihrer Augen wurde gleichfalls gelb, sie konnte ihr Bett nicht mehr verlassen. Als sie endlich nach vielen Schmerzen starb, wurde ihr ein Kranz aufs Grab gelegt mit der Schleife: *Einer braven Frau aus dem Volk*. Ohne Unterschrift.

Lily

Loris und die »Mondnacht«

Die jüngste der Bourdanintöchter, Luise, war zwölf Jahre alt, als sie eines Tages verkündete, sie wolle von nun an nicht mehr Luise, sondern Lily genannt werden. Lily? Wieso Lily? Es war ein in letzter Zeit modern gewordener Name. In den verschiedensten Büchern tauchten Heldinnen dieses Namens auf, und in den betuchteren und auch gebildeteren jüdischen Familien wurde es geradezu zur Regel, die Mädchen – nicht mehr Lea, Sarah oder Noëmi, sondern Lily zu nennen. Auch Luisens beste Freundin hieß so, ein hübsches, etwas dickliches Judenmädchen aus der Sachsengasse, die immer die schönsten üppigsten Maschen an ihren dicken dunklen Zöpfen trug.

Möglicherweise hatte sich Lily zuerst einmal in diese Maschen und Zöpfe verschaut; aber bald steckte sie mit der Trägerin so viel zusammen, wie es Haus- und Schulordnung nur zuließ. Sie tauschten ihre Puppen aus, klimperten vierhändig, einmal auf dem Pianino in der Sachsengasse, einmal auf dem Flügel in der Jagemannstraße, stickten am selben Tischtuch und phantasierten sich gemeinsam in eine romantische Traumwelt hinein, für die teils Felix Dahn, teils Ludwig Ganghofer die Horizonte lieferten. Die Lektüre dieser Schriftsteller war den Mädchen zwar strengstens verboten, aber die Lily aus der Sachsengasse hatte ihre Quellen, einer ihrer Brüder arbeitete als Buchhandlungsgehilfe, da ließ sich schon manches herbeischaffen.

Luise-Lily hatte im Lauf ihres jungen Lebens und ihrer Erfahrungen in der Familie eine mehr oder minder unbewußte Strategie entwickelt, die brenzligsten Situationen zu entschärfen: Sie wurde ohnmächtig. Sollte sie am Morgen zur Schule und hatte ihre Hausaufgabe nicht gemacht, glitt sie leise unter den Frühstückstisch. Auch damals, auf dem schmerzensreichen Weg von der Radina, als sich die ganze Familie unter dem Zorn des Vaters krümmte, kippte sie um und lag blaß und blutleer im Straßenstaub. So zog sie die Fürsorge der Familie auf sich und lockerte die bedrohliche Stimmung.
Als sie einmal nach Eger mitgenommen wurde, um dort in derselben Schule präsentiert und angemeldet zu werden, wo schon die beiden Schwestern Margret und Kläre geistliche Zucht genossen, gelang es ihr, Lily, dieser Zukunft ganz ohne weitere Auseinandersetzungen zu entgehen, indem sie während der Messe in der Klosterkapelle ohne Besinnung zu Boden sank, worauf die Oberin, Mater Rosa, entschieden erklärte, ein so anfälliges Kind könne in ihrer Anstalt nicht aufgenommen werden.

So war es kein Wunder, daß man das junge Mädchen für kränklich, für schonungsbedürftig, sogar für hochgefährdet hielt. Großvater Halik zerschmolz in Rührung, wenn sie ihn besuchte. Er war auch der erste, der ihren neuen selbstgewählten Namen gelten ließ.
»Naše Lilinka«, murmelte er, »unsere kleine Lily, ist sie nicht wirklich wie eine Lilie, so schön und zart?!« – und seufzte dabei so tief, daß alle, die ihn hörten, verstanden, was er meinte, nämlich daß dieses Kind in blumenhafter Vergänglichkeit schon in jungen Jahren dahinwelken und sterben werde. Die Mutter preßte die Lippen zusammen, wenn sie diese Seufzer hörte, die Geschwister nickten bedrückt, der Vater runzelte die Stirn und wandte sich ab. Er war der einzige, der Lily immer noch

Luise nannte, »Luise!« donnerte er, wenn er sie rief, und manchmal – so schien es den Seinen – klang sein Donnern doppelt so gebieterisch scharf, seit Luise-Lily nur noch einfach Lily sein wollte.

Der alte Halik war aus seiner bescheidenen Wohnung im Kameralamt hinausgekündigt worden, da sich die hier residierende Behörde – nach ganz allgemeiner Behördenart – mehr ausbreiten zu müssen behauptete. So war der alte Halik gezwungen, sich nach einem neuen Obdach umzusehen.

Seit Jahren hatte er mit seinem Schwiegersohn kaum noch ein Wort gewechselt. Nun aber kam ihm dieser zu Hilfe. Im Erdgeschoß des Hauses in der Jagemannstraße war ein kleines Logis frei geworden, ein Zimmerchen, eine Kammer, eine kleine Küche. Dort zog der alte Halik mit seinen Herbarien, seinen ausgestopften Vögeln, mit seiner veralteten pädagogischen Bibliothek – vom Orbis pictus bis Pestalozzi – ein. Der alte Mann las nicht mehr viel, er saß meist in seinem mit schwarzem Wachstuch bezogenen Lehnstuhl, er ließ die Stunden wie Rauchschwaden vor seinen getrübten Sinnen vorüberziehen, erwachte aber zu freundlicher Teilnahme, wenn sich eins der Enkelkinder sehen ließ. Dann erwachte auch der Lehrer in ihm, er prüfte Vokabeln ab, auch Namen von Tieren und Pflanzen. Vor Lilinka kramte er seinen höchsten Schatz hervor: ein Kästchen voller Kristalle und ein Fläschchen voll Quecksilber. Das öffnete er und ließ zu Lilys Unterhaltung ein paar weißliche Kügelchen über den Tisch hüpfen, ohne freilich im geringsten zu ahnen, daß er dabei Giftiges zum Spielzeug machte.

Marie, die Tochter, kochte für ihn und, weil sie wußte, daß sich der Vater am liebsten von Lily besuchen ließ, schickte sie das junge Mädchen mit den Mahlzeiten hinunter. Lily war dreizehn, als sie wieder einmal mit Kännchen und Pfännchen die Wohnung des Großvaters betrat.

Er saß in seinem Lehnstuhl, das Gesicht zum Fenster gewandt und schien zu schlafen.
Lily holte Teller und Besteck aus der Küche und baute es vor ihm auf dem Tisch auf. »Dede«, sagte sie, »willst du nicht essen?« und stieß ihn an. Da fiel ihm der Kopf zur Seite, und sie sah, daß seine großen, immer noch blauen Augen gebrochen waren.
Lily fiel diesmal nicht in Ohnmacht, sie ergriff seine Hand, um zu fühlen, ob noch ein Restchen Wärme in ihr sei. Sie streifte ihm die Lider herab, nahm Teller und Besteck und trug sie, samt der Mahlzeit, in die Küche hinaus. Dann räumte sie den Tisch frei und stellte einen blühenden Hyazinthenstock vor ihn, als sei er bei der Betrachtung der Blume gestorben. Sie zog ihm die alten zerlatschten Babutschen von den Füßen und schlüpfte ihm ein Paar neuer gestrickter Pantoffeln an, und nachdem sie noch einige Handgriffe getan hatte, die dem Sterbezimmer ein anständig aufgeräumtes Aussehen geben sollten, lief sie zur Mutter hinauf: »Mama, erschrick nicht! Er hat es sich oft gewünscht, so hinüberzugehen, still und im Schlaf.«
Erst am Abend, als der Großvater im Sarg lag und die Totenkerzen sein wächsernes Gesicht beschienen, brach sie in Tränen aus.

Als Lily sechzehn war, tauchte eine neue, bis dahin unbekannte Verwandtschaft in Pilsen auf, Familie Benda, die sich darauf berief, mütterlicherseits von den Silbernagls abzustammen – und des Rittmeisters Mutter war eine geborene Silbernagl gewesen. Im Haus in der Jagemannstraße fühlte man sich verpflichtet, der neuzugezogenen Verwandtschaft hilfsbereit entgegenzukommen. Man verschaffte ihnen eine passende Wohnung, meldete die Knaben – es waren ihrer drei – im Gymnasium an, und der Rittmeister begleitete Herrn Benda ins Rathaus, um ihm bei den behördlichen Eintragungen behilflich zu sein. Man duzte einander, man besuchte sich gegenseitig und lud zu familiären Festen ein. Der älteste Bendasohn stand – eben achtzehn geworden – knapp vor der Matura. Er verliebte sich in Lily, und Lily verliebte sich in ihn.

Anfangs war da nichts als der Versuch, gemeinsam zu musizieren.

Loris sollte Lily auf der Geige begleiten. »Nur los, nur los, ihr beiden!« rief Vater Benda, der sich soeben mit dem Rittmeister eine Flasche Rotwein teilte. »Eine nette Polka werdet ihr doch zuwege bringen.«

Gehorsam spielten die beiden eine Polka. »Na, und jetzt einen Walzer!«

Vom Wein befeuert, sprang Benda auf, faßte Marie Bourdanin um die Mitte und versuchte mit ihr einmal um den Tisch zu tanzen.

»Und jetzt einen Galopp!« befahl er wohlgelaunt und griff sich Kläre, die soeben mit dem Kaffeebrett hereinkam. Die jungen Leute spielten einen Galopp. Rittmeister Bourdanins Gesicht verfinsterte sich. Er winkte seiner Frau, die Nachmittagsjause im Nebenzimmer zu servieren. Er selbst trug Flasche und Gläser nebenan.

Die beiden jungen Musiker blieben allein.

Lily senkte den Kopf über die Klaviatur. Ihr war nicht nach Galopp und Walzer zumute. Auch Loris schien nicht danach zumute zu sein. Beide beschlich ein feierliches Gefühl, dessen Bedeutung ihnen dunkel war. Lily merkte, daß der junge Mann hinter sie trat; mit der Spitze seines Geigenbogens schob er das Heft mit der Tanzmusik zur Seite. Darunter hatte ein anderes Notenheft aufgeschlagen auf dem Ständer gelehnt. Es waren Lieder. Loris beugte sich vor und las: »Robert Schumann: Mondnacht.«

»Spielst du das?« fragte er. Lily nickte. »Aber ich kann nicht singen.« – »Fang an!« sagte er. »Ich werde die Singstimme spielen.« Lily griff in die Tasten.

»Es war, als hätt' der Himmel
die Erde still geküßt, …«

Sie spielten das Lied ohne Worte, aber sie lasen die Worte mit – und nicht nur mit den Augen. Obwohl sie stumm blieben, sprachen sie die Worte einander zu:

»… daß sie im Blütenschimmer
von ihm nun träumen müßt'.

… Und meine Seele spannte
weit ihre Flügel aus,
flog durch die stillen Lande,
als flöge sie nach Haus.«

Das war es. Lily bebte, als sie den Deckel auf die Tastatur senkte und lautlos schloß. Auch Loris bebte. Ebenso leise legte er seine Geige in den Geigenkasten, spannte den Bogen ein und schloß ab. Dann gingen sie auseinander. Ohne sich von den anderen zu verabschieden, verließ er die Wohnung. An der Tür küßte er Lily rasch auf den Mund: Der Kuß war nur wie ein Hauch.

Als Lily nach einer Weile zurückkehrte, saß ein kleines Mädchen auf der Klavierbank, Loris' einzige Schwester, das jüngste der Bendakinder. Sie hieß Anna.

Lily hatte sich um die Zehnjährige bis jetzt nicht viel gekümmert. Sie war ihr – durch die drei Brüder – gleichsam verdeckt gewesen. Zum erstenmal betrachtete sie sie genauer. Sie hatte dunkle Augen wie Loris und ein hübsches Gesicht, das aber derzeit durch einen heftigen Schnupfen etwas entstellt war. Die Konturen der Lippen waren durch Schwellung verwischt, und aus den Nasenlöchern rann das Wasser. Lily holte ein Tuch und versuchte die Kleine zu schneuzen. Die ließ sich das gern gefallen. Dann lehnte sie den Kopf an Lilys Schultern und fragte: »Wirst du den Loris heiraten?«

Lily errötete: »Wie kommst du darauf?«

»Nun –«, sagte die Kleine und schnupfte auf. »Die Leute heiraten doch.« Und fügte altklug hinzu. »Das ist der Lauf der Welt.«

»Ach geh«, lachte Lily verlegen, »was du nicht redest!«

»Tu doch nicht so«, sagte die Kleine, »als ob du nicht wüßtest, daß meine Brüder in dich verliebt sind. Sogar der Gyula, der doch erst fünfzehn ist. Alle drei hast du in dich verliebt gemacht. So wirst du auch einen heiraten. Das ist doch klar. – Auch ich werde heiraten! Ich weiß nur noch nicht wen. Aber auch ich werde jemanden in mich verliebt machen, glaubst du nicht auch?«

»Wahrscheinlich!« antwortete Lily und versuchte der Kleinen von neuem die Nase zu putzen. »Aber fürs erste mußt du mal deinen Schnupfen loswerden, meine ich«, stand auf und schob das Kind vor sich her in das andere Zimmer, wo die Elternpaare bei Kaffee und Kuchen beisammensaßen und wo sie sich vor peinlichen Gesprächen sicher fühlte.

Ein halbes Jahr später legte Loris Benda seine Reifeprüfung ab. Er wollte Musiker werden, sich zum Konzertgeiger ausbilden lassen. Pflichtgemäß zum Militärdienst eingerückt, ertrank er mit noch nicht neunzehn Jahren bei einer Übung in der hochgehenden Drau.

Es war leider so, wie die kleine Rotznase Ännchen bemerkt hatte: Auch die beiden jüngeren Brüder Benda waren in Lily verliebt. Unter allen möglichen Vorwänden erschienen sie bei den Bourdanins, saßen da herum und linsten durch jeden Türspalt nach der schönen Cousine. Lily fühlte sich durch sie in ihrer Trauer um Loris gestört. Wie jedes unschuldige Mädchen, das zum erstenmal verliebt ist und den Geliebten verliert, glaubte sie, ihr ganzes künftiges Leben werde seinem Gedenken geweiht sein. Wenn sie die lästigen Vettern in der Schule wußte, lief sie zu Tante Josephin, wie sie Frau Benda nannte, um mit ihr, der Mutter, über den Toten zu sprechen.

Erst wagte sie nicht zu bekennen, daß ihr Loris viel mehr gewesen war als ein lieber Vetter. Aber Tante Josephin wußte längst Bescheid. Sie ließ Lily allein in dem Zimmer, wo Loris' Photos der Reihe nach standen: Loris als Kleinkind, Loris als Schüler, Loris auf einer Wanderung durch den Böhmerwald; Loris zuletzt als Einjährig-Freiwilliger, vierzehn Tage vor seinem Tod.

Lily stand vor den Bildern und trank sie in sich hinein. Dabei fühlte sie die Trauer in sich wachsen wie einen See, wie ein dunkles unauslotbares Gewässer, das sie trug und zugleich verschlang. Dieser Tod berührte sie, ganz anders als der Tod des Großvaters, wie ein Siegel, ein Stempel, von dem sie glaubte, er werde ihre ganze Zukunft prägen.

Loris, sagte sie sich, wollte nach Prag gehen und Musik studieren, er wollte Geiger werden oder Dirigent. Ich will an seine Stelle treten, ebenfalls nach Prag gehen und Musik studieren, Klavier. Ich werde dabei seine Geige immer hinter mir hören und das Schumann-Lied. »Es war, als hätt' der Himmel …«

Diese Gedanken vertraute sie ihrer Mutter an. Dem Vater nicht. »Du bist noch zu jung«, sagte die Mutter, »warte noch zwei Jahre. Wenn du dann noch willst –«

Lily wollte.

Rittmeister Bourdanins älteste Schwester Franziska wurde befragt. Sie hatte für Mariens Kinder immer ein offenes Herz, eine offene Hand gehabt. Sie ließ sich von der Nichte vorspielen und nickte befriedigt. »Ich werde mit deinem Vater reden«, sagte sie. Und sie redete.

Das Hexenhaus

Es war eine der Eigenheiten der Bourdanins, daß sie glaubten, ja sogar darauf schworen, daß, wenn ein Mitglied der Sippe in die Welt ging, es am besten dran sein würde, wenn es dabei wieder einen verwandtschaftlichen Hafen anliefe. Da nun Lily nach Prag wollte, besann man sich eines fernen Familienzweiges, einer Dame Camilla Bourdanin, die dort eine Pension führen sollte. Man erkundigte sich nach der Anschrift, man schrieb und fragte an, und als von dorther eine höfliche Antwort und Zusage kam, war es beschlossene Sache, Luise-Lily werde dort wohnen. Die Pension lag, wie man anhand einer Prager Straßenkarte feststellte, in der Nähe des Laurenziberges. »Eine vorzügliche Gegend!« bemerkte der Rittmeister anerkennend. »Dort ist man gut aufgehoben.« – »Wir sollten es uns zuvor ansehen!« meinte Marie bedenklich. »Ach was, ansehen!« wehrte der Gatte ab. »Es wird dort schon gut genug sein für deine Prinzessin.«
»Deine Prinzessin ...« – so nannte der Vater seine Jüngste und nicht nur der Mutter gegenüber, verärgert darüber, daß die ganze Familie das junge Mädchen mit ängstlicher Sorgfalt umgab. Er ärgerte sich über den Namen Lily, er kam ihm affig vor; er ärgerte sich, wenn ihn jemand komplimentierte, daß er in ihr eine ganz besonders hübsche und reizende Tochter habe (über Margret hörte er selten so Schmeichelhaftes); er ärgerte sich sogar über ihr Klavierspiel, mit dem sie ihm täglich in den Ohren lag, obgleich er es doch selbst gewesen war, der darauf bestanden hatte, daß alle drei Mädchen Klavierspielen lernten.

Lag es daran, daß Luise-Lily so gar nichts Bourdaninsches an sich hatte?
Ihre Augen waren blau: Haliksches Erbe; ihre Haarflut blond, ihr Kopf schmal, ihr Teint ganz hell: alles aus jener Ecke. Das wurmte den Vater, er wußte nicht warum. Einmal hatte sie ihm von ihrem Stickrahmen mit glockenreiner Stimme, triumphierend, einen Irrtum nachgewiesen, der ihm bei der Berechnung des häuslichen Kostgeldes unterlaufen war. Da hatte ihn eine solche Wut erfaßt, daß er die neben ihr liegende Stickschere ergriff und nach ihr stach. Er traf sie in die Seite. Sie sprang auf und schrie, es klang, als schrie sie nach Marie. Doch als ihr die herbeieilende Mutter in der Tür begegnete, wich sie zurück. »Verzeih, Mutter, es ist nichts. Ich habe mich nur erschreckt.« Und als Marie zweifelnd nähertrat: »Ich habe mich nur in den Finger gestochen.«
Keine Anklage hätte den Rittmeister tiefer treffen können. Mit Entsetzen dachte er daran, daß jemand – und sei es auch nur die Wäscherin – die Blutspur in Lilys Wäsche entdecken könnte. Wochenlang quälte ihn der Gedanke, die Tochter könnte ihn, wenn nicht der Mutter, so irgendwem anderen von der Familie preisgegeben haben; so war er froh, daß sie nun bald nach Prag und aus seinem Blickfeld verschwand.

Die Pension der Camilla Bourdanin lag in der Tat am Fuß des Prager Laurenziberges, in einer schrundigen Falte dieses Hügels, schattenseitig, ein dreistöckiger Bau, größer als auf diesem Platz zu erwarten war. Lily betrat ihn mit Bangen, warum, wußte sie selbst nicht. Das Treppenhaus war düster, und als sie läutete, wurde sie in einen ebenso düsteren Korridor eingelassen und von dort in ein kleines, mit Nippes und Krimskram vollgestopftes Boudoir geführt. Dort saß eine alte Dame und rauchte eine Zigarre.

Die Dame war Camilla Bourdanin.
Sie war vor Jahrzehnten, lange, ehe die 48er Revolution ausgebrochen und niedergeschlagen worden war, mit einem Beamten der weiland Metternichschen Polizei verheiratet gewesen. Jetzt führte sie diese Pension für alleinstehende Damen und Ehepaare. Sie mußte uralt sein, ihr Gesicht sah aus wie ein ganz zerknittertes Pergament, aber ihre schwarzen Mausaugen irrten darin ruhelos hin und her, als müßte sie unentwegt vor unbekannten Feinden auf der Hut sein.
»Soso, Sie ist es also, die jüngste Bourdanin –? Soso. Musik will Sie studieren? Was nicht gar? Will Sie am Ende Konzerte geben, wie? Jaja, die Mädchen von heute! Unsereinen hat man verheiratet, ohne viel zu fragen, hopp hopp ins Ehebett und keine Flausen! – Jetzt komm Sie mit mir, ich zeig Ihr das Zimmerchen, ich hab Ihr das beste gegeben, Sie wird zufrieden sein, der Batul sitzt drinnen, das war ein Treuer, nie hab ich einen Treueren gehabt.«
Und damit führte sie Lily den Korridor entlang.
Lily erschrak, als sie das Zimmer betrat. Ihr waren schon im Flur die dunkelviolette Tapete aufgefallen, die die Wände bedeckte, und die dunkelvioletten Vorhänge, die die Türen verhüllten. Auch hier violett, violett. Im Eck des violett bezogenen Sofas saß ein großer schwarzer ausgestopfter Pudel. Es war Batul, der Getreue.
Lily sah suchend um sich.
Frau Camilla Bourdanin hatte in ihrem Brief versprochen, daß sie dem Gast ein Klavier ins Zimmer stellen ließe: Selbstverständlich müsse eine Musikstudierende üben, sehr viel üben sogar, und niemand im Haus, dafür könne sie sich verbürgen, werde sich daran ärgern.
Lily wagte an dieses Versprechen zu erinnern.
»Ach ja, wirklich, ein Klavier –? Ja so, ja richtig. Ins Zimmer? Nein, ins Zimmer nicht. Wo wäre hier auch Platz? Dafür im

Speisesaal, da steht ein Instrument. Da ist es hell und hübsch, und die Gäste nehmen dort nur das Frühstück, Sie werden bestimmt nicht stören.«

Im Speisesaal steht ein Pianino. Lily sieht ihm von weitem an: ein Veteran. Aber wie sie den ersten Akkord anschlägt, fährt sie doch zusammen: So grauenhaft verstimmt wimmert es aus den Saiten, das Pedal nicht abzustellen, der Dämpfer nicht einzustellen, und die Taste des zweimal gestrichenen Cis ist überhaupt nicht zu bewegen. Lily läßt die Arme verzweifelt sinken – und da sie sich nach Camilla umsieht, hat diese das Lokal verlassen.

In Lilys Augen schießen Tränen des Zornes.

Sie haßt ihr violettes Zimmer mit dem ausgestopften Pudel. Sie haßt den violetten Korridor und die zigarrenrauchende Wirtin. Zum Unglück hat diese auch noch drei Töchter, jüngere Ebenbilder der Mutter; aber was bei jener schon in pergamentene Dürre und greisenhafte Zerknitterung ausschlug, steht bei den Töchtern noch in Saft: in einem Saft allerdings von einem gewissen Hautgoût. Lily denkt an Äpfel, die – zu früh gefallen – im Grase faulen, weil niemand sie aufheben mag.

Irgend etwas warnt Lily vor den drei Hexen (wie sie sie bei sich selbst nennt), sind's ihre fettigen Frisuren, ihre schlampig geschnürten Taillen oder ihr unaufhörliches Gekicher, Gegacker und Geschwätz? Sobald sie Lilys ansichtig werden, stürzen sie auf sie zu, offenkundig davon überzeugt, daß sie Lily keinen größeren Gefallen tun können, als sie mit ihren Geschichten zu überschütten. Diese Geschichten beziehen sich vor allem auf die anderen Pensionsgäste, auf deren Schwächen und Spleens.

In der Tat, es sind seltsame Kunden darunter: ein älteres Ehepaar aus der Provinz, das sich hier in Prag eingemietet hat, um von Arzt zu Arzt zu ziehen. Beide halten sich für sterbenskrank und möchten nur den für sicher gehaltenen Tod um ein weniges hinauszögern. Ein zweites Ehepaar hat zwei Zimmer inne, denn der Mann hält sich für einen Dichter, er schreibt an einem Roman und will dabei ungestört bleiben. Aber was soll aus diesem Roman werden? Der Mann bringt täglich nur fünf Zeilen zustande, die er am Abend wieder ausstreicht. Auf Nummer fünf wohnt eine Russin, ein riesiges knochiges Weib, das im Dekabristenaufstand gegen den Zaren eine Rolle gespielt haben will; dafür sei sie nach Sibirien verbannt worden; es war ihr wohl geglückt zu flüchten – und nun lebe sie hier in Österreich vom Verkauf ihrer Schmuckstücke und wolle sich, wenn sie das letzte verscheppert habe, von der Karlsbrücke in die Moldau stürzen. Auf Sechs hause eine junge Engländerin, die es sich in den Kopf gesetzt habe, die schwierige tschechische Sprache zu erlernen, und im Nebenan eine Sängerin, die seit Monaten auf eine freiwerdende Stelle im Opernchor warte – immer vergeblich; sie habe zwei Kinder bei einer Großmutter auf dem Land, die schrieben ihr vorwurfsvolle Briefe, sie wollten dort nicht bleiben und immerfort Gänse hüten, sie wollten auch einmal die lustige Stadt erleben. Die Sängerin weine über diesen Briefen, berichteten die Hexen nicht ohne spöttisches Hihi und Haha, und schwöre, sie werde, wenn sie nicht schon morgen die Stelle erhielte, nach Hause fahren und sich dort als Kuhmagd verdingen.

Das waren so die Geschichten, die Lily hörte, ob sie wollte oder nicht, sie stimmten sie nicht heiterer, und wenn sie beim Frühstück mit den anderen Pensionären zusammentraf und in ihren Mienen las, fühlte sie sich wie von einer Schar Lemuren umgeben. Dann zog sie sich in ihr Zimmer zurück, wo Batul saß, *der Getreue*, und ihr mit gläsernen Augen entgegenstarrte.

Das alles hätte Lily den Aufenthalt in Prag vergällen können, wäre nicht Herr Calmus gewesen, Melchior Calmus, ihr Lehrer;

ein kleines Männchen mit einem kleinen spitzen Gesicht, einer immer verrutschten Nickelbrille auf der Nase und einem Schwänzchen grauer Haare, die er – man möchte es kaum glauben – in einer schwarzen Masche zusammengebunden trug. Wollte er damit die längst vergangene Zopfzeit ehren? Vielleicht. Denn sie war für ihn die gesegnete Lebenszeit seiner Heroen, Haydn und Mozart. Diese Meister bewunderte Herr Calmus schrankenlos. Alles Spätere ließ er nur mit Vorbehalten gelten. Sofort versuchte er seine Schülerin auf seine Idole einzuschwören und ihr einen tiefen Widerwillen gegen alles Neuere einzuimpfen, vorab gegen einen barbarischen Wilden namens Wagner, der sich zwar selten mit Klavierstücken, dafür aber umso gründlicher mit endlosen nervenzerschleißenden Opern präsentierte und die ganze kunstbeflissene Welt in einen noch nie dagewesenen Aufruhr versetzte. Neunzig Mann setzte der Wahnsinnige in seine Orchester, wo doch Mozart mit kaum der Hälfte ausgekommen war und seine selige Musik geschaffen hatte!
Ja, selige Musik! – Auch Lily war es um *selige* Musik zu tun.
(O Loris!)
Statt seliger Musik: das Pianino in der Pension.
Mit Wachs und Watte in den Ohren quälte sich Lily täglich die vier vorgeschriebenen Übungsstunden ab. Calmus hatte es ihr gleich anfangs bestätigt: Es fehle ihr nicht an Gehör, nicht an Gefühl und Verständnis für musikalische Strukturen; wohl aber an Geläufigkeit. Lily nickte. Sie wußte es selbst – und war entschlossen, sich eben diese Geläufigkeit zu erkämpfen. Also: Tonleitern, Etüden, Übungen für die Linke, Übungen für die Rechte, Übungen für staccato und legato, Akkorde, Triller, Triolen. Lily wollte sich nichts ersparen. Aber sie litt an dem Instrument, das sie bespielen mußte. Sie klagte Calmus ihr Leid.
Kummervoll wiegte er das bezopfte Köpfchen. »Schlimm, schlimm«, sagte er, »aber bedenken Sie, daß auch unsere großen

Meister manchmal auf Instrumenten spielen mußten, die ihnen nicht genehm waren. Sie werden deshalb nicht aufgeben, meine liebe Constanze.« – Calmus hatte angefangen, Lily *seine liebe Constanze* zu nennen. Er meinte damit die Brave, Tapfere, die Mozart im Serail ihrem fernen Liebsten die Treue halten ließ, unbeirrt und unwandelbar, ein Schatz an Reinheit, Stetigkeit und Mut. Lily errötete vor Freude, wenn sie sich so genannt hörte, sie wußte, Calmus konnte ihr keine größere Ehre erweisen, und nahm sich von neuem vor, allen Widrigkeiten zu trotzen.

Sämtliche Gäste der Pension Bourdanin hatten in ihren Zimmern nur kleine Waschgelegenheiten, wie sie in jener Zeit allgemein üblich waren: Blechgestelle mit Krug und Schüssel. Wer baden wollte, hatte einmal die Woche das Recht, das allgemeine Badezimmer zu benützen. Er mußte den Schlüssel bei Camilla holen und einen Obolus erlegen. Dann wurde der Ofen von der Küchenmagd geheizt. Die Wanne war alt, braunfleckig, mit abgestoßenen Stellen. Auch die Fliesen dahinter zeigten Flecken und waren gesprungen. In den Fugen nistete schwärzlicher Schwamm. Lily mochte nicht hinsehen.

Widerwärtig war ihr, daß sich hinten an der Fensterwand ein Abtritt befand und daß das Fenster darüber hoch saß, doch nicht ins Freie ging, sondern in eine Art Veranda, deren Ausmaß und Lage von innen nicht zu erkunden war. Das Fenster stand zumeist offen, ein Vorhang fehlte.

Anfangs, wenn Lily das Bad benützte, hatte sie das Gefühl, daß sie sich vorsehen müßte. Ehe sie sich entkleidete, löschte sie das Licht, sie breitete ein Laken über die Wanne, wenn sie hineinstieg. Sie lauschte hinauf und hinaus: Nein, es blieb still. Lily schloß die Augen und suchte sich dem schläfrigen Wohlgefühl zu überlassen, das ein Bad in warmem Wasser jedem Badenden gewähren soll.

Doch nachdem sie das Lokal vier- oder fünfmal benützt hatte, ohne etwas Auffallendes zu bemerken, ließ ihre Vorsicht nach. Sie ließ die Petroleumlampe brennen und nahm kein Laken über die Wanne.

Es war ein dunkler, schwüler Abend im Juni, draußen ging ein Gewitter nieder. Das Fenster war heute geschlossen, dennoch hörte man die großen Bäume rauschen. Lily hatte sich soeben in die kurze Wanne geduckt, als sie ein leises Pochen hörte, es kam vom Fenster her. Sie fuhr zusammen und spähte zurück. Da sah sie einen schmalen borstigen Männerkopf an die Scheibe gedrückt und eine Hand, die mit dem Knöchel des Zeigefingers gegen das Glas trommelte.

Lily stieß einen Schrei aus. Mit beiden Armen deckte sie Brust und Bauch.

Der Männerkopf verschwand. Auch die Hand verschwand. Nur die Blitze spielten von fernher herein und warfen ihre zuckenden Lichter. Lily wagte nicht sich zu rühren. Aber da die Erscheinung nicht wiederkam, sprang sie auf, drehte die Lampe ab und riß ihre abgelegten Kleider an sich. So preßte sie sich in einen Winkel und starrte zu dem Fenster hinauf. Dort rührte sich nichts mehr.

Als auch die Blitze aufhörten, schlüpfte sie in ihre Kleider und floh in ihr Zimmer. Dann meldete sie sich bei Camilla.

Noch bebend vor Aufregung und Erbitterung erzählte sie.

Camilla sog unbewegt an ihrer Zigarre. Ihre Miene war finster geworden. Plötzlich griff sie nach ihrem Feuerzeug und klopfte damit heftig auf den Tisch, als wollte sie sich jedes weitere Wort verbitten. Dann streckte sie ihre offene Hand Lily entgegen.

»Na –?!«

»Was –?«

»Ich bekomme den Schlüssel zurück.«

Lily schluckte. »Ja, aber –«
»Kein ›Ja-aber‹ jetzt, meine Liebe – und keine Märchen, wenn ich bitten darf. Das Fräulein hat geträumt. Da ist niemand, der an das Fenster kann – und ein Mann schon gar nicht.«
»Ich habe doch –«, versuchte es Lily noch einmal.
»Nichts hat Sie, Fräulein Bourdanin, gar nichts. – Ja, vielleicht hat Sie einen zu vollen Magen oder sonst eine Indisposition. Da kommen solche Phantome vor, das kann schon sein, das will ich Ihr zugute halten, Fräulein, von wegen unserer Verwandtschaft. Aber wenn Sie denkt, Sie kann die anderen Gäste mit solchen Geschichten unterhalten, da will ich Sie nur warnen, da hat Sie Ihre Rechnung ohne den Wirt gemacht – und die Wirtin bin allemal noch ich.«

In Lily kocht Empörung. Nie mehr, nimmt sie sich vor, wird sie dieses Badezimmer betreten. Aber dann schießt ihr neues Entsetzen ein: Noch nie hat sie die Rückseite des Hauses in Augenschein genommen. Jetzt tut sie es. Sie ortet die Lage ihres Zimmers, des Bades und der dort anschließenden Glasveranda. Nun sieht sie es: Die Glasveranda reicht bis unter das schmale Fenster des Bades, und nicht genug damit: Von dort führt eine rostige Schiene die ganze Hausseite entlang, damit auch unter ihrem, Lilys, Fenster vorbei. Von ihr aus kann es einem geschickten und entschlossenen Menschen gelingen, in jedes Fenster einzusteigen.
Und dort hinter der Veranda, die auf zwei schiefen gußeisernen Pfeilern steht, muß Zimmer elf liegen.
Aus Zimmer elf ist noch nie ein Gast gekommen. Aber es steht nicht leer: Lily hat einmal einen Hund drin jaulen gehört und einmal hat sie gesehen, wie man durch ein kleines hölzernes Schiebefenster einen Napf hineingereicht hat.
Wer also wohnt dort, der nie aus dem Zimmer kommt, ein Ge-

fangener? Ein Kranker? Ein Narr? Sie hatte geglaubt, einen Hund heulen zu hören. *Er* hatte dort in seiner Zelle geheult, *er*, dessen borstiger Kopf gegen das Fenster gestoßen, dessen Knöchel an die Scheibe getrommelt hatten.
In Lily stieg etwas wie panischer Schrecken auf.

Melchior Calmus merkte ihr etwas an: »Was ist mit meiner Constanze? Ist sie vielleicht verliebt?«
Verliebt? Ach nein. Im Gegenteil.
Da begann sie zu erzählen. Freilich verschwieg sie ihm dabei so manches: daß sie in der Wanne überrascht worden war; und daß sie sich im Haus am Laurenziberg nirgends (nicht einmal mehr im Klosett) sicher fühlte.
Calmus schüttelte den Kopf. »Aber Kindchen, nein, wie wäre so etwas möglich? In diesem Haus, in einer soliden Pension? Haben Sie mir nicht einmal gesagt: Die Besitzerin sei eine Verwandte? Eben, eben. Haben Sie denn den Kopf des Fremden deutlich gesehen?«
Lily zögerte zu antworten.
»Also doch eher nur schattenhaft? – Wie hat die Dame gesagt: ein Phantom? Ja, das kann es gewesen sein: Man ist jung, man ist ängstlich, dabei phantasievoll. Nichts natürlicher als ein solches Schreckbild. Nein, meine liebe Constanze. Sie sind doch tapfer, tapfer wie unsere herrliche Constanze aus dem Serail. Sie werden jetzt nicht flüchten, nach Hause fahren oder umziehen? Bedenken Sie, Liebe, drei Wochen vor Semesterende! Das brächte Sie doch nur ganz durcheinander. Und was wäre dann mit dem Vorspiel, dem großen Vorspiel vor den Ferien? Man will Sie doch hören, Sie, meine beste Schülerin, und ich – ich will mit Constanze glänzen.«
Lily war verwirrt. Auch Calmus hielt die Erscheinung am Badezimmerfenster für Einbildung, vielleicht hatte der Gewitterwind

wirklich nur einen Ast an die Scheibe gedrückt? – Lily begann an sich selbst zu zweifeln.
Vielleicht bin ich wirklich hysterisch, dachte sie. Nichts Schrecklicheres als ein hysterisches Frauenzimmer. – Diesen Satz hatte sie oft genug von ihrem Vater gehört, sie machte sich ihn jetzt selbst zu eigen und zwang sich, ihrer Ängste Herr zu werden.
So blieb sie bei Camilla. Das öffentliche Vorspiel, mit dem das Studienjahr in der Musikschule abschloß, gelang vortrefflich, Calmus umarmte sie und dankte ihr. Kläre holte sie in Prag ab. Die Schwestern verbrachten einige lange selige Wochen im Böhmerwald, sammelten Pilze und Beeren, auch Margret kam, auch Marie, und einmal ließ sich sogar der Rittmeister blicken und zeigte sich wohlgelaunt. Lily versuchte ihren Schrecken zu vergessen.
Im Herbst rückte sie wieder unter dem Laurenziberg bei Camilla, Batul und den Hexen ein.

Marie Bourdanin verfügte in jener Zeit zum ersten Mal in ihrem Leben über einiges Bargeld. Sie hatte eine kleine Erbschaft gemacht. Ein Onkel von ihrer Liebscherschen Verwandtschaft hatte ihr einen Obstgarten und zwei kleine Äckerchen am Rand des Städtchens Rokyzan hinterlassen, die hatte sie günstig verkaufen können. Nun kam sie sich wie ein Krösus vor.
Für sich selbst hegte Marie sehr wenige Wünsche. Dafür überlegte sie sich, was wohl für ihre Kinder das jeweils Nötigste wäre. Doch fürs allererste wollte sie sich einen längst gehegten Wunsch erfüllen: Sie besuchte Lily in Prag.
Die Tochter empfing sie mit Freudensprüngen.
Und dann: »Mutter, du mußt meinen Calmus kennen lernen –

ich hab ihm manchmal von dir erzählt. Du wirst sehen: Er ist ein köstliches Männchen. Und so fein! Und so klug!«
Calmus lobte seine Schülerin. »Jaja, meine Constanze! Sie ist eifrig. Sie hat Talent. Aber – ich muß es leider sagen, gnädige Frau –« – »Nun, was?« – »Das Instrument, auf dem sie üben muß, entsetzlich.«
»Ich hab's gehört. Man müßte es stimmen lassen.«
»Nein, mit Stimmen ist da nicht geholfen. Das Ding ist hin. Ihre Tochter braucht einen guten Flügel.«
Marie biß sich auf die Lippen.
»Ich sage: einen guten Flügel. Ich wüßte von einem –«
Marie zeichnete mit der Spitze ihres Schirmes Kreise auf den Estrich. »Ist wohl teuer, so was –?«
»Ein gutes Instrument ist nie zu teuer. Ihre Tochter braucht es, sie wird es auch später brauchen. Zögern Sie nicht, gnädige Frau! Sie retten eine Begabung.«

Es war kein Steinway und kein Blüthner, aber ein gutes braves, voll- und guttönendes Instrument, das Marie noch am selben Tag erstand und in Lilys Pensionszimmer schaffen ließ. Das Sofa, auf dem Batul saß, und anderer Krimskram wurde von den starken Männern, die den Flügel herangeschleppt hatten, auf den Korridor geschoben, und als Camilla erschien und protestierte, erklärte ihr Marie, ein Zimmer sei für den Menschen da, der es bewohne, und nicht für einen ausgestopften Pudel und anderen Plunder. Camilla schoß ihre schwärzesten Blicke, doch gegen Mariens Entschlossenheit kam sie nicht auf und dampfte – voll Empörung – in ihre Stube ab. Marie, selbst erstaunt über ihren leichten Sieg und sogar ein wenig erschrocken über ihr eigenes energisches Auftreten, zog sich in Lilys Zimmer zurück, um die Rückkehr der Tochter zu erwarten. Sie wollte die Überraschung miterleben.

Lily kam. Sie öffnete die Tür, stand still und staunte. Eine Sekunde sah es so aus, als wollte sie vor dem Unerwarteten flüchten. Dann sah sie Marie.
Sie hob die gefalteten Hände vor das Gesicht und sagte: »Mutter!« Dann ging sie hin und schlug eine Taste an. Wieder sagte sie: »Mutter!« Später saßen sie beide, Schläfe an Schläfe gelehnt, auf Lilys Bett. Und wieder wußte Lily nichts anderes zu sagen als: »Mutter!« Sie ahnte, daß von Mariens lang erwarteter Erbschaft nach diesem Kauf nicht mehr viel übriggeblieben war.

Hatte Lily im Vorjahr eifrig und (so gut sich das auf dem alten Schepperkasten im Frühstückszimmer bewerkstelligen ließ) mit Hingabe ihre Musik betrieben, so war sie nun – im Besitz des neuen Instruments – noch einmal angespornt und geradezu leidenschaftlich entflammt. Nach wie vor war Calmus ihr Lehrer – und er war mit ihr nicht nur zufrieden, er war entzückt. Seiner eigenen romantischen Ader entsprechend suchte er seiner Schülerin das Wesen der Musik als eine Art Geheimkult zu eröffnen. Die »Schule der Geläufigkeit« war zwar immer noch Pflicht und ein eisernes Muß, doch daneben war sie jetzt zugelassen, sich an den herrlichen Sonaten der großen Meister zu versuchen, Mozarts, Haydns, Bachs. Wenn Calmus milder Laune war, gestattete er auch noch einen Grieg, einen Sinding oder Strauß. Aber keinen Wagner, nie einen Wagner. »Der!« sagte der alte Mann und hob seinen dürren Zeigefinger, »der hat aus seiner Musik gemacht, was er nie hätte machen dürfen: einen Zauberartikel, einen Hexentrank. Mit dem berauscht er die Menschen, daß sie sich nicht mehr kennen, und verlockt sie in seine Labyrinthe. Aber die Musik ist kein Hexentrank und kein Zauberartikel. Sie ist etwas Heiliges und Reines, ganz Heiliges, ganz Reines. In ihr ist der liebe Gott selbst zu den Menschen gekommen. Denken Sie immer daran, Constanze, denken Sie immer daran: Wer die

Musik entweiht, begeht eine Sünde wider den Heiligen Geist.«
»Ja«, sagte Lily, »das glaube ich auch.« Und sie nahm sich vor, alles billige Gedudel zu verabscheuen, das – doch so oft als Musik verkauft – nichts weiter ist als lärmende Idiotie: Das Wirtshausgeklimper und Mandolinengezupfe, der Schnulzengesang und das Vaudevilletheater – das alles wollte sie aus ihrem Leben verbannen und nur noch die hohe Kunst gelten lassen, den reinen Himmelsklang verehrend, *auf*, wie Herr Calmus ihr eingeprägt hatte, *den Knien des Herzens*.
So lebte Lily in diesem ihrem zweiten Prager Herbst nur noch ihrem Studium. Sie übte bis zur Erschöpfung, bis ihre Gelenke schmerzten und anschwollen. »Das gibt sich, Kindchen, das gibt sich«, sagte Herr Calmus, wenn sie nicht umhin konnte, ihre Beschwerden zu erwähnen. »Meine tapfere Constanze wird deshalb nicht verzagen.« Nein, Lily wollte nicht verzagen, biß die Zähne zusammen und übte weiter.
Aber vielleicht lag es dann doch an diesem Auf-keinen-Fall-verzagen-Wollen, daß sie, als die Weihnachtsfeiertage kamen und sie nach Pilsen fuhr, einen plötzlichen Fieberanfall erlitt. Zuerst dachte sie an eine kleine Influenza, die bald vergehen würde. Doch sie verging nicht. Nun schmerzten sie nicht mehr nur ihre Hände und Arme, sondern alle Glieder, daß sie sich nur unter Qualen in ihrem Bett bewegen konnte. Onkel Rübsamen, immer noch Hausarzt bei Bourdanins, erschien und verordnete Säfte und Wickel. Sie nützten nichts. Marie holte einen anderen Arzt, einen Juden, der einen vorzüglichen Ruf hatte. Der zog ein hochbedenkliches Gesicht: Die Schmerzen würden mit der Zeit vergehen, sagte er, auch das Fieber, doch das Herz sei geschädigt und werde geschädigt bleiben. Er rate zu einer langen Rekonvaleszenz und zum Abbruch des Studiums.
Lily schwamm in Tränen, als sie von diesem Urteil erfuhr. Nein, sie wollte wieder nach Prag, zu ihrem Flügel, zu ihrer Musik.

Und richtig, als hätte ihr Wille ihren Köper bezwungen, sie genas oder fühlte sich genesen. Jeden Tag blieb sie um einige Minuten länger auf und zwang sich, in der Wohnung umherzugehen, und nach Wochen war es so weit: Sie kehrte nach Prag zurück.
Unterdessen war es Fasching geworden.

Diesmal hatten beide Eltern darauf bestanden, daß sie nicht allein nach Prag fuhr. Roderich begleitete sie, und eine Kutsche brachte sie bis an das Haus am Laurenziberg. Roderich hatte es, wie immer, eilig. Der Kutscher trug das Gepäck nach oben und kehrte dann zur Weiterfahrt um. Lily winkte dem Bruder noch ein rasches Adieu, sie wollte ihn nicht aufhalten.

Schon ehe sie die Pension betrat, hörte sie ein verworrenes Lärmen.
Als sie ihr Zimmer aufschloß, erschrak sie: Das Klavier war fort. Aber irgend etwas dröhnte, grölte, stampfte aus dem Speisesaal. Sie stürzte hinüber und hinein. Da sah sie es:
Kreuz und quer durch den ganzen Raum waren Schnüre gezogen mit Lampions und bunten Wimpeln; auf dem Tisch standen Flaschen, Gläser und blakende Kerzen. Ein paar Männer und Weiber sprangen herum, in Masken, Kostümen, Kapuzen, und irgend jemand drosch einen ordinären Gassenhauer. Mitten in dem Saal stand ihr, Lilys', Flügel, und auf dem Flügel saß nackt, nur mit einem ganz kurzen Hemd bekleidet, ein Mann mit borstigem, schmalen Schädel und trampelte mit seinen Fersen in die Klaviatur.

Als Lily aus ihrer Ohnmacht erwachte, saß ein fremder Arzt über ihr Bett geneigt. Er packte soeben sein Hörrohr ein und sagte etwas von Morgenwiederkommen.

Lily versuchte sich aufzurichten. Sie war in ihrem Zimmer, in ihrem Bett, der Flügel stand wieder dort, wo er vorher gestanden hatte, als wäre nichts geschehen. Aber im hintersten Winkel zwischen Schrank und Wand hockte klein und zusammengekrümmt Camilla. Heute ohne Zigarre, ohne die Unnahbarkeit der professionellen Vermieterin, ohne die starrsinnige Präpotenz des Greisenalters. Sie greinte. Lily verstand zuerst nicht einmal, was sie greinte, irgend etwas von »Schrecken« und »angetan«: Lilys Ohnmacht hatte sie offenbar in Angst und Verzweiflung versetzt.

Und dann: »Ach, Lily, Sie – Sie weiß ja nichts, nichts vom Leben – o Gott, nichts, nichts! Fällt um, bloß weil Ihr Klavierchen – und liegt da wie tot, als ob ihr weiß der Teufel was passiert wäre. Ich werd Ihr was erzählen, ja, das werd ich. Einmal die Wahrheit sagen, das muß sein.«

Und wieder greinte und schniefte sie vor sich hin.

Lily schloß die Augen. Sie wollte nichts hören. Aber dann hörte sie doch:

Mit jungen Jahren, nicht mal achtzehn, war sie, Camilla, verheiratet worden und an wen? »An diesen Sturschädel und verfluchten Polizeihund, diesen Bourdanin, der kein Mensch war, nein, kein Mensch vor lauter Dienstgehorsam. Für den Metternich ist er gerannt und hat geschnüffelt, Tag und Nacht, Tag und Nacht. – Dann ist dieses Jahr 48 gekommen – da fing das Unglück an.«

Da gab's Krawalle auf der Straße und Schießerei. Wozu nur, wozu? Die Leute hatten doch nur ein bißchen mehr Freiheit gewollt, ein bißchen weniger Zensur und Prügel. Auch ihr, Camillas, Vater hatte so gewollt und hat ein bißchen mitgetan mit Geschrei und Steinewerfen – und einmal hat er eine Revolutionsmusik dirigiert, weil ihr der Dirigent vorher weggeschossen worden war. Und das – eben das hat der Bourdanin spitzgekriegt.

Von Stund an war sie ihm nur noch die Tochter eines Verbrechers. Kein Wort hat er mehr mit ihr geredet, Jahrzehnte lang. Sie, Camilla, hat's ihm tausendmal geschworen: Sie war keine Revoluzzerin und ein Flintenweib schon gar nicht, und täglich bete sie für den Kaiser, den alten und den neuen … Nichts hat's genützt. Nur Zettel hat er ihr geschrieben und auf den Küchentisch gelegt.

»So hat er sich an mir gerächt. Aber auch ich hab mich rächen gelernt. Hat er geschrieben: ›Warum kein Braten?‹ – hab ich geschrie-ben: ›Wenn kein Kostgeld, nur Schkubanken.‹ Hat er geschrieben: ›Hemden besser bügeln‹, hab ich geschrieben: ›Für dich gut genug.‹ So haben wir miteinander verkehrt in unserer Ehe.

Die Kinder waren ja schon da. Ach ja, die Kinder.

Die Mädchen, die galten ja nichts. Sie konnten ihm schmeicheln, wie sie wollten, die waren für ihn nur Gelichter. – Aber der Bub, ja, der Bub hätte ihn vielleicht noch umdrehen können.«

Jetzt wurde es eine Weile still im Winkel zwischen Schrank und Wand. Lily öffnete die Augen und blickte hin. Sie sah den grauen zerrauften Scheitel, sah die alten faltigen Hände. Das Gesicht sah sie nicht.

Dann kehrte die Stimme zurück: »Ich hab's ja lange nicht glauben wollen, lange nicht, obwohl ich's als erste gemerkt hab: Da ist was, ist was. Der Bub, er schaut nicht. Er greift nicht. Er liegt einfach da wie ein Brotlaib oder ein Stein. Ich hab ihn geklopft und geschüttelt und auch gebettelt: ›Kind, tu was! Tu was, wie andere Kinder!‹ Was hat's genutzt?

Er konnte nicht.

Mit vier konnt er noch nicht recht laufen. Mit acht hat er ›Mama‹ sagen gelernt.

Wir haben ihn versteckt. Von der Schule haben sie nachgefragt: ›Da ist doch ein Knabe?‹ Wir haben gesagt: ›Er ist auf dem Land, bei seiner Großmutter.‹ Wir haben einen Namen erfunden und einen Ort. Sie haben dort nachgefragt. Wir haben gelogen und wieder gelogen. Schließlich haben sie's aufgegeben.
Die Mädchen haben ihn trotzdem lieb gehabt. Sie haben ihm einen Strick um den Hals gelegt und ihn spazieren geführt im Zimmer wie einen Hund. So ist er groß geworden.
Dann ist der Alte gestorben. Er hat's an der Lunge gehabt. Einen Kübel voll Blut hat er gekotzt, dann war er hin.
Was war ich froh!
Er hat ja immer gewollt, wir sollten den Buben in eine Anstalt tun. ›Nie, hab ich gesagt, nie. Dort liegen sie nackt auf dem kalten Stein und fressen den eigenen Kot.‹

Und so sind die Jahre vergangen. Er war in seinem Zimmer, immer eingesperrt. Dann und wann haben wir ihn in die Veranda gelassen, hie und da sollte er doch die Sonne sehen, und dort ist er dann an das Fenster gekommen: Sie weiß schon, Lily, an welches …
Sie hat ihn dort gesehen und ist zu mir gelaufen …
Jaja. Was hab ich mich erschreckt – und hab die Mädel geschimpft, daß sie nicht obacht gegeben haben auf ihn. Aber eingestehen, wie es ist, das konnte ich damals noch nicht.«

Wieder blieb es ein paar Minuten still. Nach einem langen ringenden Atemholen ging es wieder an:
»Was die Mädel betrifft, die drei – Sie kennt sie ja, Lily – und denkt vielleicht: Sind lustige Weiber. Lachen und machen Witze und so. Ach, du mein gütiger Himmel! – sind arme Luder in Wirklichkeit. Was haben sie vom Leben, die drei? Den Bruder müssen sie hüten, nichts als das, und möchten vielleicht auch

mal Glück und Liebe. Doch das kann Sie sich ja denken, Lily: Wo so was im Haus ist wie er, der Bub, da nimmt jeder ordentliche Mann Reißaus. Nur das mieseste Pack läßt sich mal bitten … zu einem Mulatschak wie gestern – und verduftet dann auch. Ach ja.
Einmal im Jahr… s'ist doch Fasching! Und die Pensionäre – alle verreist – ein Zufall. Sogar die Sängerin und das kranke Ehepaar. Und Sie, Lily, Sie war ja schon eine ganze Weile weggeblieben.«
Ich war krank, wollte Lily sagen, aber sie brachte es nicht heraus.

»Und einmal –«, fuhr Camilla mit schwankender Stimme fort, »wollten sie eben auch Spaß haben, die Mädel und auch der Bub, er wollte auch einmal raus aus seinem Loch und hat geheult und getrommelt. Da haben sie ihn geholt. Und einem fiel es ein: Ihr Klavier, Lily! Das steht ja nur unnütz da, dumm und stumm. So haben sie es rausgerollt.
Hatte der Bub seine Freude dran! Und ist darauf gesessen, Sie hat's ja gesehen, Lily, im Hemd, mit nacktem Hintern, er verträgt keine Hosen, auch im Winter nicht. – Und hat mitgesungen. Dann aber, dann ist Sie gekommen, Lily.« Und jetzt schrie die alte Frau. »Und ist umgefallen wie tot. Warum? Warum? Bloß weil sich die anderen gefreut haben. Ich sag Ihr, Lily, warum? Aus Hochmut ist Sie umgefallen, aus Hochmut, nur aus Hochmut.«
Camilla war aufgesprungen und nun trampelte sie auf der Stelle, zitternd und wie von einem Krampf geschüttelt. »Drum geh Sie und mach sich weg aus diesem Haus, morgen, übermorgen! Sie ist eine Glückliche – und Glück ist Hochmut und ist Ende für unsereinen.«

So war der Abschied aus Prag erfolgt. Calmus wischte sich die Augen um die gute Schülerin. Roderich und Kläre brachten Lily nach Hause. Der jüdische Arzt, der Lilys beschädigtes Herz konstatiert hatte, zeigt sich befriedigt. »Die Großstadt ist nichts für Sie«, sagte er, »und ein Studium schon gar nicht. Bleiben Sie hübsch daheim bei Ihren Eltern und freuen Sie sich, daß Sie leben. Älter als achtundvierzig werden Sie sowieso nicht.«

Ännchen

Nun also wieder Pilsen, Vaterhaus und Enge. Zeitweise lebten die drei Bourdanintöchter zu dritt in einem Zimmer. Um Lily sorgten sich alle, oft zu ihrem Ärger.
»Geh nicht aus, es regnet.« – »Laß den Wäschekorb stehen, er ist für dich zu schwer!« – »Lies dieses Buch nicht, es könnte dich aufregen.« Kläre trieb diese Besorgtheit auf die Spitze, indem sie der Schwester auch bei bester Witterung mit Mänteln und Tüchern nachlief, bis Lily, wütend geworden, aufstampfte und Kläre anschrie: »Laß mich doch endlich in Frieden, ich halt's nicht mehr aus!« – was aber Kläre nicht daran hinderte, weiterzubetteln: »Wenn du mich nur ein bißchen lieb hast, Lily ... bitte!«

Lily hielt es nicht aus, sich nur bedienen und untätig treiben zu lassen. Daß sie ihr Studium abgebrochen hatte, saß in ihr wie ein Stachel. In der Jagemannstraße wurde eine kleine Klavierschule eröffnet, sie ging hin und trug sich als Hilfskraft ein. Man nahm sie mit Freuden. Ihren Flügel hatte sie mitgebracht. Sie lächelte bitter, wenn sie daran dachte, daß sie einst davon geträumt hatte, ihm nur erhabene Töne entlocken zu dürfen. Jetzt stotterten ihre Eleven mit steifen Fingern darauf herum. Das kleine Gehalt, das sie für ihren Unterricht erhielt, gab sie bei der Mutter ab. Die Mutter hortete die Sümmchen: »Für deine Ausstattung, Lily.« Lily war jetzt fünfundzwanzig.

Die beiden Bendabuben Tonci und Gyula hatten es immer noch nicht aufgegeben, ihr den Hof zu machen; sie waren jetzt junge Männer geworden, muntere Bürschlein von eher bescheidenen Geistesgaben. Lily nahm sie nicht ernst. Manchmal scherzte sie mit ihnen, manchmal schob sie sie wie lästige junge Hunde zur Türe hinaus. Loris' Bild trug sie noch immer in einem goldenen Medaillon am Hals.
Auch die alte Gewohnheit, Frau Benda, die Mutter des Nie-Vergessenen, aufzusuchen, hatte sie nicht aufgegeben. Aber sie merkte: Die alte Frau sprach nicht mehr gern von ihrem toten Sohn. Dafür lenkte sie die Rede auf ihre beiden Jüngeren.
Waren sie nicht prächtige junge Leute, gebildet und demnächst in guten Stellungen? Was hatte Lily an ihnen auszusetzen? Und plötzlich trat ein feindseliger Zug in ihr Gesicht: »Warte nur, du! Wenn du so heikel bist, wirst du noch eine alte Jungfer.«

Lily erschrak. Sie erschrak über die fressende Bitterkeit, die ihr da unvermutet entgegenschlug und die sie nicht verdient zu haben glaubte. Und sie erschrak noch tiefer über die *alte Jungfer*. In ihr schlug eine Glocke an.
Sie wußte es ja und sah es an ihren Schwestern, an beiden, Margret und Kläre; sie sah es an deren älteren Freundinnen. Auch ihre eigene Tante, die schöne, einst als schön gepriesene Ernestine: Längst verwelkt. In Lily zog sich etwas wie eine Zwinge zusammen.
»Mutter«, fragte sie, »wie sehe ich aus? Schau mich genau an! Hab ich nicht da unter den Lidern schon Krähenfüße?«
»Ach, hör auf«, erwiderte Marie, »du blühst wie eine Rose.«

»Das sagst du so, Mutter. Ich habe gestern den ganzen Tag Schmerzen gehabt, das muß man mir doch ansehen.«
»Nichts sieht man dir an. Und wenn du gestern Schmerzen gehabt hast und heute keine, dann sei froh und danke Gott!«
Noch einmal neigte sich Lily über den Spiegel, strich sich über das Gesicht, über das Haar. Dann sagte sie mit plötzlich veränderter Stimme: »Ich glaube, das Ännchen Benda wird bald heiraten.« Und wurde rot.

Ännchen Benda, die damals, als Loris noch lebte und an jenem Nachmittag, an dem er mit Lily zusammen die »Mondnacht« von Schumann gespielt hatte, ein kleines verrotztes Mädchen gewesen war, dem doch schon Liebe und Heirat durch den Kopf gespukt hatten, dieses Ännchen hatte sich inzwischen zu einer hübschen Siebzehnjährigen herausgemausert: eine aparte kleine Person, ein lustiger Wirbelwind, der auf Bällen von Arm zu Arm flog, denn jeder wollte mit ihr tanzen; sie lachte gern und machte gerne lachen; wo sie erschien, herrschten Heiterkeit und gute Laune. Es machte ihr nichts aus, wenn sie die ganze Saison dasselbe Fähnchen trug, und nichts, wenn sie bei einer lustigen Schlittenpartie in den harschen Schnee kippte und mit blutiger Nase aufstand.
»Sie ist ein Irrwisch«, sagten die Bourdanins von ihr, was aber nicht hinderte, daß sie auch bei ihnen ein gerngesehener Gast war. Mit Lily hatte sie sich geradezu angefreundet. Bei jeder Gelegenheit wollte sie sie in ihre Gesellschaft ziehen: »Komm doch auch, Lilinka, es sind so nette Leute da – nein, nicht meine Brüder, ich schwör es dir, andere nette Leute, sie werden dir gefallen.«
So erschien Lily eines Tages auf dem Tennisplatz, um die Jüngere abzuholen. Roterhitzt kam Ännchen gelaufen. »Oh, war das ein Spiel, einfach göttlich. Du solltest es auch mal probieren, ja,

wirklich!« Und sie drückte Lily ihr Raquette in die Hand. »Hab nur Mut, es ist ganz leicht, Herr Preinfalk spielt dir die Bälle zu, langsam und sanft wie einem Kind – nicht wahr, Arno, du tust es?«

Hinter ihr stand ein junger hübscher schlanker Mann in einem hellen Anzug und blickte mit lachenden Augen herüber.

Lily schüttelte den Kopf. Sie kam sich plötzlich steif und ungelenk vor in ihrem langen engen Rock, in ihrer knappen Jacke. Der freundlich lachende Blick des Mannes irritierte sie. Sie wollte nicht auf den ochsenblutroten Platz mit seinem Netz und all den weißen Linien, deren Bedeutung sie nicht kannte. »Nein, nein, das ist nichts für mich.« Sie reichte Ännchen den Schläger zurück.

»Ich will nicht stören, ich gehe schon wieder.«

»Aber warum denn? Wir wollten doch gemeinsam … Warte nur eine Minute, ich ziehe mich um, und dann laufen wir die Radbusa entlang.«

Und dann, zu dem jungen hellgekleideten Mann hinter sich: »Arno, du kannst uns begleiten.«

Nein, Arno begleitete sie nicht. Er hatte noch einem anderen Bekannten eine Partie versprochen.

Eine kleine Weile später schlenderten die beiden Mädchen Arm in Arm den Spazierweg zum Fluß hinunter. Ännchen brannte darauf, ihr Herz auszuschütten:

Ja, dieser Arno Preinfalk – sie kannte ihn jetzt schon acht Wochen, ein lieber, ein reizender Mensch und ein wunderbarer Partner beim Tennisspiel. »Er kommt aus Wien, nein, eigentlich nicht aus Wien, sondern aus Vorarlberg, wo liegt das bloß? Wohl schon fast in der Schweiz.« Sein Vater sei Kaufmann, er wollte den Sohn auch Kaufmann werden lassen, aber Arno wollte das nicht, nein, keinesfalls. »Er wollte lieber Bauer werden – Bauer, stell dir das vor! – oder Baumeister oder Offizier, nun, und das ist er dann auch geworden.« So sei er nach Böhmen gekommen, und Ännchen Benda habe ihn auch auf dem letzten Regimentsball kennengelernt. Aber jetzt –

»Aber jetzt –?« fragte Lily, merkwürdig gespannt.

»Jetzt will er wieder etwas ganz anderes machen.«

Ännchen Benda blieb stehen, als fiele es ihr schwer, der Freundin mitzuteilen, was dieser junge Mann für seltsame Wünsche habe.

»Du mußt wissen, Lily – wie erklär ich's dir? Der Arno ist nämlich ein Naturnarr. Wiesen, Felder, Wälder – die gefallen ihm.

Beim Militär war er ja oft draußen in der Landschaft und dabei, so hat er's mir erzählt, kam er sich immer so ganz unnütz vor. Marschieren und üben, gut und recht, sagt er, das muß wohl auch sein. Aber er hat immer viel lieber zugeschaut, wie die Äcker bestellt werden, und am liebsten war er im Wald; im Wald, hat er gesagt, hat er sich immer am wohlsten gefühlt.

»Jaja«, sagte Lily, »das kann ich verstehen.«

»Ist ja auch was Hübsches«, fuhr Ännchen fort, »im Wald herumzuspazieren und paar Blumen zu pflücken. Das tut jeder gern. Aber Arno ist es gar nicht um die Blumen zu tun. Ihn interessieren die großen Bäume und ihr Holz und die Böden. Die Böden, sagt Arno, sind das Wichtigste im Wald. Kannst du dir denken, was damit gemeint ist?«

Lily hob die Schultern. »Nein, nicht recht.«

»Am liebsten, sagt er, wäre er Forstmann geworden.«

»Das ist ja auch ein schöner Beruf«, antwortete Lily.

»Findest du?« rief Ännchen. »Und um ein Haar hätt er sein Leutnantspatent hingeschmissen und wäre auf die Forsthochschule gegangen.«

»Und?«

»Da hat er einen Lobkowitz kennengelernt und durch den einen Metternich und dann sind sie dicke Freunde geworden, er und der Metternich. ›Karl‹ sagen sie zueinander und ›Arno‹ und duzen sich und schlafen in einer Jagdhütte auf demselben Bett. Der Karl hat große Wälder bei Plaß, du weißt, wo das ist?! Der Forstmeister dort soll alt sein und schon ganz verkalkt, der Metternich will den Arno dorthin mitnehmen und ihn zum Verwalter seiner Wälder machen; er kann das, meint der Metternich, auch ganz ohne Studium.«
»Und du?« fragte Lily. »Und du?«
»Ich weiß nicht, was ich machen soll«, antwortete Ännchen. »Ich liebe ihn ja sehr, wirklich sehr. Aber ich wäre doch lieber in der Stadt geblieben, in einer Garnison. Da ist es lustiger.«
»Lustiger schon«, meinte Lily, »aber, Ännchen, was wiegt das gegen die Liebe?«
Ännchen warf sich in Lilys Arme. »Ja, du hast recht«, rief sie. »Was wiegt das gegen die Liebe? Aber«, fügte sie mit einem kleinen Schluchzer hinzu, »wenn er nun nach Plaß geht, muß er quittieren, und die Uniform hat ihm doch so gut gestanden, so gut!« Und sie wischte sich eine Träne aus den Augen. »Aber – wer weiß«, fügte sie hinzu, »vielleicht kommt noch alles anders, und er zieht seine Uniform wieder an.«

Drei Monate später fand die Hochzeit von Arno Preinfalk und Ännchen Benda statt. Die ganze Familie Bourdanin war mit geladen. Im Hotel Waldeck war die Tafel bestellt.
Nach der durch die Bendas entworfenen Tischordnung hätte Lily neben Tonci und Gyula sitzen sollen. Mit List und Tücke richtete sie es so, daß Margret ihren Platz einnahm.
Nachdem der letzte Gang serviert und das letzte Hoch ausgebracht worden war, setzte sich die junge Braut dem Bräutigam auf den Schoß und küßte ihn leidenschaftlich.

Die Herren applaudierten lachend, die Damen blickten geniert vor sich hin, Lily zuckte zusammen und schaute weg.
Zehn Monate nach der Hochzeit wurde von Preinfalks die Geburt einer kleinen Reinhild gemeldet. Das Paar wohnte nun wirklich in Plaß. Von dort trafen sehnsüchtige Briefe ein: »Komm mich doch endlich besuchen, Lilinka, in meinem Waldhaus, sonst seh ich den ganzen Tag – außer meiner treuen Katjuschka – keine lebende Seele, nur Rehe und Hasen. Mein lieber Arno kommt oft erst spät aus seinen Forsten und erzählt mir dann über Böden und Borkenkäfer, bis wir schlafen gehen. Er ist aber immer sehr lieb zur mir und steht nachts zu Reinhildchen auf, wenn sie unruhig wird, denn ich fühle mich immer noch sehr schwach …«

So beschloß Lily, die junge Freundin zu besuchen.
Doch sie staunte nicht schlecht, als sie in der Bahnstation Plaß aus dem Zug stieg und nicht von Ännchen, sondern von Preinfalk erwartet wurde: Ännchen habe heute morgen nach Pilsen fahren müssen, die habe nachts Zahnschmerzen bekommen und sei zum Arzt, Lily werde mit seiner, Preinfalks, Gesellschaft vorlieb nehmen müssen.
Er brachte sie in dem einfachen Landauer, den er selbst kutschierte, ins Dorf hinunter.
Das Haus, das Ännchen in ihren Briefen des öfteren als einsam gelegene Waldhütte beschrieben hatte, war in Wirklichkeit ein ansehnlicher Bau gleich hinter Schloß und Stift und auch durchaus nicht unbelebt. Im ersten Stockwerk lebte der alte Forstmeister mit seinen zwei Töchtern, im Halbstock befand sich die Forstkanzlei, in der den ganzen Tag verschiedene Leute ein- und ausgingen, Forstgehilfen, Holzhändler und andere Kundschaft.
Die Preinfalksche Wohnung lag im Erdgeschoß.
Arno führte Lily durch die Zimmer.

Die Räume waren behäbig groß, aber ländlich niedrig unter Balkendecken und zwischen dunklen Tafelungen. Ännchens modische Jugendstilmöbel standen darin seltsam unpassend herum, an den Wänden hingen Schnüre mit getrockneten Pilzen und auf der mit geschliffenen Scheiben verglasten Kredenz reihten sich statt Vasen und Nippes irdene Töpfe mit eingemachten Früchten. Arno tippte darauf. »Alles, was die Natur so hergibt!« sagte er mit entschuldigendem Lächeln. Vor den Fenstern gackerten Hühner, und durch den Flur flatterte ein zahmer Rabe.

»Nun aber zu Reinhild!« sagte Lily. »Ich bin ja gekommen, um euer Kind zu sehen.«
Die Kleine schlief in ihrem Körbchen draußen auf dem Anger unter einem Apfelbaum. Gerührt beugte sich Lily über das Kind. Sie hatte ihm Jäckchen und Häubchen gestrickt und zu seiner Taufe ein reizendes, mit allerfeinsten Daunen gefülltes Wickelkissen geschickt. Dem Wickelkissen war es schon entwachsen. Links und rechts von seinen Öhrchen zeigten sich Büschel rotblonden Haars. Das Rotblonde hat sie von Arno, dachte Lily und wollte über das Köpfchen streichen. Arno hielt sie zurück: »Wecke sie nicht! Die Amme kommt erst in einer Stunde.«
»Ach so.«

Das Mittagessen nahmen sie in der Küche ein, zu siebt: der alte Forstmeister saß mit am Tisch mit seinen beiden Töchtern, auch die Köchin saß dabei und die Amme. Die meisten aßen aus einer Schüssel, nur Preinfalk und Lily hatte man eigene Teller aufgestellt. Der Forstmeister begann sofort, Lily den Hof zu machen. Obwohl er ganz offenkundig kaum noch auf die Beine konnte, lud er sie zu einem Spaziergang durch den Wald ein und prahlte damit, wie weit er noch laufen könnte.

Lily wies seine Vorschläge mit Anmut ab, witzig, doch ohne den Alten zu kränken. Dabei fühlte sie Arnos neugierig lebhafte Blicke auf sich geheftet, als bereitete es ihm selbst Vergnügen, ihrem Wortkampf zuzuhören; das hob Lilys Laune noch einmal, in ihr stieg etwas wie Übermut auf – und das Gefühl, hier von allen, die mit am Tische saßen, lächelnd angestaunt und bewundert zu werden.

So begann ein vergnüglicher Nachmittag für sie, und sie war gern bereit, sich in eins der forstwirtschaftlichen Bücher zu vertiefen, das ihr Arno zum Schmökern gab, damit sie doch wisse, was er hier treibe. Er selbst hatte zu tun und verabschiedete sich, doch er schien ihr die ganze Zeit gegenwärtig, während sie im Garten saß und Enten und Hühner um sich watscheln sah; eine Katze schnurrte heran, und der große schwarze Hofhund blickte von seinen Pfoten schläfrig-zufrieden zu ihr auf, als gehörte auch sie schon hierher.

Nun war es Abend, und Ännchen war noch nicht zurückgekommen.

Die Amme lud Lily ein, dabeizusein, wenn sie das Kind bade.

Lily nahm gerne an. Sie half der Amme, das warme Wasser in den Alkoven zu tragen, wo die Kleine lag. Sie hatte noch nie einen nackten Säugling gesehen und war gerührt von dem Anblick des winzigen Wesens, das zwischen den Händen der Amme strampelte, sich ihrem Griff zu entziehen trachtete, sich dann aber doch wohlig schaudernd in die gefüllte Wanne tauchen ließ.

Schließlich erbat sich Lily die Erlaubnis, das Kind abtrocknen und ankleiden zu dürfen.

Die Amme lachte: »Das Fräulein macht das aber gut – wie wenn sie selbst schon ein Kind gehabt hätte.«

Nach der Prozedur durchquerte Lily das Schlafzimmer der Preinfalks.

Der ganze Raum war von goldenem Licht überschwemmt, die Sonne stand schon tief und blickte durch die Äste der Obstbäume auf die breiten Ehebetten, von denen immer noch oder schon wieder die große weiß und rosa gemusterte Decke zurückgeschlagen war. Auf dem Kopfende standen zwei Polster aufgezipfelt aneinandergelehnt.

Lily wandte ihre Augen rasch ab. Hastig verließ sie den Raum. Sie wollte nichts gesehen haben. Doch das Bild blieb in ihr, unauslöschlich.

An einem Maitag des Jahres 1908 fand Marie, aus der Stadt heimgekommen, Lily in Tränen aufgelöst, hemmungslos schluchzend. Auf ihre Frage, was denn – um Himmels willen – geschehen sei, war keine verständliche Auskunft zu bekommen. Nur das Dienstmädchen konnte berichten, einer der jungen Herren Benda sei gekommen und habe, wie es scheint, eine schlechte Nachricht gebracht. Marie stutzte: Sollte Ännchen etwas zugestoßen sein? Soviel Marie wußte: Die junge Frau erwartete wieder ein Kind.

In der Tat: Ännchen war etwas zugestoßen. Sie hatte vier Tage zuvor einen Knaben geboren. Als sie zum erstenmal nach ihrer Niederkunft das Bett verlassen wollte, wurde ihr übel. Schwer keuchend sank sie zurück. Ihre Mutter schrie um Hilfe. Doch ehe man die Hebamme geholt und Arno im Wald verständigt hatte, war sie verschieden.

Nun lag sie im Sarg, nicht viel älter als zwanzig, der kleine Wirbelwind, die reizende Tänzerin, die so gern gelacht und andere Leute zum Lachen gebracht hatte; in ihrem Brautkleid lag sie da mit halboffenen Lidern und halboffenem Mund, entsetzlich blaß, mit blauverfärbten Fingerkuppen.

Nebenan quarrte das neugeborene Knäblein in seinem Wickelkissen, und die kleine Reinhild starrte aus großen verzweifelten

Augen in die ihr mit einemmal ganz unbegreiflich gewordene Welt.

Jedermann, der der Bestattung beiwohnte, konnte bezeugen, wie erschüttert der junge Witwer an der Grube gestanden und mit wie verstörten Blicken er die Beileidsbezeigungen entgegengenommen hatte. Er hatte dann noch einmal zum Grab zurückkehren wollen und hatte, erst nachdem ihm sein Freund, der Erbprinz Metternich, die Hand mahnend auf die Schulter gelegt, den Friedhof verlassen.
Am anderen Tag brachte er die beiden Halbwaisen aus dem nun frauenlos gewordenen Haushalt in Plaß zu seinen Schwiegereltern nach Pilsen.
Dies hatte auch niemand anders erwartet.

Nun lebte Arno Preinfalk allein und hatte in aller Stille genug Gelegenheit, seiner kurzen Ehe nachzudenken. Er machte sich Vorwürfe, nicht so sehr, weil er Ännchen eine zweite Schwangerschaft und Geburt zugemutet hatte, dies hielt er für natürlich, und Ännchen hatte es selbst so gewollt. Aber er konnte es sich selbst nicht leugnen: Sie war hier in Plaß, in diesem Haus zwischen Wald, Obstgarten und Hühnerhof, nicht immer glücklich gewesen. Sie sehnte sich wohl nach der Stadt, nach dem sonntäglichen Bummel über die Promenade, nach Tennisplatz und Bridgepartie.
Vielleicht hatte sie sich auch manchmal beklagt – bei ihren Eltern, bei ihren Brüdern, bei ihren Freundinnen. Dieser Gedanke war Arno unerfreulich. Sein Begriff von ehelicher Gemeinschaft war mit dem Begriff unverbrüchlichen Schweigens eben über diese Gemeinschaft verbunden.
So kam er dahin, sich selbst schuldig zu sprechen: Zu jung war Ännchen gewesen, viel zu jung, als er sie in sein Leben mitnahm, fast noch ein Kind, das noch spielen und sich vergnügen wollte

und noch längst nicht durchschauen konnte, daß die Welt, in der es lebte, lachte, tollte, eine im Grunde nichtige und ausgehöhlte Welt war.
Arno war ein nachdenklicher, aber auch eigensinniger Mensch. Sogar seine Dienstbeschreibung als Oberleutnant hatte ihm Eigensinn bestätigt und seinen Eigensinn tadelnd vermerkt. Jetzt war er froh, daß er dieser Eigenschaft gefolgt war und die Uniform an den Nagel gehängt hatte. Hier stapfte er durch die Wälder und versuchte seinen Beruf so gut wie möglich auszuüben. Er hatte ihn zwar nicht erlernt, aber – was schadete das? Er hatte doch Augen im Kopf und wollte sie offen halten. Er las auch, was er nur auftreiben konnte, über das Forstfach, er fragte den Alten aus, der sich hier auszukennen vorgab, er sprach mit Holzarbeitern, Bauern und Kleinhäuslern; manches, was sie ihm erzählten, mochte Unsinn und Aberglauben sein, doch wenn er nachbohrte, kam manches Brauchbare zutage. Ihm sollte kein Weg zu weit und kein Wetter zu schlecht sein, ihm sollte kein Forstfrevel und kein Verbiß entgehen, nach Gewittergüssen und bei der Schneeschmelze folgte er den Bächen und kontrollierte ihre Ufer, ob diese etwa gelitten hätten.

Wenn er abends in die leere Wohnung zurückkehrte, die Stiefel auszog und dann in der Küche nachsah, was ihm die Köchin etwa im Backrohr warmgestellt hatte, kam er sich manchmal wie ein einsamer versprengter Wolf vor, der sein Rudel verloren hatte; Raum für Raum lag in öder Stille. Der Mann saß da, lehnte den Nacken gegen die Wand hinter sich und dachte: So kann es nicht immer bleiben.

Ein Aufbruch

Ein Jahr nach Ännchens Tod änderte sich das Leben des Witwers. Wenn er in letzter Zeit nach Pilsen gefahren war, hatte er das nur getan, um die Kinder bei den Großeltern aufzusuchen und um allfällig anstehende Geschäfte abzuwickeln. Nun besuchte er dann und wann wieder einen Kameraden von ehedem oder ein Konzert. Er liebte Musik, ohne viel davon zu verstehen. Sie erregte Gefühle in ihm und Gedanken, und beide schweiften weit umher.

Die Bevölkerung der Stadt Pilsen hatte sich in den letzten Jahrzehnten verdoppelt, und der Anteil der Tschechen hatte stark zugenommen, während der der Deutschen geschmolzen war. So hatten sich auch die Tschechen ein großes neues Konzerthaus, die Beseda, und ein ansehnliches Theater gebaut, während sich die Deutschen immer noch mit dem alten »Deutschen Haus« in der Goethegasse und mit dem hier gelegenen kleinen Sälchen behelfen mußten. Da gab es statt Orchesterkonzerten Kammermusik und bescheidene Gesangsabende. So war wieder einmal eine Sopranistin aus Reichenberg angekündigt, im letzten Augenblick fiel ihr Begleiter aus. Den Besuchern wurde beim Eingang ein Zettelchen überreicht, auf ihm stand: Freundlicher- und dankenswerterweise habe sich Fräulein Lily Bourdanin bereit erklärt, für den Begleiter einzuspringen.

Als sich Lily nach dem letzten Lied, hinter der Sängerin stehend, für den Beifall des Publikums bedankte, begegnete sie einem Paar lachender blauer Augen, die zu ihr emporblickten und sie freudig zu grüßen schienen. Es waren dieselben freundlich bejahenden Augen, die sie vor Jahren auf dem Tennisplatz an der Radbusa und später im Forsthaus zu Plaß gesehen hatte. Lily zögerte eine Sekunde, das Podium mit der Sängerin zu verlassen.

Ihr Zögern entging Arno Preinfalk nicht und er nahm es als das, was es war: ein glückliches Erschrecken über dieses gegenseitige Erkennen. Und so entschied es für sie beide eine neue Lebenszeit.

Im Jahr darauf, an einem Apriltag 1910, erschien Arno im Haus der Atlanten und bat Rittmeister Bourdanin um die Hand seiner jüngsten Tochter.
Der Alte, inzwischen achtzig geworden, erhob sich aus seinem Lehnstuhl. »Mein lieber Preinfalk«, sagte er, und seine dunkle Gesichtsfarbe färbte sich noch einmal dunkler. »Sie wissen, daß ich Sie schätze. Sie haben in die Familie unserer Verwandten Benda geheiratet und hatten das Unglück, Ihre Frau zu verlieren. Sie haben zwei Kinder und suchen für diese eine zweite Mutter. Nichts begreiflicher und natürlicher! Ich war einst in derselben Lage. Dennoch muß ich Sie bitten, Ihren Antrag zurückzuziehen. Meine äußeren Verhältnisse sind nicht so, daß ich meinen jüngeren Töchtern eine Mitgift geben könnte. Und, lieber Preinfalk, Sie werden mir nicht zumuten, eine von ihnen als Bettlerin aus dem Haus gehen zu lassen. – Margret und Kläre sind Lehrerinnen. Sie haben ihr Auskommen. Luise wird, so habe ich es bestimmt, den Schwestern nach dem Hingang meiner Frau den Haushalt führen.«
Preinfalk wollte etwas erwidern. Der Rittmeister fuhr mit erhobener Stimme fort: »Im übrigen: Luise ist keineswegs gesund. Seien Sie froh, lieber Preinfalk, daß ich es Ihnen erspare, womöglich schon in kurzer Zeit wieder Witwer zu werden. – Aber was ich noch sagen wollte: Wenn Sie den Erbprinzen Metternich wiedersehen, sagen Sie ihm einen schönen Gruß. Ich war mit seinem Vater selig im Jahre 59 vor Solferino zusammen.«
»Diesen Gruß werde ich gerne ausrichten«, antwortete Arno und sah dem Alten mit ruhig selbstgewisser Freude ins Gesicht. »Was jedoch Ihre Tochter betrifft, verehrter Herr Rittmeister, ich

habe ihr Jawort und ihr Einverständnis. Wir werden heiraten, es ist abgemacht und, um es genau zu sagen: Das Datum ist der 16. Juni.«

Lilys Verlobung rief unter den Frauen ihrer Familie große Aufregung hervor. Kläre hing schluchzend an ihrem Hals und versicherte zum hundertstenmal, daß sie der Schwester alles Glück auf Erden wünsche. Margret zeichnete ihr mit zitternder Hand ein Kreuzchen auf die Stirn. »Ich werde für dich beten«, sagte sie. »Immer beten.« Marie verhielt sich still und nachdenklich, Sorgenschatten zogen über ihr Gesicht.

»Nun wirst auch du einen Witwer zum Mann haben. Auch er hat zwei Kinder. Ich hätte mir immer gewünscht: Meine Töchter sollten in eine erste Ehe heiraten.«

»Ich weiß, Mutter, du hattest es schwer …«

»Ist eine zweite Ehe nicht doch immer wie ein Notnagel, eine Aushilfe, ein Ersatz? Ich kam mir immer vor wie an die linke Hand getraut …«

»Ja, du!« sagte Liliy, sie schien ganz getrost. »Aber uns beide darfst du nicht vergleichen. Du warst siebzehn, wie du geheiratet hast, du hast weder dich selbst noch den Vater verstanden. Ich bin fast doppelt so alt, wie du damals warst, vergiß das nicht! Ich liebe Arno, und er liebt mich, das weiß ich, und wir werden es gut haben miteinander.«

»Geb's Gott!« sagte Marie. »Geb's Gott.«

»Ich bin vielleicht nicht so gesund, wie ich gern sein möchte«, fuhr Lily fort. »Aber *schwach* bin ich deshalb nicht. Arno weiß das. Er wird mich als das nehmen, was ich bin, und ein bißchen, Mutter, ein bißchen bin ich ja nicht nur dein, sondern auch Vaters Kind.«

Es war eine stille Hochzeit. Die Tafel nach der Trauung in der Sternbergkapelle der Bartholomäuskirche fand weder im noblen Hotel Popp noch bei Waldeck in Pilsen statt. Sie war im Speisezimmer der Jagemannstraße 12 ausgerichtet. Aus Wien war Arnos einzige Schwester gekommen, auch Roderich und Friedrich hatten sich Urlaub geben lassen. Von den Bendaschen war niemand zugegen.
Eben als sich die Jungvermählten verabschieden wollten, um zur Bahn und dann nach Salzburg weiterzufahren, erschien Doktor Rübsamen mit einem etwas zerfledderten Rosenstrauß und küßte Lily weinend auf die Stirn.

Nun waren alle Gäste fort, und Marie räumte die Wohnung auf, die – wie nach Festen immer – in einige Unordnung geraten war. Der alte Bourdanin hatte sich aus der letzten, noch nicht leergetrunkenen Flasche Wachauer ein letztes Glas Weißen eingeschenkt. Er schien vergessen zu haben, daß er Arnos Werbung zuerst einmal zurückgewiesen hatte – und schien zuletzt mit dem Verlauf der Dinge auch zufrieden.
»Du gehst noch weg, Marie?« fragte er, als er sah, daß sie nach ihrem Kapotthütchen griff.
»Ja.«
»Soll ich dich begleiten?«
»Nicht nötig, Balthasar.«
»Na dann –.« Er strich ihr flüchtig über die Schulter. »Komm bald zurück.«
Marie war schon draußen.
Ihr war bei diesem Gang nicht wohl zumute, und doch dachte sie, sie sei ihn noch schuldig, sich selbst und Lily und – ja, auch dieser Frau und Mutter, die zwei Kinder verloren hatte, den Ältesten, Loris, und die Jüngste, das Ännchen. Bei Loris war das nun schon viele Jahre her, bei Ännchen knappe zwei, und der

Sohn hatte ihre Lily geliebt und die Tochter war im Wochenbett gestorben, und der, der ihr Mann gewesen war, war jetzt Lilys Gatte. Überdies war auch noch das Brüderpaar da, Tonci und Gyula, die sich um Lily bemüht hatten, wie ernst oder unernst ihnen dabei zumute gewesen sein mochte. Mariens Gefühle für ihre eigenen Kinder waren viel zu lebhaft, viel zu innig, als daß sie diesen Tag vorbeigehen lassen wollte, ohne nach der zu sehen, die heute wahrscheinlich voll bitterer Gefühle ihre Verluste betrauerte: vom Schicksal geschlagen, vom Schicksal beraubt.
Marie war also auf dem Weg zu Frau Benda, sie erwartete sich eine lange wehmütige Aussprache, vielleicht unter Tränen, aber zuletzt, so hoffte sie mit einem milden Segenswort: Ja, so ist es am besten. Wenn Ännchen schon sterben mußte, so ist dies für ihre Kinder die beste Lösung, die allerbeste. – Doch Marie hoffte vergebens.
Frau Josephine Benda empfing sie mit Flüchen: »Was willst du hier, du, Marie? Kommst du winseln für deine Tochter, he? Der Teufel hole sie und diesen Preinfalk, er hat mein Kind umgebracht, umgebracht, sag ich. Was hat er sie wieder schwängern müssen? Nur um sie umzubringen, dafür! Ich hab's ihr ja gesagt: Er wird dich ermorden mit seiner sogenannten Liebe. Ein zweiter Balg mußte es sein nach der Reinhild, warum nur, warum? – Und jetzt ist deine Tochter dran, deine Lily. Wie ich sie hasse! In Ännchens Nest hat sie sich gesetzt, meinen Loris hat sie in die Drau gehetzt, er wollte sich auszeichnen, ich weiß es, ihretwegen, und drum ist er allen voran in das hohe Wasser gesprungen. Aber meine beiden Buben, den Tonci und den Gyula, die hat sie nur zum Gespött gemacht. Sie sind ihr angehangen, wie verrückt, alle beide. Doch sie hat ihnen nur eine Nase gedreht und hat sie abfahren lassen. Ja. Dafür hat sie den Preinfalk genommen, der war ihr gut genug.«
Marie rang die Hände und versuchte zu widersprechen. Die Ra-

sende drängte sie zur Tür hinaus. Die Tür war schon zugeschmettert worden hinter ihr, doch als sie die halbe Treppe unten war, hörte sie die Stimme der Benda noch einmal belfernd aus dem Spalt; was sie schrie, war nicht ganz zu verstehen, der Treppenflur hallte, doch Marie glaubte verstanden zu haben: »Und die Kinder bekommen sie nicht, nie, nie!«
Arme Lily, dachte Marie, und das Herz wurde ihr schwer, was wirst du noch auszustehen haben von dieser Unglückseligen!?

Indessen fuhr das vermählte Paar nach Salzburg und von dort weiter, aber nicht nach Venedig, sondern in ein hochgelegenes Dorf in Südtirol, das Arno kannte, mit dem Blick auf Etsch- und Eisacktal, auf Rosengarten und Mendel. Dort, am Ritten, gab es zwar keine Nobelherbergen, aber recht gute Unterkünfte mit Sonnenbalkonen und getäfelten Stuben. Lily war jeden Tag von neuem entzückt und hingerissen vom Anblick der blauenden Dolomiten, der Matten und Lärchenwälder. Die leichte Gebirgsluft schien ihr wohlzutun, sie wanderten täglich weite Strecken, jedesmal weitere, als sie sich am Morgen vorgenommen hatten, als zöge sie das Land mit seiner Schönheit immer noch ein Stück tiefer in sich hinein. Sie kamen dabei bis unter die Zirbelkiefern, diese höchsten borstigen Bergbewohner, die auch Arno noch nicht kennengelernt hatte. Sie bestaunten die Erdpyramiden und Bergstürze und die zernagten Felstürme hinter der Seiser Alm.
Am Abend sanken sie müde auf ihre Betten zu einem erquickenden Halbstundenschlaf, erwachten aber dann zu einer langen und zärtlichen Liebesnacht, die beide überraschte und beglückte. Nur einmal zuckte Lily zusammen, als Arno im Halbschlaf, beunruhigt durch einen jäh einsetzenden Gewittersturm, im Finsteren um sich tastete und dabei murmelte: »Ännchen, Ännchen, was ist denn los?«

Als sie glücklich und sonnengebräunt nach Böhmen zurückkehrten und die beiden Kinder aus der Bendaschen Wohnung zu sich nach Plaß holen wollten, mußten sie zu ihrem Schrecken feststellen, daß sich die alte Frau weigerte, das kleine Mädchen und den kleinen Jungen herauszugeben. »Sie gehören mir«, behauptete sie, »Ännchen hat sie mir hinterlassen.«
Arno und Lily versuchten, ihr mit gutem Zureden beizukommen. Mit gerungenen Händen schwor Lily zum zehntenmal, daß sie die Kinder hegen und pflegen werde, wie eine Mutter eigene Kinder nur immer hegen und pflegen könne. Doch kein Zureden nützte. Der kleine Junge, der sich Lily zutraulich genähert hatte und mit seinen Händchen gegen ihre Knie patschen wollte, wurde mit Gewalt von ihr fortgerissen; und Reinhild, die Sechsjährige, hatte die Großmutter schon an ihre Seite gebracht. Sie stieß Lily und Arno von sich und wehrte sich mitzukommen.
Ratlos und traurig wollten Preinfalks das Haus verlassen, als ihnen ein Mann entgegentrat: Er war Lily bekannt und Arno nicht unbekannt, der langjährige Hausarzt der Familie Benda.
Er sprach sie an: »Nehmen Sie die Kinder mit, bringen Sie sie weg, so schnell sie können. Die alte Frau –«, er tippte sich an die Stirn. »Es könnte ein Unglück geschehen.«

Am nächsten Tag war es soweit: Das Vormundschaftsgericht händigte die Geschwister dem Ehepaar aus.
Nun sollte das Familienleben in Plaß beginnen. Doch die Misere war nicht beendet: Frau Benda erschien vor dem Forsthaus und rief nach Reinhild. Lily flüchtete die Kinder in eine Kammer. Aber das Rufen hörte nicht auf. Der Forstmeister wurde aufmerksam, die Dienstboten liefen herbei, auch Forstgehilfen, auch Nachbarn; die einen hatten Mitleid mit der alten Frau und ergriffen ihre Partei, andere die der Eltern. Arno wurde aus dem

Wald herbeigerufen, auch er konnte die Lage nicht schlichten. Endlich erschien der Erbprinz. Nachdem man ihm die Tatbestände geschildert hatte, setzte er sich in seinen Wagen – es war das erste Auto weit und breit –, fuhr nach Pilsen und brachte die Söhne der Verwirrten heran. Ihnen wurde die Mutter übergeben. Dann schloß sich der Prinz mit Arno zu einer langen Unterredung ein.
Danach wollte sich Arno seiner Frau erklären: »Seine Durchlaucht«, begann er.
Der Prinz unterbrach ihn: »Nein, ›Karl!‹ Ich bitte dich, Arno: nur ›Karl‹ …«
»Also Karl«, fuhr Arno fort, »fürchtet, daß sich, was sich heute ereignet hat, wiederholen könnte. Fürchtest du das auch?«
»Ja«, sagte Lily, »ich fürchte es nicht nur. Ich weiß es. Sie wird wiederkommen, sie hat es ja zuletzt selbst gesagt.«
»Man könnte, meint Karl, die alte Frau in eine Anstalt bringen und sie einschließen …«
»Nein, das will ich nicht.« Lily hatte heftig gesprochen.
»Auch ich will das nicht«, sagte Arno und legte seine Hand auf die ihre. »Darum müssen wir fort von hier.«
»Und wohin?«
»Weit weg, daß sie uns so leicht nicht folgen kann. Nach Galizien.«
»Nach Galizien?« fragte Lily entgeistert.
»Meine Verwandtschaft«, nahm jetzt der Prinz wieder das Wort, »hat auch dort Besitzungen, große Forste, mit deren jetziger Verwaltung wir keineswegs zufrieden sind. Und wenn Sie sich entschließen könnten, Frau Preinfalk, mit Ihrem Gatten hinzuziehen, so wäre uns vielleicht allen geholfen.«
Lily sah Arno an. Dann nickte sie. »Es ist gut«, sagte sie, »wenn es gut ist für dich – und das Beste für die Kinder. Wir ziehen.«

Das Glück in Galizien

Also Galizien statt Böhmen …
Dieses Kronland hatte in der Monarchie keinen strahlenden Ruf. Beamte und Offiziere, die dahin versetzt wurden, fühlten sich gemaßregelt und strafweise abgeschoben. Man sprach von *polnischer Wirtschaft*, von grundlosen Straßen, verlotterten Städten und vielen, vielen Juden; Juden mit Peies und Kaftanen; sie lebten für sich, abgetrennt von ihrer Umwelt durch eigentümliche Sitten und Gebräuche, von denen nicht einmal ihre Glaubensgenossen in den westlichen Kronländern viel wissen wollten. So bedauerte man Arno und Lily Preinfalk, als es nun hieß, sie würden nach Galizien übersiedeln.
Als sie angekommen waren, ließ sich doch alles etwas besser an als erwartet.
Die Wälder der Metternichschen Verwandtschaft lagen in den nördlichen Vorbergen der Tatra, unweit der Stadt Neu-Sandez. Das Haus, das man ihnen zuwies, das ehemals wohl der Wohnsitz eines Schlachtschitzen gewesen war, erwies sich, nachdem sie einige Nächte darin zugebracht hatten, zu ihrer Erleichterung als nicht verwanzt. Es hatte mit seinen geschnitzten Türen und stuckierten Decken sogar etwas wie einen romantischen Reiz. Der dazugehörige Hausknecht und die Magd zeigten sich dienstbeflissen, die Marktwaren waren hier weit preiswerter als in Böhmen, und was man sonst noch brauchte, besorgten die Juden rasch, zuverlässig und mit erstaunlicher Findigkeit. Ihr Handel war jeweils genau bezeichnet, so gab es Möbeljuden, Kleiderjuden, Gemüse- und Eierjuden, auch Stiefeljuden, die Arno sogleich ein kniehohes und festeres Schuhwerk beschafften, als er es in Böhmen getragen hatte, denn Straßen und Wege waren hier in der Tat grundlos, wo deren überhaupt welche bestanden.

Die Forste, die Arno zu verwalten hatte, erwiesen sich als beinah undurchdringliche Dickichte, versumpft und von schluchtartigen Tälern durchrissen, in denen wilde Bäche dahinströmten und keine Brücke weit und breit. Immerhin entdeckte Arno in den Tiefen der Wälder herrliche Bestände uralter Eichen, Buchen und Tannen, die, da seit Jahrhunderten in aller Ruhe gewachsen, wahre Giganten ihrer Art waren, die – einmal gelichtet – hervorragende Erträgnisse versprachen. Vorher – allerdings – waren Wege zu bauen, Wege und nochmals Wege, erst dann würde man daran denken können, die Forste wirklich nutzbar zu machen.

So ließ sich das Leben in dem fremden Galizien recht hoffnungsvoll an.

Der kleine Arnulf machte es Lily nicht schwer, sich ihm mit aller Zärtlichkeit zuzuwenden. Von Anfang an ruderte er ihr mit Armen und Beinen entgegen und stieß jauchzende Rufe aus, sooft sie ihn hochhob. Geduldig stand er neben ihr, wenn sie nähte, flickte, kochte und wollte nur auf ihrem Schoß sitzen, wenn sie im Wagen ausfuhren. Mit Reinhild ging es nicht so gut. Der alten Großmutter Benda war es schon gelungen, sie gegen die Stiefmutter und sogar gegen den Vater einzunehmen. Es schnitt Lily ins Herz, wenn sie das kleine Mädchen trotzig in einem Winkel kauern sah und wenn sie dann dem Brüderchen, das lustig um sie herumsprang und sie zu seinen Spielen verlocken wollte, mit weinender Stimme zuschrie: »Hast du noch immer nicht verstanden, du? Unsere Mama ist tot, tot ist unsere Mama, wir gehören gar nicht zu diesen Leuten hier«. Dann zuckte in Lily der Gedanke auf: Hätte ich ein eigenes Kind, es täte mir nicht so weh.

Auf Arnos Schreibtisch stapelten sich Bücher: polnisch-deutsche Lexika, Schriften über Forstrecht, Holzmeßkunde und Wegebau. Auch Photographien standen da, eine von Arnos verstorbenen Eltern, zwei von Ännchen: Ännchen als Braut, Ännchen mit Reinhild im Arm. Lily stand oft vor diesen Bildern, nahm sie zur Hand, stellte sie wieder hin. Doch eines Tages konnte sie nicht anders: Sie riß eine Schublade auf, legte die Photos der jungen Toten hinein, schloß zu, schloß ab und schob den Schlüssel auf den höchsten Schrank.

Als Arno am Abend nach Hause kam und das Zimmer betrat, folgte sie ihm. Ihr Herz klopfte. Er blieb zögernd stehen, etwas störte ihn an dem gewohnten Anblick, etwas fehlte ihm. Dann fiel sein Blick auf die leere Stelle. »Oh –«, sagte er und drehte sich nach Lily um, »du hast sie weggenommen?«

»Ja«, sagte Lily.

»Und warum?«

»Reinhilds wegen. Sie soll doch endlich vergessen können.«

»Ja«, sagte er, »das wäre gut. Aber – kann sie das? Sie ist schon sechs.«

Eine Weile standen die Eheleute stumm nebeneinander. Er hatte die Frau an sich gezogen, sie hatte die Arme um seinen Hals gelegt. »Ich will doch ihre Mutter sein«, murmelte sie, »allen beiden.«

»Ich weiß.«

»Auch deinetwegen, Arno. Nein, deinetwegen zuerst.«

»Auch das weiß ich.«

»Und vielleicht –«, ein tiefer Atemzug hob ihre Brust, »sogar für ein drittes.«

Lily war jetzt dreiunddreißig Jahre alt, und sie mußte sich sagen: Von allen drei Bourdanin-Töchtern bin ich die einzige, die verheiratet ist. Meine Mutter hatte in meinem Alter schon ihre vier geboren, in Kummer und Elend, dennoch geboren. Ist nicht jede Geburt ein Sieg über den Tod? – Mir haben sie schon seit jeher

ein frühes Ende vorausgesagt. Aber ich lebe. Ich lebe und bin glücklich. Ich will wieder Leben hervorbringen.
Mein Herz. Jaja, mein Herz. Ich kenne es doch. Es ist geschädigt; vernarbt, sagen die Ärzte, seit jenem schweren Anfall in Prag, es spürt den Südwind, es spürt die Hitze und, wenn das Wetter wechselt, dann stockt es und sticht. Aber es hat auch gute Tage, sehr gute Tage, warum soll ich nicht auf diese guten Tage vertrauen?

Und wieder vergingen Monate.

Was will ich eigentlich mehr, fragte sie sich ein anderes Mal, wenn sie abends den Tisch gedeckt hatte und Arno heimkommen sah, rötlich-braunverbrannt von seinen langen Wegen, müde, doch guter Laune, und wenn er dann den Deckel von der aufgetragenen Schüssel lüftete und die Kinder raten ließ: »Jetzt sagt mir, was uns die Mama heute wieder Feines gekocht hat!« – Und wenn der kleine Junge mit strahlendem Gesicht den jüngst gelernten Vers deklamierte: »Wea wij gudn Guchn baggen, dea muß aben siebn Saggn« – und Reinhild als ältere und besserwissende Schwester korrigierend einfiel: »Eier und Schmalz, Butter und Salz, Milch und Mehl, Safran macht den Kuchen gel!«
Und wenn dann das Besteck klapperte und sich die Teller leerten, die Mahlzeit beendet war und der kleine Junge lief, um dem Vater das Steckenpferd zu zeigen, das ihm die Mutter heute von einem Hausierer gekauft hatte – und die kleine Reinhild eiferte, ihr erstes ABC auf der Schiefertafel vorzuführen, und Arno beides mit Scherzen geduldig in Augenschein nahm, da fragte sich Lily manchmal: Ist das nicht Glück genug? Glück, von dem man ihr so oft gesagt hatte, es sei das Rarste auf dieser Welt – und, wenn es einmal auftreten sollte, so sei es nur ein Augenblicksge-

fühl, nicht zu halten, es komme wie ein Schmetterling und sei auch schon wieder davongegaukelt? – Doch was Lily hier und jetzt empfand, hatte nichts Schmetterlinghaftes an sich, nichts Flüchtig-Gaukelndes, nein, keine Spur davon. Was sie fühlte, war, wie wenn es nie vergehen sollte, tief und warm gegründet und war doch nicht viel mehr als ein freudiges Einverstandensein mit dem, was sie hier hatte, und mit dem Leben mit Arno. Da brauchte es keine Beteuerungen zwischen ihnen und große Worte: ein Blick, ein Nicken, eine Geste der Vorsicht, der Schonung oder Zärtlichkeit genügten, es war ein stilles immerwährendes Jasagen zueinander, ob sie kamen oder gingen, ob sie redeten oder schwiegen, wachten oder schliefen. Sie achteten aufeinander, stritten nie, auch wenn sie einmal verschiedener Meinung waren, sie waren reife Menschen, die einander liebten und wußten, was ihre Liebe wert war.

Der Sommer des Jahres 11 war sehr heiß und trocken gewesen. Gegen Ende August stellten sich schwere Gewitter ein. Schwarze Wolkenwände brauten über der Tatra und entluden sich fast jeden Abend in einer langen Reihe Blitz- und Donnerschläge. Der Sturm bog die Bäume und riß die ersten vorzeitigen Blätterschwärme aus den Wipfeln. Lily stand in einer solchen Stunde auf der verglasten Veranda ihres Wohnhauses und sah den weißen Regen- und Hagelschauern entgegen, die sich über die nächsten Hügel heranschoben. Da! – ein greller Lichtschein ließ sie aufschreien, eine gewaltige Kraft schleuderte sie in den Raum zurück. Das polnische Dienstmädchen stürzte herein und schrie etwas – Lily begriff, was sie schrie: Es habe eingeschlagen.
Sofort lief sie durch alle Zimmer: hier schien nichts geschehen. Dann durch das erste Stockwerk. Auch hier: nichts. Doch hinter der Dachbodentür hörte sie ein Knacken, und als sie die Tür aufriß, sah sie: Feuer. Nahe dem Kamin stand eine hohe blasse

Flamme. Lily stürzte vorwärts: Das Mädchen und die Kinder, die ihr gefolgt waren, warfen, laut kreischend, ihre Arme um sie. Lily stieß sie weg, alle drei: Sie war entschlossen, das Feuer zu löschen. Ein Teppich lag da, ein alter, halb zusammengerollt, ein graues staubiges Ding, Lily riß es an sich und schlug mit seinem offenen Ende auf den Brandherd ein. Sie schlug vier-, fünfmal, dann warf sie den Teppich darüber und stampfte auf ihm herum.
Die Polin rannte um einen Eimer.
Als sie zurückkam und den Schwall über den Brandherd leerte, waren nur noch glimmende Reste da.
Nun sahen sie es: Ein Bündel Wäsche hatte gebrannt, ein paar Latten waren angesengt, eine Kiste angekohlt. Der Blitz hatte den Kamin nur gestreift und war dann außen am Haus in die Erde gefahren. Ein verlorener Funke mußte gezündet haben, Lily war in letzter Sekunde gekommen.
Auch in der Nachbarschaft war der Blitzschlag bemerkt worden. Als das Gewitter nachließ, kamen die Leute gelaufen, nachzusehen, was geschehen war. Staunend standen sie vor dem kleinen Brandplatz und dem bis hoch hinauf geschwärzten Dachgebälk. Lily spürte ihre staunenden und bewundernden Blicke, sie hatte Lust, laut zu lachen.
Als Arno am späten Abend zurückkam, wurde ihm alles dreimal erzählt, von der Dienstmagd, von Reinhild, und, sofern er schon Worte dafür fand, von dem kleinen Arnulf. Arno sah Lily forschend an: »Und hast du denn keine Angst gehabt?« fragte er. »Angst?« antwortete Lily. »Wieso? Es ging alles so schnell, ich hatte gar keine Zeit, Angst zu haben.«

Kurz darauf merkte sie, daß sie schwanger war.

Im nächsten Mai sollte die Entbindung erfolgen. Lily war nach Pilsen gefahren, um die Niederkunft abzuwarten. Das Ereignis

wurde in der Familie Bourdanin mit großer Aufregung verfolgt. Kläre rollte ihre schwarzen Augen und bat Ärzte und Hebamme mit gerungenen Händen, nur ja keinen Kunstfehler zu begehen. Margret kniete auf dem Boden und betete einen Rosenkranz nach dem anderen. Sogar der Rittmeister gab Zeichen der Besorgnis und schimpfte über den Aufruhr. Doch alles ging gut. Zwei jüdische Ärzte assistierten, der eine kontrollierte die Geburt, der andere den Herzschlag. Lily kam mit einer Tochter nieder. Vier Tage später sollte das kleine Mädchen getauft werden. Die Suche nach dem passenden Namen löste in der Familie eine lange Beratung aus. Die einen waren für Edith, Erika oder Elfriede. Kläre und Margret boten ihre Namen an und waren ein wenig gekränkt, als sie bei Arno und Lily auf Widerstand stießen. Der Rittmeister meinte, Anna sei ein passender Name, seine Mutter habe so geheißen, so werde der für das Wurm noch gut genug sein. Fritz, soeben auf Besuch, schwieg die ganze Zeit.
Die ganze Familie wußte, daß er darunter litt, daß seine Tochter den noch nie gehörten Namen Palmare trug. Irina hatte ihn in irgendeinem exotischen Roman gelesen und sich ihn in den Kopf gesetzt. Sowohl Friedrich als auch der Pastor, der taufen sollte, erhoben Einspruch: In keinem christlichen Kalender sei eine Palmare auffindbar, noch treibe sich der Name in irgendeinem abendländischen Stammbaum herum. Aber Irina ertrotzte ihn. Friedrich gab schließlich nach, obgleich er einen ganz anderen Namen im Kopf gehabt hatte.
»Nun, Fritzl«, rief Lily aus ihrem Bett ihrem schweigsamen Bruder zu, »sag du doch auch mal was! Wie hättest du deine Tochter nennen wollen?«
Friedrich stand auf, trat zu Lily hin und betrachtete sie und das Kind, das sie im Arm hielt. Er schien es abzuschätzen. Dann schüttelte er den Kopf, legte den Finger mit einer Schweigestill-Geste an den Mund und verließ das Zimmer, als hätte er ein Ge-

heimnis zu bewahren. Die anderen blickten ihm verwundert nach: Was hatte er bloß?
Da sagte Marie: »Ihr müßt verstehen: Er denkt immer noch an seinen Erzherzog.«
»An Eugen!« rief Lily. Sie sprach den Namen französisch aus. Dann fügte sie laut und freudig hinzu. »Also: Eugenie!«
»Eugenie?« wiederholten die anderen überrascht.
»So und nicht anders!« rief Lily – und zu Arno gewendet: »Wenn es dir recht ist.«
Arno lachte ein wenig. »Die Wohlgeborene.«
»Ja, die Wohlgeborene!« stimmten Marie, Kläre und Margret lachend zu. »Na, meinetwegen!« nickte Arno.
Am nächsten Tag wurde das kleine Mädchen auf die Namen Eugenie Anna Maria Kläre und Margret getauft. Als man den vierjährigen Bruder anhielt, alle die Namen in richtiger Reihenfolge auszusprechen, schlug er, von einem Schlückchen Champagner entflammt, mit der flachen Hand auf den Tisch: »Nichts da! Eggi heißt sie – und damit basta.«
Bei Eggi blieb es dann auch, glücklicherweise.

Der Aschenregen

Noch einmal waren ihnen zwei Jahre geschenkt.
Sie lebten jetzt in Galizien nicht mehr ganz abgetrennt von der Gesellschaft. Auch in diesem Land gab es Leute, mit denen es sich gut verkehren ließ. Man machte Besuche, man empfing Besuche, eine alte Gräfin lud zu musikalischen Soiréen ein. Auch Lily durfte sich bei solchen Gelegenheiten hören lassen, und sie glühte vor Freude, wenn ihr das Spiel gut gelang. Reinhild wurde täglich zur deutschen Schule nach Neu-Sandez gefahren, mit Lehrern und Eltern ergaben sich neue Verbindungen. Der Haus-

arzt, der jüdische Doktor Pomeisl, ein gebildeter Mann, ging bei Preinfalks aus und ein: Er lieh Bücher, Zeitschriften, er diskutierte mit Arno naturwissenschaftliche und politische Probleme. Dann und wann erschien auch Verwandtschaft aus Pilsen, Marie, Kläre und Margret. Sogar Roderich ließ sich einmal blicken, er brachte gedrahteten Silberschmuck aus Albanien mit, putzte die zwei Mädchen damit heraus und photographierte sie in flitterbesetzten Schleiern als balkanische Prinzessinnen. Arno und Lily lachten darüber. »Laß uns in Frieden mit deinem Balkan!« sagten sie. »Dort knistert es immerfort im Gebälk. Da loben wir unser stilles Galizien.«

So kam ein Tag Ende Juni 1914 herauf. Lily stand soeben am Fenster ihres Wohnzimmers und blickte in den Garten hinaus. Dort sollte sich demnächst so manches ändern, Arno wollte einen kleinen Fischteich anlegen lassen, Lily plante Beete mit Beerenstauden und Blumen. Im Herbst sollte die neue Anlage entstehen.
Wie sie so am Fenster stand und ihren Gedanken nachhing, hörte sie von weither eiligen Hufschlag, er näherte sich rasch und bog durch das Hoftor herein. Es waren zwei Reiter in Uniform, den einen erkannte sie, er gehörte zu Arnos neuen Freunden.
Der Mann salutierte und rief herauf: »Ist Preinfalk zu sprechen?«
Lily verneinte.
»Wann kommt er zurück?«
»Nicht vor Abend.«
Der Reiter zuckte in seinem Sattel vor Eile und Ungeduld. »Dann sagen Sie ihm: In Sarajewo ist der Thronfolger erschossen worden!« Und galoppierte davon.

Lily stand da und wußte nichts von sich. Sie hob die Arme und ergriff die Fensterflügel, schloß sie, drückte sie zu und drückte

noch einmal, als wollte sie draußen halten, was ihr soeben zugerufen worden war, das Unglaubliche, Schreckliche, dessen sich niemand versehen hatte und das plötzlich wie ein Aschenregen über die Welt herabsank und alles veränderte.
Als Arno abends nach Hause kam, wußte er es schon. Aus jeder Hütte, an der er vorbeigekommen war, hatte man es ihm zugerufen, an jedem Zaun standen die Leute, die es besprachen, und jeder fragte danach: »Was wird nun?«
Arno sperrte sich mit Lily ein. »Das ist Krieg«, sagte er, »wahrscheinlich: Krieg. Wenn wir Glück haben: nur mit Serbien.«
»Wenn wir Glück haben«, wiederholte Lily mit blassen Lippen. »Und sonst?«
Arno hob die Achseln. »Mit Rußland – und allen anderen.«
»O Gott.«
»Wenn es soweit kommt, Lily, dann weißt du, was geschieht.«
»Du gehst –?«
»Ja«, sagte er, »dann geh ich. Es ist für mich unmöglich, nicht zu gehen.«
»Ich weiß«, sagte Lily, »das Vaterland.«
»Allerdings«, antwortete er, »das Vaterland.«
Und ich? wollte Lily fragen, und die Kinder? – Doch sie fragte nicht mehr.

Zuerst geschah nicht viel. In dumpfer Neugier blickte die Welt auf die öde Zeremonie der Heimholung der beiden Leichen, denn neben dem Thronfolger war auch seine Frau erschossen worden. Die Ruhestätte in der Kaisergruft war ihnen verwehrt, die Hausgesetze der Dynastie waren dagegen. Der alte Kaiser hatte den Neffen nicht geliebt, das wußte man. Würde er jetzt darauf verzichten, seinen Tod zu rächen?
Serbien war schuld, dessen war man gewiß. Und Serbien pochte darauf, den Schutz Rußlands zu genießen.

Vierzehn Tage nach dem Attentat sickerte das Gerücht durch, daß man in Wien daran denke, alle Offiziere und Beamten in Galizien aufzufordern, ihre Familien in das Innere des Reiches zu bringen. Eine Woche später bestätigte sich das Gerücht, der Erlaß mahnte zu höchster Eile. Arno bat Lily zu packen.

An eine ordnungsgemäße Übersiedlung war nicht zu denken. Schon bewegten sich Tausende Flüchtlinge aus Ostgalizien westwärts. Nun erfaßte die Fluchtbewegung das ganze Land. Wer konnte, reiste ab. Wer Verwandte im Inneren des Reiches hatte, konnte sich auf ein Ziel berufen. Andere fuhren ins Blaue. Die meisten strebten nach Wien. Lily hatte sich sofort für Pilsen entschieden. Arno hätte sie und die Kinder lieber in seiner Heimat gewußt. Aber er respektierte ihren Wunsch. »In Böhmen bist du mir auch näher.«

Lily wanderte von Zimmer zu Zimmer. Hier war sie glücklich gewesen, vier kurze, vier lange Jahre: glücklich. Sie ging von Möbelstück zu Möbelstück und strich mit den Händen über die polierten Flächen. Da hingen die Bilder, die sie liebte; da stand der noch viel geliebtere Flügel. In den Schränken lagen die mit blauen Bändern Kante auf Kante gebundenen Wäschestücke, jedes eigenhändig monogrammiert. Wie hatte sie jedes Ding hier gehütet, geschätzt, ins Herz geschlossen! Jetzt mußte sie alles verlassen.

Aber was war schon dieses Abschiednehmen neben dem bevorstehenden Abschiednehmen von Arno? Er war am Tag der Allgemeinen Mobilmachung zum Sandezer Militärkommando gefahren und hatte seine Reaktivierung beantragt. Sie war ihm sofort bewilligt worden. In drei Tagen sollte er zur Front abgehen.

Inzwischen trug Lily die Habseligkeiten zusammen, die sie auf ihrer Flucht mitnehmen wollte oder mitnehmen zu müssen glaubte: die nötigsten Kleider, nötigsten Schuhe, Winterzeug … Sie durfte zwei Koffer füllen, mehr nicht, mehr würde sie nicht tragen können, und sie mußte sich darauf einrichten, alles selbst zu bewältigen.

Das Kleid, das sie an ihrem Hochzeitstag getragen hatte, legte sie in den Koffer und legte es wieder zurück. Die Kinder flehten sie an, ihr Spielzeug mitnehmen zu dürfen. »Ja, und den Matz, Mami, den Matz darfst du nicht hier lassen.« – »Nein, nein, den Matz nehmen wir auch mit. Wie könnt ihr denken, daß ich den Zeisel vergesse?«

Zum letztenmal spielte Lily auf dem Flügel. Dabei fiel ihr die alte Camilla ein, die Mutter des Idioten, dort in Prag am Laurenziberg. Was hatte sie gesagt: »Glück ist Hochmut.«

Wieso Hochmut, dachte ich damals. Haben wir denn kein Recht darauf, glücklich zu sein? Und ich war glücklich, jahrelang. Aber jetzt ist es soweit: Alles wird zurückgefordert.

Am letzten Abend erschien, ganz unerwartet, Arnos Freund, Karl Metternich. Er hatte eine Flasche französischen Cognacs mitgebracht, aus der er reichlich einschenkte, er rauchte unentwegt und schien sehr nervös.

Arno wollte ihm den Rechenschaftsbericht über die ihm anvertrauten Forste vorlegen. Er entschuldigte sich, daß der Ertrag noch nicht so hoch gewesen war, wie ihn die Bestände hätten erwarten lassen, doch der unumgängliche Wegebau hätte Mittel verschlungen …

Der Prinz wollte nicht viel davon wissen. »Schon gut, schon gut, lieber Arno, ich glaube dir alles aufs Wort; aber verzeih, daß ich heute keine Lust habe, von diesen Dingen zu hören. Bedenke: Fünfzig Kilometer von hier stehen die Russen mit ihrem Gros. Wer wird sie aufhalten? – Die Weltgeschichte fängt zu geigen an. Unsereiner hat schon etliche Melodien aus ihrem Repertoire vernommen. Diesmal, fürchte ich, hat sie eine Oper im Programm, gegen die alle bisherigen Götterdämmerungen nur Singspiele waren. – Ich will Sie nicht erschrecken, Frau Preinfalk«, fuhr er, an Lily gewandt, fort. »Ich will nur sagen: Niemand weiß, wer uns morgen beerben wird.«

Und dann: die letzte schwere Stunde des Abschieds.
Arno begleitet seine Familie bis Tarnow. Dort wird Lily in den Zug nach Westen einsteigen, er in einen Militärtransport gegen Osten. Sie stehen in einer wimmelnden Menge zwischen den Geleisen, dicht zusammengedrängt zwischen den getürmten Gepäckstücken, der kleine Arnulf hält den Vogelkäfig an sich gepreßt, Reinhild einen kleinen Blechkoffer mit Proviant, denn die Reise kann lange dauern, einen Tag oder zwei, es könnten sogar ihrer drei werden.
Eggi wuselt zwischen Vater und Mutter hin und her, will bald von dem einen, bald vom anderen auf den Arm genommen werden; sie ist die einzige, die nicht begreifen kann, was vor sich geht.
Die Eheleute wissen nicht, was sie einander noch sagen könnten.
»In Prerau mußt du umsteigen«, sagt Arno zum dritten Mal. »Ich weiß«, antwortet Lily, »ich weiß.«

Laut Auskunft des Bahnpersonals müßte Lilys Zug zuerst einfahren. Dann könnte ihr Arno noch in den Wagen helfen. Aber in diesen Tagen läuft alles anders als geplant und versprochen. Der andere Zug, der Militärtransport, rollt früher herein, er soll gleich wieder abfahren. Auf den Waggons steht in weißer Kreideschrift: Achtzehn Pferde oder vierzig Mann.
Arno küßt Lily, er küßt die Kinder. Er ist in Eile. Jetzt ist er drinnen, er neigt sich noch einmal aus der Tür, in seinen Augen flammt Angst, Angst um Lily, Angst um die Kinder, wie sie die

weite Reise schaffen werden und ob er sie jemals wiedersieht. Jetzt fährt sein Zug an, der andere schiebt unter gellenden Pfiffen herein. Aus der Lokomotive schießen Dampfwolken. Die Räder drehen sich schrecklich nah, groß und stählern schwer.

Der Krieg

Feindberührung

Das Kriegstheater begann in Österreich mit einem Verwirrspiel.

Die ganze Öffentlichkeit der Monarchie war nach dem Thronfolgermord in Sarajewo von der Überzeugung durchdrungen – oder auf sie eingeschworen –, daß Serbien bestraft werden müsse, denn in Serbien war der Mordplan ausgebrütet, von Serbien aus waren die Attentäter unterstützt worden. Man glaubte mit dem kleinen Land leichtes Spiel zu haben. Selbst die höchsten Kommandostellen schienen so sehr von Rachedurst und Siegesgewißheit durchdrungen, daß sie die wahre Lage aus den Augen verloren, die nämlich, daß sich das Russische Reich erbötig gemacht hatte, Serbien im Falle eines Angriffs zu Hilfe zu kommen. Nahm man die Drohung des ungeheuren Gegners nicht ernst? Man erinnerte sich nur zu gern an die Niederlagen Rußlands im Fernen Osten, man zählte sich die endlosen Meutereien, Aufstände und Attentate vor, die das Land fortlaufend erschütterten. Man war sich darüber einig: Der russische Bär sei vollauf damit beschäftigt, seine Wunden zu lecken.
So setzte man die Hauptmacht der Armee guten Mutes gegen Serbien in Bewegung.
Mitten in diese Bewegung brach, ein unerwartet deutliches Donnergrollen, die Nachricht von einer Teilmobilisierung der

Russen. Der Teilmobilisierung folgten die totale Mobilisierung und, noch früher als erwartet, bedrohliche Massierungen an der galizischen Grenze.

Dennoch versäumte man noch einmal Tage, bis man einen Teil der gegen Serbien dirigierten Armeecorps umschwenken ließ und gegen Nordosten dirigierte. Diese Bewegungen kreuzten einander und mußten sich gegenseitig behindern.

Alle diese Dinge wirkten im Hintergrund dessen, was Arno Preinfalk in diesen Tagen erlebte.

Seine Truppe gehörte der Armee an, die zuerst durch Ungarn an Donau und Save, dann aber quer durch dasselbe Land zurück nordwärts transportiert wurde. Unter der heißen Augustsonne kroch der Zug von Station zu Station. Auf allen Gleisen stauten sich ähnliche Züge. Hunderttausende Uniformierte, Pferde und Unmassen von Material wurden hin- und her-, vor- und zurückgeschoben. Mensch und Vieh lechzten nach Wasser, von dem nie genug vorhanden, gierten nach Nahrung, die nicht rasch genug herbeigeschafft worden war. Befehle und Gegenbefehle brachten die Chargen zur Verzweiflung.

Es waren eben erst zwei Wochen her, da man gejubelt, den Krieg gepriesen, schreiend, singend, fahnenschwingend und von schmetternden Musikkapellen begleitet durch die Städte marschiert war. Jetzt zogen erste Ernüchterungen wie Nebelschwaden durch den Raum. Noch hatte man keinen Feind zu Gesicht bekommen, als man merkte, daß sich auch Umstände feindlich entwickeln und daß auch sie an den eigenen Kräften zehren können.

Arno hatte sich nur für kurze Augenblicke von der allgemeinen Begeisterung überwältigen lassen. In ihm steckten zu viele Zweifel, zu viele Bedenken, er mißtraute jeder Übertreibung, und so fürchtete er auch in diesen Tagen des allgemeinen Aufbruchs, daß sich der Nationalitätenstreit, der die Monarchie schon so lange beunruhigte, zu Worte melden würde. Ohne darüber zu reden, hörte er sich um. Seine Offizierskameraden waren Deutsche, Polen, Tschechen, Ungarn. Doch schienen sie jetzt alle nur Österreicher sein zu wollen, Schwarz-Gelb war ihre gemeinsame Parole. Anders freilich die Mannschaft: Da hörte man nach wie vor dieselben Sprüche: »Geh weg, du Polack!« – »Was willst, du Böhm?« und, wenn einer aus dem Trentinischen stammte. »Der falsche Tigo.«

Der alte Wind, dachte Arno, der kann uns einmal noch alle auseinanderblasen.

In Samoš wurde ausgeladen. Von hier ging es teils zu Fuß, teils beritten oder auf Pferdegespannen weiter in Richtung Lemberg. Der blaue Bogen der Karpathenberge versank allmählich hinter ihnen. Das Gerücht verbreitete sich, die Russen seien bereits über die Grenze eingedrungen, doch niemand hatte sie noch erblickt. Kavallerieabteilungen durchstreiften das Land, um die gegnerische Marschrichtung und Stärke auszumachen. Sie ritten ihre Gäule zuschanden und ihre Hintern blutig, vergeblich. Es war schon viel, wenn sie einen verlassenen Biwakplatz oder ein gebrandschatztes Dorf entdeckten, aus dessen Trümmern noch Rauch aufstieg. Die Einwohner waren geflohen, wohin? Offenkundig hatten sie sich in den Wäldern verkrochen.

Arno Preinfalk hielt mit seiner Abteilung auf einem flachen Sandhügel. Der Großteil des Regiments war bereits in das Tal abgestiegen und suchte dort den kleinen geschlängelten Fluß auf einer schmalen Brücke zu überschreiten, als sich in der unter wechselnden Schatten und Sonnenblitzen weit gebreiteten Landschaft etwas Auffallendes sehen ließ. Ein ungenauer Schimmer von Metall und lebender Masse tauchte im Auwald auf, tauchte unter und näherte sich. Als Arno seinen Feldstecher vor die Augen riß, erkannte er russische Ulanen mit Wimpeln

und Lanzen, zwei oder drei Schwadronen. Angesichts des Flusses hielten sie; sie mußten den Gegner erblickt haben, so wie sie selbst vom Gegner erblickt worden waren.
In größter Eile formierten sich die Österreicher zum Gefecht. Doch bevor sie die ersten Schüsse abgeben konnten, machten jene kehrt und verschwanden eilig hinter der nächsten Hügelkuppe.
Ein Schrei des Triumphes stieg aus der österreichischen Stellung auf. Der Feind war geflohen – so schien es. Er hatte das Feld geräumt, Hals über Kopf war er davon (so schien es). Ohne die geringste Gegenwehr war er geflüchtet. Ein Freudentaumel brach aus: Der Krieg war gewonnen, der Russe war geschlagen.

Arno sah mit Schrecken, daß sich in den Kolonnen unter ihm, vor ihm, hinter ihm eine wilde Bewegung verbreitete. Die Leute rissen sich die Gewehre von den Schultern und feuerten sie in die Lüfte, manche warfen sie weg, warfen ihre Kappen hoch, einige begannen zu tanzen. Hurra, hurra und Eljen: Man hatte gesiegt, der Krieg war zu Ende, man konnte nach Hause gehen.
Ein Bagagewagen wurde umgestürzt. Einige Gestalten machten sich daran, die Pferde aus den Riemen zu schneiden, die panische Freude wurde zur Tollheit.
Die Offiziere stürzten sich gegen ihre Mannschaft. Mit gezogenen Säbeln, schreiend, tobend versuchten sie den Aufruhr zu dämpfen. Auch Arno zog den Säbel: »Hört auf! Hört auf, ihr Wahnsinnigen! Der Krieg ist nicht zu Ende. Er fängt erst an.«
Einige Minuten später war der Freudentaumel verflogen. So jäh er ausgebrochen war, sank er in sich zusammen. Die Leute erstarrten. Einige warfen sich bäuchlings zu Boden und hielten sich ihre Köpfe. Andere begannen nach weggeworfenen Gewehren, Tornistern und Kappen zu suchen. Wieder andere knieten und trommelten mit Fäusten auf die Erde.

Nach einer Viertelstunde war die Ordnung wiederhergestellt. Das Regiment setzte sich ostwärts in Bewegung. Arno Preinfalk fühlte sich wie gewürgt.

Aber der Tag war noch nicht zu Ende.
Man überschritt den Fluß, in dessen Auen die Ulanen verschwunden waren. Die nächste von Süden nach Norden streichende Hügelkette war erreicht und erstiegen. Jenseits dehnte sich ein weites Sumpfgelände. Durch seine Tümpel und Binsenfelder zog sich ein langes, beinah schnurgerades Band: ein Knüppeldamm.
Arno suchte den Horizont mit seinem Glas ab. Er dachte: die Ulanen. Sie werden unterdessen zu ihrem Gros gestoßen sein. Sie werden Meldung erstattet haben. Wir sollten jetzt nicht in diesen Sumpf hinunter, nicht auf diesen Damm. Wir sollten hier auf dieser Hügelschwelle ihren Angriff abwarten, hier haben wir eine gute Stellung, eine bessere als unten, als drüben. Wir sollten uns hier eingraben. Wir sollten …

Aber als reaktivierter Oberleutnant hatte er kein Recht, seine Meinung zu äußern.
Seine Abteilung hatte die Nachhut zu sichern. Die jeweils mit vier Pferden bespannte Artillerie bewegte sich den Hügel hinab und erreichte den Damm.
Arno ließ den Feldstecher sinken. Er neigte nicht zu ängstlichen Aufregungen. Doch er spürte, wie sein Herz heftig zu klopfen begann.
Ein Teil der Infanterie hatte den Damm schon betreten. Nach einigem Zögern folgten die schweren Gespanne. Eine Weile ging alles gut. Der Knüppeldamm hielt, er war offenbar solider als er von ferne geschienen. Einmal trat eine längere Stockung ein. Arno befahl seinen Leuten, sich zum Abmarsch fertig zu ma-

chen. Das Tagesziel lag noch einmal zehn Kilometer weiter gegen Nordosten. Man würde es heute nacht erreichen.
Da – plötzlich blitzte es rechts an einem Waldrand rötlich auf. Dem Blitz folgte nach Sekunden das Gebrüll schwerer Artillerie. Im Sumpfgelände stiegen Fontänen auf, sie stiegen hoch, schlammig grün und schwarz. Noch lagen sie weit vor dem Damm. Die nächste Lage schon näher. Jetzt waren die Fontänen dicht gereiht. Das Donnergetöse verstärkte sich.
Die Leute rings um Arno schrien. Auch er schrie. In ihrer Erregung begannen sie in Richtung der Abschüsse zu feuern, doch fast zugleich wurde ihnen bewußt, daß keins ihrer Geschosse weit genug trug.
Indessen geschah das Fürchterliche.
Die letzten Einschläge hatten den Damm erreicht. Die Gespanne brachen aus und stürzten in den Sumpf. Dort versanken sie nahezu augenblicklich. Einige Geschützmannschaften versuchten, ihre Rohre gegen die Russen zu wenden. Aber kaum eine der Kanonen gab Feuer. Stück für Stück weggefegt, versanken sie mit Mann und Wagen, Lafetten und Protzen in der grünen brodelnden Brühe.

Der ganze Damm war, soweit man sehen konnte, in eine Schlachtbank verwandelt.
Der Beschuß verstummte. Er hatte ganze Arbeit geleistet. Nur noch vereinzelt bellte ein Geschütz, stieg eine Wassersäule. In atemloser Spannung warteten die Österreicher auf ihrer Hügelschwelle, was weiter geschehen würde. Doch nichts geschah. Kein weiterer Angriff erfolgte. Die Sonne ging unter, die Landschaft erlosch in Finsternis. Von unten flehten Hilferufe und das verzweifelte Schreien getroffener oder im Mulm steckender Pferde. Preinfalk und seine Leute machten sich auf die Suche. Sie stolperten den zerstörten Knüppelweg entlang. Im wankenden

Schein der Laternen wurde geborgen, verbunden, ans Ufer geschleppt. Dann und wann knallte es, wenn einem verwundeten Pferd der Fangschuß gegeben wurde. Arno kletterte über umgestürzte Lafetten, trat auf Tote, fiel in den aufgerissenen Bauch eines Zugtiers. Das jämmerliche Geschäft dauerte bis zum Morgengrauen.
Als er endlich – zu Tode erschöpft, über und über mit Blut und Schlamm bedeckt – den Hang hinaufwankte, kam ihm ein Mann entgegen: Er führte zwei Pferde. Im ersten blassen Frühlicht glaubte Arno die beiden Reittiere des kommandierenden Generals zu erkennen. Die Schabracken waren ihnen abgenommen worden und baumelten lose am Arm des Wärters.
Der kommandierende General hatte sich in der Nacht erschossen.

So begann der Krieg für Arno Preinfalk.
Der Krieg dauerte, wie wir wissen, vier Jahre.

»Dede«

Das Telegramm, das ihre Ankunft anmeldete, kam zu spät: Sie mußten bereits eingetroffen sein. Aber in diesen aufgeregten Tagen waren sicher solche Massen an Telegrammen auf dem Weg, daß sich niemand über Verzögerungen wundern konnte. Marie lief aufgeregt von einem Fenster zum anderen: »Kommen sie schon? – Da, ein Wagen! Ja, das könnten sie sein!« Und stürzte die Treppe hinab, um Lily und die Kinder in Empfang zu nehmen.
Der Rittmeister – inzwischen zweiundachtzig geworden – zauderte. Dann schlüpfte er doch in seine Straßenschuhe, er wollte

ihnen bis zum Haustor entgegengehen, so weit ließ er sich herab, *es war ja Krieg.*
Aus der Kutsche wurden Gepäckstücke herausgereicht, zwei Koffer, Taschen, eine Schirmrolle, ein Vogelkäfig – und dazwischen etwas Weißes, Blaues, Blondes, und als er näher hinsah, war es das kleine, fast noch winzige Mädchen, Eggi, es streckte ihm die Ärmchen entgegen und schlüpfte – hast du es nicht gesehen, so schnell! – aus Mariens Armen an seine Brust, und während er sie ins Haustor hineintrug, fühlte er seinen Hals umschlungen, ein kirschrotes Mündchen spitzte sich zu einem Kuß auf seine stoppelige Wange, und etwas krähte an seinem Ohr: »Eggi kennt dich, Eggi weiß: Du bist der Dede.«
Der Rittmeister, der seit Jahren nie etwas anderes über die Treppen seines Hauses getragen hatte als seinen Spazierstock und bestenfalls eine Zeitung, schleppte die Zweijährige in das zweite Stockwerk. Doch als sie ihm oben ein weiteres Küßchen applizieren wollte, wehrte er ab: »Nein, nein, mein Kind, dazu bin ich zu alt.«
Doch nach wie vor strahlte sie ihn an und zupfte an seinem Schnurrbart.
Gleich darauf kam das andere Weibervolk mit dem gewohnten Getöse herein, Lily, Marie, Kläre, mit ihnen quoll ein Haufen Mäntel, Hüte, Tücher, Taschen in das Zimmer, im Flur türmte sich das Gepäck, auch die größeren Preinfalkkinder waren da und stolperten durch das Chaos. Ja gut, sie hatten eine lange Reise hinter sich, waren rußig, übernächtig und blaß, sie sollten alle gelabt, gewaschen und in frisches Zeug gesteckt werden *(es war ja Krieg)*. Aber es konnte doch keine Rede davon sein, daß sie alle hier im Haus Unterkunft finden konnten, nicht einmal Marie hatte das vorzuschlagen gewagt. Inzwischen war schon ein Ausweg gefunden, eine Judenfamilie in der Sachsengasse war bereit, die Flüchtlinge aufzunehmen, Lily kannte die Leute von

früher her, da war wohl eine alte Freundschaft im Spiel. »Aber Eggi bleibt hier«, entschied der Alte, »das Kind braucht nicht in ein fremdes Haus.«
So war es auch. Von nun an war das Kind im Haus der Atlanten.

Es war nicht anders, als andere Kinder sind: Es heulte zuweilen und wollte nicht schlafen gehen; es bekleckerte das Tischtuch mit Marmelade, es kippte den Wasserkrug und richtete eine Überschwemmung an, aber in den Augen des Großvaters hatte niemals Eggi schuld, schuld waren immer andere Leute: die Großmutter, sie hatte nicht aufgepaßt; das Dienstmädchen, es hatte geschlafen; Kläre und Margret, weil sie nichts von kleinen Kindern verstanden. Eggi griff nach des Großvaters goldener Uhr – und bekam sie samt der Kette. Eggi wollte Uhr und Kette auf einen Spaziergang mitnehmen und durfte sie mitnehmen. Eggi kam ohne Uhr und Kette zurück, der Großvater grollte, doch nicht mit Eggi, sondern mit der Begleitperson; *sie* hätte achtgeben sollen.
Eggi durfte auf Großvaters Schoß sitzen, auch wenn sie ihm mitunter die Kaffetasse umwarf oder das Bier verschüttete. Eggi durfte das.
Die Großmutter hob mahnend den Zeigefinger. Er darauf:
»Laß sie doch. Laß das Kind! Soll es totschlächtig werden?«

Manchmal verfehlte die Liebe des Großvaters das Ziel. So steckte er dem kleinen Mädchen eines Tages seine angebrannte Virginiazigarre in den Mund und ermunterte es, daran zu saugen. Die Folge war eine handfeste Nikotinvergiftung mit Durchfällen und stundenlangem Erbrechen. Der alte Mann stand hilflos verzweifelt daneben; zum erstenmal in seinem Leben fühlte er sich tief schuldig – und war bis zu Tränen gerührt und entzückt, als ihm

Eggi am nächsten Morgen aus ihrem Bettchen ein zitterndes Lächeln entgegensandte.
So war zwischen dem Alten und der kleinen Enkelin etwas wie ein Bund geschlossen. Dennoch konnte er manchmal die Ausbrüche seines Zorn gegen Frau und Töchter nicht zurückhalten. Wenn er Marie, Kläre und Margret lauthals verflucht und zum Teufel gewünscht hatte und Eggi erschrocken dreinsah und die Welt nicht mehr verstand, strich er ihr schnell über den Kopf und sagte: »Hab keine Angst, du, hab ja keine Angst! Der Dede hat nur Spaß gemacht.«
Nur Spaß –? Natürlich wuchs in dem Kind die Erkenntnis, daß der Großvater durchaus keinen Spaß machen wollte, wenn er tobte. Da war jeweils etwas Unfaßbar-Unbegreifliches mit im Spiel, das Eggi verstörte wie ein Gewitter oder ein Bergsturz. Was entlud sich da? Sie selbst erfuhr von dem alten Mann nur Liebes. Was war das Dunkle, Wilde, was den Großvater – oft ganz unerwarteterweise – bis zum Geschrei empörte? Weder die Großmutter noch die Tanten Margret und Kläre taten etwas Unrechtes, davon war das Kind überzeugt. Und wenn er etwa wieder einmal seine Schlüssel suchte und Frau und Töchter verdächtigte, sie hätten sie ihm versteckt, so wußte das Kind, daß sie dies keinesfalls getan hatten, und vermutete die Schlüssel viel eher in des Großvaters Hosentasche, wo sie sich auch meist wiederfanden.
Obgleich vor Eggi kein abfälliges Wort über den Großvater geäußert wurde, spürte sie doch bald, daß er weit draußen stand vor dem Kreis der Familie, in dem – unverbrüchlich – Liebe und Vertrauen herrschten, ja daß man ihn, den Hausvater, nicht für voll nahm, daß man seine Macht zwar duldete, doch zugleich mißachtete. So wußte das Kind bald nicht mehr, wen es mehr lieben sollte, den alten Mann – oder die Großmutter, die eigene Mutter oder Tante Margret, die immer eine Leckerei bereithielt

und herrliche Geschichten erzählte. Das Kind fühlte sich verpflichtet, alle gleich zu lieben, doch das fiel ihm schwer.
An ihren Vater dachte Eggi eher selten und auf dumpfe Weise ungern. Er war ja soviel fort, er stand *im Feld*, wie die Mutter sagte, und dabei wurde ihr Gesicht ganz starr vor Traurigkeit. Es mußte an dieser Traurigkeit liegen, daß die Mutter fast immer schweigsam und streng war; ja, sie war streng, viel strenger als sonst jemand, den Eggi kannte: Bei ihr durfte man nicht naschen und schon gar nicht lügen und leugnen, wenn man genascht hatte, bei ihr durfte man nicht auf dem Sofa hüpfen und in verbotenen Schubladen kramen. Wenn die Mutter rief, war es rätlich, ihr sogleich zu folgen, auch wenn eben das schönste Spiel im Gange war.
Im zweiten Kriegsjahr zog die Mutter mit den Geschwistern aus der Sachsengasse in eine eigene kleine Wohnung in der Klattauer Straße und holte auch Eggi zu sich. Das Kind wurde dort nie heimisch, und sooft es die Mutter in das Haus der Großeltern brachte, bettelte es darum, dableiben zu dürfen – und zumeist blieb es auch da.

Der Befehl

Die Stellung ist zu halten bis zum letzten Mann.
Diesen Befehl hatte Major Friedrich Bourdanin erhalten – und er war sofort entschlossen, ihm bis zum letzten Buchstaben zu gehorchen, das hieß freilich nichts anderes, als bis zu seinem, Friedrichs, Tod und, wenn es denn sein mußte, zum Tod auch aller Leute, die ihm unterstanden, es waren im ganzen siebenhundertunddreiundzwanzig Mann.
Seit Tagen wurde gemunkelt, daß sich die eigene Armee westwärts absetzen werde, um sich einer neuen Zangenbewegung der

Russen zu entziehen. Friedrich hielt diesen Rückzug weder für strategisch richtig noch für ehrenhaft, da die neuen Stellungen hinter den Dunajetz wenig Vorteile versprachen und weil der neue Rückzug den Feind nur ermutigen und dem deutschen Bundesgenossen ein weiteres Mal vorführen würde, daß Österreich auf seine Hilfe angewiesen war. Friedrich mochte die Deutschen nicht, er fand sie hochfahrend, besserwisserisch, er kannte die böse Redensart vom *Kamerad Schnürschuh*, die ihn empörte.

Die Luftaufklärung hatte zutage gebracht, daß sich die Russen mit ihrem Gros im Norden sammelten, daß sie aber auch starke Kräfte nach Süden dirigierten. Das bewies, daß sie einen gewaltigen Angriff planten. Man kannte auch den Namen des kommandierenden Generals, Brusilow: ein gefährlicher Gegner.

Friedrich Bourdanins Regiment – oder das, was von diesem Regiment nach langen Kämpfen übriggeblieben war – lag auf einer mäßigen Bodenwelle zwischen den Ruinen zweier schon im Vorjahr zerstörter Dörfer. Das Gelände war von Gräben durchzogen, an einigen Stellen fester, aber immer noch unzulänglich ausgebaut. Friedrich war überzeugt, daß schon ein erster Vorstoß des Feindes eben auf diesen Hügel zielen werde.

Nun hatte der Rückzug der eigenen Armee bereits begonnen. Ihm standen drei fast gleichgerichtete Straßen zur Verfügung, es war also zu erwarten, daß man dort rasch vorwärtskommen und damit Zeit gewinnen würde, sich hinter dem Dunajetz gründlich einzugraben: Friedrich sah die ersten Abteilungen abziehen. Der Lärm der zurückgehenden Artillerie war weithin zu hören. Ein einzelner Bagagewagen kroch noch auf Friedrichs Stellung zu. Eilig luden die Leute ab. Als Friedrich fragte, was sie gebracht hätten, hieß es: Proviant und Schnaps. Aha: also Henkersmahlzeit und Henkerstrunk. Man schleppte die Dinge heran. Der Bagagewagen war schon verschwunden.

Friedrich inspizierte seine Stellung. Noch konnte er sich frei im Gelände bewegen. Die Russen waren noch weit.
Der Tag verging. Auch der nächste. Die diesige Sonne gab nur verschwommenes Licht. Die Luft blieb still. Friedrich erstieg eine einsame Felsrippe und suchte den östlichen Horizont mit seinem Feldstecher ab. Dort regte sich nichts. Auch im Westen leere Horizonte. Nun waren sie mitten im Niemandsland.
Friedrich beschlich ein Gefühl des Entsetzens. Doch er würgte es ab und kehrte zu seinen Leuten zurück.
Die Männer hatten ihre Lage längst begriffen. Sie scherzten darüber. Ihre größte Sorge schien zu sein, ob sie die Schnapsfässer auch bis zum letzten Tropfen geleert haben würden, ehe die Russen kamen. Trotzdem stiegen in Friedrich Bedenken und Verdächtigungen auf. Er traute zwar den meisten der Männer, doch längst nicht allen. Die Deutschen aus Tirol, Salzburg und Kärnten würden zu sterben wissen, doch die Tschechen, Ruthenen, Kroaten? Die Leute kochten ab. Einige zerrten Strohballen in die Gräben, um sich dort für die Nacht einzurichten. Friedrich suchte seinen Unterstand auf. Im Licht einer Kerze versuchte er, an Irina zu schreiben.
Seine Ehe mit ihr war bisher sehr unglücklich gewesen. Die wenigen Monate, die sie miteinander leben konnten, hatten eine tiefe Verwundung in ihm hinterlassen. Da war doch kein Tag gewesen, an dem sie ihn nicht zu kränken, zu demütigen versucht hatte. Sie stellte ihn vor seinen Kameraden bloß, vor ihren Freundinnen machte sie ihn lächerlich; seine Geschenke gab sie vor seinen Augen an ihre Dienstboten weiter. Sie malte, doch wenn er eins ihrer Bilder lobte, strich sie es mit breitem Pinsel zu. »Was du gut findest, ist für mich schon verloren.« Dabei war ihr Gesicht von Tränen überströmt, schmerzverzerrt, und plötzlich stürzte sie ihm an die Brust und flehte um Vergebung.
Damals, als sie das Kind bekam, verfluchte sie ihn und sich. Jetzt

wachte sie darüber wie ein Fafnir und verwehrte ihm den Zugang.
Er, Friedrich, hatte Irina inbrünstig geliebt. Jetzt war sie ihm nur noch unbegreiflich. Augenblicksweise kam sie ihm hocherhaben vor, fast engelhaft, ein Wesen aus anderen Welten; eine Minute später gemein und niedrig, ein Dämon. Er fühlte sich verachtet, wo er doch nur ehrenhaft sein wollte, er fand keinen Boden mehr unter seinen Füßen, er war verloren.
Von allem, so schien es ihm, was ihr an ihm verhaßt war, war ihr das Allerverhaßteste, was ihm das Wichtigste und Teuerste war: sein Beruf, das Militär und daß er Offizier war. »Du Knopf, du Knopf!« hatte sie ihm einmal nach einem erbitterten Streit über die Straße nachgerufen. »Du ganz verdammter Kommißknopf.«

Nun wollte er sterben, eben für diesen Kommiß. Er wußte keinen Grund, um dessentwillen er hätte weiterleben wollen. So saß er da und versuchte an Irina zu schreiben.
Wie sollte er sie anreden? Du meine noch immer geliebte Frau! – Oder: Du mein Unglück und mein Elend! – Für beides würde sie ihn verlachen. Endlich hatte er sich drei Zeilen abgequält, als er vor der schwarzen Pferdekotze, die den Eingang zu seinem Unterstand verhängte, Lärm und eine wohlbekannte scharfe Stimme vernahm, und schon stürzte Roderich herein, in der feldmarschmäßigen Adjustierung eines Artilleriehauptmanns, aber in Reithosen und Stiefeln. Er war verschwitzt und außer Atem. – Den Burschen, der ihm den Eintritt hatte verwehren wollen, hatte er vor sich her die Staffeln heruntergestoßen.
»Da bist du ja noch«, schrie er dem Bruder zu, »ich wußte es doch. Bist du verrückt geworden, noch dazusitzen? Morgen machen die Russen Haschee aus euch.«
Friedrich war aufgesprungen, um den Bruder zu umarmen. Den Brief an Irina hatte er rasch in seine Bluse gesteckt.

»Ja, Roderich, ich bin noch da.«
»Aber wozu denn, wozu? Die Armee ist längst davon.«
»Ich habe einen Befehl. Willst du ihn sehen?«
»Ach was, Befehl. Was ist ein Befehl, der drei Tage alt ist? Dreck ist er.«
Friedrich starrte ihn an.
»Du, Fritz, hast du kein Hirn? Wozu bist du Offizier? Du mußt doch etwas gelernt haben auf deiner Kriegsschule.«
»Gehorsam. Gehorsam hab ich gelernt.«
»Du redest wie ein Muschik. Der muß auf seinem Hintern sitzen bleiben, wenn man ihm einmal gesagt hat: Da bleibst du sitzen! Aber als Offizier hast du die Lage wahrzunehmen, und die Lage ist –«
»Daß ich die Stellung zu halten habe bis zum letzten Mann.«
»– daß du längst auf und davon sein solltest. Was deckst du hier noch? Was kannst du halten? – Herrgott nochmal, Fritz, du mußt doch längst wissen, wie so was läuft. Die haben dich vergessen bei der Armee. Einfach vergessen. Oder sie haben dir einen Gegenbefehl geschickt. Der Mann, den sie geschickt haben, kann sich verirrt haben – oder er hat sich ein Bein gebrochen – oder er hat sich auch nur besoffen.«
Friedrich stiert am Bruder vorbei. Die Freude, die bei Roderichs Erscheinen in ihm aufgeflammt war, ist erloschen. Er wünscht ihn weit weg. Er will nicht versucht werden. Irgend etwas sagt in ihm: Roderich hat recht. Schau, daß du fortkommst mit deinen Leuten. Sie werden es dir danken, die armen Schweine, sie sterben nicht gern. Zugleich aber spricht etwas anderes in ihm: Gehorsam, Gehorsam um jeden Preis. Das hat sich in ihn eingefressen, wenn der Vater schrie, wenn sich die Mutter duckte; eingefressen auch, als die Nachricht kam von Balthasars blutigem Ende: Was hat er angestellt, daß er Spangen bekam? So mußte er sterben.

Roderich merkt, er ist vergeblich gekommen. Er hat vergeblich geredet. Vergeblich hat er sein Pferd bis zum Äußersten abgehetzt. Das ärgert ihn. Er ist es nicht gewohnt, erfolglos zu bleiben.
Er hat sich für einige Minuten Erholung auf Friedrichs Pritsche geworfen. »Etwas zu trinken wirst du wohl haben?!« Friedrichs Bursche bringt einen Tee. Den Imbiß verstaut Roderich in seinem Rock. »Ich muß gleich wieder davon.« Er lacht. »Sonst denken sie in meinem Stab, ich bin zu den Russen desertiert.«
Einige Minuten sind vergangen – oder war es doch eine halbe Stunde? Die Ordonnanz meldet, das Pferd des Herrn Hauptmann ist, wie befohlen, abgerieben, getränkt, gefüttert. Friedrichs Angebot des eigenen Reittiers lehnt Roderich ab. »Das laß hier nur mitkrepieren, wenn ihr alle zum Teufel geht.«
Und dann: »Na, addio, Fritzchen, ich hab's gut gemeint. Ich kann dich nicht zwingen. – Willst du den Eltern noch eine Nachricht geben?«
»Alles schon geschehen.«
»Umso besser.« Roderich hat schon die Handschuhe übergestreift und nach der Reitgerte gegriffen.
»Eine Minute noch!« Friedrich zieht den Brief an Irina aus seiner Blusentasche. Er will noch eine Zeile schreiben. Stehend kratzt er mit der Feder auf das Blatt:
»Lebewohl und werde glücklich! Dein Friedrich.« *Dein* streicht er noch durch. Dann setzt er das Datum. Er möchte hinzufügen: In der Nacht vor meinem Tod. Dann läßt er den Zusatz weg. Sie würde doch nur darüber höhnen.
Den verschlossenen Brief schiebt er Roderich hin: »An Irina! Bring ihn ihr selbst! Du bekommst Urlaub, wenn ich –« Das Ende des Satzes spricht er nicht aus.
Roderich zögert, den Brief zu ergreifen. Er bläst die Backen auf

und prustet einen Lacher. »Das finde ich ja drollig, daß du mich zu Irina schickst.«
»Wieso drollig?« fragt Friedrich. »Wieso *drollig*?«
Plötzlich wird er bleich, er ringt nach Luft. Er hat das Gefühl zu stürzen, zu stürzen. Der Abgrund ist bodenlos.

Es war damals in ihrer Verlobungszeit, als sich Friedrich darum bemühte, die Heiratserlaubnis zu erlangen. Er war erst Oberleutnant, und in der Armee sah man es nicht gerne, wenn sich niedere Chargen verehelichten. Die Gesuche waren nach Vorschrift *als alleruntertänigste Bitte gewagt* an den Obersten Kriegsherren, den Kaiser selbst, zu richten. Vorher passierten sie die Hierarchie der Militärbehörden. Friedrich zitterte, wenn er an die Einwände dachte, die dort erhoben werden würden: Irina war geschieden, nach einer Ehe geschieden, die sie nur mit päpstlicher Dispens hatte eingehen dürfen. Das war ein schwerer Makel. Irina war zwar nicht unvermögend, die geforderte Kaution war gesichert, doch weder ihr Vater noch ihre Brüder hatten Staats- oder Militärdienste geleistet. Sie war, um geschieden zu werden, protestantisch geworden. Auch Friedrich mußte übertreten. Die geplante Trauung konnte, wenn überhaupt, nur in Transleithanien, also in Ungarn, und wenn dort, nur an bestimmten Orten und in aller Stille stattfinden. Auch dazu hatte sich Friedrich bereit erklärt. Für Irinas Besitz hätte er sich zu allem verpflichtet.

Es war an einem Abend Ende Mai, wenn die Luft nach Jasmin und nach jungem Weizen zu duften beginnt. Friedrich wollte Irina in Radrub besuchen. Er war voll Ungeduld, voll Sehnsucht, ihn schwindelte vor Glück, wenn er sich vorstellte, er werde sie im Park hinter dem Drachentor überraschen; sie werde ihn schon von weitem erkennen, ihm entgegeneilen, ihm ihre Hände entgegenstrecken. Vielleicht erlaubte sie ihm eine Umarmung? – In ihrem letzten Brief war eine Handvoll Rosenblätter gewesen; sie waren ihm beim Öffnen entkommen, zu Boden gefallen. Er hatte eins nach dem anderen aufgelesen und in seiner Brusttasche verwahrt, und jedes einzelne war ihm etwas wie eine endlich gewährte, unendlich beglückende Zärtlichkeit.

Als Friedrich in Radrub eintraf, war es schon beinah dunkel. Im Park hinter der Drachenmauer war niemand zu sehen, auch im Haus schien kein Licht zu brennen. Aber die Türen standen weit offen. So trat er ein. Er lauschte. Die Stille schien ihm von Geheimnis erfüllt, und das Geheimnis war Irinas Gegenwart. Er hatte das Gefühl, sie einzuatmen, von ihr durchdrungen zu sein. Sie ist ihm hier, in dem dunklen Flur, näher, als sie ihm jemals war.

Da springt in dem wie schlafenden Haus hinten eine Tür auf, die zum Gartensaal, und aus dem schmalen Lichtstrahl stürzt ihm eine weiße Gestalt – mit einem langen jubelnden »Oh!«- (oder »Ro«-)Ruf entgegen. Drei Sekunden lang hält er etwas Wonnig-Zartes, Weiches, Warmes in den Armen, fühlt Lippen an seinen Lippen, zwei Hände, die seinen Kopf umfassen und zu sich herunterziehen. Da wird es hinten hell, im ganzen Flur wird es hell, blendend hell. Das Zarte, Weiche, Warme an seiner Brust erstarrt. Es stößt ihn weg. Irinas Gesicht – unter dem seinen – entgeistert, aber gleich darauf, Friedrich begreift es nicht, wie rasch ein solcher Wandel vor sich gehen kann, ist wieder ein Lächeln da, die Augen, eben noch schreckhaft geweitet, blinken wieder, blinken gefaßt und kühl, und aus Irinas Mund, eben erst noch unter seinem Mund geöffnet, dringt ein gehauchtes: »Ach, Fritzchen, du ...?« hervor – und dann: »Komm herein, komm herein! Mama wird sich freuen.«

Und Mama freut sich in der Tat: Die alte Frau Kaschek streckt ihm die Hände entgegen, heißt ihn willkommen, tätschelt ihm die Wange, sie ist erregt und lacht dabei so sonderbar, wie wenn ihr Friedrichs Besuch eine Last vom Herzen genommen hätte. Es werden weitere Lichter angezündet, die Köchin wird gerufen, eine Mahlzeit wird serviert. Auf Irinas Gesicht ist das Lächeln angefroren wie eine Maske; sie legt Friedrich vor, sie füllt sein Glas, seinen Blicken weicht sie aus – und verläßt schließlich den Raum, sowie die Mutter – wie könnte es anders sein? – in leise klagendem Ton auf die – ach! so schnell gescheiterte Ehe ihrer ältesten Tochter zu sprechen kommt. Von der Hochzeitsreise nach Hause geschickt – mein Gott, hat man so etwas schon gehört? Aber das arme Idachen war wirklich sehr krank – und eben durch diese Krankheit ganz unberechenbar. Sie wußte wohl selbst nicht mehr, was sie tat ... und ist ja auch bald nachher gestorben, das arme Kind. – Die kleine Ingaborg, die sie noch knapp vor ihrem Tod bekam, lebt hier im Haus und entwickelt sich gut, manchmal kommt der Vater sie besuchen, Roderich, erst neulich hat er sich angesagt ...
Ja, und nun war es drollig, *drollig*, daß er, Friedrich, seinen Bruder zu Irina schickte.

Die Nacht ist lang, wenn sie die letzte sein soll.
Gegen Morgen meldet ein Posten, er habe sehr fern im Südosten einen verdächtigen Lichtschein gesehen. Friedrich hat schon am Vorabend den noch vorhandenen Proviant verteilen lassen. Jetzt läßt er jede Menageschale mit einer Mischung von Tee und Schnaps einschenken. Die zwei Geschütze, über die er verfügt, sind gerichtet. Er hat sich vorgenommen, bei Annäherung des Feindes eine Ansprache zu halten. Er fühlt sich dazu nicht imstande.
Um neun Uhr zeigen sich fremdartige Erscheinungen – wan-

dernde Striche – am Horizont. Sie tauchen einmal auf, verschwinden wieder. Um halb zehn sind sie genauer auszunehmen. Es ist kein Zweifel mehr: Die Spitze der russischen Streitmacht rückt auf sie zu.

Die Nachricht von Major Friedrich Bourdanins Heldentod traf acht Tage später in der Jagemannstraße ein. Noch einmal drei Tage später wurde in der großen Bartholomäus-Dekanatskirche in Gegenwart der ganzen Familie und Verwandtschaft das Requiem gelesen. Drei Priester zelebrierten. Auch die junge Witwe war erschienen, sie trug einen wallenden Trauerschleier, der ihre schlanke Gestalt bis zu den Füßen verhüllte.
Die Eltern des Gefallenen baten sie nachher zu sich ins Haus, doch sie hatte bereits eine Kutsche zum Bahnhof bestellt.

Es verging ein halbes Jahr. Der Rittmeister hatte auf dem Familiengrab, das nun auch Balthasars sterbliche Reste aufgenommen hatte, eine eigene Tafel für Friedrich aufstellen lassen. Er trug sich mit dem Gedanken, auch für diesen Sohn eine ähnliche Plakette zu bestellen wie seinerzeit für den Erstgeborenen. Doch *es war ja Krieg*, und alles Metall, sofern nur einigermaßen entbehrlich, war schon für Rüstungszwecke abgesammelt und abgeliefert worden: Glocken, Geländer, Fleischwölfe, Küchenmörser und Kaffeemühlen. Auch Edleres war denselben Weg gewandert, und es gab kaum einen Haushalt, dem noch nicht das ehrende Dokument »Gold gab ich für Eisen« ausgestellt worden war.
So scheute sich der Rittmeister, einem Graveur mit der Zumutung zu kommen, eine Plakette herzustellen.

Eines Tages, als Margret, aus ihrer Schule kommend, die Wohnung betrat, hörte sie drinnen ein lautes zweistimmiges Weinen. Sie glaubte, die Stimme der Eltern zu erkennen und griff sich ans Herz. O Gott, was war denn jetzt wieder für ein Unglück geschehen? War nun auch Roderich gefallen – oder Arno oder wer sonst? – Sie stürzte hinein. Da standen die Eltern, einander umklammernd (wie Margret sie noch nie gesehen hatte), beide tränenüberströmt, der Vater kirschrot im Gesicht, die Mutter mit aus dem Dutt geringelten schlohweißen Zöpfchen. Sie hielt etwas in den Händen, eine kleine graue Karte, dergleichen sonst mit der Feldpost kam, oder auch vom Roten Kreuz. »Lies! Margret, lies!«
Taumelnd vor Schrecken nahm sie die Karte. Da stand in Friedrichs Schrift: »Bin schwer verwundet in sibirischer Gefangenschaft, aber zum Austausch vorgeschlagen. Euer Fritz.«
Margret schrie laut auf. Sie sank in die Knie: »O Gott, ich danke dir!« Dann weinte auch sie, weinte mit den Eltern, aus Freude, aus Schmerz und auch darüber, daß sie, selbst schon ergraut, die Alten zum erstenmal in ihrem Leben einander umarmen gesehen hatte.

Austausch also. Das gab es noch damals im Ersten Weltkrieg: Die feindlichen Armeen tauschten schwer blessierte Offiziere aus. Noch herrschten in allen Ländern dieselben höheren Klassen, die einander auch im Kriege etwas wie einen Rest gegenseitiger Schonung schuldig zu sein glaubten. Von Schwerverwundeten war ja anzunehmen, daß sie nicht mehr kämpfen würden, also schickte man sie in die Heimat zurück. Sie kamen über neutrale Länder, auf oft weiten Umwegen, aus Sibirien über China und Sumatra. Freilich war der Austausch nur für Offiziere vorgesehen, der einfache Soldat hatte nichts zu erhoffen.
Fast ein ganzes Jahr nach seiner Gefangennahme sagte sich Fried-

rich seiner Familie an. Ihm war dort in Galizien sofort nach Beginn des Angriffs die linke Kniescheibe zerschmettert worden. Ein Großteil seiner Mannschaft war gefallen.
Ihm selbst hatte man hinter der Front unter barbarischen Umständen das Bein abgenommen. Dann war er nach Sibirien, nach Irkutsk gekommen. Dort hatte ihn eine schwedische Kommission entdeckt, kriegsuntauglich geschrieben und zum Austausch vorgeschlagen.

Sie erschraken, als er ankam. Er war zerlumpt, zu einem Gerippe abgemagert, und in seinen Augen flammte etwas: Sie wagten es nicht zu benennen, aber Mutter und Schwestern dachten dasselbe: etwas wie Wahnsinn. Er hüpfte an zwei Krücken. Zum Entsetzen der Seinen erklärte er, er werde sich zum baldigst möglichen Zeitpunkt wieder zur aktiven Truppe versetzen lassen: Könne er nicht mehr marschieren, so könne er immer noch schießen – und dazu fühle er sich verpflichtet.

Bei Friedrichs Ankunft war Roderich nicht zugegen. Auch Irina fehlte. Sie wohnte nicht mehr in Radrub, sie war zu einem ihrer Brüder nach Nürnberg verzogen. In einem Telegramm bat sie den Heimgekehrten, nach Regensburg zu kommen. Doch schon nach Stunden kam ein neuer Vorschlag: Dresden. Ein drittes Telegramm bat um Aufschub. Ein viertes bot ein Treffen in Prag an. Dann hieß es wieder: Nein, doch Regensburg! Jede zweite Stunde schellte der Bote. Nach dem vierzehnten Mal stand Marie in der Tür: »Bringen Sie nichts mehr! Hier haben Sie eine Krone, verbrennen Sie das Zeug!«

Lily härmt sich

Lily Preinfalk, geborene Bourdanin, härmte sich.
Wenn sie am Morgen die Augen aufschlug, fiel es ihr wie ein Felsbrocken aufs Herz. Wo war der Mann? Wo war Arno? War er noch am Leben? – Sein letzter Brief: fünf Tage alt. Fünf Tage, an deren jedem einzelnen *alles* geschehen sein konnte, alles, was sie fürchtete, wovor ihr bangte, was ihr Leben zerstören würde, alles, worum sie zu Gott flehte, daß es nie, nie, nie geschähe. – Aber ach, dort wo Arno war, dort pfiffen die Kugeln, platzten Schrapnells, zerrissen Bomben und streuten Tod und Verderben. Die halbe Welt hatte sich verschworen, Gräßliches geschehen zu lassen und gerade dort, wo Arno war, alle Vernichtungskräfte loszulassen. Und dazu Kälte, Regen, Schnee, fegende Stürme, im Sommer dann Hitze, Durst, Staub und Seuchen, Seuchen überall: Cholera, Flecktyphus, Ruhr; Läuse dazu und Wanzen und Moskitos – und noch immer, immer noch derselbe endlose sinnlose menschenmordende Krieg.
Das waren Lilys erste Gedanken am Morgen, damit stand sie auf und ging umher. Die größeren Kinder machte sie fertig zur Schule. Die Kleine mochte noch nicht aus ihrem Bett.
»Mami, komm her! Bitte, komm! Gib mir die Puppe! – Nein, lies mir lieber aus dem ›Blaubeerhänschen‹ vor, schau, ich schlag's dir auf, bitte lies!«
»Ach, Eggi, laß mich. Später vielleicht.«
»Nein, jetzt, jetzt gleich. Du sagst immer: ›Später.‹ Warum sagst du das?«
»Schon gut, Eggi. Ich muß an den Papa denken, du weißt doch, er ist im Krieg.«
»Ja, und?«
»›Ja, und?‹ sagst du, Eggi, du weißt ja nichts. Nichts weißt du, Kind. Ich kann dir nicht vorlesen. Ich muß alle meine Gedan-

ken zum Papa schicken. Andere können dir vorlesen, Tante Margret kann dir erzählen – oder Onkel Bum. Er weiß ja immer lustige Geschichten, sogar aus dem Krieg.«
Onkel Bum war in Eggis Kindersprache Roderich, und in der Tat, wenn er nach Pilsen kam, um hier Urlaub zu machen, erzählte er immer lustige Geschichten, sehr lustige sogar, in denen er nicht versäumte, jeweils den großen Helden zu spielen, dem immer alles gelang, der alle übertraf, der alles immer zum Besten wendete. Da war etwa die Geschichte von der Kuh, die sich auf das Schlachtfeld verlaufen hatte und die er persönlich einfing und in den Schützengraben bugsierte, wo sie ihm und seinen braven Albanersoldaten täglich einen Becher Milch spendete. Oder die Schnurre, daß er, als er sich einmal verirrt hatte, von den Italienern gefangen wurde. Mit großem Triumphgeschrei hätten sie ihn eingebracht und wie einen ins Netz gegangenen Tiger auf dem Marktplatz ausgestellt. Dann hätten sie ihn unter Eskorte von fünf Schwerbewaffneten zur nächsten Kommandostelle schicken wollen. Aber auf dem Weg dahin habe er ihnen Bonbons angeboten, die er für alle Fälle in seine Tasche gesteckt habe, und sie hätten gern davon genommen und immer noch eins geschleckt, doch diese Bonbons hätten eine gewisse Wirkung gehabt, eine sehr plötzliche und gewaltige Wirkung in ihren Gedärmen und auf einmal hätten sich alle fünf gar nicht schnell genug verstecken können – und so sei er ihnen, knapp vor dem Ziel, glücklich entwischt.
Die Kinder jubelten dann über solche Geschichtchen, Eggi und ihr Bruder Arnulf, und sogar Reinhild lachte mit ihnen, wenn sie eben zugegen war. In Lily weckten sie freilich nur bittere Gedanken. Sie erinnerte sich an das, was Arno einmal über Roderich gesagt hatte: »Er ist ein Schwadroneur. Das sind die Leute, die uns ins Unglück bringen.«

Und Unglück wird bald allgegenwärtig. Es quoll gleichsam aus allen Fugen und Ritzen. Es kam nicht nur von der Front in bösen und immer böseren Nachrichten über Tod, Verwundung, Gefangennahme oder andere rätselhafte Unfälle, die in Friedenszeiten nie und nimmer möglich gewesen wären. Das Unglück war auch hier im Hinterland zugegen in tausend winzigen Erscheinungen, die sich wie Reif, nein, nicht wie Reif, sondern wie eine schwere schwarze Wolke über den Alltag legten: daß nachts auf den Straßen nur noch die Hälfte der Lampen angesteckt wurde; daß es nur jeden dritten Tag Fleisch und Fett zu kaufen gab; daß Eier und Butter vom Markt verschwanden, daß statt dessen nur halbfauler Kohl auf den Ständen lag; doch auch er wurde gekauft, denn es war besser, nur mit ein paar Strünken und Blättern nach Hause zu kommen als mit ganz leeren Taschen und Körben. Die Schuster weigerten sich, Schuhe zu sohlen, sie hätten kein Leder mehr, behaupteten sie, alles Leder sei für die Armee beschlagnahmt, und man mußte sich nach guter Täuschelware umsehen, damit man endlich doch die erwünschten und nötigen Sohlen bekam. Heute war kein Zwirn zu bekommen und morgen keine Zichorie, auch die Kohle wurde knapp, ebenso das Brennholz; die Trambahnen der Stadt wurden stillgelegt, die meisten Züge eingestellt, obwohl jetzt mehr Menschen herumfahren und reisen wollten als je zuvor. Doch am deutlichsten war das allgemeine Unglück daran abzulesen, wie knapp und wie schlecht das Brot geworden war.

Erst war Maismehl hinein verbacken worden, dann geschroteter Buchweizen, eines Tages aber war es soweit, daß man Ziegelmehl in die Backware mischte und endlich gemahlenes Birkenholz, das bitter schmeckte, von dem es hieß, daß es ein Gefühl der Sattigkeit hervorrufen würde, nicht durch Nährwert, sondern nur durch das Gewicht, das dem Magen zugeführt wurde.

Reinhild und Arnulf weigerten sich, das bittere Brot zu essen.

Zum Glück hatte Lily ein Kistchen Powidla ergattert, dieses zwar ohne Zucker, aber bis zur Zähigkeit eingekochtes Zwetschgenmus. Davon legte sie je eine dünne Schicht auf die Brotscheiben, so nahmen es die Kinder an und mußten nicht mit leerem Magen zur Schule. Für sich selbst und Eggi kochte sie einen Brei aus Haferkörnern und Wasser, den sie für das Kind mit einem Schuß Milch aus der Medizinflasche verbesserte, in der Margret Tag für Tag von einem vor der Stadt gelegenen Bauernhof Milch für die Kleine brachte. Ohne die Hilfe aus der Jagemannstraße hätte sich Lily oft nicht zu helfen gewußt.

Die kleine freudlose Wohnung mit den teils geschenkten, teils geborgten Möbeln schien für die beiden jüngeren Kindern kein guter Aufenthalt. Sie fanden keinen Raum für ihre Spiele, erst recht keinen Platz, wenn sie einmal herumspringen und toben wollten. Beide zogen die Jagemannstraße vor, auch Arnulf fühlte sich bei den Stief-Großeltern wohl. Dort hatte man Zeit auch für ihn. Der Großvater war freundlich, er plauderte mit dem Jungen, er zeigte ihm die einfachsten Züge des Schachspiels. Die Großmutter hatte, weiß Gott woher, immer noch eine Semmel, ein Honigbrot, einen Bratapfel zu vergeben. Tante Margret strickte ihm Socken und Mützen, und wenn Lily die beiden am Abend holen wollte, baten sie darum, bleiben zu dürfen: »Hier ist es so schön.«

Dann kehrte die Mutter allein in ihre Wohnung zurück. Nur Reinhild war hier, saß still und einsam bei ihren Büchern; still und schweigsam nahm sie neben Lily das Abendbrot ein.

Das Mädchen war fast immer ernst und wortkarg. Jetzt war sie dreizehn, bald vierzehn, ein hübsches Kind, groß und schlank gewachsen. Hatte sie sich noch immer nicht damit ausgesöhnt, daß der Vater eine zweite Ehe eingegangen war? Lily wagte sie nicht zu fragen. Von anderen Leuten erfuhr sie, daß die alte Frau

Benda das Mädchen manchmal vor der Schule erwartete. Reinhild lief an ihr vorbei und tat, als sähe sie die Großmutter nicht. Der Vater hatte ihr verboten, mit der Alten zu sprechen. »Reinhild, Reinhild!« rief jene hinter ihr her. Aber Reinhild lief weiter. Daheim sprach sie kein Wort über diese Begegnungen, und Lily hütete sich, die Rede darauf zu bringen. Sie fürchtete einen Ausbruch und ein neues, vielleicht unheilbares Zerwürfnis. So verliefen die Abende in bedrückender Schweigsamkeit. Wenn Reinhild zu Bett gegangen war – sie schlief auf einem Sofa neben dem Ehebett –, entzündete Lily eine Kerze, um in ihrem Schein an Arno zu schreiben. Ihre Feder flog und ihre Lippen bewegten sich dabei: »Du mein Liebster ...«
Manchmal sah sie auf: Dann fand sie Reinhilds ernste Augen auf sich geheftet, wissend und voll Verzicht. Dann zuckte in Lily der Gedanke auf: Sind wir nicht wie Schwestern? Aber der Gedanke war nur wie ein Blitz, er wußte selbst nicht, was er wollte.

Wenn Arno auf Urlaub kam, erschrak Lily über ihn. Er war ganz verändert, grau geworden, hager; seine Lider zuckten unaufhörlich, er fuhr auf, wenn ein Messer zu Boden klirrte; er schleuderte einen Aschenbecher unbeherrscht auf den Estrich, wenn sich ein Schnürsenkel an seinem Schuh verheddert hatte. Er sprach wenig – und dann in abgerissenen Sätzen, die mehr verschwiegen als aussagten. Lily rang mit sich selbst: Wenn sie auf leise schonende Weise auf ihn eindrang, ihr zu erzählen, was er draußen erlebt hatte, wehrte er beinah rüde ab: »Laß mich. Ich mag nicht reden.« Ratlos hielt die Frau inne. Was sollte sie tun? Sollte sie es noch einmal versuchen? Oder sollte sie nur schweigen, die Kinder von ihm weghalten, sollte sie selbst nur wie ein stummer Schatten neben ihm stehen und warten?
Selbst ihre Umarmungen waren gestört, und Lily dachte: Zwischen uns liegen die Toten, die, die Arno gesehen hat, die, die er

vielleicht selbst verursacht hat, wenn er »Feuer!« befahl oder auch sonst … So schien sogar ihre Liebe durch den Krieg zerrüttet. Dabei hatte er ihr in seinen Feldpostbriefen unzählige Male geschrieben: »Wie ich mich nach dir sehne …«

In die Jagemannstraße mochte Arno nicht mehr gehen, seit er dort mit Friedrich zusammengetroffen war, Friedrich mit dem Stelzfuß, Friedrich mit dem eingeschlagenen Hosenbein, auf Krücken gestützt und eifrig hin- und herhumpelnd, als wollte er dem Schwager seine Verwundung vorführen.
Er schien nach wie vor stolz darauf zu sein, daß er jenen Befehl »bis zum letzten Mann« durchgehalten hatte, er hatte schließlich doch überlebt, seine Leute waren sinnlos gefallen, doch ihn, Friedrich, schien das nicht sehr zu bedrücken, er hatte seinen Willen bekommen und fühlte sich im Recht.
Ihm, Arno, saß jeder Tote im Genick.
Er hatte seinen treuen Offiziersdiener Podolski verloren, weil er ihn, halbverdurstet in der Sommerglut hinter einer Scheune liegend, um seine Feldflasche geschickt hatte. Ein unvermutbarer Querschläger hatte dem Mann die Halsschlagader aufgerissen. Arno war, als hätte er ihn ermordet.
Ein anderes Mal galt es, wie vorgeschrieben, Cholera- und Flecktyphuskranke von der Truppe zu trennen. Arno hatte die Leute in eine nahegelegene Kirche schaffen lassen. War ihm nicht aufgefallen, daß diese Kirche um zwei Meter erhöht in dem flachen Gelände lag? Daneben war eine Sandgrube, sie hätte bessere Deckung geboten. So aber war die Kirche das Ziel eines schweren Geschützes. Aus den Trümmern waren nur noch Tote zu bergen.
Arno kam nicht zurecht damit.
Manchmal wunderte er sich selbst, daß er noch am Leben, ja, daß er noch nicht einmal verwundet worden war. Er hatte bis

jetzt Glück gehabt. Einmal hatte ein Splitter sein Feldhemd durchschlagen und den Becher durchbohrt, den er in der Brusttasche trug. Einmal war ihm sein Pferd unter dem Sattel weggeschossen worden. Doch darüber zu reden, widerstand ihm. Wenn Friedrich über seine Leiden in Sibirien berichtete, hörte er den Vorwurf heraus, daß er bis jetzt unlädiert überlebt hatte. Deutete ihm der Schwager an, er sei ein Feigling? Er mochte mit dem Schwager keinen Streit beginnen. So mied er das Haus der Atlanten.

Aber einmal kam er doch wieder. Es war im Frühjahr 18, bei seinem letzten Urlaub von der Front.

Diesmal ließ ihn der alte Rittmeister zu sich bitten. Arno fand den Schwiegervater gealtert, abgemagert, doch immer noch nicht gebrechlich. »Gut, daß du da bist. Ich habe mit dir zu reden.«

Auf dem Schreibtisch lag der alte große Andree-Atlas, aufgeschlagen über der Karte Europas.

Der Rittmeister reichte Arno einen Farbstift. »Zeichne mir ein, wo stehen jetzt die Deutschen?«

Arno zog einen Strich durch Frankreich. »Und wo stehen wir in Italien?« Arno strich den Isonzo an. »Und am Balkan?« Arno zeichnete wieder.

»Und Rußland«, sagte der alte Mann, »hat schon im Oktober die Waffen gestreckt.« – »So ist es –« nickte Arno.

»Wir stehen also überall noch im Feindesland.« – »Ja.«

»Und nun erkläre mir, Arno, warum wir den Krieg verloren haben.«

»Haben wir den Krieg schon verloren?« fragte Arno zurück.

»Alle sagen es, alle«, rief der alte Mann und schlug mit der Faust auf die Karte, sein Gesicht war verzerrt und bebte, durch seinen ganzen dürren Greisenkörper schütterte ein Krampf. »Ich verstehe es nicht.«

»Ich auch nicht«, sagte Arno. »Aber wir sind am Ende. So am Ende wie Rußland vor einem Jahr. Es nützt uns nichts, daß es zusammengebrochen ist. Es nützt uns nichts, daß die Deutschen noch immer in Frankreich stehen – und wir am Isonzo. Die Welt hat gegen uns entschieden.«
»Wer ist das, die Welt?«
»Das weißt du, Vater: Frankreich, England, Amerika. Aber auch unsere eigenen Leute: die Tschechen, die Polen, die Italiener, sogar die Slowenen ... Sie wollen uns nicht mehr.«
»Und die Ungarn?« fragte der Alte. »Unsere guten braven tapferen Ungarn?«
»Die lassen Wien verhungern; vor ihren Grenzen verhungern. Die denken auch nur mehr an sich selbst.«
»Ach!« stöhnte Bourdanin und bedeckte das Gesicht mit den Händen.
Arno stand leise auf. »Sei froh, Vater, sei froh. Vielleicht brauchst du es nicht mehr zu erleben.«

Wetterwende

Der Tumult

Der Alte erlebte es noch, denn es kam schließlich doch schneller als erwartet.

Herbst 18. Auf der Straße war, wie so oft, ein Tumult. Aber diesmal bot er ein anderes Bild. Wie viele Male während des Krieges hatte sich eine erbittert schreiende Menschenmasse durch die Jagemannstraße bewegt, mit hochgereckten knochenmageren Armen und mit Fäusten, die die Luft zu prügeln schienen. Sie marschierten in dicht gedrängten Kolonnen gegen die benachbarte Bezirkshauptmannschaft, dort erschallten dann Sprechchöre, Steine wurden geschleudert, man sah berittene Truppen heransprengen, und einmal war auch geschossen worden.

Heute bewegten sich die Leute nicht in Kolonnen, sie strömten herbei wie hüpfende Wassertropfen bei einem Regenguß, ungeordnet und überquellend. Sie hatten keine Angst mehr, keinen Zorn, sie stürmten heran und schrien Jubel, Jubel. Eine blau-weiß-rote Fahne erschien über ihnen und löste neue Jubelstür-me aus. Die Leute umarmten einander, weinten, winkten, einige kamen im Gedränge zu Fall, doch wenn sie wieder auf den Beinen waren, winkten auch sie und lachten und jubelten weiter.

Es wurde gesungen, getanzt, zwei Musikkapellen kreuzten herein, jede spielte eine andere Melodie, das klang verworren, mach-

te aber nichts aus, beide Kapellen fanden ihre Mitsänger und ihren Beifall.
Der alte Bourdanin stand am Fenster, Marie hinter ihm, und beide blickten staunend und etwas verwirrt in den Jubel-Tumult. Dann geschah etwas anderes: Über den Köpfen der Menge tauchte ein Gestell auf, ein hohes ragendes Ding aus Holz, eine Art Galgen, und an diesem hing ein langes hellblaues Bündel mit schlappenden Armen und Beinen. Und oben, wo der Kopf sein sollte, nickte ein Hut mit einem lächerlich großen Busch aus grasgrünen Federn. Der Galgen richtete sich auf, und nun war deutlich, was er trug, es war die Figur des alten verstorbenen Kaisers mit weißem Backenbart und Goldenem Vlies, und sogleich erhob sich unter Johlen, Pfeifen und Kreischen ein neuer frenetischer Jubelsturm.
»Was ist das?« fragte der Rittmeister. »Was ist das, Marie? Kannst du erkennen, was das sein soll?« Und er rieb sich die Augen.
In diesem Moment stieg eine kleine graue Rauchwolke unter der Figur auf, eine Flamme leckte über das blaue Bündel. Die Frau zog den Mann zu sich und weg vom Fenster. »Komm jetzt!« sagte sie. »Du brauchst das nicht zu sehen.«
Er ließ sich ziehen und saß dann in seinem schwarzen Wachstuchlehnstuhl und schüttelte den Kopf.

Eine halbe Stunde später kam die junge Mařenka Bourdanin, das Kind aus dem Johanniterhaus, angerannt. Sie war außer Atem, außer sich vor Freude. Sie warf sich Marie an die Brust und bedeckte des Rittmeisters Hand mit Küssen. »Verzeiht mir, verzeiht mir«, rief sie, »daß ich so glücklich bin. Ach, warum hat mein armer Tatinek diesen Tag nicht erlebt?!«
»Schon gut«, murmelte Marie, und »Schon gut«, murmelte der Rittmeister. »Ja, dein Vater, der hätte sich heute gefreut.«

»Aber was wird aus euch?« rief das junge Mädchen. »Aus euch Deutschen, aus Lilinka und ihrem Arno und ihren Kindern?«
»Was soll aus ihnen werden?« fragte der Rittmeister.
»Habt ihr denn keine Angst?«
»Angst –? Wovor?«
»Oh!« Jetzt sprach Mařenka leise und legte dabei den Zeigefinger an die Lippen, als ginge es um ein Geheimnis. »Ich weiß doch, was geredet wird.«
»Von wem geredet?« fragte Marie.
»Von Vaters Freunden – und auch sonst bei uns Tschechen – nein, nicht bei allen, aber vielen, vielen. Sie meinen –«
»Was meinen sie?«
Jetzt wand sich das junge Mädchen in Verlegenheit. »Sie meinen, daß ihr zu viele seid in unserem Land.«
»Zu viele, wieso?«
»Und daß unser Land von uns Tschechen allein bewohnt sein sollte.«
»Das kann nicht sein«, sagte Marie.
»Das kann nicht sein«, sagte der Alte.
»Ja, aber – ihr müßt doch verstehen: Wir waren so lange bei Österreich, weil wir mußten. Und wir mußten, weil *ihr* da wart, so viele Deutsche, und ihr habt euern Kaiser geliebt und Wien und all das andere, das wir nicht wollten, gar nicht wollten. Nie!« Und nun brach sie in Tränen aus, umarmte Marie und versuchte wieder des Onkels Hand zu küssen.
»Ich liebe euch doch, euch alle und Lilinka, Lilinka am meisten. Was wird aus ihr werden und aus den Kindern?«
Marie und der Rittmeister blickten einander an, sie wußten nichts anzufangen mit der Aufregung des jungen Mädchens; alles, was sie sagte, kam ihnen unsinnig vor; unsinnig zu denken, es könnte jemand der Meinung sein, sie gehörten nicht mehr in dieses Land, diese Stadt, in dieses Haus.

»Sei jetzt mal vernünftig, Mařenka«, sagte Marie. »Was mit Lily sein wird und mit den Kindern, das ist Arnos und ihre Sache, sie werden es zusammen entscheiden. Und Roderich und Fritzl, auch sie werden wissen müssen, was sie in Zukunft tun wollen. Aber wir beide –«, sie legte die Hand auf Bourdanins Schulter, »und Margret und Kläre, wir werden immer hierbleiben, immer, verstehst du? Und niemand wird uns sagen dürfen, wir gehören nicht mehr hierher.«

Eine Weile später verabschiedete sich Mařenka. Sie ging, doch nicht ins Haus der Johanniter. Denn dieses Haus gab es nicht mehr.

Sein Ende hatte sich schon seit längerem angekündigt. In seinen beiden schön geschwungenen Barockgiebeln zeigten sich Risse, der Unterstock lag öd und leer, die Dachtraufen waren leck und hingen schief. Der Magistrat der Stadt richtete an den Besitzer Jan Bourdanin die Anfrage, wann er die Schäden beheben wolle. Er erhielt keine Antwort. Nun ordnete er eine Untersuchung an. Sie zeitigte ein böses Ergebnis. Seit des alten Johann Tod war das damals schon schadhafte Dach nicht mehr ausgebessert worden. Das war dem ganzen Gebäude übel bekommen.
Jan – oder Honsa – Bourdanin erklärte sich außerstande, das Haus zu reparieren. Es war schon seit langem mit Hypotheken belastet – und überbelastet. Wie war es dazu gekommen?
Nur widerwillig gab Honsa Auskunft: Seit Jahren hatte er seine Einkünfte aufgeopfert, um seinen Partei- und Gesinnungsfreunden mit kleinen und größeren Summen behilflich zu werden. Der Anlässe waren unzählige: Einmal sollte ein von der Polizei Verfolgter nach Amerika spediert und dort unterstützt werden. Ein anderes Mal waren die Kosten einer Streitschrift zu tragen, Versammlungssäle sollten gemietet, Redner entlohnt, aus dem

Gefängnis Entlassene in neue Stellungen gebracht werden. Honsa zahlte und zahlte. Er war nicht imstande, zu verweigern, was ihm in seinen Zirkeln Achtung und Zuneigung einbrachte oder einzubringen schien.

Da er selbst – seit der Affaire Milena Horschowá – nichts verdiente und auch seine Lebensweise nicht ändern wollte, war sein Vermögen überfordert. Niemand war da, der ihn warnte und zurückhielt, bald nach Katschenka war auch Vlasta gestorben, und Tochter Mařenka war viel zu jung, um zu begreifen, was rings um sie vorging. Sie liebte ihren Vater, und er liebte sie, nannte sie sein Täubchen, sein Herzchen und betrachtete sie manchmal mit tränenerfüllten Augen. Manchmal sprach er rätselhafte Worte: »Verzeih deinem Vater, Mařenka, er hat ein zu weites Herz für diese enge Welt!« Oder: »Du wirst, wenn es soweit ist, einen braven Mann aus dem Volk heiraten, und er wird für dich sorgen, und euer Glück wird mein Denkmal sein.«

Die Stadtregierung von Pilsen wollte die Jahrhundertwende nicht vorübergehen lassen, ohne das Innere der Stadt und vor allem den Ringplatz und seine unmittelbare Umgebung anständig zu präsentieren. So nahm sie Anstoß an dem herabgekommenen Aussehen des Johanniterhauses und forderte energisch seine Sanierung. In Panik geraten, ließ Honsa das Haus versteigern. Ein reicher Apotheker erwarb es samt den darauf ruhenden Hypotheken und übersiedelte seine bisherigen Bewohner in eine kleine Hinterhauswohnung in der Salzgasse. In aller Eile ließ er es niederreißen.

Nun freilich erhoben sich Stimmen des Protestes. Sie wiesen darauf hin, daß dieses Haus zu den ältesten und damit auch ehrwürdigsten Gebäuden der Stadt Pilsen gehörte. Im Tageblatt erschien ein Artikel über seine Geschichte, auch über die einstmals entdeckten Zisternen in seinen Kellern und die dunklen Krüge, die darin gefunden worden waren.

Doch die Spitzhacken hatten unterdessen bereits ihre Arbeit getan. Zwei neue Häuser baute der Apotheker auf das Grundstück, in einem davon brachte er seine Apotheke unter, sie hieß »Zum Einhorn«.

Schlaflose Nacht

Es ist Nacht. Der alte Mann kann nicht schlafen. Seine Hände sind geschwollen, sind taub, sie schmerzen. Seine Füße sind kalt, Marie hat ihm abends einen heißen Ziegelstein ins Bett gelegt; es hat wenig genützt, fast nichts. Der alte Mann friert. Er streicht sich über den Kopf, der ist kahl, über Stirn und Wangen, die Wangen sind hohl und eingesunken, er ist zahnlos.
Er denkt: Wenn ich jetzt aufstünde ... Aber er bleibt liegen.

Seit längerer Zeit schon gehorcht sein Körper nicht mehr seinem Willen. Auch wenn er sich befiehlt: Tu das, tu jenes! – Der Körper tut es nicht. Er will liegen, so wie jetzt im Bett, ausgestreckt, unbeweglich, wie tot. Schon seit Jahren denkt der alte Mann an seinen Körper nur noch als etwas, das sterben wird, sterben muß und dann zerfallen wird. Muskeln, Sehnen, Eingeweide: alles wird zerfallen. Er hat in jungen Jahren damals im italienischen Krieg genug menschliche Kadaver gesehen, um zu wissen, was mit ihnen vorgeht.
Aber diese Bilder sind es nicht, die ihn heute beunruhigen. Ihn beunruhigt heute eine Frage, die er sich noch selten gestellt hat und deren Beantwortung ihm immer schwerer fällt: Wenn er doch wüßte, wozu er eigentlich gelebt hat. Ja, wozu?
Nie wäre ihm früher eingefallen, daran zu zweifeln: Er hat gelebt, um er selbst zu sein, Balthasar Bourdanin; ein Mann, ein Ehrenmann, ein Offizier; einer, dem niemand etwas nachsagen konn-

te, dem auch niemand etwas zu sagen hatte; einer, der immer wußte, was recht war, einer – einer –. Er weiß nicht mehr weiter. (Daß er hätte können ein Mensch sein wollen, das fällt ihm heute nacht nicht ein.)

Der alte Mann richtet sich auf. Vom Fenster fällt Licht in seine Augen. Auf der Straße brennen die Gaslaternen, sie brennen jetzt so zahlreich wie noch nie. Sie stören ihn. Er beginnt seine tauben Hände zu kneten.
Woher nur ihre Taubheit kommt? Taubheit, die schmerzt. Die Finger spüren sich nicht, aber in ihnen tobt es, als wären darin kleine Schrauben in Bewegung. Vielleicht hätte er seine Hände früher mehr bewegen müssen, vielleicht hätte er arbeiten sollen wie ein Kleinhäusler, Holz hacken, umstechen, mähen? Nein, das hat er nie getan, er hat seinen Händen Ruhe gegönnt, viele Jahrzehnte lang, bis er dann eines Tages – er war um die Sechzig – hinter die Laubsägearbeit kam, aus Langeweile oder weil es gerade Mode wurde, mit diesem Spielzeug umzugehen; er hat dann auch wirklich etliche Kästchen geschnitten, etliche Bilderrahmen, etlichen anderen Krimskram und hat gebastelt und geleimt und geschliffen, bis ihm jemand sagte: »Das machen sie auch in den Narrenhäusern, die Narren machen das, dann geben sie Ruh …«
Er rührte keine Laubsäge mehr an.
So war er auch um diesen Spaß gebracht.
Sogar das Schachspiel war ihm verleidet worden, seit er immer nur verlor, gegen seine Söhne Fritz und Roderich verlor, oder gar, wenn er merkte, daß sie ihn gewinnen ließen aus Barmherzigkeit und Nachsicht oder weil es ihnen nicht mehr dafürstand, sich gegen ihn anzustrengen.
Seine Söhne! Überhaupt – seine Kinder …!
Sechs waren es gewesen, später fünf, nachdem der Älteste, der

Beste, gegangen war, eine Schar immer noch, eine hungrige Bande, nimmersatt, solange sie nicht selbst verdienten und für sich einstehen konnten, und immer voll Eigensinn und Widerstand. Waren sie etwa seine Freude gewesen? Geärgert haben sie ihn, oft bis zur Qual geärgert, der kecke Roderich, der geduckte Fritz, und die Mädchen – die doch erst recht. Keins hat werden wollen, wovon der Vater dachte, daß es werden sollte, das fraß an seinem Herzen. Doch wenn er sich heute fragt, was genau zu werden ihm lieb und recht an ihnen gewesen wäre, so weiß er es sich in dieser Nacht nicht zu nennen, und vielleicht hätte er es auch nie deutlich gewußt.
Sicher ist eins: Sie alle sind nur an Marie gehangen. Sie alle haben immer nur Marie geliebt. Nur sie. Nur sie.
Der alte Mann schlägt sich mit der Faust gegen die knöcherne Brust.
Manchmal, seltene Male hat auch er geglaubt, Marie zu lieben. Es war, wenn er fürchtete, sie zu verlieren, wenn sie krank war, wenn die Ärzte murmelten: Lebensgefahr. Da hatte ihn Angst erfaßt, entsetzliche Angst um sie, wie ein Ertrinkender nach einem Balken, so hätte er nach ihr greifen und sie festhalten wollen: Um Himmels willen, bleibe bei mir! – Dann aber, wenn es besser ging, wenn sie ihm wieder zurückkehrte, Alltag war und Selbstverständlichkeit, da war es doch wieder nichts mit der Liebe. Nichts – oder beinahe nichts.

Dort schläft sie, im Bett drüben an der anderen Wand; er ist ein Greis von siebenundachtzig, sie eine alte Frau von siebzig, längst weißhaarig, längst etwas krumm. Nach seinem Tod wird sie noch eine Weile weiterleben, und Söhne und Töchter werden sie weiterlieben. Ihn nicht.
Nur Eggi – Eggi, der kleine Fratz, das Kind. Es hat ihm die Ärmchen entgegengestreckt, hat sich an seinen Hals geschmiegt,

»Dede«, hat es gesagt, »du bist mein Dede.«
Aber auch Eggi haben sie ihm weggenommen. Hätte die Kleine nicht hierbleiben können, bei ihm, in der Jagemannstraße? Erst neulich hat er Marie gefragt: »Warum ist sie eigentlich nicht mehr hier?« Und Marie hat geantwortet: »Weil ein Kind zu seinen Eltern gehört.«
Ach was, die Eltern! denkt der alte Mann. Was sind schon die Eltern? Bin ich denn nichts? Gar nichts? Nie hab ich einen Wunsch gehabt, nur diesen. Bin ich gar nichts, daß sie mir nicht einmal diesen einen Wunsch erfüllen? Wie heißt das, wo sie jetzt sind, diese Preinfalks? Oberdorf in Vorarlberg. Er, der alte Mann, hat es auf der Karte gesucht und nicht gefunden. Ein Nest wahrscheinlich, irgendwo in den Bergen.
Warum konnten sie nicht in Böhmen bleiben?
Er versteht das nicht. Er versteht jetzt so vieles nicht, und der junge Schimkowitz, der Lümmel, hat es ihm auch neulich ins Gesicht gesagt: »Onkel, du begreifst die Welt nicht mehr.«
Eine Frechheit. Aber leider wahr.
Er, Rittmeister Bourdanin, ist doch sein Lebtag Österreicher gewesen, Österreicher in Böhmen, so wie man Österreicher in Galizien, in Ungarn, in Bosnien sein konnte. Jetzt nicht mehr? Was war denn eigentlich geschehen mit dem alten Reich? Jahrhunderte hat es ausgehalten, auf einmal ist es weggerutscht, weg wie eine Lage Schnee von einem schiefen Dach, abgestürzt in den Kot der Straße. Dort schmilzt er weg, der Schnee, jeden Tag ein Stück, bis er nichts ist als eine Pfütze.
Ein einziges kleines Land will noch Österreich heißen, so klein, daß es Mühe macht, es auf der Landkarte Europas aufzufinden. – Böhmen aber, sein, Bourdanins, Böhmen, nennt sich jetzt Cechy und ihm, dem Alten, hat man neulich ein Papier vorgelegt, auf dem er bestätigen sollte, daß er von nun an Tschechoslowake sei. Tsche-cho-slo-wa-ke! Er mußte sich das Wort vor-

buchstabieren wie einen Zungenbrecher, so merkwürdig klang es ihm.
Roderich und Friedrich haben erklärt, sie beide wollten in diesem Land nicht bleiben, sie wollten auswandern, nach dem neuen kleinen Österreich oder nach Deutschland oder nach Albanien ... Niemand weiß mehr, wohin er gehört, niemand weiß mehr, wem er dienen und gehorchen soll.

Denn das für den alten Mann Unbegreiflichste ist ja doch, daß es jetzt keinen Kaiser mehr gibt, keinen deutschen, keinen österreichischen, auch keinen russischen Zaren mehr. Wie hatte das geschehen können, daß man die Herrscher wegkippte wie Schachfiguren vom Brett und ihre Herrschaft wegjuckte wie eine Krätze? Wie wollten sich die Völker selbst regieren, selbst Gesetze geben und denen auf die Finger klopfen, die diese Gesetze brachen?
Das alles, denkt der alte Mann in seinem Bett, kann zu nichts Gutem führen, und er ist froh, daß ihn das alles nicht mehr viel angeht. Nur einmal möchte er noch – ja, was möchte er denn noch einmal? – einmal zur Radina spazieren und Wald und Felsen sehen –? Ach nein, doch lieber nur noch einmal am Stammtisch sitzen mit den alten Freunden Faust und Kummer und ein Glas Bier leeren, ein gutes von alter Friedensqualität? – Aber auch das wäre ihm schon zu viel. – Einmal möchte er noch das Kind sehen, die kleine Eggi, und sie auf seinem Schoß halten und ihre Wange an seiner Stoppelwange fühlen.

»Du hast heute wieder sehr wenig geschlafen«, sagt Marie am nächsten Morgen. »Du warst sehr unruhig.«
»Ich habe *sehr* gut geschlafen«, erwidert er. »Sehr gut. Und ich habe schön geträumt.«
»Wirklich?«

»Ich habe geträumt, es ist jemand gekommen und hat mir einen Kuß gegeben.«
»Und wer war das?« fragt Marie und lächelt.
»Du warst es nicht«, sagt er, »du nicht.«

Das Abschiedsmahl

Preinfalks wohnten nun schon das zweite Jahr in Vorarlberg, als das Telegramm eintraf; es mußte in den frühen Morgenstunden gekommen sein, denn Eggi erwachte davon, daß sich die Eltern besprachen, lebhafter als sonst. Es ging, soviel begriff das Kind, um eine Reise, die die Mutter antreten wollte, vor der der Vater aber warnte: »Du kommst ja doch zu spät, Lily, gerade nur zum Begräbnis. Wozu also –?« Die Mutter wollte trotzdem fahren und sie, Eggi, mitnehmen.
So geschah es auch.
Es war eine lange mühsame Reise, sechsunddreißig Stunden mit fünfmaligem Umsteigen, in Innsbruck, Salzburg, Linz, dann an der böhmischen Grenze, zuletzt mitten in der Nacht, in Budweis. Sie waren erschöpft und übernächtig, als sie endlich ankamen. Sie glaubten in ein Trauerhaus zu kommen, denn der Großvater, der Achtundachtzigjährige, war ihnen durch das Telegramm als todkrank gemeldet worden.
Doch – wer öffnete ihnen die Tür? Er selbst. Er begrüßte sie mit den Worten: »Gut, daß ihr da seid. Ihr seid die Letzten.« Und dann zur Großmutter gewandt: »Jetzt ist soweit, Marie. Du weißt ja, was ich will.«
Ja, Marie wußte es, und schon am Abend desselben Tages war alles so, wie er es sich bestellt hatte: Der Tisch im Speisezimmer war ausgezogen, so weit er sich ausziehen ließ, und festlich gedeckt. Ein erstklassiger Rehbraten brutzelte im Backrohr, und

der Großvater hatte es sich nicht nehmen lassen, selbst in den Keller hinabzusteigen und einige Flaschen auszusuchen, die, verstaubt wie sie waren, schon lange daliegen mußten und so einen edlen Tropfen versprachen.

Da waren sie nun alle an der Tafel versammelt, die Bourdanins, die beiden Söhne Roderich und Friedrich mit ihren Töchten Ingaborg und Palmare (doch ohne Frauen, denn Roderichs Ida war gestorben und Friedrichs Irina hatte sich von ihm scheiden lassen). Da war Margret, die Älteste, unvermählt, Lehrerin nach dreißig brav abgeleisteten Dienstjahren, weißhaarig und sonnengebräunt, denn sie war die Spaziergängerin geblieben, als die sie angetreten war, Eggis Lieblingstante, denn sie konnte herrliche Geschichten erzählen und erzählte sie in unerschöpflicher Geduld.

Neben ihr Kläre, die immer Reiselustige, auf Veränderung und gewagte Expeditionen bedacht, ebenfalls Lehrerin; auch sie hatte schon graue Haare, die sie aber färbte und in Löckchen brannte; ihre Kleidung zeigte einen Zug ins Eigenwillig-Phantastische mit Schärpen, Schals, Samtbändern und Bernsteinketten. Auch dieser Tante war Eggi zugetan, auch sie erzählte gern und unter ausdrucksvollem Rollen ihrer schwarzen Augen; was sie erzählte, waren freilich keine runden Geschichten, wie sie von Margret zu vernehmen waren, sondern zumeist eigene Erlebnisse, gefährliche und komische, von ihren Reisen und Abenteuern, von ihren Besuchen bei allerlei Berühmtheiten wie Ellen Key, Peter Rosegger und einem leider verrückt gewordenen Philosophen namens Nietzsche.

Beide, Margret und Kläre, waren jetzt vor der Zeit aus dem Schuldienst entlassen, denn sie hatten in deutschen Schulen unterrichtet, von denen man viele jetzt, da der neue Staat ausgerufen war, aufgelassen und zugesperrt hatte.

Es sah nicht danach aus, als trauerten die Schwestern über ihre

Entlassung. Margret hatte sich ja schon eine gute Rente verdient, und auch Kläre, die weit enger dran war, zeigte sich nicht entmutigt: Sie würde schon wieder neue Schüler und Zöglinge finden und irgendwann ihren Traum von freier, aller Schulzwänge enthobener Pädagogik verwirklichen können.

Als Dritte saß Lily da, Eggis Mutter, und instinktiv fühlte das Kind: Sie war von allen die sorgenvollste, bedrückteste, eine noch immer schöne Frau, aber abgemagert und verhärmt. Die Eltern waren, das wußte Eggi, verarmt. Zwar hieß der Vater jetzt Oberst und sogar Landeskommandant, doch was nutzte das, da die neue Heimat am Bodensee keine Gagen, keine Gehälter auszahlen konnte? Die reichen Vorarlberger Verwandten halfen aus, man mußte ihnen dankbar sein, aber ihre Hilfe reichte nicht hin, alles bezahlen zu können: Miete und Licht und Torf samt Buschelholz, wie man es eben dort verheizte, Essen und Kleidung und – vor allem – Ärzte und Apotheken. Die waren das Teuerste und eine ewige Sorge, denn weder Arno noch Lily ging es gut. Des Vaters Gesundheit war untergraben durch die drei Jahre Frontdienst im Osten und durch ein Jahr, das letzte des Krieges, in den Südtiroler Bergen. Da gab es zwar weder Cholera noch Typhus noch – in seinem Abschnitt – schwere Kämpfe, doch eine unerbittliche Natur zwischen kahlen Felsklippen, die täglich zu erklettern waren, täglich über tausend Meter Aufstieg und Abstieg neben Steinschlag, Lawinen und Beschuß. Nachts dann das Strohlager in den eisigen Kavernen, tief in den Felsen gesprengt, eher Grüfte als Behausungen. Auch die Mutter litt unter allerlei Übeln, an ihrem schwachen geschädigten Herzen, aber auch an anderen, den Kindern rätselhaften Anfällen; sie wurde operiert und nochmals operiert und plagte sich dabei doch mit Haushalt und Näharbeit.

Das alles wußte Eggi, wie Kinder so etwas wissen, einzelnes genau und nüchtern, anderes wieder nur nebelhaft, undurch-

schaubar und als Rätsel in viele andere Rätselhaftigkeiten eingebettet.
An der anderen Seite der Festtafel hatten die Onkel Platz genommen, der schöne elegante Roderich, der immer mit Witzen herumwarf und sich auch heute in unerschütterlicher Laune zeigte. Daneben der einbeinige Friedrich, der an Krücken hüpfte und mit weit aufgerissenen Augen um sich blickte, als erwarte er von seiner ganzen Umgebung Mitleid und bewundernde Anerkennung seines Elends. Er war es, der die ganze Menschheit verderbt fand, treulos und verkommen und eigentlich nur wert, zugrunde zu gehen.
Diesen Onkel liebte Eggi am wenigsten von allen ihren Verwandten.

An seiner Seite saß seine Tochter Palmare, ein hübsches Mädchen mit langen Zöpfen und den großen blauen Augen ihres Vaters. Ihre Eltern waren geschieden, das hatte Tante Margret einmal gesagt, Eggi wußte nicht recht, was das war: geschieden. Dieser Zustand muße wohl mit der Drachenmauer zusammenhängen, von der ihr jemand gleichfalls erzählt hatte. Jetzt sah sie mit Erstaunen, daß Palmare auch hier, an der festlich gedeckten Familientafel, von dem einzigen Wunsch beseelt schien, mit ihrer Kusine Ingaborg Streit oder gar ein Gerangel anzufangen, und sie erinnerte sich, daß die beiden, die bei ihrer Großmutter Kaschek in Radrub aufwuchsen, den Ruf hatten, ihre ganze Umgebung durch rabenhafte Streitsucht zur Verzweiflung zu bringen.
Mit ihnen verglichen kam sich Eggi natürlich engelhaft brav und wohlerzogen vor.

Blieben die Großeltern an der Spitze der Tafel.
Der Großvater war heute anders als sonst. Lag das an seinem

fremdartig schwarzen Anzug, den Eggi noch nie an ihm gesehen hatte und der mit einem hohen weißen steifen Kragen in seinen mageren Hals schnitt, oder an den unnatürlichen roten Flecken auf seiner Stirn oder auch an dem unaufhörlich nervösen Zittern seines Schnauzbartes –? Er aß nicht viel, die Suppe ließ er stehen, und das Brot zerbröselte in seinen ruhelos knetenden Händen. Die Großmutter sah ihn ängstlich an und versuchte ihn zu beruhigen, aber er wies ihre Versuche zurück. Er schien jetzt nur noch auf ein Signal zu warten.

Nachdem die Vorspeise abgegessen und die Teller weggenommen waren, war es soweit. Der alte Mann schlug an sein Glas und erhob sich.

Sofort herrschte tiefe Stille. Eine halbe Minute verging. Der alte Mann stützte sich mit beiden Händen auf den Tisch, es bereitete ihm offenbar Mühe, zu stehen und sich aufrecht zu halten, doch dann begann er:

»Liebe Söhne und Töchter, liebe Marie! – Ihr seid gekommen, weil ich euch Nachricht geben ließ. Ihr habt die Nachricht richtig verstanden. Ich wollte euch zum letzten Mal um mich versammeln, da mein Leben zu Ende geht. Es geht zu Ende, so muß es sein. Ich bin ein Jahr nach Goethes Tod geboren. Wir schreiben 1921. So ist es an der Zeit, die Zelte abzubrechen.

Ich war kein glücklicher Mensch. Kein glücklicher. Nein. Obwohl mir von meinen Eltern viel Gutes in die Wiege gelegt worden ist. Ich war immer stolz auf unsere Familie, eine bürgerliche Familie, aber alteingesessen und geachtet. Ich habe immer versucht, diese Achtung auch zu verdienen, und ich wollte, daß ihr, meine Kinder, sie auch verdient und zwar in vollem Maß. – Du, Roderich, bist zweimal im Krieg in dem Tagesbericht der Armee lobend erwähnt worden. Bravo. Unser armer Friedrich hat so viel Glück nicht gehabt. Aber er hat sein Bein und seine Gesundheit dem Vaterland geopfert. Auch dazu sag ich: Bravo.

Ich habe immer versucht, tüchtige Leute aus euch zu machen, die auch einmal etwas Außerordentliches zuwege bringen. Das war der Maßstab, den ich an euch angelegt habe. An euch alle, Söhne und Töchter. War das falsch?«
»Nein, Vater!« rief ihm Friedrich zu.
Der Alte schwankte ein wenig und hielt sich noch fester als zuvor an den Tischkanten fest.
Dann fuhr er fort: »Man hat von mir gesagt, ich sei ein strenger Vater gewesen. Du, Marie, hast es oft behauptet – und hast es mir übel genommen. Trotzdem glaube ich: Es war richtig so. Sollte ich allerdings einem von euch einmal Unrecht zugefügt haben, so tut es mir leid, und ich bitte um Verzeihung.«
Die letzten Worte hatte er nur mit Anstrengung ausgesprochen; sein Gesicht war verzerrt, als würgte ihn etwas, und Brauen und Bart zitterten heftig.
Nun aber, da es gesagt war, erhellte sich seine Miene wieder, und mit feurig rollendem Blick beschloß er: »Und so erhebe ich mein Glas zu Ehren und zum Wohl meiner ganzen Familie, meiner Kinder und Enkel ... Lebet hoch, lebet hoch, lebet hoch!«
Alle waren aufgesprungen und griffen nach ihren Gläsern und beugten sich vor, um mit dem Vater anzustoßen, doch der hatte die Kraft nicht mehr dazu, er taumelte und hustete, Marie nahm ihm das Glas aus der Hand, und er sank neben ihr in seinen Lehnstuhl.
Gleich darauf ließ er sich von der Festtafel weg in das Nebenzimmer führen und legte sich dort im Alkoven hin.
Von diesem Bett stand er nicht mehr auf.

Zwei Tage später, am Abend vor seinem Tod, verlangte er nach Eggi.
Er wollte von ihr hören, ob sie sich noch an das Gedicht erinnerte, das er sie zwei Jahre zuvor, ehe sie nach Vorarlberg fuhr,

gelehrt hatte. Eggi nickte; die Mutter hatte ihr die Verse manchesmal vorgesprochen, darum wußte sie sie noch auswendig. Es war eigentlich kein Gedicht, es war eher ein Gebet oder ein Liedtext und war, mit blasser Tinte geschrieben, in einem uralten Kalender gefunden worden, ohne Hinweis auf Autor und Zeit, und so wurde vermutet, irgendein Ahne Bourdanin habe es sich ausgedacht. Es lautete:

Bedenke ich mit stillem Sinn,
was in mir will und wähle,
durch was ich denke, was ich bin,
das innre Sein der Seele:
da fühl ich mich als Ebenbild
von Dir, im Himmel oben
und möchte, Herr, Dich loben,
weil Du mit Gnade mich erfüllt.
Was in mir denkt, wird nicht vergehn?
Du hast es aufgeschrieben.
Laß es, mein Gott, in Dir bestehn
als Glauben, Hoffen, Lieben.
Wer innig den Gedanken faßt,
daß Du uns längst gerufen hast,
der weiß, daß auch die schwerste Last
in Deiner Hand geblieben.

Diese Verse sagte Eggi dem Großvater auf.

Er nickte zufrieden und wollte antworten, aber seine Stimme versagte und ging in einem harten ächzenden Nach-Luft-Ringen unter. Dabei winkte er: Führt jetzt das Kind hinaus!

So war es zu Ende gegangen, dieses lange Leben, das wenig Glück und viel Unglück über die Seinen gebracht hatte. Das Begräbnis hatte mit dem bei einer bürgerlichen Leiche unvermeidliche Pompe funèbre stattgefunden, und sogleich begann sich auch schon das Netzwerk der Pietät um das Bild des Verstorbenen zu ranken. Bei Verlesung des Testaments flossen Tränen; sogar Roderich, dem es als dem jetzt ältesten Sohn zustand, das Dokument vor der versammelten Familie vorzulesen, mußte einige Male fast schluchzend Atem holen. Nur Marie, die Witwe, saß unbewegt ruhig und tränenlos dabei; manchmal nickte sie, manchmal schüttelte sie den Kopf, sie war mit allem einverstanden, was da an Vermögensbestimmungen getroffen war, obwohl sie selbst so gut wie nichts erhielt.

Einiges war sofort zu verteilen. Die silberne Uhr des Rittmeisters kam an Roderich (die goldene hatte ja Eggi auf einer Spazierfahrt verloren), der Siegelring fiel an Friedrich und auch der in silberne Drähte gefaßte eiserne Splitter, den der Verstorbene als Erinnerung an seine Verwundung in Italien an seiner Uhrkette getragen hatte. Ein Diamantring war für Margret bestimmt. »Wieso denn für mich?« rief sie. »Ich trage doch gar keine Ringe.« Was es noch an Grundstücken und Häusern gab, die Jagemannstraße 12 und ein kleineres Haus nebenan, sollte mitsamt den fälligen Mieteinnahmen an alle fünf Kinder gleichmäßig verteilt werden.

Die Erben nickten. Dann aber gab Friedrich ein Handzeichen: »Und was bleibt für Mutter?«

Ja, was blieb für Marie? Die kleine Witwenpension, die ihr nach altem Recht zugestanden wäre, war durch den neuen Staat in Frage gestellt, denn der Verstorbene hatte seinerzeit in Ungarn gedient, und die neue Prager Regierung hatte neulich bekanntgegeben, daß sie sich an keinerlei Verpflichtungen gebunden fühle, die auf Grund anderswo als innerhalb der derzeitigen Staatsgrenzen erbrachten Leistungen beruhten.

Nun stand Margret auf. »Unsere Mutter«, sagte sie, »braucht kein Geld von fremden Leuten. Sie wird immer haben, was nötig ist. Dafür verbürge ich mich.«

»Ich auch!« rief Kläre. »Ich auch«, sagte Friedrich. Roderich zuckte die Achsel, Lily blickte schweigend und bedrückt in ihren Schoß.

Auch Eggi war zugegen. Die beiden anderen Kusinen Ingaborg und Palmare waren schon vor dem Begräbnis von Frau von Kaschek nach Radrub abgeholt worden.

Das kleine Mädchen saß – ihrer Mutter gegenüber – neben Marie. Die Neunjährige verstand nicht viel von dem, wovon hier die Rede war, doch sie begriff, daß es hier um ein Verteilen ging, da regte sich auch in ihr Begehrlichkeit. Diese Begehrlichkeit trug sie schon länger in sich, aber sie hatte sie früher nie deutlich zu äußern gewagt. Sie wandte ihre Augen auf den Schrank, der neben des Großvaters Schreibtisch stand, und auf diesem Schrank hatte der Alte allerhand Pappkartons gestapelt. Er hatte sie seine *Karthandeln* genannt und sie eifersüchtig vor jedem Zugriff behütet. Nur vor Eggi hatte er sie einmal heruntergeholt und geöffnet. Da waren dem Kind die Augen übergegangen.

In diesen Schachteln lagen nämlich Bleistifte und anderes Schreibzeug, doch vor allem Bleistifte, fein gespitzt. In einer anderen Schachtel waren Radiergummis gesammelt, manche schon so alt, daß sie steinhart geworden waren und statt zu radieren nur noch graue Striche über das Papier zogen. Aber die dritte, größte Schachtel enthielt das Schönste: Hefte und Schreibbücher, kleine, größere, die meisten leer, einige halbbeschrieben – und als Bestes ein dickes Buch zwischen steifen marmorierten

Deckeln mit Hunderten weißglänzenden dichtlinierten Seiten, und auf keiner einzigen stand auch nur *ein* einziges Wort.
Dieses Buch und die Stifte zogen das kleine Mädchen magisch an.
Sie zupfte die Großmutter am Ärmel und zupfte noch einmal.
»Ja, was ist denn, Kind?«
Eggi zeigte stumm auf den Schrank und auf das, was da oben gestapelt war.
»Meinst du den alten Kram da oben?«
Eggi nickte lebhaft.
»Ja, den hat der Großvater gesammelt.«
»Und keiner durfte ihn anrühren«, rief Friedrich streng.
»Ich will aber auch etwas erben!« Die Kleine war aufgesprungen und blickte herausfordernd umher. »Ich auch!«
Kläre und Margret lachten ein wenig. Lily in mahnendem Ton: »Eggi, sei ruhig!«
»Aber warum denn, Mama?« Das Kind wurde heftig. »Du weißt doch: Ich will schreiben. *Schreiben. Geschichten* schreiben.«
Marie zog das Kind an sich. »Was denn für Geschichten?«
Eggi begann zu zittern. »Deine Geschichte, Großmutter, und die vom Großvater und auch die von Tante Kläre und Margret und … Große Bücher will ich schreiben, ganz große, wie sie dort drüben stehen in eurem Bücherschrank, der Großvater hat sie mir alle gezeigt. Ich hab sie alle anschaun dürfen, und er hat mir alle Bilder erklärt.«
Nun lief Eggi und schob einen Stuhl vor den Schrank mit den Schachteln, holte ihrer zwei, drei herunter und kippte sie vor der Großmutter auf den Tisch.
Roderich und Friedrich blickten mißbilligend drein, Lily rief mit scharfer Stimme: »Jetzt ist es aber genug, Eggi! Lern erst mal richtig schreiben in der Schule, bevor –«
Die Großmutter winkt der Mutter ab. Sie läßt das Kind auf

ihrem Schoß sitzen und nach den Heften greifen, nach dem dicken Buch mit dem marmorierten Deckel. Eggi hat es aufgeschlagen und beugt sich entzückt über die weißen leeren glänzenden Seiten. »Alle eure Geschichten werd ich erzählen und niederschreiben.«

»Was weißt du denn schon von uns?« wirft Friedrich ärgerlich ein.

Eggi blickt auf, ihr kleines Gesicht glüht vor Leidenschaft: »Oh, ich weiß viel, viel mehr, als ihr denken könnt, über euch alle, über –«, sie sucht nach einem Wort, findet es nicht, findet es dann aber doch und ruft es triumphierend in die Runde: »– über die ganze Menagerie!«

Nun müssen alle lachen, die Onkel, die Tanten, sogar die Mutter.

Die Versammlung löst sich auf. Der Begräbnis- und Trauertag ist zu Ende.

Eggi sitzt schon über ihr Schreibbuch geneigt, sie hat einen Stift ergriffen und setzt, glückselig schluchzend, zur ersten Zeile an.

Aus Eggis Erinnerungen

Das alte Haus in Böhmen

Das Haus meiner Großeltern war nur eins von vielen seinesgleichen in einer der eintönigen Straßen der rußigen rauchigen Stadt. Aber für mich war es der wunderbarste Ort der Welt. Meine Mutter führte mich oft und, wenn ich mich richtig erinnere, beinahe täglich zu ihren Eltern in jenes Haus. Ich war damals noch ein kleines Kind und hatte Mühe mit den steilen steinernen Staffeln der Treppe. Aber wenn ich droben den

Glockenstrang gezogen hatte, dann eilten schnell trippelnde Schritte heran, und eine Stimme rief hinter dem messingvergitterten Guckfensterchen: »Wer ist's?« – »Wir sind es, Großmutter!« rief ich. »Mach auf.« Da antwortete ein Ausruf der Freude, der Riegel flog zurück und die Tür auf. Das Vorzimmer war dunkel, doch aus der Dunkelheit streckten sich mir zwei Arme entgegen, und ein weiches Gesicht küßte mich auf beide Wangen. Dann wurde ich auf die Kommode gesetzt und von Haube, Mantel und Gamaschenhosen und all dem lästigen Zeug, das ich trug, befreit. Andere Personen eilten herbei und andere Stimmen ertönten, und alle boten dem kleinen Gast ein freundliches Willkommen. Endlich tat sich die große Flügeltür auf, der Großvater erschien auf der Schwelle, der alte strenge mächtige Mann in seinem von allen Moden längst überholten Havelock, er hob den Finger, lächelte und winkte mich heran.
An seiner Hand betrat ich dann das erste Zimmer. Da standen der große Eßtisch und das Klavier und da standen kleine geschnitzte Burgen auf den Schränken und die Gestalten der Morgen- und Abendröte in weißem Biskuitporzellan. Dahinter war das Wohnzimmer mit dem Schreibtisch des Großvaters, der dort höchst seltsame und begehrenswerte Dinge gestapelt hatte.
Zum schönsten gehörte ein kleiner gläserner Schrein, in dem das kaiserliche Schloß zu Schönbrunn abgebildet war. Wenn man das Ding schüttelte, so begann es drinnen zu schneien, tausend Flocken wirbelten hoch und schwammen umher und senkten sich dann langsam auf Zinnen und Giebel nieder, daß das Schloß des Kaisers am Ende wie in einem weißen Zauber versunken war. Hinter dem Zimmer des Großvaters war das der Großmutter, und dahinter wieder eines, dessen Wände von oben bis unten mit einer Bildergalerie bedeckt waren: Alle Ahnen und ehrwürdigen Häupter, so schien es mir, blickten aus prächtigen Schnörkelrahmen Stern an Sten auf uns herab. Auf der anderen Seite der

Wohnung aber war die Küche, und an sie schlossen sich Balkone, Pawlatschen und Kammern an, finstere Winkel, aus denen es seltsam roch und in denen sich Kisten und Schachteln bis an die Decken stapelten. Ich durfte jeden Raum betreten und in allen Schränken stöbern, und es war nichts da, was ich mir nicht zum Ansehen und als Spielzeug erbetteln durfte.

Da war etwa die große Krippe, die früher sicher nur zu Weihnachten als eine Art Heiligtum aus ihrer Verpackung genommen und unter dem Tannenbaum aufgebaut worden war. Ich aber durfte damit das ganze Jahr spielen. Ich spannte Ochs und Esel vor das Bettchen des Christkinds und fuhr damit durch die ganze Wohnung spazieren. Hirten, Hunde und Schafe folgten, aber da war auch anderes Getier, Giraffen, Zebras und Elefanten, sogar ein Krokodil aus Zelluloid, das offenbar auf seinen kurze Beinen vom Nil bis nach Bethlehem gewandert war, um sich hier unter das Gefolge der Drei Könige zu mischen. Dieses Krokodil liebte ich freilich gar nicht, es sah gefährlich aus mit seinem schrecklichen Gebiß, ich verdächtigte es, daß es das Christkind fressen wollte. So sperrte ich es eines Tages in das Backrohr ein, worauf es in der Hitze drinnen in schwarzen Dampf und Gestank verwandelt und damit – in meinen Augen – seiner höllischen Natur endgültig überführt war.
Nirgends gab es so mannigfaltige und seltsame Dinge wie in diesem Haus, nirgends schlummerten auch so prachtvolle Bücher zwischen goldgepreßten Deckeln. Eine riesige Bibel war darunter mit geisterhaft gestochenen Kupfern. Noch in Fieberträumen sah man Abraham auf dem Kamel reiten und die apokalyptischen Reiter rings um den Erdball brausen. Im Vorderzimmer schrie die Kuckucksuhr, da hingen auch die Hellebarden aus dem Dreißigjährigen Krieg, und der Großvater bewahrte einen Helm auf, den er in der Schlacht bei Solferino getragen hatte, er

glänzte mit seinem schwarz und goldenen Schmuck wie ein Stück aus Märchentagen.
Schwer waren damals die Zeiten; wenn es der Mutter zu einsam und zu traurig wurde in ihrem Heim, aus dem der Vater fortgezogen war in den Krieg, blieb sie über Nacht im Haus ihrer Eltern. Dort stand ihr immer ein Bett bereit und ein anderes, kleineres neben dem ihren für ihr Kind, und beide standen unter den ehrengekrönten Häuptern allen, unter den Altvordern und den ordengeschmückten Generalen. Es dämmerte schon oder war schon fast dunkel, da ertönten von draußen ein paar Töne, auf einer Trompete geblasen: Im Nachbarhaus war eine Kaserne eingerichtet, und allabendlich blies der Hornist seinen Ruf, die Retraite, diesen traurigen Gruß an die heraufsteigende Nacht.
Die Mutter saß an meinem Bett, ihr Gesicht war kummerweiß und verzehrt von tausend Sorgen. Sie faltete mir die Hände zum Gebet und schloß ihre beiden Hände um die meinen. »Und nun beten wir«, sagte sie, »daß uns der Vater heimkommt aus dem Krieg.«
Manchmal aber, wenn ich allein blieb im Hause der Großeltern, da schlief ich mit der Großmutter in dem Alkoven; das war ein finsterer, abgetrennter Raum, ganz erfüllt vom Duft geheimnisvoller Kräuter und Medizinen; das war die innerste Zelle des Hauses, das war seine Herzkammer. Dort hatte die Großmutter ihre Kinder zur Welt gebracht und hatte sie in kranken Tagen gepflegt. Jetzt saß sie an meinem Bett, hielt mir die Hand und sollte Märchen erzählen Aber sie erzählte keine Märchen, sie schwieg still, nur ihre Lippen regten sich in der Finsternis. »Großmutter«, sagte ich, »was tust du?« – »Ich bete«, sagte die Großmutter. – »Aber du betest lange«, sagte ich. »Ja, ich bete lange«, sagte sie. »Ich habe auch für so viele zu beten, für deine Mutter und für den Großvater und für den und den« – und sie nannte die Namen ihrer Kinder – »und für meine Enkelin-

nen.« – Da schwieg ich still, denn ich hatte Respekt davor, daß die Großmutter für so viele beten mußte. Aber nach einiger Zeit regte sich abermals der rebellische Geist. – »Nein, jetzt hast du aber schon genug gebetet, jetzt erzähle mir doch etwas!« – »Gut, also«, sagte die Großmutter, »ich erzähle.« – Doch sie begann nicht sogleich, sie tat, als müßte sie sich erst eine Geschichte überlegen, obwohl sie doch immer dieselbe Geschichte erzählte, das wußte ich schon. Sie wollte wohl dem Schlaf Zeit geben, Einkehr zu halten in dem rastlosen Seelchen. Doch der Schlaf war noch fern. So begann sie endlich: »Es war einmal ein Bübchen und ein Mädchen und ihr Vater hatte viele Fässer auf dem Hofe stehen. ›Rührt mir die Fässer nicht an‹, sagte der Vater, ›sonst rollen sie hinunter in den Fluß und schwimmen davon.‹ Aber eines Tages waren die Kinder ungehorsam und spielten doch mit den Fässern, und auf einmal kam so ein großes Faß ins Rollen und rollte und rollte und rollte und rollte ...« – »Nein«, rief das rebellische Geistchen aus seinen Kissen, »jetzt muß das Faß aber doch schon unten sein.« Die Großmutter schwieg. Sie hatte vielleicht gedacht, durch das lange Rollen den Sandmann herbeizulocken. So seufzte sie ein wenig über die mißlungene List und sagte: »Ja, und dann war es halt drunten, und es fiel in den Fluß und schwamm davon. Es schwamm immer weiter, immer weiter, durch Ebenen und durch Wälder, an Dörfern vorbei und an Städten und schwamm bis nach Konstantinopel, und dort schwamm es dann in das weite, weite Meer hinaus.«
Jetzt endlich war der Plagegeist still geworden in seinem Bett, es mochte ihn jetzt doch schläfern, wie er so dem Faß nachdachte, das da den Fluß hinabtrieb und immer kleiner und kleiner wurde und schließlich auf dem hohen glitzernden Meer wie ein winziger Punkt in der Ferne verschwand.

Viele Jahre später: Ich war erwachsen, und längst war mir die Mutter gestorben, und der Großvater war gestorben, und ich hatte dann bei ihr, der alten Frau, gelebt; sie war mir wie eine Mutter geworden, und ich war ihr wie eine Tochter geworden, und manchmal sprach sie mich mit dem Namen der Verstorbenen an. Ich war fort und in die Welt gegangen und war wieder zu ihr zurückgekehrt; da kam die Stunde, da sie selbst dort in dem Alkoven lag und ich bei ihr saß und ihre Hand hielt und wartete, daß sie einschliefe für ewig. Aber es mußte sie niemand schläfern, sie war selbst müde, sterbensmüde von einem langen Leben der Arbeit, der Mühsal und der Liebe.
Als ihr Atem leiser und leiser ging und als ich die andern herbeirief, die weinend kamen, und als dann ihr Atem verhauchte und nur mehr der Puls, unfühlbar fast, klopfte und als ich auch ihn nicht mehr erspüren konnte, da legte ich ihr die Hand auf die Brust, und tief drinnen, da pochte es noch schwach, aber deutlich, wie es im Metall der Glocke noch weiterschwingt, auch wenn der Klöppel nicht mehr anschlägt; und wie das nachzitternde Erz unter der berührenden Hand zur Ruhe kommt, so legte sich auch das nachzitternde Leben in dem entseelten Leib und stand still; ich aber glaubte, es ging dieses selbe Leben in mich ein und nahm neue Wohnung in mir.

Und wieder waren Jahre vergangen, ich hatte selbst ein Kind, und es war wieder Krieg, und wieder war ich in dem alten Haus, nur für ein paar Tage, denn es drängte die Zeit, es drängte in ihr Unruhe, Unsicherheit und die Furcht vor kommenden, noch dunkleren Tagen. Nicht mehr erschallte aus dem Nachbarhaus die sanfte Retraite, wir erwarteten den heulenden Ton der Sirenen und waren auf dem Sprung zur Flucht in Bunker und Keller. Die gepanzerten Ungeheuer rollten durch die verdunkelten Straßen der Stadt, die Scheiben zitterten von ihrem Getöse, Tiegel und Teller zitterten auf dem Tisch, auf dem das karge Mahl bereitet war. Die Fenster waren mit schwarzen Tüchern notdürftig verhüllt, rückwärts brannte ein elendes Lichtlein unter dem verdunkelnden Schirm. Das Kind lag schlafend in dem Alkoven, ungeschläfert freilich, denn wer hätte heute Zeit gefunden zu Liedern oder Märchen? Ich ging hin und her und packte die Koffer, denn am anderen Morgen wollte ich fortfahren. Staub lag auf allen Dingen, die Vorhänge hingen zerschlissen, die besten Dinge waren weggebracht worden, die einen fortgegeben und verschenkt, die anderen vor den Bomben in sichere Verstecke gerettet. Das schwache Licht brach sich nur noch in den alten Spiegelscheiben, deren niemand geachtet hatte, und in den gläsernen Türen; hinter diesen lagen die Räume schwarz und leer, und es schien das Leben schon aus ihnen ausgezogen. Ich wußte damals, daß, wenn ich am anderen Morgen fortfuhr, ich niemals wiederkehren werde, niemals oder doch nur nach einer unausdenklichen Summe von Schicksalen, die aber so weit und ungewiß sind wie das hohe Meer. Auf ihren Wogen schwimmt unser Leben fern hinaus wie jenes Faß, das die ungehorsamen Kinder in den Fluß gerollt haben, und am Ende ist unser Leben auch nur mehr wie ein ferner verschwimmender Punkt und zerfließt schließlich in Unendlichkeit und Traum.

448 Seiten · ISBN 3-7844-2825-8

Gerald Messadié

Ein Mann namens Sokrates

Ein Meisterwerk des Bestsellerautors

Die Blütezeit Athens, die Zeit der großen Philosophen und Künstler: Der großartige Romancier Gerald Messadié zeichnet ein höchst lebendiges Szenario dieses »goldenen Zeitalters« der Antike.

»Mit diesem Roman wollte ich das alte Griechenland wieder lebendig werden lassen.« ***Gerald Messadié***

Langen Müller

Besuchen Sie uns im Internet unter http://www.herbig.net

Stammbaum der Familie Bourdanin

Balthasar (1871–1886)   Margarete (1871–1945)   Kläre (1874–1974)

Mařenka

Vlasta Fiala ⚭ Hans (Honsa)

Marie († 1871) ⚭ Balthasar Bourdanin, Rittmeister (1833–1921) ⚭ Marie Halik (1856–1933)

Margarete Krejci ⚭ Johann Bourdanin

Josefine Sil… ⚭ Balthasar B…

Joseph Bourdanin ⚭ Sabine Köhler